dtv

Länger als ein Jahr ist Kurt Wallander dem Kommissariat in Ystad ferngeblieben. Seit er bei seinen letzten Ermittlungen einen Menschen tötete, leidet er unter starken Selbstzweifeln und ist schon im Begriff, seinen Dienst zu quittieren, als ihn ein neuer Fall aus seiner Depression reißt. Ein befreundeter Anwalt bittet ihn um Hilfe: Dessen Vater ist nachts mit dem Auto tödlich verunglückt. Sten Torstensson, der Sohn des Toten, glaubt nicht an einen Unfall. Niemals wäre sein Vater bei Nebel zu schnell gefahren, außerdem hatte er in letzter Zeit oft erregt und beunruhigt gewirkt. Zwei Wochen später ist Sten Torstensson ebenfalls tot. Man findet ihn von drei Kugeln durchbohrt in seiner Kanzlei, und Wallander kehrt zurück, um den Fall zu übernehmen. – »Henning Mankells Roman ist eine wunderbar erzählte Geschichte vom heutigen Jedermann.« (Gerhard Beckmann in der ›Welt am Sonntag‹)

Henning Mankell, geboren 1948 in Härjedalen, ist einer der angesehensten und meistgelesenen schwedischen Schriftsteller. Er lebt als Theaterregisseur und Autor abwechselnd in Schweden und in Maputo/Mosambik. Mit Kurt Wallander schuf er einen der weltweit beliebtesten Kommissare. Eine Übersicht aller auf deutsch erschienenen Bücher von Henning Mankell finden Sie am Schluß dieses Bandes. Seine Taschenbücher erscheinen bei dtv.

Henning Mankell

Der Mann, der lächelte

Roman

Aus dem Schwedischen
von Erik Gloßmann

Deutscher Taschenbuch Verlag

Die Kurt-Wallander-Romane in chronologischer Folge:
Mörder ohne Gesicht (20232)
Hunde von Riga (20294)
Die weiße Löwin (20150)
Der Mann, der lächelte (20590)
Die falsche Fährte (20420)
Die fünfte Frau (20366)
Mittsommermord (20520)
Die Brandmauer (20661)

Die Kurt-Wallander-Erzählungen:
Wallanders erster Fall (20700)
Die Pyramide (dtv großdruck 25216,
aus: Wallanders erster Fall)

Bitte besuchen Sie Kurt Wallander im Internet:
www.wallander.de

Ungekürzte Ausgabe
Juni 2005
Deutscher Taschenbuch Verlag GmbH & Co. KG,
München
www.dtv.de
Lizenzausgabe mit Genehmigung des Paul Zsolnay Verlags
© 1994 Henning Mankell
Titel der schwedischen Originalausgabe:
›Mannen som log‹ (Ordfront Verlag, Stockholm 1994)
© 2001 der deutschsprachigen Ausgabe:
Paul Zsolnay Verlag, Wien
Umschlagkonzept: Balk & Brumshagen
Umschlagfoto: © mauritius images/Mehlig
Satz: KCS GmbH, Buchholz/Hamburg
Gesetzt aus der Aldus 9,5/11,25· (QuarkXPress)
Druck und Bindung: Druckerei C. H. Beck, Nördlingen
Gedruckt auf säurefreiem, chlorfrei gebleichtem Papier
Printed in Germany · ISBN 3-423-08604-1

»Was wir zu fürchten haben, ist nicht die Unmoral der großen Männer, sondern die Tatsache, daß Unmoral oft zu Größe führt.«

de Tocqueville

1

Nebel.

Er schleicht lautlos heran wie ein Raubtier, dachte er. Ich werde mich nie daran gewöhnen, dachte er, obwohl ich mein ganzes Leben in Schonen verbracht habe, wo der Nebel die Menschen ständig in Unsichtbarkeit versinken läßt.

Es war am 11. Oktober 1993, neun Uhr abends.

Der Nebel zog rasch vom Meer her auf. Er war im Auto auf dem Heimweg nach Ystad und hatte Brösarps Backar passiert, als sein Wagen direkt in den weißen Dunst hineinfuhr.

Sofort wurde er von Panik erfaßt.

Ich fürchte mich vor Nebel, dachte er. Dabei sollte ich eher den Mann fürchten, den ich eben auf Schloß Farnholm besucht habe. Diesen freundlichen Mann, dessen Mitarbeiter sich stets diskret im Hintergrund halten, damit ihre Gesichter im Schatten bleiben. Irgendwie bedrohlich. An ihn sollte ich denken, denn ich weiß nun, was sich hinter seinem freundlichen Lächeln verbirgt, hinter dieser Maske des unbescholtenen, über jeden Verdacht erhabenen Bürgers. Vor ihm sollte ich mich fürchten, nicht vor dem Nebel, der aus der Bucht von Hanö herantreibt. Jetzt, da ich weiß, daß er nicht zögert, Menschen zu töten, die ihm im Wege stehen.

Er ließ die Scheibenwischer laufen, denn in der Feuchtigkeit beschlug die Frontscheibe ständig. Er fuhr nicht gern im Dunkeln. Die Fahrbahn reflektierte das Scheinwerferlicht, so daß er kaum die Hasen erkennen konnte, die vor ihm über die Straße wirbelten.

Ein einziges Mal, vor über dreißig Jahren, hatte er einen Hasen überfahren. Es war auf dem Weg nach Tomelilla, an einem

Frühlingsabend. Er erinnerte sich daran, wie sein Fuß zu spät auf die Bremse getreten hatte. Es folgte der sanfte Stoß gegen die Karosserie. Er hatte angehalten, war ausgestiegen und zu dem Hasen gelaufen, der ihn ununterbrochen anstarrte. Der Körper schien bereits gelähmt, nur die Hinterläufe zappelten noch. Er hatte sich gezwungen, nach einem Stein zu suchen, und die Augen geschlossen, als er den Hasenschädel zertrümmerte. Dann war er zum Wagen zurückgegangen, ohne sich noch einmal umzudrehen.

Die Augen des Hasen und die wildstrampelnden Läufe hatte er nicht vergessen können. Er war das Bild einfach nicht losgeworden. Er sah es immer wieder vor sich, ganz unvermutet.

Er versuchte, das Unbehagen abzuschütteln.

Ein Hase, der seit dreißig Jahren tot ist, kann einen Menschen verfolgen, ohne damit Schaden anzurichten, dachte er. Ich habe mit den Lebenden mehr als genug zu tun.

Plötzlich wurde ihm bewußt, daß er ungewöhnlich oft in den Rückspiegel schaute.

Wieder dachte er: Ich habe Angst. Jetzt erst wird mir klar, daß ich auf der Flucht bin. Ich fliehe vor dem, was sich hinter den Mauern von Schloß Farnholm verbirgt. Und ich weiß, daß sie wissen, daß ich weiß. Aber wieviel? Genug, um sie zu beunruhigen: Ich könnte den Eid brechen, den ich einst als junger Anwalt nach dem Examen abgelegt habe, zu einer Zeit, als der Eid noch eine heilige Verpflichtung beinhaltete. Fürchten sie das Gewissen eines alten Anwalts?

Es blieb dunkel im Rückspiegel. Er war allein im Nebel. In einer knappen Stunde würde er wieder in Ystad sein.

Der Gedanke erleichterte ihn für einen Augenblick. Sie waren ihm also nicht gefolgt. Morgen würde er entscheiden, was zu tun war. Er würde mit seinem Sohn sprechen, der als sein Teilhaber ebenfalls in der Kanzlei tätig war. Es gab immer eine Lösung, das hatte ihn das Leben gelehrt. Also mußte auch diesmal eine zu finden sein.

Er tastete im Dunkeln, um das Radio anzustellen. Eine Männerstimme erklang und berichtete über neue gentechnische Erkenntnisse. Die Worte strömten durch sein Bewußtsein, ohne sich festzusetzen. Er schaute auf die Uhr; es war gleich halb zehn. Im Rückspiegel war es immer noch schwarz. Der Nebel schien dichter zu werden. Dennoch erhöhte er vorsichtig den Druck aufs Gaspedal. Mit jedem Kilometer, den er zwischen sich und Schloß Farnholm brachte, fühlte er sich ruhiger. Vielleicht war seine Furcht trotz allem unbegründet?

Er versuchte, sich zu klarem Denken zu zwingen.

Wie hatte es angefangen? Ein Routinegespräch am Telefon, ein Zettel auf seinem Schreibtisch: Ein geschäftlicher Vertrag mußte dringend durchgesehen werden. Der Name des Mannes war ihm unbekannt. Aber er hatte zurückgerufen; ein kleineres Anwaltsbüro in einer unbedeutenden schwedischen Stadt konnte es sich nicht leisten, Kunden leichthin abzuweisen. Er erinnerte sich gut an die Stimme am Telefon: erfahren, mittelschwedischer Dialekt, präzise wie die eines Mannes, dessen Zeit kostbar ist. Es ging um eine komplizierte Transaktion, um eine auf Korsika registrierte Reederei und um Zementtransporte nach Saudi-Arabien, wo eine seiner Firmen als Agentin für Skanska tätig war. Vagen Andeutungen zufolge sollte eine Moschee in Khamis Mushayt erbaut werden. Oder auch eine Universität in Jeddah.

Einige Tage später hatten sie sich im Hotel Continental in Ystad getroffen. Er war zeitig gekommen und hatte an einem Ecktisch Platz genommen. Das Restaurant war eigentlich noch geschlossen, der jugoslawische Kellner schaute mürrisch durch die hohen Fenster. Es war Mitte Januar. Ein stürmischer Wind blies von der Ostsee her; bald würde es schneien. Der sonnengebräunte Mann im dunkelblauen Anzug, der auf ihn zukam, schien höchstens fünfzig Jahre alt zu sein. Irgendwie paßte er weder zum Januarwetter noch nach Ystad. Er war ein Fremdling, mit einem Lächeln, das nicht richtig zu dem braungebrannten Gesicht gehörte.

Das war die erste Erinnerung an den Mann von Schloß Farnholm. An einen Mann ohne Eigenschaften im blauen Maßanzug, ein ganz eigenes Universum, in dessen Zentrum das Lächeln stand. Die drohenden Schatten waren wie unauffällige Satelliten gewesen, die ihn wachsam umkreisten.

Die Schatten waren also bereits damals dagewesen. Er konnte sich nicht erinnern, ob sie sich einander überhaupt vorgestellt hatten. Sie saßen an einem Tisch im Hintergrund und waren nach Beendigung des Treffens schweigend aufgestanden.

Die goldene Zeit, dachte er bitter. Ich war dumm genug zu glauben, daß es so etwas gibt. Die Vorstellungswelt eines Anwalts darf nicht von Illusionen über ein zu erwartendes Paradies getrübt werden, zumindest nicht hier und jetzt. Nach einem halben Jahr verdankte die Kanzlei dem sonnengebräunten Mann die Hälfte ihrer Einkünfte, nach einem Jahr hatten sich die Gesamteinnahmen verdoppelt. Die Überweisungen kamen pünktlich, nie mußte eine Mahnung geschickt werden. Sie konnten sogar das Haus renovieren, in dem sich das Büro befand, und alle Transaktionen schienen legal zu sein, wenn auch kompliziert und vielschichtig. Der Mann von Schloß Farnholm schien seine Geschäfte von allen Kontinenten aus zu dirigieren, die Orte wirkten willkürlich ausgewählt. Oft kamen Faxmitteilungen und Anrufe, manchmal auch Funksprüche, aus seltsamen Städten, die er auf dem Globus kaum finden konnte, der neben dem Ledersofa im Besucherzimmer stand. Aber es schien eben alles legal zu sein, wenn auch schwer nachzuvollziehen.

Die neue Zeit, hatte er gedacht. So sieht sie aus. Und als Anwalt muß ich unendlich dankbar sein, daß der Mann von Schloß Farnholm im Telefonbuch gerade auf meinen Namen gestoßen ist.

Seine Gedanken wurden abrupt unterbrochen. Für einen kurzen Augenblick glaubte er an Einbildung. Dann nahm er die beiden Scheinwerfer im Rückspiegel wahr. Der Wagen hatte sich herangeschlichen und war bereits sehr nahe.

Sofort kehrte die Furcht zurück. Sie waren ihm also gefolgt. Sie argwöhnten, er könnte seinen Eid brechen und anfangen zu reden.

Sein erster Impuls war, Gas zu geben und durch den weißen Nebel zu entfliehen. Schon rann ihm der Schweiß am Körper herunter. Die Lichter waren jetzt dicht hinter seinem Auto.

Die Schatten, die töten, dachte er. Ich entkomme ihnen nicht, genausowenig wie ein anderer.

Dann wurde er überholt. In dem vorbeifahrenden Wagen erkannte er undeutlich das graue Gesicht eines alten Mannes. Schnell verschwanden die roten Rücklichter im Nebel.

Er zog ein Taschentuch aus der Jackentasche und trocknete sich Stirn und Nacken.

Bald bin ich zu Hause, dachte er. Nichts wird geschehen. Frau Dunér hat eigenhändig im Kalender vermerkt, daß ich heute Farnholm besuche. Niemand, nicht einmal er, schickt seine Schatten aus, um einen älteren Anwalt auf dem Heimweg zu töten. Das wäre zu riskant.

Es hatte fast zwei Jahre gedauert, bis er allmählich einsah, daß da etwas nicht stimmte. Es war eine belanglose Sache, die Durchsicht einer Reihe von Verträgen, bei denen die Exportaufsichtsbehörde als Bürge für einen großen Kredit fungierte. Turbinenersatzteile für Polen, Mähdrescher in die Tschechoslowakei. Es war ein unbedeutendes Detail, einige Zahlen, die plötzlich nicht stimmten. Er dachte zunächst an einen Schreibfehler, an vertauschte Ziffern. Dann ging er der Angelegenheit auf den Grund und mußte erkennen, daß nichts zufällig, sondern alles absichtsvoll geplant war. Nichts fehlte, alles war Rechtens – und das Ergebnis erschreckend. Es war spätabends; er hatte sich auf dem Stuhl zurückgelehnt und verstanden, daß er einem Verbrechen auf die Spur gekommen war. Zuerst wollte er es nicht glauben. Aber schließlich gab es keine andere Erklärung. Erst im Morgengrauen machte er sich zu Fuß auf den Weg nach Hause. Irgendwo in der Nähe des Stortorg war er stehengeblieben. Der Gedanke, daß der Mann von Schloß Farnholm ein Verbrechen begangen hatte, ließ sich nicht abschütteln. Es gab keine andere Erklärung. Grobe Täuschung der Exportaufsichtsbehörde, ein gigantischer Steuerbetrug, eine Kette von Urkundenfälschungen.

Danach hatte er nach dunklen Löchern in allen Dokumenten gesucht, die aus Farnholm auf seinen Tisch kamen. Und es gab sie, fast immer. Langsam wurden ihm die kriminellen Dimensionen bewußt. Er wollte seinen Augen nicht trauen, bis sich die Wahrheit nicht mehr leugnen ließ.

Dennoch hatte er nicht reagiert, hatte nicht einmal mit seinem Sohn über die Entdeckung gesprochen.

Warum? Weil er in seinem Innersten noch nicht glauben wollte, was doch Realität war? Hatte denn sonst niemand etwas gemerkt, die Steuerbehörden zum Beispiel?

War er einem Geheimnis auf die Spur gekommen, das es nicht gab?

Oder war es schon von Anfang an zu spät gewesen? Schon damals, als der Mann von Schloß Farnholm Hauptklient der Anwaltskanzlei wurde?

Der Nebel schien immer dichter zu werden. Vielleicht würde er sich kurz vor Ystad lichten.

Gleichzeitig war ihm bewußt, daß es nicht mehr so weiterging. Jetzt, da er wußte, daß der Mann auf Farnholm Blut an den Händen hatte.

Er mußte mit seinem Sohn sprechen. Trotz allem war Schweden noch ein Rechtsstaat, wenn dieser auch immer schneller ausgehöhlt und geschwächt wurde. Auch sein Schweigen war Teil dieses Prozesses. Daß er so lange die Augen verschlossen hatte, würde ein fortgesetztes Schweigen nicht entschuldigen.

Er könnte sich nie das Leben nehmen.

Plötzlich bremste er scharf.

Im Licht der Scheinwerfer war etwas aufgetaucht. Zuerst glaubte er, es sei ein Hase. Dann sah er, daß sich etwas unbeweglich im Nebel auf der Fahrbahn befand.

Er hielt und schaltete das Fernlicht aus.

Mitten auf der Straße stand ein Stuhl. Ein einfacher Holzstuhl, auf dem eine Puppe in menschlicher Größe saß. Das Gesicht war weiß.

Es konnte auch ein Mensch sein, der wie eine Puppe aussah.

Er spürte, wie das Herz in der Brust krampfhaft schlug.

Nebel waberte durch die Lichtkegel.

Der Stuhl und die Puppe waren keine Sinnestäuschung. Genausowenig wie die eigene lähmende Angst. Er schaute wieder in den Rückspiegel. Nichts als Dunkelheit. Vorsichtig fuhr er bis auf zehn Meter an Stuhl und Puppe heran.

Die Puppe glich einem Menschen; es war keinesfalls eine beliebig zusammengesetzte Vogelscheuche.

Das gilt mir, dachte er.

Mit zitternder Hand stellte er das Radio ab und lauschte in den Nebel hinaus. Alles war sehr still. Er war durch und durch unentschlossen.

Es lag nicht an dem Stuhl vor ihm im Nebel oder an der geisterhaften Puppe, daß er zögerte. Es war etwas anderes, etwas dahinter, was er nicht sehen konnte. Etwas, was vermutlich nur in ihm selbst existierte.

Ich habe Angst, dachte er wieder. Die Furcht nimmt mir die Fähigkeit, klar zu denken.

Schließlich löste er doch den Sicherheitsgurt und öffnete die Fahrertür. Er war überrascht, wie kühl und feucht die Luft war.

Er stieg aus, den Blick fest auf den Stuhl und auf die Puppe geheftet, die von den Scheinwerfern angestrahlt wurden. Sein letzter Gedanke war, daß dies wie eine Theateraufführung war. Bald würden die Schauspieler die Bühne betreten.

Dann hörte er hinter sich ein Geräusch.

Er kam nicht mehr dazu, sich umzudrehen.

Der Schlag traf ihn am Hinterkopf.

Als er auf den nassen Asphalt sackte, war er bereits tot.

Der Nebel war jetzt sehr dicht.

Es war sieben Minuten vor zehn.

2

Der Wind war böig und kam genau von Norden.

Der Mann, der weit draußen am vereisten Ufer entlanglief, duckte sich gegen den Sturm. Dann und wann blieb er mit dem Rücken zum Wind stehen, zog den Kopf zwischen die Schultern und vergrub die Hände tief in den Taschen. Schließlich nahm er seinen scheinbar ziellosen Lauf wieder auf, bis er vom grauen Licht verschluckt wurde.

Eine Frau, die täglich am Strand ihren Hund ausführte, beobachtete den Mann seit einiger Zeit mit wachsender Unruhe. Er schien sich vom Morgengrauen bis zum Einbruch der Dunkelheit draußen herumzutreiben. Vor ein paar Wochen war er eines Morgens einfach dagewesen, wie ein vom Meer angespültes Stück menschliches Treibgut. Normalerweise nickten ihr die Menschen, denen sie am Strand begegnete, einen Gruß zu. Es waren ohnehin nur wenige, denn es war bereits Spätherbst, bald November. Aber der Mann im schwarzen Mantel grüßte nicht. Anfangs glaubte sie, er sei vielleicht schüchtern, dann hielt sie ihn für unverschämt; möglicherweise ein Ausländer. Später hatte sie den Eindruck, er trage schwer an einer seelischen Last, als wäre er ein Pilger, der sich auf seinen Wanderungen von einem unbekannten Schmerz befreien will. Er bewegte sich unstet; manchmal ging er langsam, fast schleppend, dann wieder rannte er beinahe. Vielleicht waren es nicht die Beine, die ihn voranbrachten, sondern seine unruhigen Gedanken. Sie stellte sich auch vor, daß seine Fäuste in den Taschen geballt waren. Sie konnte sie nicht sehen, aber sie war sich ganz sicher.

Nach einer Woche hatte sie sich ihr Bild gemacht. Der einsame Mann am Strand, von dem man nicht wußte, woher er kam, war dabei, eine tiefe persönliche Krise zu bewältigen; wie ein Kapitän, der sein Schiff mit unvollständigen Karten durch trügerisches Fahrwasser manövriert. Daher seine Verschlossenheit, seine Ruhelosigkeit. Sie hatte den Fall abends mit ihrem rheumakranken, vorzeitig pensionierten Mann diskutiert. Einmal hatte er sie sogar auf ihrem Spaziergang mit dem Hund begleitet, obwohl er gerade schwer von seiner Krankheit geplagt wurde und am liebsten im Haus blieb. Er gab ihr recht. Das Verhalten des Mannes schien ihm jedoch so ungewöhnlich, daß er einen guten Freund bei der Polizei von Skagen anrief und ihm von den Beobachtungen seiner Frau berichtete. Vielleicht handelte es sich um einen Mann, der geflohen war und gesucht wurde, um einen Insassen einer der wenigen noch existierenden Nervenheilanstalten des Landes. Der Polizist aber, der schon viele seltsame Gestalten zu Jütlands äußerster Spitze hatte pilgern sehen, mahnte zu Besonnenheit. Sie sollten ihn einfach in Frieden lassen. Der Strand zwischen den Dünen und den beiden Meeren, die hier aufeinandertrafen, war ein ständig sich veränderndes Niemandsland, das dem gehörte, der es brauchte.

Die Frau mit dem Hund und der Mann im schwarzen Mantel begegneten einander auch in der folgenden Woche wie zwei Schiffe auf hoher See. Aber eines Tages, es war der 24. Oktober 1993, geschah etwas, was sie später mit dem plötzlichen Verschwinden des Mannes in Verbindung brachte.

Es war einer der seltenen windstillen Tage. Nebel lag reglos über Strand und Meer. Nebelhörner blökten aus der Ferne wie verlassene Kreaturen. Die eigenartige Landschaft hielt den Atem an. Plötzlich entdeckte sie den Mann im schwarzen Mantel und blieb stehen.

Er war nicht allein. Ein nicht sehr großer Mann in heller Windjacke und Sportmütze war bei ihm. Sie hatte die beiden beobachtet. Der Neuankömmling redete auf den anderen Mann ein und wollte ihn offenbar von etwas überzeugen. Ab und zu nahm er die Hände aus den Taschen und unterstrich seine Worte mit heftigen Gesten. Sie konnte nicht verstehen, was die beiden sagten, aber der Besucher schien sehr aufgeregt zu sein.

Nach ein paar Minuten liefen sie weiter, bis der Nebel sie verschluckte.

Am Tag darauf war der Mann wieder allein am Strand, fünf Tage später war er verschwunden. Bis weit in den November hinein ging sie jeden Morgen mit dem Hund hinaus und erwartete, dem schwarzgekleideten Mann wieder zu begegnen. Aber er kam nicht mehr. Sie sah ihn nie wieder.

Über ein Jahr lang war Kurt Wallander, Kriminalkommissar bei der Polizei von Ystad, krank geschrieben und unfähig, seinen Dienst zu versehen. Während dieser Zeit hatte eine zunehmende Ohnmacht sein Leben erfüllt und seine Handlungen bestimmt. Wenn er es in Ystad nicht mehr aushielt und über genügend Geld verfügte, unternahm er immer wieder planlose kleine Reisen, in der trügerischen Hoffnung, daß es ihm anderswo bessergehen könnte, daß er vielleicht sogar seinen Lebensmut wiedergewinnen würde. Er hatte sogar eine Charterreise auf die Karibischen Inseln gebucht. Bereits auf der Fahrt zum Flughafen hatte er sich betrunken, und auch während der vierzehn Tage auf Barbados war er nie ganz nüchtern gewesen. Sein Allgemeinbefinden in jener Zeit konnte nur als wachsender Panikzustand beschrieben werden, als ein alles überlagerndes Gefühl, nirgendwo zu Hause zu sein. Er hatte sich im Schatten der Palmen versteckt und an gewissen Tagen nicht einmal das Hotel verlassen; unfähig, eine primitive Scheu vor der Anwesenheit anderer Menschen zu unterdrücken. Ein einziges Mal hatte er gebadet, allerdings unfreiwillig, denn er war alkoholisiert über einen Steg gewankt und ins Wasser gefallen. Eines späten Abends, als er trotz allem unter Leute gegangen war, um seinen Schnapsvorrat aufzufüllen, hatte ihn eine Prostituierte angesprochen. Nach dem Versuch, sie abzuweisen und gleichzeitig festzuhalten, hatten Verzweiflung und Selbstverachtung die Oberhand gewonnen. Drei Tage, an die er sich später nur unvollständig erinnern konnte, verbrachte er mit dem Mädchen in einem Schuppen, wo es nach Vitriol stank, auf einem schmutzigen, verschimmelten Lager. Kakerlaken krochen ihm über das schweißnasse Gesicht. Den Namen der Frau

hatte er vergessen; er war sich nicht sicher, ob sie ihn überhaupt je genannt hatte. Er war über sie hergefallen wie in
einem wahnsinnigen Lustrausch. Als sie ihm das letzte Geld
abgenommen hatte, tauchten ihre beiden Brüder auf und war-
fen ihn hinaus. Er schwankte ins Hotel zurück, lebte von dem
im Preis einbegriffenen Frühstück und war, als er wieder in
Sturup landete, in einem noch schlimmeren Zustand als vor
der Reise. Der Arzt, bei dem er sich regelmäßig vorstellen
mußte, warnte ihn nachdrücklich davor, noch einmal einen solchen Ausflug zu machen. Er könnte sich totsaufen. Zwei Monate später jedoch, Anfang Dezember, war er wieder auf Tour
gegangen, nachdem er sich von seinem Vater unter dem Vor-
wand Geld geliehen hatte, zur Verbesserung seines Lebensge-
fühls neue Möbel anschaffen zu wollen. In dieser Zeit hatte er
es nach Möglichkeit vermieden, seinen Vater zu besuchen, der
obendrein frisch verheiratet war, mit einer dreißig Jahre jün-
geren Frau, seiner ehemaligen Haushaltshilfe. Mit dem Geld in
der Tasche war er auf dem kürzesten Weg ins Reisebüro von
Ystad marschiert und hatte einen dreiwöchigen Urlaub in
Thailand gebucht. Es lief ab wie in der Karibik, mit dem einzigen Unterschied, daß er vor der totalen Katastrophe mit knap-
per Not bewahrt blieb. Ein pensionierter Apotheker, der im
Flugzeug neben ihm gesessen hatte und ihn sympathisch fand,
wohnte im selben Hotel und griff ein, als Wallander bereits
zum Frühstück Alkohol trank und sich allgemein sonderbar
benahm. So wurde Wallander eine Woche früher nach Hause
geschickt. Auch diesmal hatte er seiner Selbstverachtung nach-
gegeben und sich mehrmals in die Arme von Prostituierten geworfen, eine immer jünger als die andere. Darauf folgte ein
alptraumhafter Winter mit der anhaltenden Angst, sich die
schreckliche Krankheit zugezogen zu haben. Ende April stand
fest, daß er sich nicht angesteckt hatte. Aber er reagierte kaum
auf den Bescheid, und ungefähr zu dieser Zeit begann sein Arzt
ernstlich zu überlegen, ob Kurt Wallander noch für den Polizeidienst geeignet, ja, ob er überhaupt noch arbeitsfähig wäre.
Vielleicht sollte man an eine vorzeitige Pensionierung denken.
Damals fuhr er – floh er, wäre vermutlich eine bessere Be-

schreibung – zum ersten Mal nach Skagen. Er hatte es geschafft, mit dem Trinken aufzuhören, nicht zuletzt durch seine Tochter Linda, die aus Italien zurückgekehrt war und bemerkt hatte, in welchem beklagenswerten Zustand sich sowohl seine Seele als auch seine Wohnung befanden. Sie hatte genau richtig reagiert, alle über die Zimmer verteilten Flaschen ausgegossen und ihn dann kräftig ausgeschimpft. Während der beiden Wochen, die sie bei ihm in der Mariagata wohnte, hatte er endlich jemanden zum Reden. Zusammen glätteten sie die schlimmsten Beulen an seiner Seele, und als Linda abreiste, schien sie seinem Versprechen, sich vom Alkohol fernzuhalten, zu vertrauen. Nachdem er wieder allein war und den Gedanken nicht mehr ertrug, weiterhin in der leeren Wohnung herumzusitzen, hatte er in der Zeitung die Annonce einer einfachen Pension in Skagen entdeckt.

Vor vielen Jahren, kurz nach Lindas Geburt, hatte er dort einige Sommerwochen mit seiner Frau Mona verbracht, und diese Wochen gehörten zu den glücklichsten seines Lebens. Sie hatten wenig Geld und lebten in einem kleinen Zelt, waren aber überzeugt, sich im Mittelpunkt des Lebens und der Welt zu befinden. Er rief noch am selben Tag an und bestellte ein Zimmer. Anfang Mai zog er in die Pension. Die Inhaberin, eine aus Polen stammende Witwe, beachtete ihn nicht weiter, lieh ihm aber ein Fahrrad, so daß er jeden Morgen nach Grenen zum endlosen Strand hinausradeln konnte. Auf dem Gepäckträger hatte er eine Plastiktüte mit belegten Broten, so daß er erst spät am Abend zurückzukommen brauchte. Die anderen Gäste waren ältere Paare oder Alleinstehende, und in der Pension war es still wie im Lesesaal einer Bibliothek. Zum ersten Mal seit über einem Jahr konnte er wieder richtig schlafen, und er merkte, daß die Sümpfe in seinem Inneren langsam austrockneten.

Während dieses ersten Aufenthalts in Skagen schrieb er drei Briefe. Der erste ging an seine Schwester Kristina. Sie hatte sich im vergangenen Jahr oft nach seinem Befinden erkundigt. Obwohl er gerührt war, daß sie sich um ihn sorgte, hatte er sich selten dazu durchringen können, ihr zu antworten oder sie anzurufen. Komplizierter wurde die Sache auch dadurch, daß er sich schwach erinnern konnte, ihr eine verworren formulierte Ansichtskarte aus der Karibik geschickt zu haben – als er schwer betrunken war. Sie hatte nie ein Wort darüber verloren, und er hatte nie danach gefragt. So hoffte er, vielleicht so betrunken gewesen zu sein, daß er nicht die richtige Adresse geschrieben oder die Briefmarke vergessen hatte. In jenen Tagen in Skagen schrieb er ihr also, im Bett liegend, kurz vor dem Einschlafen, seine Aktentasche als Unterlage benutzend. Er versuchte, das Gefühl von Leere, Scham und Schuld zu schildern, das ihn verfolgte, seit er im Jahr zuvor einen Menschen getötet hatte. Auch wenn es eindeutig Notwehr war und sich nicht einmal die meist polizeifeindliche und sensationshungrige Presse auf ihn gestürzt hatte – er merkte, daß er die Last der Schuld nicht abwerfen konnte. Vielleicht würde er es eines Tages lernen, damit zu leben.

»Ich stelle mir vor, daß ein Teil meiner Seele durch eine Prothese ersetzt worden ist, mit der ich noch nicht umgehen kann«, schrieb er. »Manchmal, in düsteren Stunden, zweifle ich daran, ob ich es jemals lerne. Aber noch habe ich nicht ganz aufgegeben.«

Den zweiten Brief richtete er an die Kollegen bei der Polizei von Ystad. Als er ihn schließlich in den roten Kasten vor der Skagener Post warf, war ihm klar, daß viele Unwahrheiten darin standen. Dennoch hatte er ihn abschicken müssen. Er bedankte sich für die Stereoanlage, die die Kollegen ihm im Sommer zuvor geschenkt hatten, von gesammeltem Geld. Er entschuldigte sich, daß er sich erst jetzt meldete, und bis zu diesem Punkt war alles ehrlich gemeint. Doch der Schluß des Briefes war eher eine Beschwörung: Er sei auf dem Weg der Besserung; er hoffe, bald wieder im Dienst zu sein. Genau das Gegenteil war der Fall.

Der dritte Brief war für Baiba in Riga bestimmt. In den vergangenen Jahren hatte er ihr ungefähr jeden zweiten Monat geschrieben. Er betrachtete sie allmählich als seine private Schutzheilige, und aus Angst, sie zu beunruhigen, verschwieg er, was er fühlte – beziehungsweise zu fühlen glaubte. Er war in der Richtung verunsichert; die andauernde Ohnmacht hatte sein Denken deformiert. In kurzen, klaren Momenten, meistens dann, wenn er sich am Strand aufhielt, ahnte er, daß er und Baiba keine gemeinsame Zukunft hatten. Er war mit Baiba ein paar Tage in Riga zusammengewesen. Sie hatte ihren ermordeten Mann geliebt, den Polizeihauptmann Karlis. Warum, in Herrgotts Namen, sollte sie plötzlich einen schwedischen Kommissar mögen, der nur seine Pflicht getan hatte, wenn auch auf unkonventionelle Art und Weise? Aber es bereitete ihm keine größeren Probleme, diese Augenblicke der Klarheit zu verdrängen. Er wollte einfach nicht verlieren, was er, wie er im Innersten wußte, nie besessen hatte. Baiba, der Traum von Baiba, war seine letzte Reserve; die letzte Chance, die er verteidigen mußte, auch wenn es sich nur um eine Illusion handelte.

Er blieb zehn Tage in der Pension. Auf dem Heimweg nach Ystad beschloß er, sobald wie möglich zurückzukommen. Schon Mitte Juli war er wieder da, und die Witwe gab ihm sein vertrautes Zimmer. Wieder lieh er sich das Fahrrad und verbrachte seine Tage am Meer. Nun wimmelte es am Strand allerdings von Urlaubern, und er kam sich zwischen all diesen lachenden, spielenden und planschenden Menschen wie ein Störenfried vor. Es war, als hätte er sich ein ganz persönliches, ein allen anderen unbekanntes Revier eingerichtet, draußen auf Grenen, wo sich die beiden Meere begegnen. Dort versah er seinen einsamen Streifendienst, über sich selbst wachend, einen Ausweg aus seinem Elend suchend. Nach der ersten Skagen-Reise hatte sein Arzt eine gewisse Besserung festgestellt, aber die Signale waren zu schwach, um von einer Veränderung zum Guten sprechen zu können. Wallander hätte gern die Medikamente abgesetzt, die er seit einem Jahr einnahm. Sie machten ihn müde und träge. Aber der Arzt hatte abgeraten und weiterhin zu Geduld gemahnt.

Jeden Morgen beim Aufwachen fragte er sich, ob er es auch an diesem Tag schaffen würde, aus dem Bett zu kommen. Aber es fiel ihm jedenfalls hier in der Pension in Skagen nicht so schwer. Augenblicke von Schwerelosigkeit, von Erleichterung darüber, die Last der Ereignisse des Vorjahres abwerfen zu können, ließen ihn für Momente ahnen, daß es trotz allem noch eine Zukunft gab.

Am Strand, während der stundenlangen Spaziergänge, begann er sich allmählich nach all dem zu sehnen, was hinter ihm lag. Er suchte nach einer Möglichkeit, mit dem seelischen Druck fertig zu werden, vielleicht eine Kraft zu finden, die ihn wieder zum Polizisten machen könnte, zum Polizisten und Menschen.

In dieser Zeit hörte er auch auf, Opern zu hören. Wenn er am Strand entlangspazierte, hatte er oft seinen Walkman dabei. Eines Tages jedoch hatte er einfach genug von dieser Musik. Als er abends in die Pension zurückkehrte, legte er all seine Opernkassetten in die Reisetasche und stellte sie in den Schrank. Am nächsten Tag radelte er nach Skagen und kaufte Aufnahmen von Popmusikern, die er nur dem Namen nach kannte. Ihn wunderte nur, daß er die Opernmusik, die ihn so viele Jahre begleitet hatte, keinen Augenblick vermißte.

Es geht nichts mehr hinein, dachte er. Etwas in mir ist bis zum Rand gefüllt, bald werden die Wände nachgeben.

Mitte Oktober kam er wieder nach Skagen; mit dem festen Vorsatz, diesmal Klarheit darüber zu gewinnen, was er mit seinem Leben anfangen wollte. Sein Arzt, der nun deutliche Zeichen einer Besserung erkannte, hatte ihm zu einem erneuten Aufenthalt in der Pension in Dänemark geraten, da ihm das Leben dort so gut bekam und seine Depressionen abklingen ließ. Ohne seinen Eid zu brechen, hatte er auch Polizeichef Björk vertraulich zu verstehen gegeben, daß Wallander eventuell wieder in den Dienst zurückkehren könnte.

Er kam also wieder nach Skagen und begab sich von neuem auf seine Wanderungen. Jetzt, im Herbst, lag der Strand wieder verlassen da. Er traf nur wenige Menschen. Oft waren es ältere Leute, hin und wieder ein paar verschwitzte Jogger und ab und zu eine neugierige Frau, die ihren Hund ausführte. Er nahm seine einsamen Patrouillengänge wieder auf, richtete sich sein Revier ein und marschierte mit immer energischeren

Schritten an der sich ständig verändernden Grenze zwischen Land und Meer entlang.

Er dachte daran, daß er längst ein Mann mittleren Alters war, bald würde er fünfzig sein. In den vergangenen Monaten hatte er abgenommen, so daß ihm plötzlich Sachen wieder paßten, die er zuletzt vor sieben oder acht Jahren getragen hatte. Er merkte, daß er nun, nachdem er ganz mit dem Trinken aufgehört hatte, physisch in besserer Form war als seit langem. Darin schien ihm auch der Ausgangspunkt für eine mögliche Zukunft zu liegen. Wenn nichts Unvorhergesehenes eintraf, konnte er noch gut und gern zwanzig Jahre leben. Vor allem quälte ihn die Frage, ob er in den Polizeidienst zurückgehen konnte oder etwas ganz anderes versuchen mußte. An eine vorzeitige Pensionierung aus gesundheitlichen Gründen auch nur zu denken, weigerte er sich. Das war eine Variante, die er nicht aushalten könnte. Er verbrachte seine Zeit draußen am Strand meist in Nebelschwaden gehüllt, aber es gab auch einzelne Tage mit hohem Himmel und klarer Luft. Dann glitzerte das Meer, und die Möwen ließen sich im Wind treiben. Bisweilen fühlte er sich wie ein Aufziehmännchen, das den Schlüssel im Rücken verloren hat und damit die Möglichkeit, neue Energie aufzunehmen. Er überlegte, welche Chancen er hatte, wenn er die Polizeilaufbahn verließ. Eventuell konnte er irgendwo bei einer Wach- und Sicherheitsgesellschaft anfangen. Ihm war allerdings nicht ganz klar, wozu die Erfahrungen eines Polizisten nützlich sein konnten, außer zur Fahndung nach Kriminellen. Es gab wenige Alternativen, falls er sich nicht zu einer radikalen Veränderung entschließen konnte. Aber wer wollte einen fast fünfzigjährigen ehemaligen Polizisten haben, der sich mit nichts anderem auskannte als mit mehr oder weniger unklaren Verbrechensszenarien?

Wenn er hungrig wurde, verließ er den Strand und suchte sich ein geschütztes Plätzchen hinter den Dünen. Er holte die belegten Brote und die Thermosflasche hervor und setzte sich auf die Plastiktüte, um den kalten Sand nicht so zu spüren. Während er aß, versuchte er, nicht an seine Zukunft zu denken, was ihm allerdings selten gelang. Das Bemühen um realistische Gedankengänge wurde immer wieder durch Wunschträume gestört.

Wie andere Polizisten auch, ließ er sich manchmal zu der Vorstellung hinreißen, die Seiten zu wechseln und Verbrechen zu begehen. Es hatte ihn oft gewundert, daß Polizisten, die straffällig geworden waren, ihr Fachwissen über die elementarsten Ermittlungsmethoden so schlecht nutzten und kaum je einer Verhaftung entgingen. Ab und zu also spielte er in Gedanken verschiedene illegale Möglichkeiten durch, reich und unabhängig zu werden. Aber es dauerte meist nicht lange, bis er solche Träume angeekelt zerschlug. Keinesfalls wollte er seinem Kollegen Hansson nacheifern, der einen großen Teil seiner Energie daran verschwendete, wie besessen auf Pferde zu setzen, die fast nie gewannen. Das empfand er als Armutszeugnis, das er sich nicht ausstellen wollte.

Dann nahm er seine Strandwanderung wieder auf. Seine Gedanken schienen sich im Dreieck zu bewegen. Er landete immer wieder in der Ecke mit der Frage, ob es nicht doch am besten wäre, seine Arbeit als Polizist wiederaufzunehmen. Zurückzukehren, den Erinnerungsbildern die Stirn zu bieten und vielleicht eines Tages zu lernen, damit zu leben. Die einzige realistische Wahl war, wie früher weiterzumachen. Darin hatte er ja auch einen gewissen Sinn gesehen: Die schlimmsten Verbrecher von der Straße zu holen, damit Menschen in etwas größerer Sicherheit lebten. Das aufzugeben würde nicht nur bedeuten, eine Arbeit zu verlieren, die er einigermaßen beherrschte. Er würde auch etwas beschädigen, was tiefer in ihm ruhte: das Gefühl, Teil von etwas Größerem zu sein, was dem Dasein Sinn gab.

Aber schließlich, als er eine Woche in Skagen verbracht hatte und der Herbst sich dem Winter zuneigte, sah er ein, daß er es nicht aushalten würde. Seine Zeit als Polizist war vorbei, die Verletzungen hatten ihn unwiderruflich verändert.

An einem Nachmittag, an dem der Nebel dicht über Grenen lag, fühlte er, daß die Argumente für oder wider erschöpft waren. Er würde mit seinem Arzt und mit Björk sprechen und nicht mehr in den Polizeidienst zurückkehren.

Irgendwo in seinem Innersten spürte er eine gewisse Erleichterung. Soviel stand erst einmal fest. Der Mann, den er auf dem Feld mit den unsichtbaren Schafen getötet hatte, würde seine Rache bekommen.

An diesem Abend radelte er nach Skagen hinein und betrank sich in einer kleinen, verrauchten Kneipe mit wenigen Gästen und lauter Musik. Er wußte, daß es sich diesmal nur um eine Art Ritual handelte, daß er am nächsten Tag nicht weitersaufen müßte. Es galt, die schicksalhafte Erkenntnis zu bekräftigen: Seine Zeit als Kommissar war abgelaufen. Nachts auf dem Heimweg stürzte er vom Fahrrad und schürfte sich das Gesicht auf.

Die Pensionswirtin hatte sich wegen seines Ausbleibens Sorgen gemacht und auf ihn gewartet. Trotz seiner lahmen Proteste reinigte sie die Wunde und versprach, seine verschmutzten Kleider zu waschen.

Dann half sie ihm, die Tür zu seinem Zimmer aufzuschließen. »Heute abend war ein Mann hier und hat nach Herrn Wallander gefragt«, sagte sie, als sie ihm den Schlüssel gab.

Wallander starrte sie verständnislos an. »Niemand fragt nach mir. Weiß ja gar keiner, daß ich hier bin.«

»Dieser Herr aber doch. Er wollte Sie gern treffen.«

»Hat er seinen Namen genannt?«

»Nein. Aber es war ein Schwede.«

Wallander schüttelte den Kopf und verscheuchte den Gedanken. Keiner wollte ihn treffen, und auch er wollte niemanden sehen, da war er ganz sicher.

Am Tag darauf, als er sich müde und voller Reue wieder an den Strand begab, hatte er die nächtlichen Worte der Wirtin völlig vergessen. Der Nebel war dicht. Zum ersten Mal fragte er sich, was er hier draußen eigentlich verloren hatte. Schon nach einem Kilometer war er sich nicht mehr sicher, ob er weiter durchhalten würde. Deshalb setzte er sich auf das kieloben liegende Wrack eines großen Ruderboots, das halb im Sand begraben war.

Da bemerkte er den Mann, der aus dem Nebel auf ihn zukam.

Es war, als hätte jemand ohne anzuklopfen sein Büro betreten, draußen an dem unendlichen Strand.

Zuerst war der Mann ein Fremdling, der eine Windjacke und eine Sportmütze trug, die für seinen Kopf eine Nummer zu klein zu sein schien. Dann stieg die leise Ahnung in ihm auf, daß er den Mann kannte. Aber erst als er sich von dem umgestürzten Boot erhoben hatte und der Mann dicht herangekommen war, sah er, mit wem er es zu tun hatte. Sie begrüßten sich, Wallander mit verwundertem Gesicht. Wie war sein Aufenthaltsort bekanntgeworden? Schnell versuchte er sich zu erinnern, wann er Sten Torstensson zuletzt getroffen hatte. Es mußte während einer Verhandlung in jenem schicksalhaften Frühling gewesen sein.

»Ich habe dich gestern schon in der Pension gesucht«, sagte Sten Torstensson. »Ich will dich natürlich nicht stören. Aber ich muß mit dir reden.«

Früher war ich Polizist und er Anwalt, dachte Wallander, sonst nichts. Wir hatten, jeder auf seine Weise, mit den Verdächtigen zu tun; ab und zu, aber äußerst selten, stritten wir uns, ob eine Verhaftung gerechtfertigt war oder nicht. Nähergekommen sind wir uns in der schweren Zeit, als er mich bei der Scheidung von Mona vertrat. Eines Tages merkten wir, daß etwas vorging, was wie der Beginn einer Freundschaft aussah. Freundschaft entsteht ja oft ganz unerwartet, wie ein Wunder. Und Freundschaft ist ein Wunder, das habe ich im Leben gelernt. Er hat mich eingeladen, am Wochenende mit ihm zum Segeln zu gehen. Es stürmte fürchterlich, seitdem mag ich nicht einmal mehr daran denken, an Bord eines Segelboots zu kommen. Danach haben wir uns in gewissen Abständen getroffen, nicht allzuoft. Und nun hat er mich aufgespürt und will mit mir reden.

»Ich habe gehört, daß jemand nach mir gefragt hat«, sagte Wallander. »Wie, zum Teufel, hast du mich hier aufgetrieben?«

Er merkte, daß er den Unmut schlecht verbergen konnte, in seinem durch Meer und Sanddünen gesicherten Refugium entdeckt worden zu sein.

»Du kennst mich«, sagte Sten Torstensson. »Ich bin keiner,

der gern stört. Meine Sekretärin behauptet, ich hätte ab und zu sogar Angst, mich selbst zu belästigen, was immer sie damit meint. Aber ich habe deine Schwester in Stockholm angerufen. Besser gesagt, ich habe Kontakt zu deinem Vater aufgenommen, der mir ihre Nummer gab. Sie kannte den Namen und die Lage der Pension. Ich fuhr her. Heute nacht habe ich in dem Hotel oben am Kunstmuseum geschlafen.«

Sie begannen am Strand entlangzulaufen. Die Frau, die ständig ihren Hund ausführte, war stehengeblieben und schaute zu ihnen hinüber. Wallander vermutete, daß sie sich über seinen Besucher wunderte. Sie gingen schweigend, Wallander wartete. Es war ein ungewohntes Gefühl, jemanden neben sich zu haben.

»Ich brauche deine Hilfe«, begann Sten Torstensson schließlich, »als Freund und als Polizist.«

»Als Freund«, entgegnete Wallander. »Wenn ich kann. Was ich bezweifle. Aber nicht als Polizist.«

»Ich weiß, daß du immer noch krank geschrieben bist.«

»Mehr als das. Du bist der erste, der erfährt, daß ich den Dienst quittieren werde.«

Sten Torstensson blieb stehen.

»Es ist, wie es ist«, sagte Wallander. »Aber erzähl mir lieber, weshalb du gekommen bist.«

»Mein Vater ist tot.«

Wallander kannte den Mann; auch er war Anwalt, war jedoch nur selten als Verteidiger in Strafsachen aufgetreten. Soweit sich Wallander erinnern konnte, hatte er sich mit Wirtschaftsberatung befaßt. Er überlegte, wie alt er gewesen sein mochte. Vielleicht siebzig; da waren andere längst tot.

»Er ist vor einigen Wochen bei einem Autounfall ums Leben gekommen«, sagte Sten Torstensson. »Südlich von Brösarps Backar.«

»Das tut mir sehr leid. Wie ist es passiert?«

»Das ist ja die Frage. Deshalb bin ich hier.«

Wallander sah ihn verwundert an.

»Es ist kalt«, meinte Sten Torstensson. »Im Kunstmuseum kann man Kaffee trinken. Ich habe den Wagen hier.«

Wallander nickte. Das Fahrrad ragte aus dem Kofferraum, als sie zwischen den Dünen hindurchfuhren. Im Café des Kunstmuseums saßen so früh am Morgen nur wenige Leute. Das Mädchen am Serviertisch summte eine Melodie, die Wallander zu seiner Verwunderung von einer der gerade gekauften Kassetten kannte.

»Es war ein Abend«, fuhr Sten Torstensson fort, »der des 11. Oktober, um genau zu sein. Papa hatte einen unserer wichtigsten Klienten besucht. Dem Polizeibericht zufolge war er zu schnell gefahren und hatte die Kontrolle verloren. Der Wagen überschlug sich, und er starb.«

»Das passiert schnell«, sagte Wallander. »Eine Sekunde der Unaufmerksamkeit kann katastrophale Folgen haben.«

»Es war neblig an jenem Abend«, erklärte Sten Torstensson. »Mein Papa fuhr nie schnell. Warum sollte er es ausgerechnet bei Nebel tun? Er hatte panische Angst davor, Hasen zu überfahren.«

Wallander musterte ihn nachdenklich. »Worauf willst du hinaus?«

»Martinsson leitete die Ermittlungen«, sagte Sten Torstensson.

»Er ist tüchtig«, entgegnete Wallander. »Wenn er meint, daß es so und so gelaufen ist, gibt es keinen Grund, es zu bezweifeln.«

Sten Torstensson sah ihn ernst an. »Ich bezweifle nicht, daß Martinsson ein tüchtiger Polizist ist. Ich bezweifle ebensowenig, daß man meinen Vater tot im Auto gefunden hat, das umgestürzt und total eingedrückt auf einem Acker lag. Aber da ist zu viel, was einfach nicht stimmt. Irgend etwas muß geschehen sein.«

»Was denn?«

»Etwas Ungewöhnliches.«

»Zum Beispiel?«

»Ich weiß nicht.«

Wallander stand auf und holte sich eine weitere Tasse Kaffee.

Warum sagt er nicht, wie es ist, dachte er. Daß Martinsson

27

phantasievoll und energisch ist, aber manchmal auch nachlässig.

»Ich habe den Polizeibericht gelesen«, sagte Sten Torstensson, als Wallander wieder Platz genommen hatte. »Ich bin damit zu der Stelle gegangen, wo mein Papa ums Leben gekommen ist. Ich habe das Obduktionsprotokoll gelesen und mit Martinsson gesprochen, ich habe nachgedacht und noch mal nachgefragt. Und jetzt bin ich hier.«

»Was kann ich tun?« fragte Wallander. »Du als Anwalt weißt doch, daß es in jedem Rechtsfall beziehungsweise in jeder Ermittlung Lücken gibt, die wir nie ganz durch Erkenntnisse schließen können. Dein Vater war allein im Auto, als es geschah. Wenn ich dich recht verstehe, gibt es keine Zeugen. Der einzige, der uns hätte erklären können, was passiert ist, war dein Vater.«

»Irgend etwas muß geschehen sein«, wiederholte Sten Torstensson. »Da stimmt etwas nicht. Ich will wissen, was es war.«

»Ich kann dir nicht helfen«, sagte Wallander. »Selbst wenn ich wollte.«

Es war, als hätte Sten Torstensson ihn nicht gehört. »Die Schlüssel beispielsweise«, murmelte er. »Sie steckten nicht im Zündschloß. Sie lagen auf dem Boden.«

»Sie können herausgefallen sein«, sagte Wallander. »Wenn sich ein Wagen überschlägt, ist alles möglich.«

»Das Zündschloß war völlig unversehrt. Keiner der Schlüssel war auch nur zerkratzt.«

»Dennoch kann es eine Erklärung geben.«

»Ich könnte dir weitere Beispiele nennen«, fuhr Sten Torstensson fort. »Ich weiß, daß irgend etwas geschehen ist. Mein Papa starb bei einem Autounfall, der eigentlich keiner war.«

Wallander dachte nach, bevor er antwortete. »Könnte es Selbstmord gewesen sein?«

»Ich habe diese Möglichkeit in Betracht gezogen«, sagte Sten Torstensson. »Aber ich halte es für ausgeschlossen. Ich kannte meinen Papa.«

»Die meisten Selbstmorde geschehen unerwartet. Aber du weißt natürlich selbst am besten, was du davon halten mußt.«

»Es gibt noch einen Grund, warum ich den Autounfall nicht akzeptieren kann.«

Wallander sah ihn aufmerksam an.

»Mein Papa war ein heiterer und kontaktfreudiger Mensch. Wenn ich ihn nicht so gut gekannt hätte, wäre mir vielleicht die kaum merkliche Veränderung im letzten halben Jahr entgangen.«

»Kannst du sie näher beschreiben?«

Sten Torstensson schüttelte den Kopf. »Eigentlich nicht«, antwortete er. »Es war eher ein Gefühl, daß ihn etwas beschäftigte, erregte. Etwas, was er vor mir unbedingt geheimhalten wollte.«

»Hast du ihn nie darauf angesprochen?«

»Nie.«

Wallander schob die leere Kaffeetasse von sich. »Wie gern ich es auch täte, ich kann dir nicht helfen. Als dein Freund kann ich dir zuhören. Aber als Polizisten gibt es mich einfach nicht mehr. Ich fühle mich nicht einmal geschmeichelt, daß du hergefahren bist, um mit mir zu reden. Ich fühle mich nur noch träge und müde und deprimiert.«

Sten Torstensson wollte noch etwas sagen, überlegte es sich dann aber anders.

Sie standen auf und verließen das Café.

»Das muß ich natürlich respektieren«, sagte Sten Torstensson schließlich, als sie vor dem Kunstmuseum standen.

Wallander begleitete ihn zum Auto und holte sein Fahrrad.

»Wir werden den Tod nie akzeptieren können.« Wallander unternahm einen unbeholfenen Versuch, Verständnis auszudrücken.

»Das will ich auch nicht. Ich will nur wissen, was geschehen ist. Das war kein gewöhnlicher Unfall.«

»Sprich noch einmal mit Martinsson. Es ist aber besser, wenn du ihm nicht sagst, daß der Vorschlag von mir stammt.«

Sie verabschiedeten sich, und Wallander schaute dem Wagen nach, der zwischen den Dünen verschwand.

Plötzlich hatte er es eilig. Nun konnte er es nicht länger hinausschieben. Am selben Nachmittag rief er seinen Arzt und

Björk an und teilte ihnen seinen Entschluß mit, den Dienst bei der Polizei zu quittieren.

Er blieb noch fünf Tage in Skagen. Das Gefühl, innerlich ausgebrannt zu sein, ließ nicht nach. Aber er fühlte doch eine gewisse Erleichterung, einen Entschluß gefaßt zu haben.

Am Sonntag, dem 31. Oktober, kehrte er nach Ystad zurück, um die Dokumente zu unterzeichnen und damit seinen Dienst bei der Polizei formell zu beenden.

Am frühen Montagmorgen, am 1. November, saß er schon auf dem Sofa, als kurz nach sechs der Wecker klingelte. Er fühlte sich zerschlagen, als hätte er die ganze Nacht wach gelegen. Mehrmals war er aufgestanden, hatte sich ans Fenster gestellt, auf die Mariagata hinausgesehen und gegrübelt, ob sein Entschluß richtig war. Vielleicht gab es für ihn in diesem Leben keinen richtigen Weg mehr. Ohne eine zufriedenstellende Antwort hatte er sich schließlich auf das Sofa im Wohnzimmer gesetzt und dem nächtlichen Radioprogramm gelauscht. Schließlich, kurz vor dem Klingeln des Weckers, hatte er akzeptiert, daß ihm keine Wahl blieb. Es war ein Augenblick der Resignation, das sah er ganz klar. Aber früher oder später gibt jeder auf. Am Ende sind unsichtbare Kräfte stärker als wir. Dem kann keiner entgehen.

Er holte *Ystads Allehanda* aus dem Briefkasten, setzte Kaffeewasser auf und duschte. Für einen Tag ins Büro zurückzukehren war ein seltsames Gefühl. Während er sich abtrocknete versuchte er, sich seinen letzten Arbeitstag ins Gedächtnis zu rufen. Es war Sommer gewesen. Er hatte in seinem Büro Ordnung gemacht und war dann in ein Café am Hafen gegangen. Dort hatte er einen düsteren Brief an Baiba geschrieben. War das nun lange her oder gerade erst geschehen?

Er setzte sich an den Küchentisch und rührte mit dem Löffel im Kaffee.

Damals war sein letzter Arbeitstag gewesen.

Dies war nun sein allerletzter.

Fast fünfundzwanzig Jahre lang war er Polizist gewesen. Was die Zukunft auch bringen mochte, diese fünfundzwanzig

Jahre würden immer das Rückgrat seines Lebens bleiben. Daran war nichts zu ändern. Niemand konnte darum bitten, sein Leben für ungültig zu erklären und fordern, daß die Karten noch einmal neu gemischt würden. Es gab keinen Schritt zurück. Die Frage war, ob andererseits ein Schritt voran überhaupt noch möglich war.

Er versuchte sich klarzumachen, welches Gefühl ihn an diesem Herbstmorgen eigentlich beherrschte. Aber es war, als wären die Nebel bis in sein Bewußtsein gedrungen.

Er seufzte und blätterte zerstreut in der Zeitung. Sein Blick wanderte über die Seiten, und es schien ihm, als hätte er die Texte und Fotografien schon viele Male vor sich gehabt.

Er wollte das Blatt gerade zur Seite legen, als eine Todesanzeige seine Aufmerksamkeit erregte.

Zuerst begriff er nicht, was er da las. Dann krampfte sich sein Magen zusammen.

Anwalt Sten Torstensson, geboren am 3. März 1947, gestorben am 26. Oktober 1993.

Wie vor den Kopf geschlagen, starrte Wallander auf die schwarz eingerahmte Annonce.

Es war wohl der Vater, Gustaf Torstensson, der tot war? Mit Sten hatte er doch noch vor weniger als einer Woche am Strand von Grenen gesprochen?

Er versuchte zu verstehen. Es mußte sich um einen anderen Mann handeln, eine zufällige Namensgleichheit. Er las die Anzeige noch einmal. Ein Irrtum war nicht möglich. Sten Torstensson, der Freund, der ihn vor fünf Tagen in Skagen besucht hatte, war tot.

Er saß völlig reglos.

Dann stand er auf, suchte sein Telefonverzeichnis und wählte eine Nummer. Der, den er sprechen wollte, war Frühaufsteher.

»Martinsson!«

Wallander bezwang den Impuls, den Hörer wieder aufzulegen.

»Hier ist Kurt«, sagte er. »Ich hoffe, ich habe dich nicht geweckt.«

Es dauerte eine Weile, bis Martinsson antwortete. »Du bist es? Das ist ja eine Überraschung.«

»Ich weiß. Aber ich muß dich etwas fragen.«

»Das kann nicht wahr sein, daß du den Dienst quittieren willst«, sagte Martinsson.

»Und doch ist es so«, sagte Wallander. »Aber darum geht es nicht. Ich muß wissen, was mit Sten Torstensson passiert ist, dem Anwalt.«

»Weißt du es nicht?«

»Ich bin erst gestern nach Ystad zurückgekommen. Ich weiß von nichts.«

Martinsson zögerte mit der Antwort. »Er wurde ermordet«, sagte er schließlich.

Wallander merkte, daß er nicht im mindesten erstaunt war. Als er die Todesanzeige gesehen hatte, war ihm sofort klar gewesen, daß es sich nicht um einen natürlichen Tod handeln konnte.

»Er ist am letzten Dienstag abends in seinem Büro erschossen worden«, sagte Martinsson. »Es ist völlig unbegreiflich. Und tragisch. Sein Vater ist gerade erst bei einem Verkehrsunfall ums Leben gekommen. Wußtest du das?«

»Nein«, log Wallander.

»Komm wieder in den Dienst«, sagte Martinsson. »Wir brauchen dich, um diesen Fall zu klären. Und viele andere auch.«

»Nein«, sagte Wallander. »Ich habe mich entschieden. Ich erkläre es dir, wenn wir uns mal treffen. Ystad ist ja nicht groß; früher oder später läuft man sich über den Weg.«

Dann beendete er rasch das Gespräch.

Im selben Moment begriff er, daß das, was er gerade zu Martinsson gesagt hatte, nicht mehr stimmte. In einigen kurzen Augenblicken hatte sich alles verändert.

Minutenlang blieb er am Telefon stehen. Dann trank er den Kaffee, zog sich an und ging zum Auto hinunter. Kurz nach halb acht betrat er zum ersten Mal seit anderthalb Jahren wieder das Polizeigebäude. Er nickte dem Wachhabenden an der Anmeldung zu, ging auf dem kürzesten Weg zu Björks Büro und klopfte an die Tür. Björk erwartete ihn stehend. Wallander fiel auf, daß er abgemagert war. Er spürte auch, daß Björk unsicher war, wie er die Situation meistern sollte.

Ich werde es ihm leichtmachen, dachte Wallander. Zuerst wird er gar nichts begreifen, genausowenig wie ich.

»Wir freuen uns natürlich, daß es dir bessergeht«, begann Björk vorsichtig. »Selbstverständlich wäre es uns lieber, wenn du wieder in den Dienst kommen würdest, anstatt uns zu verlassen. Wir brauchen dich.«

Er machte eine hilflose Geste in Richtung seines papierbeladenen Schreibtischs. »Heute soll ich zu so unterschiedlichen Themen wie einer neuen Uniform und noch einer unbegreiflichen Vorlage zur Reform der Bezirksstruktur des Systems der Polizeiführung Stellung nehmen. Kennst du die?«

Wallander schüttelte den Kopf.

»Ich frage mich, wohin das noch führen soll«, fuhr Björk düster fort. »Wenn dieser neue Uniformvorschlag durchgeht, sieht der schwedische Polizist der Zukunft aus wie eine Kreuzung von Bautischler und Zugschaffner.«

Er sah Wallander auffordernd an, der jedoch beharrlich schwieg.

»In den 60er Jahren wurde die Polizei verstaatlicht«, sagte Björk. »Nun soll wieder alles anders gemacht werden. Der Reichstag will die lokale Polizeiführung abschaffen und eine Art nationale Polizei einführen. Dabei ist eine Polizei doch immer national, was sonst? Seit dem Mittelalter haben wir eine einheitliche Gesetzgebung für das ganze Land. Aber wie soll man die tägliche Arbeit erledigen, wenn man in einer Flut von Merkblättern erstickt? Außerdem muß ich einen Beitrag zu einer absolut sinnlosen Konferenz über *Abschiebetechnik* erarbeiten. Es geht also mit anderen Worten darum, wie man Personen ohne Aufenthaltsgenehmigung möglichst unauffällig in Busse und auf Fähren verfrachtet.«

»Mir ist klar, daß du viel zu tun hast«, sagte Wallander und stellte insgeheim fest, daß sein Vorgesetzter der alte geblieben war. Die Rolle des Chefs hatte ihm nie gelegen. Nicht er beherrschte den Posten, der Posten beherrschte ihn.

»Aber du scheinst nicht zu begreifen, daß wir jeden tüchtigen Kollegen brauchen«, sagte Björk und ließ sich schwer auf seinen Stuhl hinter dem Schreibtisch fallen. »Ich habe alle Papiere hier«, fuhr er fort. »Du mußt nur noch unterschreiben, dann bist du Polizist gewesen. Auch wenn ich ihn nicht begrüße, muß ich deinen Entschluß doch respektieren. Ich hoffe übrigens, du hast nichts dagegen, daß ich für neun Uhr eine Pressekonferenz angesetzt habe. Du bist in den letzten Jahren zu einem bekannten Polizisten geworden, Kurt. Auch wenn du dich bisweilen ein wenig seltsam benommen hast – für unseren guten Namen und Ruf hast du unzweifelhaft viel getan. Angeblich gibt es an der Polizeihochschule Anwärter, die in dir ein Vorbild sehen.«

»Das ist bestimmt nur ein Gerücht«, erwiderte Wallander. »Und die Pressekonferenz kannst du abblasen.«

Björk war irritiert. »Kommt nicht in Frage. Das bist du deinen Kollegen schuldig. Außerdem kommt *Svensk Polis*, die wollen einen Artikel über dich bringen.«

Wallander trat an den Schreibtisch. »Ich kann nicht aufhören«, sagte er. »Ich bin heute gekommen, um wieder zu arbeiten.«

Björk starrte ihn verständnislos an.

»Also keine Pressekonferenz. Ich gehe sofort wieder in den Dienst. Den Arzt werde ich anrufen, damit er mich gesund schreibt. Mir geht es gut. Ich will wieder arbeiten.«

»Ich hoffe, daß du mich jetzt nicht auf den Arm nehmen willst«, stammelte Björk unsicher.

»Nein«, sagte Wallander. »Es ist etwas geschehen, was mich umgestimmt hat.«

»Das kommt sehr überraschend.«

»Für mich auch. Die Entscheidung ist erst vor einer Stunde gefallen. Aber ich habe eine Bedingung. Beziehungsweise einen Wunsch.«

Björk nickte auffordernd.

»Ich möchte den Fall Sten Torstensson übernehmen«, sagte Wallander. »Wer leitet derzeit die Ermittlungen?«

»Wir sind alle eingebunden. Svedberg und Martinsson bilden die Kerngruppe, zusammen mit mir. Per Åkeson vertritt die Staatsanwaltschaft.«

»Sten Torstensson war mein Freund.«

Björk nickte und erhob sich. »Ist es wirklich wahr? Hast du deinen Entschluß geändert?«

»Du hörst, was ich sage.«

Björk ging um den Schreibtisch herum und stellte sich vor Wallander. »Das ist die beste Nachricht seit sehr langer Zeit. Jetzt packen wir es«, meinte er mit einem Seitenblick auf die Papiere. »Deine Kollegen werden überrascht sein.«

»Wer hat mein altes Büro?« erkundigte sich Wallander ausweichend.

»Hansson.«

»Ich würde es gern zurückhaben, wenn es möglich ist.«

»Natürlich. Hansson ist diese Woche übrigens auf einem Fortbildungskurs in Halmstad. Du kannst sofort einziehen.«

Sie gingen gemeinsam über den Flur bis zu Wallanders ehemaliger Tür.

Sein Namensschild war fort. Für einen Augenblick wurde er wütend. »Ich brauche eine Stunde für mich.«

»Halb neun haben wir eine Besprechung zum Fall Torstensson«, sagte Björk. »Im kleinen Konferenzraum. Bist du sicher, daß du es ernst meinst?«

»Ja, bin ich.«

Björk zögerte, bevor er weitersprach. »Du hast gelegentlich ein wenig launisch und unberechenbar reagiert. Das können wir nicht vergessen.«

»Vergiß lieber nicht, die Pressekonferenz abzusetzen«, sagte Wallander.

Björk reichte ihm die Hand. »Willkommen. Gut, daß du wieder bei uns bist.«

»Danke.«

Wallander machte die Tür hinter sich zu und legte sofort den Telefonhörer neben den Apparat. Dann blickte er sich im Zimmer um. Der Schreibtisch war neu, den hatte Hansson mitgebracht. Aber der Stuhl war noch der alte.

Er hängte die Jacke auf und setzte sich.

Dieser Geruch, dachte er, dieses Scheuermittel, diese trokkene Luft, der Duft nach den unendlichen Mengen von Kaffee, die in diesem Haus getrunken werden.

Lange saß er ganz still.

Über ein Jahr hatte er sich gequält, hatte nach der Wahrheit über sich und die Zukunft gesucht. Ein Entschluß war langsam gereift und endlich gefaßt worden. Dann hatte er eine Zeitung aufgeschlagen, und alles war ganz anders gekommen.

Zum ersten Mal seit langem fühlte er so etwas wie körperliches Wohlbehagen.

Er hatte einen Weg eingeschlagen. Ob es der richtige war, konnte er nicht sagen. Aber das war auch nicht mehr wichtig.

Er beugte sich über den Tisch, griff nach einem Notizblock und schrieb zwei Wörter: *Sten Torstensson*.

Jetzt war er wieder im Dienst.

3

Um halb neun, als Björk die Tür zum Konferenzraum hinter sich schloß, hatte Wallander das Gefühl, niemals weg gewesen zu sein. Die anderthalb Jahre, die vergangen waren, seit er zuletzt an einer Besprechung teilgenommen hatte, existierten plötzlich nicht mehr. Es war wie ein Erwachen nach einem langen Schlaf, in dem es für ihn keine Zeit gegeben hatte.

Jetzt saßen sie wie so viele Male zuvor um den ovalen Tisch herum. Da Björk noch nichts gesagt hatte, nahm Wallander an, daß die Kollegen eine kurze Dankesrede für die zurückliegenden Jahre erwarteten. Nach Wallanders Abschied würden sie sich wieder über ihre Notizen beugen und die Fahndung nach dem unbekannten Mörder Sten Torstenssons fortsetzen.

Wallander hatte sich, ohne nachzudenken, auf seinen üblichen Platz links von Björk gesetzt. Der Stuhl neben ihm war leer, als ob die Kollegen einem, der eigentlich nicht mehr dazugehörte, nicht zu nahe kommen wollten. Gegenüber saß Martinsson und schneuzte sich vernehmlich. Wallander überlegte, ob er Martinsson jemals ohne Schnupfen erlebt hatte. Neben ihm rutschte Svedberg auf seinem Stuhl hin und her, während er sich wie gewöhnlich mit dem Stift die Glatze kratzte.

Alles wie immer, dachte Wallander, wäre da nicht die Frau in Jeans und blauem Hemd, die allein am unteren Ende des Tisches Platz genommen hatte. Er war ihr noch nie begegnet, wußte aber, wer sie war, und kannte sogar ihren Namen. Vor etwa zwei Jahren hieß es, daß ein weiterer Kriminalbeamter die Polizei von Ystad verstärken würde, und in diesem Zusammenhang war Ann-Britt Höglund erstmals erwähnt worden. Sie war jung, hatte vor knapp drei Jahren die Polizeihochschule absolviert, sich aber bereits bewährt. Das Examen hatte sie mit der besten Note abgeschlossen, und sie wurde den anderen gern als Vorbild hingestellt. Ihr Geburtsort war Svarte, aber aufgewachsen war sie in der Nähe von Stockholm. Die Polizeireviere des Landes hatten sich um sie gerissen; aber sie wollte unbedingt in ihre Heimat zurückgehen und bei der Polizei in Ystad arbeiten.

Wallander fing ihren Blick auf, und sie lächelte ihm kurz zu.

Also ist nichts wie immer, schoß es ihm durch den Kopf. Mit einer Frau in der Runde wird alles ein bißchen anders sein.

Weiter kam er nicht mit seinen Gedanken. Björk hatte sich erhoben, und Wallander war plötzlich nervös. Hatte er zu lange gezögert? Vielleicht war er bereits verabschiedet worden, ohne daß er davon wußte?

»Normalerweise ist es hart am Montagmorgen«, begann Björk. »Vor allem wenn wir es, wie jetzt, mit einem besonders traurigen und unbegreiflichen Mord zu tun haben. Aber die heutige Zusammenkunft kann ich mit einer guten Neuigkeit eröffnen. Kurt hat sich gesund schreiben lassen und fängt schon heute wieder bei uns an. Da will ich natürlich der erste sein, der dich willkommen heißt. Ich weiß jedoch, daß ich im Namen aller deiner Kollegen spreche, auch für Ann-Britt, die du noch nicht kennengelernt hast.«

Es wurde still im Raum. Martinsson starrte Björk ungläubig an, während Svedberg mit schiefgelegtem Kopf verständnislos zu Wallander hinübersah. Ann-Britt schien überhaupt nicht verstanden zu haben, was Björk gerade mitgeteilt hatte.

Ob er wollte oder nicht, es war jetzt an ihm, etwas zu sagen.

»Es stimmt«, sagte er, »ich nehme heute meine Arbeit wieder auf.«

Svedberg hörte auf zu kippeln und klatschte die Handflächen laut auf die Tischplatte. »Bravo, Kurt. Denn hier wäre es, verdammt noch mal, nicht einen Tag ohne dich weitergegangen.«

Svedbergs spontaner Kommentar ließ alle in Gelächter ausbrechen. Nacheinander gaben sie Wallander die Hand. Björk versuchte, ein wenig Gebäck zum Kaffee zu organisieren, und Wallander selbst fiel es schwer, seine Rührung zu verbergen.

Nach ein paar Minuten war alles wie sonst. Mehr Zeit für

persönliche Gefühle gab es nicht; das war Wallander im Augenblick sehr recht. Er schlug den Schreibblock auf, den er aus seinem Büro mitgebracht hatte. Ein einziger Name war da notiert: Sten Torstensson.

»Kurt hat darum gebeten, sofort an den Ermittlungen im Mordfall teilnehmen zu dürfen«, sagte Björk. »Das soll uns nur recht sein. Ich schlage vor, daß wir zuerst eine Zusammenfassung über den Stand der Dinge geben. Dann soll Kurt Zeit bekommen, sich in die Details einzuarbeiten.«

Er nickte Martinsson zu, der offenbar Wallanders Rolle als Vortragender übernommen hatte.

»Ich bin immer noch ziemlich verwirrt«, sagte Martinsson und blätterte in seinen Papieren. »Aber im großen und ganzen sieht es so aus: Am Morgen des 27. Oktober, einem Mittwoch, also vor fünf Tagen, kam Frau Berta Dunér, die Sekretärin der Anwaltskanzlei, wie immer ein paar Minuten vor acht Uhr ins Büro. Dort fand sie Sten Torstensson erschossen in seinem Zimmer. Er lag zwischen dem Schreibtisch und der Tür auf dem Fußboden, getroffen von drei Schüssen, die jeder für sich tödlich gewesen wären. Da niemand in dem Haus wohnt und die Kanzlei in einem alten Steinhaus mit dicken Mauern und darüber hinaus noch an einer Hauptverkehrsstraße liegt, hat keiner die Schüsse gehört. Jedenfalls hat sich noch niemand gemeldet. Die vorläufigen Obduktionsergebnisse lassen darauf schließen, daß er gegen dreiundzwanzig Uhr erschossen wurde. Das stimmt mit der Aussage Frau Dunérs überein, er habe oft bis spätabends über seiner Arbeit gesessen, vor allem, seit sein Vater auf so tragische Weise ums Leben gekommen ist.«

Hier machte Martinsson eine Pause und schaute Wallander fragend an.

»Ich weiß, daß der Vater einen tödlichen Autounfall hatte«, sagte Wallander.

Martinsson nickte und fuhr fort. »Das ist auch schon alles, was wir haben. Mit anderen Worten: sehr, sehr wenig. Kein Motiv, keine Mordwaffe, keinen Zeugen.«

Wallander überlegte, ob er bereits jetzt von Sten Torstenssons Besuch in Skagen berichten sollte. Allzuoft hatte er den unverzeihlichen Fehler begangen, seinen Kollegen gegenüber Informationen zurückzuhalten. Natürlich hatte er jedesmal einen Grund für sein Schweigen gehabt, er wußte aber auch, daß die Erklärungen fast immer äußerst dürftig gewesen waren.

Ich mache etwas falsch, dachte er. Ich beginne mein zweites Leben als Polizist damit, alles umzuwerfen, was ich bisher an Erfahrungen gesammelt habe.

Und doch hatte er die Empfindung, in diesem Fall das Richtige zu tun.

Er behandelte sein Gefühl mit Respekt. Es konnte sein zuverlässigster Berater, aber auch sein schlimmster Feind sein.

Er wußte, daß er diesmal recht hatte.

Etwas von dem, was Martinsson gesagt hatte, war in ihm hängengeblieben. Oder vielleicht etwas, was er nicht gesagt hatte.

Seine Gedanken wurden unterbrochen, weil Björk mit den Fingern nervös auf die Tischkante trommelte. Damit drückte der Polizeichef für gewöhnlich aus, daß er irritiert oder ungeduldig war.

»Ich habe Gebäck bestellt«, bemerkte er. »Aber da können wir natürlich lange warten. Ich schlage vor, daß wir hier abbrechen und daß ihr Kurt mit den Einzelheiten des Falles vertraut macht. Wir sehen uns am Nachmittag wieder. Vielleicht kann ich euch dann zu einem Stück Kuchen einladen.«

Als Björk den Raum verlassen hatte, rückten sie näher zusammen. Wallander spürte, daß er etwas sagen mußte. Er hatte kein Recht, so ohne Erklärung in die Gemeinschaft zurückzukehren und so zu tun, als wäre nichts gewesen.

»Ich muß versuchen, von vorn anzufangen«, sagte er. »Es ist eine quälende Zeit gewesen. Ich habe lange überlegt, ob ich den Dienst wiederaufnehmen sollte. Man trägt schwer daran, wenn man einen Menschen getötet hat, auch wenn es in Notwehr geschah. Aber ich werde versuchen, meinen Job zu machen, so gut ich kann.«

Alle schwiegen betroffen.

»Glaub nicht, daß wir nicht verstehen«, sagte Martinsson schließlich. »Auch wenn man als Polizist gezwungen ist, sich an alles zu gewöhnen, so als würden die Widerwärtigkeiten kein Ende nehmen, trifft es einen doch hart, wenn es jemanden erwischt, der einem nahesteht. Kann sein, daß du dich freust, wenn wir dir sagen, daß wir dich genauso vermißt haben wie vor einigen Jahren Rydberg.«

Der im Frühjahr 1991 verstorbene alte Kriminalkommissar Rydberg war wie ein Schutzheiliger für sie. Durch seine fundierten polizeilichen Kenntnisse und seine offene, kameradschaftliche Art war er stets Mittelpunkt in der laufenden kriminalistischen Arbeit gewesen.

Wallander verstand, was Martinsson meinte.

Er war Rydberg als einziger so nahegekommen, daß er als persönlicher Freund gelten konnte. Hinter Rydbergs mürrischem Äußeren hatte er einen Menschen kennengelernt, der über ein Wissen verfügte, das weit über ihr gemeinsames Arbeitsgebiet hinausreichte.

Ich habe ein Erbe angetreten, dachte Wallander.

Eigentlich will Martinsson sagen, daß ich in Rydbergs Fußstapfen treten soll.

Svedberg stand auf: »Wenn niemand etwas dagegen hat, fahre ich hinunter zu Torstenssons Kanzlei. Es sind ein paar Herren von der Anwaltskammer da, die alle Papiere durchsehen. Sie wollen, daß die Polizei dabei ist.«

Martinsson schob einen Stapel Ermittlungsakten zu Wallander hinüber. »Das ist alles, was wir bisher haben. Ich nehme an, du willst das Material in Ruhe durcharbeiten.«

Wallander nickte. »Was ist mit dem Autounfall?« fragte er. »Gustaf Torstensson.«

Martinsson sah ihn verwundert an. »Der Fall ist abgeschlossen. Der Alte hat die Gewalt über das Fahrzeug verloren und ist von der Straße abgekommen.«

»Wenn du nichts dagegen hast, möchte ich den Bericht trotzdem sehen«, sagte Wallander vorsichtig.

Martinsson zuckte die Schultern. »Ich schicke ihn dir in Hanssons Zimmer«, versprach er.

»Jetzt nicht mehr Hanssons«, sagte Wallander. »Ich habe mein altes Büro zurückbekommen.«

Martinsson erhob sich. »Du warst schnell verschwunden, und nun bist du ebenso schnell wieder aufgetaucht. Da irrt man sich leicht.«

Er verließ den Besprechungsraum. Jetzt war Wallander mit Ann-Britt Höglund allein.

»Ich habe viel über dich gehört«, sagte sie.

»Was du gehört hast, ist bestimmt die reine Wahrheit. Leider.«

»Ich glaube, von dir könnte ich eine ganze Menge lernen.«

»Das bezweifle ich stark.«

Um das Gespräch zu beenden, sprang Wallander auf und schob die Papiere und Aktenordner zusammen, die er von Martinsson bekommen hatte. Ann-Britt Höglund hielt ihm die Tür auf.

Als er sein Büro erreicht hatte, merkte er erst, daß er durchgeschwitzt war. Er zog Jacke und Hemd aus. Im selben Moment betrat Martinsson, ohne anzuklopfen, den Raum.

Als er den halbnackten Wallander erblickte, zuckte er erschrocken zurück. »Ich wollte dir nur den Bericht über Gustaf Torstenssons Unfall bringen«, sagte Martinsson. »Schon wieder hab ich nicht daran gedacht, daß es nicht mehr Hanssons Tür ist.«

»Ich bin immer noch so altmodisch«, erwiderte Wallander. »Klopf bitte an, bevor du eintrittst.«

Martinsson legte einen Schnellhefter auf den Tisch und verschwand hastig. Wallander zog das Hemd wieder an, setzte sich an den Schreibtisch und begann zu lesen.

Es war nach elf, als er den letzten Berichtshefter zur Seite legte.

Ratlos schüttelte er den Kopf. Wo sollte er ansetzen?

Er sah Sten Torstensson vor sich, wie er ihm am Strand von Jütland aus dem Nebel entgegengekommen war.

Er hat mich um Hilfe gebeten, dachte Wallander. Ich sollte herausfinden, was mit seinem Vater geschehen war. Ein Autounfall, der keiner war, auch kein Selbstmord. Er erwähnte psychische Veränderungen des Vaters. Ein paar Tage später wurde er in seinem Büro erschossen. Er sprach davon, daß sein Vater sehr erregt gewesen sei. Aber ihm selbst war keine besondere Erregung anzumerken.

Mechanisch griff Wallander nach dem Block, auf den er Sten Torstenssons Namen geschrieben hatte. Jetzt fügte er Gustaf Torstensson hinzu.

Dann zog er eine Linie um die beiden Namen.

Er nahm den Telefonhörer ab und wählte aus dem Gedächtnis Martinssons Nummer. Nichts. Er versuchte es erneut, wieder vergebens. Nun wurde ihm klar, daß am internen Kommunikationssystem Veränderungen vorgenommen worden waren, seit er zuletzt das Telefon benutzt hatte. Er stand auf und trat auf den Gang. Martinssons Tür stand offen.

»Ich habe mir die Akten durchgelesen«, sagte er, nachdem er auf dem wackligen Besucherstuhl Platz genommen hatte.

»Wie du siehst, haben wir nicht viel«, sagte Martinsson. »Der oder die Täter dringen am späten Abend in Sten Torstenssons Büro ein und erschießen ihn. Es scheint nichts gestohlen worden zu sein. Die Brieftasche steckte noch in der Innentasche des Opfers. Frau Dunér, seit über dreißig Jahren in der Anwaltskanzlei, ist sicher, daß nichts fehlt.«

Wallander nickte gedankenversunken. Er grübelte immer noch, was an dem von Martinsson Gesagten oder Nicht-Gesagten seine Aufmerksamkeit erregt hatte. »Du warst der erste am Tatort?«

»Peters und Norén waren vor mir da. Sie haben mich dann gerufen.«

»Normalerweise hat man spontan einen ersten Eindruck. Woran erinnerst du dich?«

»Raubmord«, antwortete Martinsson, ohne zu zögern.

»Wie viele waren es?«

»Wir haben keine Spuren gefunden, weder in die eine noch in die andere Richtung. Aber es ist nur eine Waffe verwendet worden, da können wir ziemlich sicher sein, auch wenn noch nicht alle technischen Untersuchungen abgeschlossen sind.«

»Also ist ein Mann eingebrochen?«

Martinsson nickte. »Meiner Meinung nach ja. Aber das ist ein Gefühl, weder bestätigt noch widerlegt.«

»Sten Torstensson wurde von drei Schüssen getroffen. Einer ins Herz, einer genau unterm Nabel in den Bauch, einer in die Stirn. Das deutet doch auf eine Person hin, die ihre Waffe wirklich beherrscht, oder?«

»Das ist auch meine Überlegung«, sagte Martinsson. »Aber es kann natürlich reiner Zufall sein. In einer amerikanischen Studie habe ich gelesen, daß blindlings abgegebene Schüsse genauso häufig töten wie gezielte.«

Wallander erhob sich vom Stuhl, blieb aber stehen. »Warum bricht man in ein Anwaltsbüro ein? Vielleicht, weil es immer heißt, Juristen verdienten so viel Geld. Aber glaubt wirklich jemand, daß das Geld in der Kanzlei auf dem Schreibtisch gestapelt liegt?«

»Das können dir nur ein oder zwei Personen beantworten.«

»Und die werden wir uns schnappen. Ich fahre hin und sehe mich einmal um.«

»Frau Dunér ist natürlich schwer erschüttert«, sagte Martinsson. »In weniger als einem Monat ist ihre ganze Existenz zusammengebrochen. Erst kam der alte Torstensson ums Leben. Sie hat kaum alle Formalitäten für die Beerdigung erledigt, da wird der Sohn ermordet. Aber obwohl sie unter Schock steht, kann man sich erstaunlich gut mit ihr unterhalten. Ihre Adresse steht im Gesprächsprotokoll von Svedberg.«

»Stickgatan 26«, sagte Wallander. »Hinter dem Hotel Continental. Ich parke dort manchmal.«

»Ich dachte, da wäre Parkverbot«, sagte Martinsson.

Wallander holte seine Jacke und verließ das Gebäude. Das Mädchen an der Anmeldung hatte er noch nicht gesehen. Er überlegte, ob er sich vorstellen sollte. Ob die gute alte Ebba aufgehört hatte oder nur zum Spätdienst eingeteilt war? Aber er ließ es. Die Stunden, die er an diesem Tag im Polizeigebäude verbracht hatte, mochten in den Augen Außenstehender undramatisch verlaufen sein, aber in ihm herrschte Hochspannung. Er mußte jetzt allein sein. Lange Zeit war er im großen und ganzen ohne menschliche Gesellschaft ausgekommen. Er würde sich wieder an den Betrieb gewöhnen. Als er zum Krankenhaus hinunterfuhr, sehnte er sich für einen kurzen Augenblick nach der Einsamkeit Skagens, nach seinem abgelegenen Revier und den Patrouillengängen, auf denen nichts passierte.

Aber das war vorbei. Er war wieder im Dienst.

Die Anwaltskanzlei befand sich in einem gelb verputzten Steinhaus in der Sjömansgata, unweit des alten Theaters, das renoviert wurde. Ein Polizeiauto parkte davor. Auf der gegenüberliegenden Straßenseite standen einige Gaffer und kommentierten das Geschehen. Vom Meer her blies ein stürmischer Wind. Wallander fröstelte, als er aus dem Wagen stieg. Er öffnete die schwere Haustür und wäre beinahe mit Svedberg zusammengestoßen, der auf dem Weg nach draußen war.

»Ich wollte gerade losfahren und etwas zu essen besorgen«, sagte er.

»Mach das«, sagte Wallander. »Ich werde bestimmt eine Weile hierbleiben.«

Im Vorzimmer saß eine junge Bürokraft vor einem leeren Schreibtisch. Sie sah ängstlich aus. Wallander erinnerte sich, daß sie laut Ermittlungsbericht Sonja Lundin hieß und erst ein paar Monate in der Kanzlei arbeitete. Sie hatte keinerlei sachdienliche Hinweise machen können.

Wallander gab ihr die Hand und stellte sich vor. »Ich werde mich nur ein wenig umschauen. Frau Dunér ist wohl nicht hier?«

»Sie ist zu Hause und weint«, antwortete das Mädchen lakonisch.

Wallander wußte nicht, was er sagen sollte.

»Sie wird das hier nicht überleben«, fuhr Sonja Lundin fort. »Sie wird auch sterben.«

»Das wollen wir nicht hoffen«, sagte Wallander und merkte, wie hohl seine Worte klangen.

Torstenssons Kanzlei war ein Arbeitsplatz für einsame Menschen, dachte er. Gustaf Torstensson hat über fünfzehn Jahre als Witwer gelebt; der Sohn Sten Torstensson war so lange Zeit mutterlos und dazu noch Junggeselle gewesen. Frau Dunér ist seit Anfang der 70er Jahre geschieden. Drei einsame

Menschen, die sich Tag für Tag trafen. Nun sind zwei davon tot, und der dritte ist völlig vereinsamt.

Wallander konnte gut verstehen, daß Frau Dunér zu Hause saß und weinte.

Die Tür zum Sitzungszimmer war geschlossen. Gemurmel drang heraus. Die beiden Türen rechts und links trugen blitzblanke Messingschilder mit den eingravierten Namen der beiden Anwälte. Einer plötzlichen Eingebung folgend, betrat Wallander zuerst Gustaf Torstenssons Büro. Die Gardinen waren vorgezogen, der Raum lag im Halbdunkeln. Er schloß die Tür hinter sich und machte Licht. Ein schwacher Zigarrenduft schwebte in der Luft, Wallander ließ den Blick wandern und fühlte sich wie in einer anderen Zeit. Schwere Ledersofas, Marmortisch, Bilder an den Wänden. Konnte es sein, daß es die Mörder Sten Torstenssons auf Kunstgegenstände abgesehen hatten? Er trat an ein Gemälde heran und versuchte, die Signatur zu deuten und zu erkennen, ob es sich um ein Original handelte. Es gelang ihm nicht. Ein großer Globus stand neben dem imposanten Schreibtisch, der bis auf ein paar Stifte, ein Telefon und ein Diktiergerät völlig leer war. Er setzte sich in den bequemen Drehsessel und schaute sich weiter um, während er sich noch einmal ins Gedächtnis rief, was Sten Torstensson beim Kaffeetrinken im Kunstmuseum von Skagen gesagt hatte.

Ein Autounfall, der keiner war. Ein Mann, der in den letzten Monaten seines Lebens versucht hatte zu verbergen, daß ihn etwas stark beschäftigte.

Wallander überlegte, worin das Dasein eines Anwalts eigentlich bestand. Ein Anwalt verteidigte einen Menschen gegen die Anklage oder stand ihm mit juristischem Rat zur Seite. Ein Anwalt wurde ständig von Klienten ins Vertrauen gezogen. Ein Anwalt war streng an einen Schweigeeid gebunden.

Anwälte waren Träger vieler Geheimnisse.

Nach einer Weile erhob er sich.

Es war noch zu früh, irgendwelche Schlußfolgerungen zu ziehen.

Als er den Raum verließ, saß Sonja Lundin immer noch vor ihrem leeren Schreibtisch. Er öffnete die Tür zu Sten Torstenssons Büro. Für einen Augenblick zögerte er, als läge der Leichnam des Anwalts noch auf dem Fußboden, wie er es auf den Fotografien im Ermittlungsbericht gesehen hatte. Aber es war nur eine Plastikfolie. Den Teppich hatten die Polizeitechniker mitgenommen.

Das Zimmer glich dem des Vaters. Nur daß hier moderne Besucherstühle vor dem Schreibtisch standen.

Auf der Tischplatte lagen keine Papiere. Wallander vermied es diesmal, sich in den Drehsessel zu setzen.

Noch kratze ich nur an der Oberfläche, dachte er. Ich lausche und versuche gleichzeitig, meine Umgebung visuell aufzunehmen.

Er verließ den Raum und schloß die Tür hinter sich. Svedberg war wieder da und bot Sonja Lundin ein Sandwich an.

Dann hielt er Wallander die Tüte hin, der dankend ablehnte und auf das Sitzungszimmer zeigte.

»Da tagen zwei Vertrauenspersonen von der Anwaltskammer«, sagte Svedberg. »Die gehen alle Dokumente durch, die wir hier gefunden haben, registrieren, plombieren und denken darüber nach, wie es weitergehen soll. Die Klienten müssen benachrichtigt und an andere Anwälte vermittelt werden. Torstenssons Kanzlei existiert nicht mehr.«

»Wir müssen Zugang zu dem Material bekommen. Die Wahrheit über das Geschehene kann sehr wohl in ihren Klientenbeziehungen verborgen sein«, sagte Wallander.

Svedberg runzelte fragend die Stirn. »Ihren? Du meinst wohl Sten Torstenssons. Denn der Papa hat sich ja totgefahren ...«

Wallander nickte. »Du hast recht. Ich meine natürlich Sten Torstenssons Klienten.«

»Eigentlich schade, daß es nicht andersherum ist«, sagte Svedberg.

Wallander hätte diesen Kommentar beinahe unbeachtet gelassen, aber dahinter konnte etwas Wichtiges stecken.

»Wieso?« fragte er erstaunt.

»Weil der alte Torstensson offenbar sehr wenige Klienten hatte, während sein Sohn mit vielen Fällen beschäftigt war.«

Svedberg nickte in Richtung des Sitzungszimmers. »Die glauben, daß sie mehr als eine Woche brauchen, um fertig zu werden.«

»Dann will ich sie jetzt nicht stören«, meinte Wallander. »Ich glaube, ich spreche lieber mit Frau Dunér.«

»Soll ich mitkommen?«

»Brauchst du nicht. Ich weiß, wo sie wohnt.«

Wallander stieg ins Auto und startete. Er war unsicher und unentschlossen. Dann zwang er sich zu einer Entscheidung. Er würde die einzige Spur verfolgen, die er bisher kannte. Die Spur, auf die ihn Sten Torstensson bei seinem Besuch in Skagen hingewiesen hatte.

Es muß da einen Zusammenhang geben, dachte Wallander, während er langsam nach Osten fuhr, Sandskogen passierte und die Stadt hinter sich ließ. Die beiden Todesfälle haben miteinander zu tun. Alles andere ergibt keinen Sinn.

Er schaute auf die graue Landschaft hinaus. Ein schwacher Nieselregen hatte eingesetzt, und er stellte die Heizung eine Stufe höher.

Wie kann man diesen Lehmboden nur mögen, dachte er. Und doch mag ich ihn. Ich bin ein Polizist, der mit dem Matsch als ständigem Begleiter lebt. Und der dieses Dasein gegen kein anderes tauschen will.

Wallander brauchte über eine halbe Stunde, bis er an die Stelle kam, wo sich Gustaf Torstensson am Abend des 11. Oktober totgefahren hatte. Er klemmte sich den Untersuchungsbericht unter den Arm und stieg aus. Aus dem Kofferraum holte er ein Paar Stiefel und zog sie an, bevor er sich umsah. Wind und Regen waren stärker geworden, er fror. Auf einem halb zerfallenen Zaun saß ein Bussard und starrte ihn an.

Die Unglücksstelle wirkte selbst für schonische Verhältnisse ungewöhnlich trist. In der Nähe gab es keine Gehöfte, nur die braunen Felder dehnten sich endlos wie ein Wattenmeer. Die Straße führte geradeaus, bis sie hundert Meter weiter in eine Steigung und eine scharfe Linkskurve überging. Wallander breitete die Skizze der Unglücksstelle auf der Motorhaube aus und verglich die Karte mit der Wirklichkeit. Der Unglückswagen hatte links von der Straße in etwa zwanzig Metern Entfernung umgestürzt auf dem Acker gelegen. Bremsspuren hatte man nicht festgestellt. Zum Zeitpunkt des Unglücks herrschte dichter Nebel.

Wallander legte den Bericht in den Wagen. Wieder stand er mitten auf der Fahrbahn und sah sich um. Es war noch kein Auto vorbeigekommen. Der Bussard saß nach wie vor auf seinem Zaunpfahl. Wallander sprang über den Straßengraben und landete im Matsch, der sofort an seinen Sohlen klumpte. Er maß die zwanzig Meter ab und schaute auf die Straße zurück. Das Lieferauto einer Fleischerei fuhr vorbei, kurz darauf kamen zwei Personenwagen. Der Regen wurde stärker. Wallander versuchte, das Geschehen zu rekonstruieren. Ein Auto mit einem älteren Fahrer ist mitten in einem Nebelgürtel. Plötzlich verliert der Mann die Kontrolle über das Fahrzeug, der Wagen kommt von der Fahrbahn ab, überschlägt sich ein- oder zweimal und bleibt mit den Rädern nach oben liegen. Der Fahrer sitzt angeschnallt auf seinem Platz. Tot. Er hat nur ein paar Schürfwunden im Gesicht, aber er ist mit dem Hinterkopf auf eine Metallkante geschlagen. Der Tod trat mit großer Wahrscheinlichkeit augenblicklich ein. Erst im Morgengrauen entdeckt ein Bauer von seinem Traktor aus, was geschehen ist.

Er muß gar nicht schnell gefahren sein, dachte Wallander. Er kann die Kontrolle verloren und in Panik Gas gegeben haben. So schoß der Wagen mit einem Satz auf den Acker. Was Martinsson über den Unfallort geschrieben hat, ist vermutlich sowohl umfassend als auch korrekt.

Als er zur Straße zurückgehen wollte, entdeckte er einen Gegenstand, der genau vor ihm lag, zur Hälfte im Lehm begraben. Er bückte sich und sah, daß es ein einfaches braungestrichenes Stuhlbein war. Als er es wegwarf, breitete der Bussard seine Schwingen aus und erhob sich in die Luft.

Bleibt das Autowrack, dachte Wallander. Aber vermutlich ist Martinsson auch da nichts entgangen.

Er kehrte zu seinem Wagen zurück, kratzte, so gut es ging, den Lehm von den Stiefeln und zog seine anderen Schuhe wieder an. Auf der Fahrt nach Ystad überlegte er, ob er die Gelegenheit nutzen und seinen Vater und dessen neue Frau draußen in Löderup besuchen sollte. Aber er ließ es sein. Es war wichtiger, mit Frau Dunér zu reden und den Unfallwagen zu besichtigen, bevor er wieder zum Polizeigebäude fuhr.

Er hielt an der OK-Tankstelle an der Einfahrt nach Ystad, trank eine Tasse Kaffee und aß ein belegtes Brot. Als er sich umschaute, dachte er, daß sich die schwedische Einsamkeit nirgendwo so deutlich offenbarte wie in den Imbißstuben an den Tankstellen. Er ließ den Kaffee stehen, von einer plötzlichen Unruhe erfaßt. Durch den Regen fuhr er in die Stadt hinein und bog am Hotel Continental zweimal nach rechts ab, um in die schmale Stickgatan zu kommen. Nach einem abenteuerlichen Parkmanöver stand der Wagen direkt vor dem Haus, in dem Berta Dunér wohnte, halb auf der Straße, halb auf dem Gehweg. Wallander klingelte am Eingang und wartete. Es dauerte fast eine Minute, bis geöffnet wurde. Ein bleiches Gesicht erschien im Türspalt.

»Ich heiße Kurt Wallander und bin Kriminalkommissar«, sagte er, während er in den Taschen vergeblich nach seiner Legitimation suchte. »Ich würde gern mit Ihnen sprechen, wenn es möglich ist.«

Frau Dunér öffnete die Tür und ließ ihn ein. Sie reichte ihm einen Kleiderbügel für seine feuchte Jacke. Dann führte sie ihn in ein Wohnzimmer mit blankem Parkettfußboden und einem Panoramafenster, durch das man auf einen kleinen Garten an der Rückseite des Hauses schaute. Wallander sah sich um: Nichts in der Wohnung war zufällig; vom Möbelstück bis zum kleinsten Ziergegenstand war alles bis ins Detail abgestimmt.

Sicher hielt sie die Anwaltskanzlei genauso in Ordnung, dachte er. Blumen zu gießen und Terminkalender zu führen, das sind vermutlich zwei Seiten derselben Sache – ein Leben ohne Überraschungen.

»Bitte, nehmen Sie Platz«, sagte sie mit unerwartet barscher Stimme. Wallander hatte sich vorgestellt, daß diese unnatürlich magere, grauhaarige Frau leise sprechen würde. Er ließ sich auf einem altmodischen Rohrstuhl nieder, der knackte, als er sich zurechtsetzte.

»Darf ich Ihnen eine Tasse Kaffee anbieten?« fragte sie.

Wallander schüttelte den Kopf.

»Tee?«

»Auch nicht. Ich möchte nur einige Fragen stellen und dann gleich wieder gehen.«

Sie setzte sich auf die äußerste Kante eines geblümten Sofas auf der anderen Seite des Glastischs. Wallander merkte, daß er weder Stift noch Notizblock eingesteckt hatte. Er hatte auch nicht daran gedacht, wenigstens die ersten Fragen vorzubereiten. Es war so wichtig, daß es im Rahmen einer Ermittlung keine belanglosen Verhöre oder Gespräche gab.

»Zuerst möchte ich Ihnen sagen, wie sehr ich das Geschehene bedauere«, begann er vorsichtig. »Gustaf Torstensson habe ich ja nur bei wenigen Gelegenheiten getroffen. Aber Sten Torstensson kannte ich gut.«

»Er hat vor neun Jahren Ihre Scheidung übernommen«, sagte Berta Dunér.

Im selben Augenblick erinnerte sich Wallander an sie. Berta Dunér hatte ihn und Mona begrüßt, wenn sie in die Kanzlei kamen, um in gereizter Stimmung die Formalitäten ihrer Trennung zu regeln. Damals waren ihr Haar noch nicht so grau und ihre Figur kräftiger gewesen. Dennoch wunderte er sich, warum er sie nicht gleich erkannt hatte.

»Sie haben ein gutes Gedächtnis«, sagte er.

»Namen kann ich vergessen, aber niemals Gesichter.«

Was sollte er darauf antworten? Wallander sagte sich, daß er mit dem Besuch bei Berta Dunér hätte warten müssen. Er wußte nicht, wonach er fragen, womit er beginnen sollte. Und an die Umstände seiner Scheidung wollte er lieber nicht erinnert werden.

»Sie haben bereits mit meinem Kollegen Svedberg gesprochen«, sagte er schließlich. »Leider ist es bei schwereren Verbrechen oft notwendig, weitere Fragen zu stellen, und es kann nicht immer derselbe Kommissar sein.«

Im stillen stöhnte er über seine schwerfällige Art, sich auszudrücken. Er war nahe daran, aufzustehen und mit einer Entschuldigung das Haus zu verlassen. Aber er zwang sich, die Gedanken zusammenzunehmen. »Wir müssen nicht darüber reden, wie Sie am Morgen ins Büro kamen und Sten Torstensson ermordet auffanden. Oder fällt Ihnen noch etwas ein, was Sie bisher vielleicht nicht erwähnt haben?«

Ihre Antwort kam bestimmt und ohne Zögern. »Nein, nichts. Es war so, wie ich es Herrn Svedberg geschildert habe.«

»Wann haben Sie denn am Abend zuvor das Büro verlassen?«

»Das war gegen sechs Uhr, vielleicht fünf Minuten nach sechs, nicht später. Ich hatte einige von Fräulein Lundin getippte Briefe durchgesehen. Dann rief ich Herrn Torstensson an und erkundigte mich, ob noch etwas zu tun wäre. Er sagte nein und wünschte mir einen guten Abend. Also zog ich mir den Mantel an und ging.«

»Die Tür fiel ins Schloß? Und Sten Torstensson blieb allein im Büro?«

»Ja.«

»Wissen Sie, was er an jenem Abend noch vorhatte?«

Sie sah ihn verwundert an. »Er wollte natürlich weiterarbeiten. Ein so beschäftigter Anwalt wie Sten Torstensson konnte nicht einfach nach Hause gehen, wenn es ihm paßte.«

Wallander nickte. »Ich weiß, daß er viel zu tun hatte. Ich möchte nur gern wissen, ob er mit einem speziellen, eiligen Fall befaßt war.«

»Alles war eilig«, sagte sie. »Da sein Vater zwei Wochen zuvor getötet worden war, hatte er natürlich ein enormes Arbeitspensum, das versteht sich wohl von selbst.«

Wallander stutzte. »Sie sprechen von dem Autounfall?«

»Wovon sonst?«

»Sie sagten, sein Vater sei getötet worden. Ich wundere mich über Ihre Wortwahl ...«

»Man stirbt oder man wird getötet«, sagte sie. »Man stirbt in seinem Bett eines natürlichen Todes, wie es so schön heißt. Aber wenn man bei einem Autounfall umkommt, wird man ja wohl getötet, das müssen Sie doch zugeben?«

Wallander nickte langsam. Er verstand, was sie gemeint hatte. Trotzdem war er unsicher, ob sie nicht noch etwas anderes gesagt, ob sie nicht unfreiwillig eine Botschaft ausgesandt hatte. Sofort mußte er an den Verdacht denken, der Sten Torstensson dazu getrieben hatte, ihn in Skagen zu besuchen.

»Können Sie sich aus dem Stegreif erinnern, was Sten Torstensson in der Woche davor getan hat?« fragte er. »Am Dienstag, dem 24., und Mittwoch, dem 25. Oktober?«

Sie antwortete, ohne zu zögern. »Da war er verreist.«

Sten Torstensson hatte also aus seiner Abwesenheit kein Geheimnis gemacht, dachte Wallander.

»Er sagte, er müsse mal für ein paar Tage raus und die Sorgen über den Tod des Vaters vergessen. Ich habe natürlich alle Termine für diese beiden Tage abgesagt.«

Plötzlich brach sie in Tränen aus. Wallander fühlte sich ganz hilflos. Nervös knarrte der Stuhl unter seinem Gewicht.

Hastig stand sie auf und lief in die Küche hinaus. Er hörte, wie sie sich die Nase putzte. Dann kam sie zurück. »Es ist so schwer«, sagte sie. »Es ist so unendlich schwer.«

»Ich verstehe.«

»Er hat mir eine Ansichtskarte geschickt«, sagte sie mit einem schwachen Lächeln. Wallander fürchtete, daß sie jeden Moment wieder die Fassung verlieren würde. Aber sie nahm sich zusammen.

»Wollen Sie sie sehen?« fragte sie.

»Ja, gern.« Wallander nickte.

Sie trat an das Bücherregal an der einen langen Wand. Aus einer Porzellanschale nahm sie eine Karte und reichte sie ihm. »Finnland muß wunderschön sein. Leider bin ich nie dort gewesen. Und Sie?«

Wallander starrte verständnislos auf die Ansichtskarte. Sie zeigte eine Seenlandschaft in der Abendsonne. »Ja«, sagte er langsam. »Ich bin schon in Finnland gewesen. Sie haben ganz recht, es ist ein sehr schönes Land.«

»Bitte entschuldigen Sie, daß ich mich so gehenließ. Aber die Karte kam am selben Tag, an dem ich ihn tot aufgefunden habe.«

Wallander nickte zerstreut.

Es gab mehr Fragen an Berta Dunér, als er geahnt hatte. Aber gleichzeitig wurde ihm klar, daß es zu früh war, sie zu stellen. Seiner Sekretärin hatte Sten Torstensson also gesagt, er würde nach Finnland reisen. Eine Ansichtskarte war von dort gekommen, wie ein rätselhafter Beweis. Aber wer hatte sie geschickt, wenn sich Sten Torstensson doch gleichzeitig auf Jütland befand?

»Ich muß diese Karte für die Ermittlungen einige Tage behalten«, sagte er. »Aber ich verspreche Ihnen persönlich, daß Sie sie zurückbekommen.«

»Ich verstehe.«

»Eine letzte Frage noch, bevor ich gehe. Haben Sie in der letzten Zeit, bevor er starb, etwas Ungewöhnliches bemerkt?«

»Wie meinen Sie das?«

»Hat er sich auffällig verhalten?«

»Der Tod seines Vaters hat ihn natürlich sehr mitgenommen.«

»Sonst nichts?«

Wallander hörte selbst, wie wenig sensibel die Frage klang. Trotzdem wartete er auf ihre Antwort.

»Nein, er war wie immer.«

Wallander erhob sich von dem Rohrstuhl. »Ich muß bestimmt noch einmal mit Ihnen reden«, sagte er.

Sie blieb auf dem Sofa sitzen. »Wer kann etwas so Gräßliches tun?« fragte sie. »Hineingehen, einen Mann umbringen und dann einfach wieder hinausspazieren, als sei nichts geschehen?«

»Das müssen wir herausfinden. Wissen Sie, ob er Feinde hatte?«

»Ich wüßte nicht, warum.«

Wallander zögerte einen Augenblick, dann stellte er noch eine Frage. »Was, glauben Sie, ist im einzelnen geschehen?«

Sie stand auf, bevor sie antwortete. »Früher konnte man selbst das verstehen, was unbegreiflich erschien. Aber heute nicht mehr. Nicht einmal das ist mehr möglich in unserem Land.«

Wallander zog seine Jacke an, die noch schwer war von der Feuchtigkeit. Draußen auf der Straße blieb er stehen. Ihm fiel der Spruch ein, den er sich in seiner Jugend gemerkt hatte, am Beginn seiner Arbeit als Polizist.

Leben und Tod, alles hat seine Zeit.

Er dachte auch an den letzten Satz, den Berta Dunér eben gesagt hatte. Es war etwas Wichtiges über Schweden. Etwas, worauf er zurückkommen sollte. Aber für den Augenblick verdrängte er ihre Worte.

Ich muß versuchen, die Gedanken der Toten zu verstehen. Eine Ansichtskarte aus Finnland, abgestempelt an einem Tag, an dem Sten Torstensson mit mir im Kunstmuseum von Skagen Kaffee getrunken hat, bedeutet, daß er nicht die Wahrheit gesagt hat. Jedenfalls nicht die ganze. Ein Mensch kann nicht lügen, ohne selbst davon zu wissen.

Er setzte sich ins Auto und überlegte, was er tun sollte. Eigentlich hatte er Lust, in seine Wohnung in der Mariagata zu fahren, sich ins Schlafzimmer zu legen und die Gardinen vorzuziehen. Als Polizist hatte er allerdings an anderes zu denken.

Er sah auf seine Armbanduhr. Viertel vor zwei. Spätestens um vier mußte er wieder im Präsidium sein, um an der Nachmittagsbesprechung der Ermittlungsgruppe teilzunehmen. Nach kurzem Zögern startete er den Wagen, bog in die Hamngata und hielt sich dann links, um wieder auf den Österled zu gelangen. Dann folgte er dem Malmöväg bis zur Abzweigung nach Bjäresjö. Der Nieselregen hatte aufgehört, es herrschte ein böiger Wind. Nach einigen Kilometern verließ er die Hauptstraße und hielt vor einem eingezäunten Gelände. Ein rostiges Schild besagte, daß es sich um Niklassons Schrottplatz handelte. Das Tor stand offen, und er fuhr zwischen aufgestapelten Autowracks hindurch. Er fragte sich, wie oft er in seinem Leben schon auf diesem Schrottplatz gewesen war. Niklasson war unzählige Male wegen Hehlerei verdächtigt und angeklagt worden. Bei der Polizei von Ystad genoß er einen legendären Ruf, weil er niemals verurteilt worden war, obwohl es oft lückenlose Beweise gegeben hatte. Doch schließlich war immer eine unsichtbare Nadel aufgetaucht und hatte die Anklage wie einen Luftballon zum Platzen gebracht. So konnte Niklasson jedesmal in seine beiden zusammengeschweißten Wohnwagen zurückkehren, die ihm als Wohnung und Büro dienten.

Wallander stellte den Motor ab und stieg aus dem Wagen. Eine schmutzige Katze saß auf der rostigen Karosserie eines alten Peugeot und beobachtete ihn. Im selben Augenblick sah er Niklasson, der hinter einem Reifenstapel hervorkam. Er trug einen dunklen Kittel und hatte den speckigen Hut fest über die langen Haare gezogen. Wallander konnte sich nicht erinnern, ihn je in anderen Sachen gesehen zu haben.

»Kurt Wallander«, sagte Niklasson und lächelte. »Lange nicht gesehen. Willst du mich abholen?«

»Sollte ich?« fragte Wallander.

Niklasson lachte. »Das mußt du selbst am besten wissen.«

»Du hast einen Wagen hier, den ich mir ansehen möchte«, sagte Wallander. »Einen dunkelblauen Opel, der dem Anwalt Gustaf Torstensson gehört hat.«

»Ach der«, winkte Niklasson ab und setzte sich in Bewegung. »Der steht hier hinten. Warum willst du dir den ansehen?«

»Weil bei dem Unfall ein Mensch darin gestorben ist.«

»Die Leute fahren wie die Verrückten«, sagte Niklasson. »Mich wundert nur, daß sich nicht noch mehr totfahren. Hier ist er. Ich habe ihn noch nicht ausgeschlachtet; er ist noch so, wie er angeliefert wurde.«

Wallander nickte. »Ich komme allein klar.«

»Sicher doch«, sagte Niklasson. »Ich habe mich übrigens immer gefragt, was das für ein Gefühl ist, einen Menschen zu töten.«

Die Bemerkung kam überraschend.

»Es ist ein gräßliches Gefühl«, murmelte Wallander. »Was dachtest du?«

Niklasson zuckte die Schultern. »Nichts. Hat mich nur mal so interessiert.«

Als Wallander allein war, ging er zweimal um den Unfallwagen herum. Er wunderte sich, daß der Opel äußerlich fast unversehrt wirkte, obwohl er doch über den befestigten Fahrbahnrand auf den Acker gerast war und sich dann überschlagen hatte. Er hockte sich hin und betrachtete den Fahrersitz. Sofort wurde seine Aufmerksamkeit durch die Autoschlüssel gefesselt, die vor dem Gaspedal auf der Bodenmatte lagen. Mit einiger Mühe gelang es ihm, die Tür zu öffnen. Er nahm das Bund und steckte den Zündschlüssel ins Schloß. Sten Torstensson hatte völlig recht gehabt. Weder Schlüssel noch Zündschloß waren beschädigt. Nachdenklich ging er noch einmal um den Wagen herum. Dann kroch er hinein und versuchte sich vorzustellen, wogegen Gustaf Torstensson mit dem Nacken geschlagen sein könnte. Er prüfte alle Möglichkeiten, kam jedoch zu keinem Ergebnis. Obwohl es an verschiedenen Stellen eingetrocknete Blutflecken gab, konnte er die Stelle nicht finden, wo der Hinterkopf aufgeprallt war.

Mit den Schlüsseln in der Hand stieg er aus dem Auto. Ohne richtig zu wissen, warum, öffnete er den Kofferraum. Darin lagen ein paar alte Zeitungen und ein zerbrochener Holzstuhl. Sofort erinnerte er sich an das Stuhlbein, das er auf dem Acker gefunden hatte. Er nahm eine Zeitung und las das Datum. Sie war über ein halbes Jahr alt. Dann ließ er die Heckklappe wieder zufallen.

Jetzt erst wurde ihm klar, daß er etwas entdeckt hatte.

Er erinnerte sich genau an Martinssons Bericht. Darin hieß es eindeutig, daß alle Türen außer der Fahrertür verriegelt gewesen waren, ebenso der Kofferraum.

Wallander stand wie versteinert.

Ein kaputter Stuhl liegt in einem verschlossenen Kofferraum, ein Stuhlbein draußen im Lehm. Drinnen im Auto sitzt ein toter Mann.

Seine erste Reaktion war Wut über die schlampige Untersuchung und die oberflächliche Schlußfolgerung. Dann fiel ihm ein, daß nicht einmal Sten Torstensson das Stuhlbein gesehen und eine Beziehung zu der verschlossenen Heckklappe hergestellt hatte.

Langsam ging er zu seinem Wagen zurück.

Sten Torstensson hatte also recht gehabt. Sein Vater war

nicht durch einen Autounfall ums Leben gekommen. Auch wenn er noch nicht ahnen konnte, was es war, so wußte er doch, daß an jenem Abend etwas geschehen war, im Nebel, auf der abgelegenen Straße. Mindestens eine weitere Person mußte dort gewesen sein. Aber wer?

Niklasson kam aus seinem Wohnwagen. »Willst du Kaffee?« fragte er.

Wallander schüttelte den Kopf. »Rühr den Wagen nicht an. Wir müssen ihn noch einmal untersuchen.«

»Sei bloß vorsichtig«, sagte Niklasson.

Wallander runzelte die Stirn. »Warum?«

»Dieser Sohn, wie hieß er doch gleich? Sten Torstensson? Er war auch hier und hat sich den Opel angesehen. Und nun ist er tot. Das meine ich. Weiter nichts.«

Niklasson zuckte die Schultern und wiederholte: »Nur das. Weiter nichts.«

Wallander kam ein Gedanke. »War noch jemand hier und hat sich für das Auto interessiert?«

Niklasson schüttelte den Kopf. »Niemand.«

Wallander fuhr zurück nach Ystad. Er war müde. Noch überschaute er nicht, was er eigentlich herausgefunden hatte.

Grundsätzlich aber hatte er keinen Zweifel mehr. Sten Torstensson hatte recht gehabt. Hinter dem Autounfall verbarg sich etwas ganz anderes.

Es war sieben Minuten nach vier, als Björk die Tür zum Konferenzraum hinter sich schloß. Wallander spürte sofort, daß die Stimmung gedrückt war. Er war sicher, daß keiner der anwesenden Kriminalisten etwas Dramatisches, für den Gang der Ermittlungen Entscheidendes mitzuteilen hatte. Solche Augenblicke der alltäglichen Arbeit werden in Kriminalfilmen nie gezeigt, dachte er. Und doch sind es diese stummen Momente, wo alle müde und manchmal gereizt sind, aus denen sich der Fortgang der Ermittlungen entwickelt. Wir müssen auch darüber reden, daß wir nichts wissen.

Gleichzeitig entschied er sich. Ob es ein eitler Versuch war, seine Rückkehr in den Dienst zu rechtfertigen, konnte er später nicht mehr nachvollziehen. Jedenfalls war die Situation geeignet zu zeigen, daß er trotz allem noch kein ausgebranntes Wrack war, das sich besser schweigend und unauffällig zurückgezogen hätte.

Seine Gedanken wurden unterbrochen, als Björk ihn auffordernd ansah. Wallander schüttelte kaum merklich den Kopf. Noch hatte er nichts zu sagen.

»Was haben wir?« sagte Björk. »Wo stehen wir?«

»Ich habe Klinken geputzt«, begann Svedberg. »In den umliegenden Häusern, jeden Treppenaufgang. Aber niemand hat etwas Ungewöhnliches gehört oder gesehen. Seltsamerweise kam auch kein einziger Tip aus der Bevölkerung. Die ganze Ermittlung steckt in einer Sackgasse.«

Björk wandte sich Martinsson zu.

»Ich war in seiner Wohnung in der Regimentsgata«, berichtete er. »Ich glaube, ich war noch nie so unsicher, wonach ich eigentlich suchen sollte. Nur eines kann ich mit Sicherheit sagen: Sten Torstensson hatte etwas für alten Cognac übrig und besaß eine Menge antiquarischer Bücher, die vermutlich nicht billig waren. Dann habe ich versucht, von den Technikern in Linköping etwas über die Pistolenkugeln zu erfahren. Aber sie haben mich auf morgen vertröstet.«

Björk seufzte und schaute zu Ann-Britt Höglund.

»Ich habe versucht, mir ein Bild von seinem privaten Umgang zu machen«, begann sie. »Von seiner Familie, seinen Freunden. Aber auch da war nichts, was uns weiterbringen würde. Er hatte keinen großen Bekanntenkreis, er scheint fast ausschließlich für seinen Beruf gelebt zu haben. Früher ist er im Sommer oft gesegelt. Aber damit hat er aufgehört; warum, weiß ich nicht genau. Es gibt nicht viele Verwandte, ein paar Tanten und Cousinen. Er muß so etwas wie ein Eigenbrötler gewesen sein.«

Während sie redete, beobachtete Wallander sie verstohlen. Sie spricht so überlegt und klar, daß man sie für phantasielos halten könnte, dachte er. Aber er war vorsichtig in seiner Beurteilung. Noch kannte er sie nicht persönlich, sondern nur ihren Ruf als eine besonders vielversprechende Kollegin.

Die neue Zeit, dachte er. Vielleicht ist sie der Polizistentyp der Zukunft. Ich habe mich schon immer gefragt, wie der aussehen wird.

»Mit anderen Worten, wir sind keinen Schritt weitergekommen«, sagte Björk. »Wir wissen, daß Sten Torstensson erschossen wurde. Wir wissen, wo und wann, jedoch nicht, warum und von wem. Es bleibt uns wohl nichts anderes übrig, als zu akzeptieren, daß uns schwierige, zeitaufwendige Ermittlungen bevorstehen.«

Keiner konnte etwas entgegnen. Es hatte wieder angefangen zu regnen.

Jetzt mußte Wallander reden. »Was Sten Torstensson angeht, habe ich nichts hinzuzufügen«, sagte er. »Da kommen wir erst einmal nicht weiter. Ich glaube, wir sollten uns zunächst mit seinem Vater beschäftigen.«

Sofort richtete sich die Aufmerksamkeit aller auf ihn.

»Gustaf Torstensson starb nicht durch einen Verkehrsunfall«, fuhr er fort. »Er wurde ermordet, wie sein Sohn. Wir müssen davon ausgehen, daß es einen Zusammenhang gibt. Alles andere wäre sinnlos.«

Er sah seine Kollegen an, die ihn reglos anstarrten.

Plötzlich waren die unendlichen Strände Skagens und die karibische Inselwelt weit weg. Wallander spürte, daß er die Mauer durchbrochen hatte und in das Leben zurückgekehrt war, das er eine Zeitlang nicht hatte ertragen können.

»Eigentlich habe ich nur noch eines hinzuzufügen«, sagte er nachdenklich. »Ich kann beweisen, daß er ermordet wurde.«

Am Tisch wurde es totenstill. Schließlich brach Martinsson das Schweigen. »Von wem?«

»Von jemandem, der einen seltsamen Fehler gemacht hat.«

Wallander stand auf.

Wenig später waren sie in drei Wagen unterwegs zu der abgelegenen Straße in der Nähe von Brösarps Backar.

Als sie ankamen, dämmerte es bereits.

4

Am späten Nachmittag des 1. November erlebte der schonische Landwirt Olof Jönsson einen seltsamen Augenblick. Er war draußen auf seinen Feldern und plante im Kopf die kommende Frühjahrsaussaat, als er plötzlich auf der anderen Seite der Straße eine Gruppe von Menschen entdeckte, die im Halbkreis im Lehm herumstand, als sei sie um ein Grab versammelt. Da er immer ein Fernglas bei sich hatte, wenn er seine Felder inspizierte – manchmal streiften Rehe am Waldrand entlang –, konnte er die Besucher genauer betrachten. Einer kam ihm bekannt vor; er hatte das Gesicht schon irgendwo gesehen. Gleichzeitig fiel ihm auf, daß die vier Männer und die einzelne Frau sich genau an der Stelle befanden, wo sich einige Wochen zuvor ein alter Mann totgefahren hatte. Hastig nahm er das Fernglas herunter, als wollte er nicht aufdringlich erscheinen. Vermutlich waren es Angehörige des Verunglückten, die ihm ihren Respekt erweisen wollten, indem sie den Platz besuchten, an dem er ums Leben gekommen war. Olof Jönsson lief weiter und schaute sich nicht um.

Als sie an die Unglücksstelle kamen, durchzuckte Wallander die Vorstellung, er habe sich das Ganze nur eingebildet. Was er da draußen im Lehm gefunden hatte, war vielleicht gar kein Stuhlbein. Während er auf den Acker hinausstapfte, blieben seine Kollegen auf der Straße und warteten. Im Rücken hörte er ihre Stimmen, konnte jedoch nicht verstehen, was sie sagten.

Eingeschränktes Urteilsvermögen, dachte er, während er nach dem Stuhlbein suchte. Die fragen sich sicher, ob ich für den Polizeidienst überhaupt noch tauglich bin.

Aber da lag das Stück Holz vor seinen Füßen. Er musterte

es schnell, bis er sicher war, sich nicht geirrt zu haben. Dann drehte er sich um und winkte die anderen heran. Kurz darauf standen sie um das Stuhlbein versammelt, das fest im Lehm steckte.

»Könnte stimmen«, sagte Martinsson zögernd. »Ich erinnere mich an den kaputten Stuhl im Kofferraum. Das hier könnte ein Teil davon sein.«

»Trotzdem scheint das Ganze sehr seltsam«, meinte Björk. »Ich möchte, daß du deinen Gedankengang noch einmal wiederholst, Kurt.«

»Ganz einfach«, sagte Wallander. »Ich habe Martinssons Bericht gelesen. Da stand, daß der Kofferraum verriegelt war. Nichts deutete darauf hin, daß die Klappe aufgesprungen und später wieder ins Schloß gefallen ist. Sonst müßte es ja wenigstens äußere Anzeichen geben, daß das Heckteil des Wagens auf den Boden aufgeschlagen ist. Die gibt es aber nicht.«

»Hast du dir den Opel angesehen?« fragte Martinsson verblüfft.

»Ich versuche nur, mit euch gleichzuziehen«, sagte Wallander und merkte, daß es wie eine Entschuldigung klang.

Schließlich konnte sein Besuch bei Niklasson so ausgelegt werden, als traue er Martinsson nicht zu, eine einfache Unfalluntersuchung vorzunehmen. Was ja auch stimmte, aber jetzt nicht von Bedeutung war.

»Ich meine nur«, fuhr Wallander fort, »daß ein Mann, der allein in einem Auto sitzt und sich auf einem Acker vielleicht sogar mehrmals überschlägt, nicht anschließend aus dem Wagen steigt, den Kofferraum öffnet, ein abgebrochenes Stuhlbein herausnimmt, die Klappe wieder zumacht, sich wieder hinters Lenkrad setzt, sich anschnallt und dann an einem harten Schlag auf den Hinterkopf stirbt.«

Alle schwiegen. Wallander hatte diesen Moment viele Male zuvor erlebt. Eine Hülle fällt und gibt etwas frei, was niemand zu sehen erwartet hatte.

Svedberg holte eine Plastiktüte hervor und legte das Stuhlbein vorsichtig hinein.

»Ich habe es etwa fünf Meter von hier gefunden«, sagte

Wallander und zeigte in die Richtung. »Ich habe es in die Hand genommen und dann weggeworfen.«

»Merkwürdige Art, mit Beweismitteln umzugehen«, sagte Björk.

»Da wußte ich ja noch nicht, daß es mit Gustaf Torstenssons Tod zu tun hatte«, verteidigte sich Wallander. »Ich weiß auch nicht, was das Stuhlbein an sich beweist.«

»Wenn ich dich richtig verstehe«, sagte Björk und ignorierte Wallanders Kommentar, »dann bedeutet das hier, daß noch jemand anwesend war, als Gustaf Torstensson verunglückte. Es muß aber nicht bedeuten, daß er getötet wurde. Es könnte jemand gewesen sein, der den Unfall entdeckt hat und sehen wollte, ob es aus dem Kofferraum etwas zu stehlen gab. Daß die betreffende Person uns danach nicht informiert beziehungsweise ein altes Stuhlbein weggeworfen hat, ist nicht weiter verwunderlich. Leichenfledderer geben sich selten zu erkennen.«

»Das ist natürlich richtig«, sagte Wallander.

»Und doch hast du behauptet, du könntest beweisen, daß er ermordet wurde.«

»Das war übereilt«, antwortete Wallander. »Ich hätte sagen sollen, daß das hier die Situation teilweise verändert.«

Sie gingen zur Straße zurück.

»Wir müssen den Opel noch einmal untersuchen«, sagte Martinsson. »Die Kriminaltechniker werden sich wundern, wenn wir ihnen einen kaputten Holzstuhl schicken.«

Björk ließ erkennen, daß er die Versammlung auf der Straße beenden wollte. Es hatte wieder angefangen zu regnen; der Wind war kräftiger geworden. »Morgen entscheiden wir, wie wir vorgehen. Wir müssen die verschiedenen Spuren prüfen; leider sind es ja nicht so viele. Ich glaube nicht, daß wir hier und jetzt weiterkommen.«

Sie gingen zu ihren Wagen. Ann-Britt Höglund blieb an Wallanders Seite. »Kann ich mit dir fahren?« fragte sie. »Ich wohne direkt in Ystad. Martinsson hat überall Kindersitze, und Björks Auto ist voller Angelgerät.«

Wallander nickte. Sie fuhren als letzte ab. Für Wallander war es ein ungewohntes Gefühl, jemanden so nahe bei sich zu haben. Ihm fiel ein, daß er seit jenem Sommertag vor fast zwei Jahren, als sein Schweigen begann, eigentlich mit niemandem außer mit seiner Tochter richtig gesprochen hatte.

Schließlich begann sie zu reden. »Ich glaube, du hast recht. Natürlich muß es einen Zusammenhang zwischen dem Tod des Vaters und dem des Sohnes geben.«

»Das muß auf jeden Fall untersucht werden.«

Zur Linken sahen sie das Meer. Die Wellen brachen sich; Gischt spritzte auf.

»Warum wird man Polizist?« fragte Wallander.

»Warum andere es werden, weiß ich nicht. Ich weiß nur, warum ich es geworden bin. Ich erinnere mich aber, daß auf der Polizeischule fast jeder einen anderen Traum hatte.«

»Haben denn Polizisten Träume?« fragte Wallander.

Sie sah ihn an. »Alle Menschen haben Träume. Auch Polizisten. Hast du keine?«

Wallander wußte nicht, was er antworten sollte. Aber ihre Gegenfrage war natürlich richtig. Wo sind meine Träume, dachte er. Wenn man jung ist, hat man Träume, die entweder verblassen oder sich in einen Willen verwandeln, dem man dann folgt. Was ist mir eigentlich geblieben von all dem, was ich einmal wollte?

»Ich wurde Polizistin, weil ich mich entschieden habe, nicht Priesterin zu werden«, sagte sie plötzlich. »Ich habe lange an Gott geglaubt. Meine Eltern gehören der Pfingstbewegung an. Aber eines Tages war alles einfach fort, eines Morgens, als ich aufwachte. Lange wußte ich überhaupt nicht, was ich tun sollte. Dann geschah jedoch etwas, und ich entschloß mich fast sofort, Polizistin zu werden.«

Er warf ihr einen Blick zu. »Erzähl bitte. Ich wüßte gern, warum Menschen immer noch zur Polizei wollen.«

»Ein andermal«, sagte sie ausweichend. »Nicht jetzt.«

Sie näherten sich Ystad. Sie erklärte ihm, wo sie wohnte, an der westlichen Einfahrt, in einer der neugebauten hellen Ziegelvillen mit Aussicht auf das Meer.

»Ich weiß nicht einmal, ob du Familie hast«, sagte Wallander, als sie in den halbfertigen Weg einbogen.

»Ich habe zwei Kinder. Mein Mann ist Installateur. In der ganzen Welt baut er Pumpen und wartet sie; er ist fast nie bei uns. Aber er hat das Haus zusammengespart.«

»Klingt nach einem spannenden Beruf.«

»Ich werde dich mal an einem Abend einladen, wenn er hier ist«, sagte sie. »Dann kann er dir selbst erzählen, wie es ist.«

Er hielt vor ihrer Tür.

»Ich glaube, alle sind froh, daß du wieder da bist«, sagte sie zum Abschied.

Wallander hatte das Gefühl, daß diese Bemerkung nicht der Wahrheit entsprach, sondern eher ein Versuch war, ihn aufzumuntern, aber er nickte und murmelte einen Dank.

Dann fuhr er auf dem kürzesten Weg in die Mariagata, hängte die feuchte Jacke über den Stuhl und legte sich aufs Bett. Nicht einmal die schmutzigen Schuhe zog er aus. Er schlief ein und träumte, er läge bei Skagen in den Dünen.

Als er eine Stunde später aufwachte, wußte er zuerst nicht, wo er war. Dann zog er die Schuhe aus, ging in die Küche und kochte Kaffee. Durch das Fenster sah er, wie die Straßenlaterne in den kräftigen Windböen schwankte.

Bald ist wieder Winter, dachte er. Schnee und Chaos und Stürme. Und ich bin wieder Polizist. Das Leben wirft einen hin und her. Wann hat man schon selbst das Steuer in der Hand?

Lange saß er da und starrte auf die Tasse. Erst als der Kaffee fast kalt war, holte er aus einer Schublade einen Block und einen Stift.

Jetzt muß ich mich wieder wie ein Polizist benehmen, dachte er. Ich werde für konstruktive Gedanken bezahlt, dafür, daß ich verbrecherische Handlungen aufkläre, und nicht für Grübeleien über meine private Misere.

Es war bereits Mitternacht, als er den Stift zur Seite legte und den Rücken streckte.

Dann beugte er sich noch einmal über die Zusammenfassung, die er zu Papier gebracht hatte. Auf dem Boden um seine Füße herum lagen viele zusammengeknüllte Seiten.

Ich finde kein Muster, dachte er. Es gibt keinen erkennbaren

Zusammenhang zwischen dem angeblichen Autounfall und der Tatsache, daß Sten Torstensson zwei Wochen später in seinem Büro erschossen wird. Sten Torstenssons Tod muß nicht einmal Folge dessen sein, was seinem Vater geschehen ist. Es kann sich auch umgekehrt verhalten.

Er erinnerte sich an zwei Sätze, die Rydberg in seinem letzten Lebensjahr gesagt hatte, als sie sich verzweifelt um die Aufklärung einer Serie von Brandstiftungen bemühten: »Die Ursache kann manchmal nach der Wirkung kommen. Als Polizist mußt du immer bereit sein, beim Denken die Richtung zu wechseln.«

Er stand auf, ging ins Wohnzimmer hinüber und legte sich aufs Sofa. Ein alter Mann sitzt tot in seinem Wagen, auf einem Acker, an einem Oktobermorgen, begann er in Gedanken von vorn. Er kam von einem Treffen mit einem Klienten und war auf dem Heimweg. Nach einer Routineuntersuchung wird der Fall als Autounglück zu den Akten gelegt. Der Sohn des Toten glaubte jedoch von Anfang an nicht an einen Unfall. Die beiden entscheidenden Gründe sind, daß der Vater bei Nebel niemals schnell fuhr und daß er in der Zeit davor verstört und erregt gewesen war, ohne es zeigen zu wollen.

Plötzlich schreckte Wallander auf. Er war nun doch einem Muster auf der Spur, besser gesagt, einem Nicht-Muster, einem verfälschten Muster, konstruiert, damit das wirkliche Geschehen verborgen blieb.

Er verfolgte seinen Gedankengang weiter. Sten Torstensson hatte nicht beweisen können, daß es kein gewöhnlicher Unfall war. Er hatte das Stuhlbein draußen auf dem Acker nicht gesehen, nicht über den kaputten Stuhl im Kofferraum des Wagens seines Vaters nachgedacht. Gerade weil er keine entscheidenden Beweise finden konnte, hatte er sich an Wallander gewandt. Er hatte sich die Mühe gemacht, seinen Aufenthaltsort herauszufinden und zu ihm zu fahren.

Zu gleicher Zeit hatte er durch eine Ansichtskarte aus Finnland eine falsche Fährte gelegt. Zwei Tage später wird er in seinem Büro erschossen. Kein Zweifel, daß es Mord war.

Wallander merkte, daß er den Faden verloren hatte. Was er

gesehen zu haben meinte, ein Muster, unter dem ein anderes lag, verschwand im Niemandsland.

Er war müde. Heute nacht kam er nicht weiter. Aus Erfahrung wußte er aber auch, daß die Ahnungen wiederkehren würden, wenn sie von Bedeutung waren.

Er ging in die Küche, spülte die Kaffeetasse ab und hob die zerknüllten Notizen vom Boden auf.

Ich muß noch einmal von vorn beginnen, dachte er. Aber wo ist der Anfang? Bei Gustaf oder Sten Torstensson?

Er legte sich zu Bett, konnte aber trotz seiner Müdigkeit nicht einschlafen. Leise regte sich in ihm das Interesse an den Motiven für Ann-Britt Höglunds Entschluß, sich zur Polizistin ausbilden zu lassen.

Als er zum letzten Mal auf die Uhr schaute, war es halb drei.

Kurz nach sechs wachte er auf, müde und zerschlagen, stand aber sofort mit dem unbestimmten Gefühl auf, verschlafen zu haben. Wenige Minuten nach halb acht betrat er das Polizeigebäude und sah erfreut, daß Ebba auf ihrem gewohnten Platz in der Anmeldung saß. Als sie ihn erblickte, sprang sie auf und lief ihm entgegen. Sie war gerührt, und er hatte selbst einen Kloß im Hals.

»Ich konnte es gar nicht glauben«, sagte sie. »Bist du wirklich zurückgekommen?«

»Sieht ganz so aus.«

»Ich glaube, ich heule gleich los.«

»Tu es nicht. Wir reden später.«

Er ging weiter, so schnell er konnte. Als er in sein Büro kam, sah er, daß es gründlich gereinigt worden war. Auf dem Tisch lag eine Nachricht, daß sein Vater um einen Anruf bitte. Der schwer lesbaren Handschrift nach zu urteilen, hatte Svedberg das Gespräch am Abend zuvor entgegengenommen. Einen Augenblick verharrte er mit dem Hörer in der Hand, dann entschied er sich, noch zu warten. Er nahm sich die Zusammenfassung vor, die er in der Nacht zustande gebracht hatte, und las sie noch einmal durch. Das Gefühl, trotz allem bereits jetzt einen deutlichen Zusammenhang zwischen den Ereignissen erkennen zu können, wollte sich nicht wieder einstellen. Er schob die Papiere von sich. Es ist noch zu früh, dachte er. Ich kehre nach anderthalb einsamen Jahren zurück und habe weniger Geduld als je zuvor. Irritiert griff er nach seinem Schreibblock und schlug eine leere Seite auf.

Ihm war klar, daß sie von vorn beginnen mußten. Da niemand mit Sicherheit sagen konnte, wo der Anfang war, mußten sie das Feld ihrer Ermittlungen breit anlegen. Eine halbe Stunde war er damit beschäftigt, den Plan zu skizzieren. Eigentlich müßte Martinsson die Leitung übernehmen. Er selbst war zwar wieder im Dienst, wollte aber nicht sofort die ganze Verantwortung tragen.

Das Telefon klingelte. Er zögerte, bevor er den Hörer abnahm.

»Ich höre große Neuigkeiten«, sagte Per Åkeson. »Ich freue mich sehr, ehrlich!« Per Åkeson war der Staatsanwalt, zu dem Wallander in all den Jahren den besten Kontakt gehabt hatte. Sie hatten oft hitzig darüber gestritten, wie ein Ermittlungsergebnis interpretiert werden sollte. Wallander war manchmal wütend gewesen, wenn Per Åkeson eine Verhaftung ablehnte, weil seiner Meinung nach das belastende Material nicht ausreichte. Aber im Grunde hatte es immer eine gemeinsame Auffassung von der Arbeit gegeben.

Beide haßten es, wenn eine laufende Untersuchung nachlässig betrieben wurde.

»Ich gebe zu, daß es ein seltsames Gefühl ist«, sagte Wallander.

»Es gab hartnäckige Gerüchte, du würdest aus gesundheitlichen Gründen vorzeitig pensioniert. Jemand sollte Björk einen Tip geben, damit er den Tendenzen zur Verbreitung von Klatsch energisch entgegentritt.«

»Das waren keine Gerüchte. Ich hatte wirklich beschlossen aufzuhören.«

»Darf man fragen, warum du deine Meinung geändert hast?«

»Etwas ist geschehen«, antwortete Wallander ausweichend.

Er wußte, daß Per Åkeson auf eine nähere Erklärung wartete. Aber er sagte nichts mehr.

»Ich freue mich, daß du wieder da bist«, wiederholte Per Åkeson schließlich. »Und ich bin sicher, auch im Namen meiner Kollegen zu sprechen.«

Die Freundlichkeit, die ihm entgegenströmte, begann Wallander unangenehm zu werden, zumal es ihm schwerfiel, daran zu glauben.

Immer steht man mit einem Bein im Sumpf, mit dem anderen in der Blumenwiese, dachte er grimmig.

»Ich gehe davon aus, daß du den Fall Torstensson übernimmst«, fuhr Per Åkeson fort. »Wir sollten uns vielleicht im Laufe des Tages treffen und unsere Positionen bestimmen.«

»Ich übernehme den Fall nicht«, sagte Wallander, »ich nehme auf eigenen Wunsch an den Ermittlungen teil. Ich setze voraus, daß jemand von den anderen die Untersuchung leitet.«

»Da will ich mich nicht einmischen. Ich freue mich einfach, daß du zurück bist. Hast du dich schon mit der Sache vertraut gemacht?«

»Noch nicht richtig.«

»Soweit ich weiß, gibt es noch keine entscheidenden Erkenntnisse.«

»Björk glaubt, daß es eine langwierige Untersuchung wird.« »Und was meinst du?«

Wallander überlegte nicht lange. »Bis jetzt noch gar nichts.«

»Wir leben in einer Zeit, in der die Unsicherheit zunimmt«, sagte Per Åkeson. »Es gibt immer mehr Drohungen, immer häufiger auch in Form von anonymen Briefen. Behörden, die früher offene Türen hatten, verbarrikadieren sich wie in Bunkern. Ich glaube, ihr müßt unbedingt Nachforschungen unter seinen Klienten anstellen. Das wäre ein denkbarer Ansatzpunkt. Jemand könnte unzufrieden gewesen sein.«

»Damit haben wir schon begonnen.«

Sie vereinbarten, sich am Nachmittag in den Räumen der Staatsanwaltschaft zu treffen, und beendeten dann das Gespräch. Wallander zwang sich, wieder an seiner Skizze des Ermittlungsplans zu arbeiten. Doch die Konzentration ließ nach. Irritiert legte er den Kugelschreiber zur Seite und holte sich eine Tasse Kaffee. Er beeilte sich, wieder in sein Büro zu kommen, denn er hatte keine Lust, jemandem auf dem Flur zu begegnen. Inzwischen war es Viertel nach acht. Er trank seinen Kaffee und fragte sich, wie lange es dauern würde, bis seine Scheu vor Menschen verschwunden wäre. Um halb neun sammelte er seine Papiere zusammen und ging zum Konferenzraum. Er dachte, daß es in den wenigen Tagen, die seit der Ermordung Sten Torstenssons vergangen waren, ungewöhnlich wenige Fortschritte gegeben hatte. Kein Mordfall war wie der andere, aber früher hatte sich doch stets ein gewisser Eifer unter den beteiligten Kriminalisten eingestellt.

In seiner Abwesenheit hatte sich etwas verändert. Aber was?

Zwanzig Minuten vor neun waren sie versammelt, und Björk ließ die Handflächen auf die Tischplatte fallen, zum Zeichen, daß die Ermittlungsgruppe ihre Arbeit aufgenommen hatte. Er wandte sich direkt an Wallander: »Kurt, du bist später zu uns gestoßen und siehst das Ganze unvoreingenommen. Wie gehen wir vor?«

»Das kann ich wohl kaum entscheiden. Ich habe es noch nicht geschafft, mich in alle Einzelheiten zu vertiefen.«

»Andererseits bist du der einzige, der etwas Verwendbares herausgefunden hat«, sagte Martinsson. »Wie ich dich kenne, hast du doch sicher gestern abend einen Ermittlungsplan skizziert.«

Wallander nickte. Plötzlich merkte er, daß er eigentlich gar nichts dagegen hatte, die Verantwortung zu übernehmen. »Ich habe versucht, eine Zusammenfassung zu erstellen. Aber erst möchte ich berichten, was am 24. Oktober geschehen ist, als ich mich in Dänemark aufhielt. Ich hätte es schon gestern tun sollen. Aber für mich war es ein etwas hektischer Tag, um es einmal so auszudrücken.«

Wallander erzählte seinen staunenden Kollegen von Sten Torstenssons Besuch in Skagen. Er bemühte sich, kein Detail auszulassen.

Dann herrschte Schweigen. Schließlich ergriff Björk das Wort und verbarg nicht, daß er irritiert war. »Höchst seltsam. Ich verstehe nicht, Kurt, daß ausgerechnet du immer in außergewöhnliche Situationen gerätst.«

»Ich habe ihn an euch verwiesen«, verteidigte sich Wallander und merkte, wie er wütend wurde.

»Das wollen wir jetzt nicht zum Thema machen«, fuhr Björk ungerührt fort. »Aber es ist doch irgendwie seltsam, das mußt du zugeben. Rein faktisch wird dadurch natürlich unterstrichen, daß wir Gustaf Torstenssons Autounfall in die Ermittlungen einbeziehen müssen.«

»Ich sehe es als selbstverständlich und notwendig an, daß wir an zwei Fronten kämpfen«, meinte Wallander. »Ausgangspunkt sollte sein, daß zwei Personen ermordet wurden, nicht nur eine. Außerdem handelt es sich um Vater und Sohn. Wir müssen zwei Gedanken gleichzeitig verfolgen. Die Lösung kann in ihrem Privatleben verborgen sein, sie kann aber auch im Beruflichen liegen – Anwälte mit gemeinsamem Büro. Daß Sten Torstensson bei mir war und die Erregtheit seines Vaters erwähnte, kann darauf hindeuten, daß der Schlüssel bei Gustaf Torstensson zu finden ist. Aber sicher ist das nicht, unter anderem, weil er an Frau Dunér eine Ansichtskarte aus Finnland schickte, obwohl er sich in Dänemark befand.«

»Das verrät uns noch etwas«, mischte sich Ann-Britt Höglund unverhofft ein.

Wallander nickte. »Daß Sten Torstensson damit rechnete, selbst bedroht zu werden. Das meintest du doch?«

»Ja«, sagte Ann-Britt Höglund. »Warum sonst sollte er eine falsche Fährte legen?«

Martinsson hob die Hand zum Zeichen, etwas sagen zu wollen. »Am einfachsten ist es wohl, wenn wir uns teilen. Die einen konzentrieren sich auf den Vater, die anderen auf den Sohn. Dann werden wir ja sehen, ob wir etwas finden, was gleichzeitig in beide Richtungen zeigt.«

»Ganz meine Meinung«, sagte Wallander. »Dabei werde ich aber das Gefühl nicht los, daß irgendwas an dem Ganzen seltsam ist. Wir sollten möglichst bald herausfinden, was.«

»Jeder Mordfall ist seltsam«, sagte Svedberg.

»Ich meine etwas anderes. Ich weiß auch nicht, wie ich mich ausdrücken soll.«

Björk mahnte, zu einer Entscheidung zu kommen.

»Da ich angefangen habe, im Fall Gustaf Torstensson herumzustochern, kann ich ja gleich weitermachen«, sagte Wallander. »Hat jemand Einwände?«

»Dann halten wir anderen uns an Sten Torstensson«, sagte Martinsson. »Ich nehme an, daß du wie üblich zunächst lieber auf eigene Faust arbeitest?«

»Nicht unbedingt. Aber wenn ich es recht verstehe, gibt es mit Sten Torstensson bedeutend mehr Komplikationen. Sein Vater hatte viel weniger Klienten und führte ein überschaubareres Leben.«

»Dann verfahren wir so«, entschied Björk und klappte seinen Terminkalender geräuschvoll zu. »Wir stimmen uns wie immer jeden Tag um vier Uhr ab. Im übrigen erwarte ich Unterstützung bei der heutigen Pressekonferenz.«

»Ich nicht«, sagte Wallander erschrocken. »Das schaffe ich nicht.«

»Ich hatte auch eher an Ann-Britt gedacht«, sagte Björk. »Es schadet nichts, wenn die Leute wissen, daß sie zu uns gehört.«

»Das tu ich doch gern«, meinte sie zur Verwunderung der anderen. »Da kann ich noch etwas lernen.«

Als alle auseinandergingen, bat Wallander Martinsson, noch zu bleiben. Als sie allein waren, schloß er die Tür. »Wir müssen mal miteinander reden. Ich werde das Gefühl nicht los, hier einfach hereingeplatzt zu sein und das Kommando übernommen zu haben. Dabei wollte ich doch eigentlich nur mein Abschiedsgesuch unterschreiben.«

»Wir wundern uns natürlich«, antwortete Martinsson. »Das mußt du verstehen. Auch wir sind unsicher.«

»Ich habe Angst, jemandem auf die Zehen zu treten.«

Martinsson brach in Lachen aus. Dann schneuzte er sich. »Das schwedische Polizeikorps teilt sich in zwei Gruppen. Der einen tun die Zehen weh, die andere ist chronisch überfordert. Je mehr Polizisten zu Beamten werden, desto stärker plagt sie der Karrierenerv. Gleichzeitig beinhaltet die täglich zunehmende Bürokratisierung, daß Mißverständnisse und Unklarheiten entstehen. Daher die chronisch Überforderten. Manchmal kann ich Björks Befürchtungen verstehen. Wohin soll das noch führen, was wird aus der einfachen und grundlegenden Polizeiarbeit?«

»Das Polizeikorps ist immer Spiegel seiner Umgebung gewesen«, sagte Wallander. »Aber ich verstehe, was du meinst. Schon Rydberg hat das gemerkt. Was hältst du von Ann-Britt Höglund?«

»Sie ist tüchtig. Hansson und Svedberg haben Angst vor ihr, weil sie so clever ist. Zumindest Hansson fürchtet, ins Hintertreffen zu geraten. Deshalb verbringt er ja inzwischen die meiste Zeit in verschiedenen Weiterbildungskursen.«

»Sie verkörpert den Polizistentyp der neuen Zeit«, sagte Wallander und stand auf.

An der Tür blieb er stehen. »Du hast gestern etwas gesagt, was bei mir hängengeblieben ist. Etwas über Sten Torstensson. Ich hatte das Gefühl, daß es wichtiger war, als es klang.«

»Ich habe von meinem Notizblock abgelesen«, antwortete Martinsson. »Ich kann dir eine Kopie geben.«

»Das Risiko ist groß, daß ich mir Sachen einbilde«, sagte Wallander.

Als er in seinem Büro war und die Tür hinter sich geschlossen hatte, spürte er, daß er wieder über etwas verfügte, was er lange entbehrt hatte: einen Willen. Offenbar war in der zurückliegenden Zeit nicht alles verlorengegangen.

Er saß am Schreibtisch und versuchte, sich aus der Distanz selbst zu beobachten, den schwankenden Mann auf den Westindischen Inseln, den hoffnungslosen Reisenden in Thailand, den Kerl, der viele Tage und Nächte lang bloß irgendwie funktionierte. Er sah sich selbst und merkte, daß er diesen Menschen jetzt verlassen hatte. Er konnte ihn vergessen.

Er schauderte bei der Vorstellung, welche katastrophalen Folgen seine Handlungen hätten haben können. Er dachte lange an seine Tochter Linda. Erst als Martinsson klopfte und ihm eine Kopie seiner Aufzeichnungen vom Vortag hereinreichte, verscheuchte er die Bilder. Er war überzeugt, daß jeder Mensch in sich einen kleinen Raum hat, in dem die Erinnerungen gesammelt liegen. Jetzt schob er einen Riegel vor und ließ ein kräftiges Vorhängeschloß zuschnappen. Dann ging er zur Toilette und spülte die Tabletten gegen Depressionen hinunter, die in einem Röhrchen in der Jacke gesteckt hatten.

Als er wieder im Büro war, begann er unverzüglich zu arbeiten. Es war inzwischen zehn Uhr. Er las sich Martinssons Notizen gründlich durch, ohne sagen zu können, was daran seine Aufmerksamkeit erregt hatte.

Es ist noch zu früh, dachte er. Rydberg hätte mich zur Geduld gemahnt. Jetzt muß ich erst einmal meinen eigenen Verstand bemühen.

Er überlegte einen Moment, wo er beginnen sollte. Dann suchte er Gustaf Torstenssons Privatadresse aus den Unterlagen heraus.

Timmermansgatan 12.

Die Straße lag in einem der ältesten und vornehmsten Villenviertel der Stadt. Er rief in der Anwaltskanzlei an und sprach mit Sonja Lundin. Sie sagte ihm, daß die Schlüssel zur Villa im Büro aufbewahrt würden. Wallander verließ das Polizeigebäude. Die schweren Regenwolken hatten sich aufgelöst, die Luft war klar, und er spürte den ersten kühlen Hauch des kommenden Winters. Als er den Wagen vor dem gelben Steinhaus stoppte, kam Sonja Lundin heraus und brachte ihm die Schlüssel.

Zweimal verfuhr er sich, bis er die Adresse gefunden hatte. Die braungestrichene große Holzvilla lag tief in einem Garten versteckt. Er parkte in der Einfahrt und lief den knirschenden Kiesweg entlang. Es war völlig still, und die Stadt schien weit entfernt zu sein. Eine Welt für sich, dachte er, während er sich umschaute. Torstenssons Kanzlei muß einiges abgeworfen haben. Teurere Häuser als dieses dürfte es in Ystad kaum geben. Der Garten war gut gepflegt, wirkte aber seltsam leblos. Hier und da Laubbäume, gestutzte Hecken, phantasielos angelegte Rabatten. Vielleicht schätzte es ein älterer Anwalt, von geraden Linien umgeben zu sein, eingeordnet in ein konventionelles Gartenmuster ohne Überraschungen. Wallander erinnerte sich, einmal gehört zu haben, Anwalt Gustaf Torstensson habe das Hohelied der Langeweile in das schwedische Prozeßwesen eingebracht. Böse Zungen behaupteten auch, der Sieg in einem Verfahren sei an Torstensson gegangen, weil der Staatsanwalt aus Verzweiflung über die schleppende, temperamentlose Verteidigung kapituliert habe. Wallander nahm sich vor, Per Åkeson über seine Erfahrungen mit Gustaf Torstensson zu befragen. Sie mußten im Laufe der Jahre mehrfach miteinander zu tun gehabt haben.

Er stieg die Treppe zum Eingang hinauf, suchte den richtigen Schlüssel und schloß auf. Es war eine komplizierte Mehrfachverriegelung, wie er sie noch nie gesehen hatte. Er kam in eine große Halle, von der eine breite Treppe in die obere Etage führte. Die schweren Gardinen waren zugezogen. Als er eine zur Seite raffte, sah er, daß die Fenster vergittert waren. Ein einsamer älterer Mann mit seinen altersbedingten Ängsten, sagte er sich. Oder gab es hier noch etwas, was er schützen wollte? Hatte er Grund, sich vor etwas da draußen zu fürchten? Wallander erkundete das große Haus, zuerst das Erdgeschoß mit der Bibliothek, den Ahnenporträts, dem großen kombinierten Wohn- und Eßraum. Von der Tapete bis zum kleinsten Möbelstück war alles in dunklen Farben gehalten, was ein Gefühl von Schwermut und Schweigen vermittelte. Kein einziger fröhlicher Gegenstand, der Leichtigkeit verbreiten und zu einem Lächeln herausfordern könnte.

Er stieg die Treppe zum Obergeschoß hinauf. Gästezimmer mit akkurat gemachten Betten, verlassen wie in einem Strandhotel im Winter. Verwundert registrierte er, daß die Tür zu Gustaf Torstenssons Schlafraum von innen vergittert war. Er ging wieder hinunter; in diesem Haus fühlte er sich unbehaglich. Als er am Küchentisch saß und das Kinn auf die Handfläche stützte, war außer dem Ticken der Wanduhr kein Geräusch zu hören.

Gustaf Torstensson war 69 Jahre alt, als er starb. Die letzten fünfzehn Jahre nach dem Tod seiner Frau hatte er allein gelebt. Sten Torstensson war das einzige Kind gewesen. Der Kopie eines Ölgemäldes nach zu urteilen, die in der Bibliothek hing, hatte die Familie gemeinsame Wurzeln mit dem Heerführer Lennart Torstensson, der es im Dreißigjährigen Krieg zu zweifelhaftem Ruhm gebracht hatte. Wallander erinnerte sich schwach an den Geschichtsunterricht in der Schule; der Mann war gegen die Landbevölkerung in den von seiner Armee besetzten Gebieten mit beispielloser Brutalität vorgegangen.

Wallander erhob sich und stieg die Kellertreppe hinab. Auch hier herrschte pedantische Ordnung. In der letzten Ecke, hinter dem Kesselraum, entdeckte Wallander eine verschlossene Stahltür. Er probierte die Schlüssel am Bund, bis er den richtigen hatte. Finsternis empfing ihn, offenbar gab es kein Fenster. Wallander tastete die Wand ab, bis er einen Lichtschalter fand.

Der Raum war überraschend groß. An den Wänden standen Reihen von Regalen, in denen sich osteuropäische Ikonen befanden. Ohne etwas anzufassen, drehte Wallander eine Runde und sah sich alles aus der Nähe an. Er war kein Kenner, aber er schätzte die Sammlung als sehr wertvoll ein. Das würde die Außengitter und das Schloß an der Haustür erklären, nicht jedoch die übertrieben gesicherte Schlafzimmertür. Das unbehagliche Gefühl verstärkte sich. Es kam ihm vor, als sei er in das innerste Geheimnis eines reichen alten Mannes eingedrungen – dem Leben entzogen und·in ein Haus gesperrt, bewacht von der Gier, die sich in einer Unzahl von Madonnengesichtern manifestiert hatte.

Plötzlich zuckte er zusammen. Aus dem Obergeschoß waren Schritte zu hören, dann bellte ein Hund. Hastig verließ er den Raum, eilte die Treppe hinauf und trat in die Küche.

Verwundert starrte er den uniformierten Kollegen Peters an, der seine Dienstwaffe gezogen und auf ihn gerichtet hatte. Hinter ihm stand ein Mann von einer Wachgesellschaft, der einen knurrenden Hund an der Leine führte.

Peters ließ die Hand mit der Pistole sinken. Wallander spürte, wie sein Herz klopfte. Der Anblick der Waffe hatte ihm augenblicklich ins Gedächtnis gerufen, was er verdrängt zu haben glaubte.

Dann wurde er wütend. »Verdammt, was soll das?«

»Bei der Wachgesellschaft wurde Alarm ausgelöst, daraufhin hat man uns benachrichtigt«, erklärte Peters aufgeregt.

»Wir sind schnell hergefahren; wir wußten ja nicht, daß du hier bist.«

Im selben Moment kam Peters' Kollege Norén in die Küche. Auch er hatte die Pistole gezogen.

»Hier läuft eine Ermittlung«, sagte Wallander und merkte, wie seine Wut verebbte. »In diesem Haus hat Anwalt Torstensson gewohnt, der bei einem Autounfall ums Leben kam.«

»Wenn es Alarm gibt, rücken wir aus«, sagte der Mann von der Wachgesellschaft trotzig.

»Stellt das Signal ab«, sagte Wallander. »In ein paar Stunden könnt ihr es wieder einschalten. Aber erst wird das Haus gründlich untersucht.«

»Das ist Kommissar Wallander«, sagte Peters. »Du erinnerst dich sicher an ihn.«

Der Wachmann war sehr jung. Er nickte. Aber Wallander merkte, daß er ihn keinesfalls wiedererkannt hatte.

»Nimm den Hund mit raus«, sagte Wallander. »Ihr werdet hier nicht mehr gebraucht.«

Der Wachmann verließ mit dem knurrenden Schäferhund das Haus. Wallander reichte Peters und Norén die Hand.

»Ich habe gehört, daß du zurück bist«, sagte Norén. »Herzlich willkommen.«

»Danke.«

»War irgendwie nicht dasselbe, als du krank geschrieben warst«, meinte Peters.

»Na, jetzt bin ich jedenfalls hier«, sagte Wallander, um das Gespräch auf die laufende Untersuchung zu lenken.

»Der Informationsfluß ist auch nicht mehr der beste«, sagte Norén. »Uns haben sie gesagt, du gingest in Pension. Da rechnet man ja nicht damit, daß du auftauchst, wenn in einem Haus Alarm ausgelöst wird.«

»Das Leben ist voller Überraschungen«, sagte Wallander.

»Also nochmals: willkommen«, sagte Peters und streckte die Hand aus.

Zum ersten Mal hatte Wallander das Gefühl, daß die Freundlichkeit, die ihm entgegengebracht wurde, echt war. Peters war kein Schauspieler, seine Worte waren überzeugend.

»Das war eine schwere Zeit«, sagte Wallander. »Aber jetzt ist es vorbei. Glaube ich jedenfalls.«

Er verließ die Villa und winkte Peters und Norén zu, als sie im Streifenwagen verschwanden. Dann wanderte er noch eine Weile im Garten umher und versuchte, seine Gedanken zu ordnen. Dabei verbanden sich seine persönlichen Gefühle mit seinen Ansichten über den Fall der beiden Anwälte. Schließlich beschloß er, Frau Dunér bereits jetzt einen zweiten Besuch abzustatten. Es gab da ein paar Fragen, auf die er unbedingt eine Antwort haben wollte.

Kurz vor zwölf klingelte er an ihrer Tür und wurde eingelassen.

Diesmal nahm er die angebotene Tasse Tee dankend an. »Es tut mir leid, daß ich schon wieder stören muß«, begann er. »Aber ich brauche Hilfe, um mir ein Bild von Vater und Sohn machen zu können. Wer war Gustaf Torstensson? Wer war Sten Torstensson? Sie haben dreißig Jahre mit dem Senior zusammengearbeitet ...«

»Und neunzehn mit dem Junior«, fügte sie hinzu.

»Das ist eine lange Zeit. Da lernt man Menschen kennen. Beginnen wir mit Gustaf Torstensson. Bitte, beschreiben Sie ihn.«

Ihre Antwort überraschte ihn. »Das kann ich nicht.«

»Warum nicht?«

»Ich kannte ihn nicht.«

Sie meinte es ernst. Wallander mußte langsam vorgehen, sich die Zeit nehmen, die er sich im Namen der Ungeduld nicht zugestehen wollte.

»Ich hoffe, Sie verstehen, daß mir diese Antwort seltsam vorkommt. Sie haben dreißig Jahre mit ihm zusammengearbeitet.«

»Nicht mit ihm. Für ihn. Das ist ein großer Unterschied.«

Wallander nickte. »Auch wenn Sie Gustaf Torstensson privat nicht kannten, so müssen Sie doch eine ganze Menge über ihn wissen. Bitte helfen Sie mir, sonst werden wir den Mord an seinem Sohn nie aufklären können.«

Wieder überraschte sie ihn. »Herr Kommissar, Sie sind nicht aufrichtig zu mir. Was ist eigentlich wirklich geschehen, als er sich totgefahren hat?«

»Das wissen wir noch nicht. Aber wir haben den Verdacht, daß im Zusammenhang mit dem Unfall da draußen auf der Straße etwas vorgefallen ist. Etwas, was das Unglück verursacht hat oder danach geschah.«

»Er ist die Strecke oft gefahren; er kannte sie in- und auswendig. Und er fuhr nie schnell.«

»Wenn ich es richtig verstanden habe, kam er vom Besuch bei einem seiner Klienten.«

»Von dem Mann auf Farnholm.«

Wallander wartete vergeblich auf eine Fortsetzung.

»Der Mann auf Farnholm?« fragte er.

»Ja, Alfred Harderberg. Der Mann auf Schloß Farnholm.«

Wallander wußte, daß Schloß Farnholm in einer abgelegenen Gegend auf der Südseite des Linderöd-Bergrückens lag. An dem Weg zum Schloß war er oft vorbeigekommen.

»Harderberg war der größte Privatkunde der Kanzlei«, fuhr Frau Dunér fort. »In den letzten Jahren war er Gustaf Torstenssons einziger Klient.«

Wallander notierte sich den Namen auf einem Stück Papier, das er in der Tasche gefunden hatte. »Den Namen habe ich noch nie gehört. Ist das ein Gutsbesitzer?«

»Gutsbesitzer wird man, wenn man ein Schloß hat. Aber in erster Linie machte er Geschäfte. Große internationale Geschäfte.«

»Ich werde mich natürlich mit ihm in Verbindung setzen. Er muß eine der letzten Personen gewesen sein, die Gustaf Torstensson lebend getroffen haben.«

Durch den Briefschlitz fielen Reklamezettel in den Korridor. Wallander sah, wie Frau Dunér zusammenzuckte.

Drei Menschen, die sich fürchten, dachte er. Aber wovor?

»Gustaf Torstensson«, versuchte er es von neuem. »Beschreiben Sie ihn mir bitte.«

»Er war der reservierteste Mensch, den ich in meinem ganzen Leben getroffen habe«, erklärte sie, und Wallander ahnte eine schwache Spur von Aggressivität in ihrer Stimme. »Er ließ niemals jemanden an sich heran. Er war pedantisch, mochte keine Veränderungen. Er war ein Mensch, nach dem man die Uhr stellen konnte, wie man so schön sagt. Für Gustaf Torstensson galt das uneingeschränkt. Er war blutlos wie ein Scherenschnitt, weder freundlich noch unfreundlich, nur langweilig.«

»Laut Sten Torstensson war er auch ein fröhlicher Mensch«, wandte Wallander ein.

»Davon habe ich nie etwas gemerkt«, sagte Frau Dunér abweisend.

»Wie war das Verhältnis von Vater und Sohn?«

Sie antwortete bestimmt und ohne zu zögern. »Gustaf Torstensson war irritiert, weil sein Sohn versuchte, das Büro zu modernisieren. Und Sten Torstensson meinte natürlich, daß sein Vater in vielerlei Hinsicht eine Belastung war. Aber keiner zeigte es dem anderen. Beide scheuten offene Konflikte.«

»Bevor Sten Torstensson starb, äußerte er, daß sein Vater in den letzten Monaten irgendwie beunruhigt gewesen sei. Was ist Ihr Kommentar dazu?«

Diesmal überlegte sie lange, bevor sie antwortete. »Kann sein. Jetzt, wo Sie es sagen. In den letzten Monaten seines Lebens wirkte er wie abwesend.«

»Haben Sie dafür eine Erklärung?«

»Nein.«

»Es ist nichts Besonderes geschehen?«

»Nein, nichts.«

»Ich möchte, daß Sie noch einmal in Ruhe nachdenken. Es kann sehr wichtig sein.«

Sie goß sich etwas Tee nach und überlegte. Wallander wartete. Dann hob sie den Blick und sah ihn an. »Ich kann nicht antworten. Ich habe keine Erklärung.«

Wallander merkte, daß sie nicht die Wahrheit sagte. Aber er beschloß, sie nicht unter Druck zu setzen. Alles war noch zu unklar und schwebend; die Zeit war noch nicht reif.

Er schob die Tasse zur Seite und stand auf. »Dann will ich nicht länger stören«, sagte er lächelnd. »Danke für das Gespräch. Aber ich muß Sie vorwarnen; ich werde sicher nochmals kommen.«

»Natürlich.«

»Wenn Ihnen noch etwas einfällt, rufen Sie mich bitte an«, sagte Wallander, als er bereits auf der Straße stand. »Zögern Sie nicht. Die kleinste Kleinigkeit kann wichtig sein.«

»Ich werde daran denken«, sagte sie und schloß die Tür.

Wallander setzte sich ins Auto, ohne den Motor anzulassen. Ein Gefühl des Unbehagens hatte ihn ergriffen. Ohne es begründen zu können, ahnte er, daß sich etwas Großes, Schwerwiegendes und Erschreckendes hinter dem Fall der toten Anwälte verbarg.

Etwas führt uns in die falsche Richtung, dachte er. Ich muß in Betracht ziehen, daß die Ansichtskarte aus Finnland vielleicht keine falsche Spur ist, sondern die richtige.

Er wollte gerade den Motor starten, als er merkte, daß ihn jemand von der anderen Straßenseite her beobachtete.

Es war eine junge Frau, kaum älter als zwanzig, eine Asiatin. Als sie sah, daß Wallander auf sie aufmerksam geworden war, lief sie davon. Wallander sah im Rückspiegel, wie sie, ohne sich umzudrehen, nach rechts in die Hamngata einbog.

Er war sicher, sie nie zuvor gesehen zu haben.

Das mußte aber nicht bedeuten, daß sie ihn nicht wiedererkannt hatte. In seinen Jahren als Polizist hatte er in verschiedenen Zusammenhängen oft Flüchtlinge und Asylsuchende getroffen.

Er fuhr zum Polizeigebäude zurück. Der Wind war immer noch böig. Von Osten näherte sich ein Wolkenband. Er war gerade in den Kristianstadväg eingebogen, als er plötzlich scharf bremste. Hinter ihm ertönte das wütende Hupen eines Lastwagens.

Ich reagiere zu langsam, dachte er. Ich sehe nicht einmal, was ganz eindeutig ist.

Nach einem gewagten Wendemanöver fuhr er die Strecke zurück, die er gekommen war. Er parkte den Wagen vor der Post in der Hamngata und eilte dann in die Querstraße, die von Norden zur Stickgata führte. Er stellte sich so, daß er das rosa Haus beobachten konnte, in dem Frau Dunér wohnte.

Es war kalt, und er ging langsam auf und ab, behielt aber den Eingang immer im Auge.

Nach einer Stunde erwog er aufzugeben. Aber er war sicher, daß sein Verdacht begründet war. So setzte er die Beobachtung fort, während Per Åkeson vergebens auf ihn wartete.

Genau sieben Minuten vor halb vier wurde die Tür des rosa Hauses geöffnet. Wallander glitt schnell hinter einen Mauervorsprung.

Er hatte recht gehabt. Die Asiatin verließ Berta Dunérs Wohnung und verschwand um die Ecke.

Inzwischen hatte es angefangen zu regnen.

5

Das Treffen der Ermittlungsgruppe begann Punkt vier Uhr und dauerte sieben Minuten. Wallander kam als letzter und sank auf seinen Stuhl. Er war verschwitzt und außer Atem. Die Kollegen am Tisch sahen ihn verwundert an, aber niemand machte eine Bemerkung.

Nach ein paar Minuten war Björk klar, daß keiner etwas Entscheidendes zu berichten oder zur Diskussion zu stellen hatte. Das war ein Stadium der Ermittlung, in dem sich Polizisten, ihrer eigenen Terminologie nach, in *Tunnelgräber* verwandelt hatten. Jeder versuchte, den Durchbruch zu schaffen und das Verborgene zu erreichen. Es war eine regelmäßig wiederkehrende Situation während einer Morduntersuchung. Der einzige, der schließlich etwas zu fragen hatte, war Wallander.

»Wer ist Alfred Harderberg?« wollte er wissen, nachdem er einen Blick auf seinen Notizzettel geworfen hatte.

»Ich dachte, das wüßte jeder«, antwortete Björk. »Harderberg ist derzeit einer der erfolgreichsten Geschäftsmänner des Landes. Er wohnt hier in Schonen. Wenn er nicht gerade in seinem Privatjet in der Weltgeschichte herumfliegt.«

»Ihm gehört Schloß Farnholm«, fügte Svedberg hinzu. »Er soll ein Aquarium haben, dessen Boden mit Goldsand bedeckt ist.«

»Er war Gustaf Torstenssons Klient«, sagte Wallander. »Sein wichtigster Klient. Und sein letzter. Torstensson hatte Harderberg an jenem Abend besucht, an dem er draußen auf dem Acker starb.«

»Er organisiert private Sammlungen für die Notleidenden in den Kriegsgebieten auf dem Balkan«, sagte Martinsson. »Aber das ist vielleicht nicht so schwer, wenn man Geld wie Heu hat.«

»Alfred Harderberg ist ein Mann, der Respekt verdient«, sagte Björk.

Wallander war leicht irritiert. »Meinetwegen. Aber ich werde ihn trotzdem besuchen.«

»Ruf vorher an«, sagte Björk und erhob sich.

Das war die ganze Besprechung. Wallander holte Kaffee und ging in sein Büro. Er wollte in Ruhe darüber nachdenken, was der Besuch einer jungen Asiatin bei Frau Dunér bedeuten konnte. Möglicherweise gar nichts. Aber Wallanders Instinkt sagte etwas anderes. Er legte die Füße auf den Schreibtisch und lehnte sich zurück. Die Kaffeetasse balancierte er auf dem Knie.

Das Telefon klingelte. Als Wallander nach dem Hörer griff, rutschte ihm die Tasse aus der Hand, der Kaffee floß über seine Hose.

»Verdammt«, fluchte er.

»Du brauchst gar nicht unverschämt zu werden«, sagte sein Vater, der am anderen Ende der Leitung war. »Ich wollte nur wissen, warum du nie anrufst.«

Sofort bekam Wallander ein schlechtes Gewissen. Er fragte sich, ob es jemals ein offenes und spannungsfreies Gespräch zwischen ihm und seinem Vater geben würde. »Mir ist die Kaffeetasse runtergefallen«, versuchte er zu erklären. »Ich habe mir die Hose versaut.«

Der Vater schien nicht zugehört zu haben. »Wieso bist du in deinem Büro? Du bist doch krank geschrieben?«

»Nicht mehr. Ich arbeite wieder.«

»Seit wann?«

»Seit gestern.«

»Gestern?«

Wallander merkte, daß sich das Gespräch ewig hinziehen würde, wenn es ihm nicht gelang, es schnellstens abzubrechen.

»Ich weiß, daß ich dir eine Erklärung schuldig bin. Aber jetzt geht es nicht. Ich komme morgen abend zu dir raus. Dann erzähle ich dir, was passiert ist.«

»Ich habe dich so lange nicht gesehen«, murmelte der Vater und legte auf.

Wallander blieb einen Augenblick mit dem Hörer in der

Hand sitzen. Sein Vater, der im nächsten Jahr fünfundsiebzig wurde, rief in ihm stets widersprüchliche Gefühle hervor. Soweit er sich erinnern konnte, war ihr Verhältnis immer kompliziert gewesen. Das hatte sich nicht zuletzt an jenem Tag gezeigt, an dem er seinem Vater mitteilte, er wolle Polizist werden. In den fünfundzwanzig Jahren, die seitdem vergangen waren, hatte der Vater keine Möglichkeit ausgelassen, diesen Entschluß zu kritisieren. Wallander seinerseits konnte nie das schlechte Gewissen loswerden, sich nicht so um den alternden Mann zu kümmern, wie er es tun sollte. Im Jahr zuvor, als er zu seinem Erstaunen erfahren hatte, daß der Vater eine dreißig Jahre jüngere Frau heiraten wollte, die bisher dreimal in der Woche als Haushaltshilfe kam, war er überzeugt, daß nun für ausreichend Gesellschaft gesorgt wäre. Jetzt, als er mit dem Hörer in der Hand dasaß, wurde ihm klar, daß sich im Grunde nichts geändert hatte.

Er legte auf, hob die Kaffeetasse vom Boden und tupfte das Hosenbein mit einem Stück Papier aus seinem Schreibblock ab. Dann fiel ihm ein, daß er sich mit Staatsanwalt Per Åkeson in Verbindung setzen mußte. Die Sekretärin stellte das Gespräch sofort durch. Wallander erklärte, er sei aufgehalten worden, und Per Åkeson schlug einen Termin am kommenden Vormittag vor.

Anschließend holte sich Wallander eine frische Tasse Kaffee. Im Flur stieß er mit Ann-Britt Höglund zusammen, die einen Stapel Aktenordner schleppte.

»Wie geht es voran?« fragte Wallander.

»Langsam«, erwiderte sie. »Ich werde das Gefühl nicht los, daß mit diesen beiden toten Anwälten etwas nicht stimmt.«

»Genau das meine ich auch. Warum glaubst du das?«

»Ich weiß nicht.«

»Laß uns morgen darüber reden. Nach meinen Erfahrungen sollte man das, was man nicht in Worte fassen kann, nie unterschätzen.«

In seinem Büro legte er den Telefonhörer neben den Apparat und nahm sich den Schreibblock vor. In Gedanken kehrte er an den kalten Strand von Skagen zurück, und Sten Torstensson kam ihm aus dem Nebel entgegen. Für mich hat diese Ermittlung bereits damals begonnen, dachte er. Als Sten Torstensson noch lebte.

Langsam ging er durch, was er bisher über die beiden toten Anwälte wußte. Er war wie der Soldat auf einem vorsichtigen Rückzug, die Aufmerksamkeit auf das Gebüsch am Weg gerichtet. Es dauerte über eine Stunde, bis er die zur Verfügung stehenden Fakten überblickte.

Was ist das, was ich wahrnehme, ohne es wirklich zu sehen, dachte er immer wieder. Als er den Stift zur Seite legte, konnte er jedoch nur grimmig konstatieren, daß er außer einem zierlich geformten Fragezeichen nichts zustande gebracht hatte.

Zwei tote Anwälte. Der eine stirbt bei einem seltsamen Autounfall, der aller Wahrscheinlichkeit nach arrangiert war. Der Mörder Gustaf Torstenssons war ein kaltblütiger Täter, der sein Verbrechen vertuschen wollte; das Stuhlbein im Lehm war ein merkwürdiger Fehler. Hier gibt es also ein Warum und ein Wer, entschied er. Aber vielleicht auch noch mehr.

Plötzlich erkannte er, daß er vor einem Stein stand, den er unmittelbar ins Rollen bringen konnte. In seinen Notizen suchte er nach Frau Dunérs Telefonnummer. Sie antwortete sofort.

»Tut mir leid, daß ich störe«, sagte er. »Hier ist Kommissar Wallander. Ich habe eine Frage, die ich gern gleich beantwortet hätte.«

»Natürlich, wenn ich Ihnen helfen kann.«

Eigentlich habe ich ja zwei Fragen, schoß es Wallander durch den Kopf. Aber die nach der Asiatin hebe ich mir noch auf.

»An dem Abend, an dem Gustaf Torstensson starb, hatte er Schloß Farnholm besucht«, begann er. »Wer wußte davon, daß er seinen Klienten an genau diesem Abend aufsuchen würde?«

Sie überlegte eine Weile, bevor sie antwortete. Wallander war sich nicht sicher, ob es so lange dauerte, weil sie sich erst erinnern mußte oder weil sie nach einer angemessenen Formulierung suchte.

»Ich wußte es natürlich«, sagte sie. »Es ist möglich, daß ich es Fräulein Lundin gegenüber erwähnt habe. Aber sonst wußte es niemand.«

»Sten Torstensson hatte keine Ahnung?«

»Ich glaube nicht. Die beiden führten separate Terminkalender.«

»Mit anderen Worten: Nur Sie haben von dem Besuch gewußt.«

»Ja.«

»Ich bitte nochmals um Entschuldigung für die Störung«, sagte Wallander und beendete das Gespräch.

Er widmete sich wieder seinen Aufzeichnungen. Gustaf Torstensson fährt zu einem Klienten. Auf dem Heimweg wird ein Attentat auf ihn verübt; ein Mord, als Autounfall getarnt.

Er dachte an Frau Dunérs Antwort, sie sei die einzige, die von der Fahrt des alten Anwalts gewußt habe.

Sie hat die Wahrheit gesagt. Aber der Schatten der Wahrheit interessiert mich mehr. Denn eigentlich bedeutet ihre Antwort, daß außer ihr nur der Mann auf Schloß Farnholm wußte, was Gustaf Torstensson an diesem Abend tun würde.

Er setzte seine Gedankenwanderung fort. Die Szenerie einer Ermittlung änderte sich unaufhörlich. Da war das düstere Haus mit dem komplizierten Sicherheitssystem und der im Keller verborgenen Ikonensammlung. Als er nicht weiterzukommen schien, wechselte er zu Sten Torstensson. Nun kam er sich vor wie in einem undurchdringlichen Dickicht. Sten Torstenssons unerwartete Ankunft in seinem stürmischen Revier an der Küste, mit Nebelhörnern vom Meer her, und das verlassene Café im Kunstmuseum schienen Wallander Bestandteile einer zweifelhaften Operettenintrige zu sein. Aber es gab in der Inszenierung Augenblicke, in denen das Leben ernst genommen wurde. Wallander bezweifelte nicht, daß Sten Torstensson seinen Vater wirklich unruhig und aufgeregt erlebt hatte. Er bezweifelte ebensowenig, daß die von unbekannter Hand abgeschickte Ansichtskarte aus Finnland, die von Sten Torstensson bestellt worden war, eine Botschaft enthielt; eine Bedrohung existierte, die eine falsche Fährte erzwang. Falls nicht die falsche Fährte die Wahrheit war.

Nichts paßt zusammen, dachte Wallander. Aber dennoch lassen sich die Dinge irgendwie einordnen. Schlimmer ist es mit den losen Enden, mit der Asiatin zum Beispiel, die nicht will, daß jemand sieht, wie sie Berta Dunérs rosa Haus betritt. Und Frau Dunér selbst, die geschickt lügt, aber nicht geschickt genug. Man ahnt, daß da etwas nicht stimmt.

Wallander stand auf, streckte den Rücken und trat ans Fenster. Sechs Uhr, es war bereits dunkel. Vom Flur her waren vereinzelt Geräusche zu hören; Schritte näherten sich und verhallten dann. Eine Bemerkung Rydbergs kam ihm in den Sinn: »Ein Polizeigebäude ist im Grunde wie ein Gefängnis gebaut. Wir leben wie spiegelverkehrte Abbildungen voneinander, Verbrecher und Polizisten. Wir können nie wissen, wer sich eigentlich innerhalb oder außerhalb der Mauern befindet.«

Wallander fühlte sich plötzlich müde und verlassen. Wie immer in solchen Situationen griff er auf den einzigen Trost zurück, den er hatte: Er begann, in Gedanken mit Baiba Liepa in Riga zu sprechen, als stünde sie vor ihm im Raum, als wäre der Raum ein anderer, als befände er sich in einem grauen Rigaer Haus mit verwitterter Fassade, in der Wohnung mit dem gedämpften Licht und den schweren, stets zugezogenen Vorhängen. Aber das Bild verlor an Kraft und verblaßte. Statt dessen sah Wallander sich selbst, wie er auf lehmbeschmierten Knien durch den schonischen Nebel kroch, ein Schrotgewehr in der einen, eine Pistole in der anderen Hand – die pathetische Kopie eines unglaubwürdigen Filmhelden; aber dann riß der Film, und die Wirklichkeit zeigte sich, und plötzlich war der Tod keine Idee des Drehbuchautors mehr, sondern nackte Realität. Er sah sich selbst, wie er als Augenzeuge einer Exekution beiwohnte; ein Mensch wurde durch einen Schuß direkt in die Stirn umgebracht. Und dann schießt er selbst, und er weiß eines ganz genau: Er will, daß der Mann, auf den er zielt, stirbt.

Ich bin ein Mensch, der zu selten lacht, dachte er. Ohne daß ich es gemerkt habe, bin ich in meinen sogenannten besten Jahren auf eine Küste zugetrieben, vor der gefährliche Klippen lauern.

Er verließ sein Büro, ohne irgendwelche Unterlagen mitzunehmen. Ebba in der Anmeldung telefonierte. Als sie ihm ein Zeichen machte, daß es noch einen Moment dauern würde, wedelte er abwehrend mit den Händen und signalisierte, er habe an diesem Abend noch etwas Wichtiges vor.

Dann fuhr er nach Hause und machte sich Abendbrot, an das er sich nach dem Essen nicht mehr erinnern konnte. Er goß die fünf Blumentöpfe auf den Fensterbrettern und stopfte die herumliegenden schmutzigen Kleidungsstücke in den Wäschekorb. Dann setzte er sich auf das Sofa und schnippelte und feilte an seinen Nägeln. Ab und zu schaute er sich im Zimmer um, als erwarte er, trotz allem nicht allein zu sein. Kurz nach zehn ging er zu Bett und schlief sofort ein. Der Regen hatte allmählich nachgelassen und war zu einem leichten Nieseln geworden.

Als Wallander am Mittwochmorgen erwachte, war es noch dunkel. Die Leuchtzeiger des Weckers standen auf fünf Uhr. Er drehte sich auf die Seite, um noch einmal einzuschlafen, blieb aber wach. Er war unruhig. Die lange Zeit draußen in der Kälte machte sich immer noch bemerkbar. Nichts wird jemals wieder so wie früher, dachte er. Was auch immer geschehen mag, ich werde in Zukunft mit zwei Zeitrechnungen leben müssen, mit einem Davor und einem Danach. Kurt Wallander existiert und existiert wiederum auch nicht.

Um halb sechs stand er auf, trank Kaffee, wartete auf die Zeitung und las am Thermometer ab, daß draußen vier Grad plus herrschten. Getrieben von einer Unruhe, die er weder beschreiben noch unterdrücken konnte, verließ er bereits um sechs die Wohnung. Er setzte sich ins Auto und startete. Im selben Augenblick fiel ihm ein, daß er ja bereits jetzt nach Norden fahren könnte, um einen Besuch auf Schloß Farnholm zu machen. Unterwegs würde er irgendwo eine Tasse Kaffee trinken und sich telefonisch anmelden. Er nahm die westliche Ausfahrt. Als er das militärische Übungsgelände passierte, wo er vor knapp zwei Jahren den letzten Kampf des alten Wallander bestanden hatte, vermied er es, nach rechts zu schauen. Da draußen im Nebel hatte er einsehen müssen, daß es Menschen gab, die vor keiner Form der Gewalt zurückschreckten, die nicht zögerten, Hinrichtungen vorzunehmen, wenn es ihren Zielen diente.

Da draußen hatte er, im Lehm kniend, verzweifelt sein Leben verteidigt und durch einen gezielten Schuß einen Menschen getötet. Das war ein Punkt, von dem es kein Zurück gab – Begräbnis und Geburt auf einmal.

Er fuhr den Kristianstadväg entlang und bremste ab, als er an der Stelle vorbeikam, wo Gustaf Torstensson gestorben war. Als er das große Einkaufszentrum erreicht hatte, parkte er vor dem Café und ging hinein. Es war windig geworden. Er hätte eine wärmere Jacke anziehen, er hätte überhaupt darüber nachdenken sollen, wie er sich kleidete, wenn er einen Schloßherrn besuchte. Abgetragene Cordhosen und eine etwas schmuddelige Jacke waren vielleicht nicht ganz angemessen. Ihm schoß die Frage durch den Kopf, wie Björk sich wohl herausgeputzt hätte, wäre er auf dem Weg in ein Schloß, und sei es in dienstlicher Mission.

Er war allein im Lokal und bestellte Kaffee und ein Käsebrötchen. Es war Viertel vor sieben. Zerstreut blätterte er in einer alten Illustrierten, die er von einer Ablage genommen hatte. Nach einigen Minuten wurde er müde und versuchte, einige Fragen zu formulieren, die er Alfred Harderberg beziehungsweise demjenigen stellen wollte, der von Gustaf Torstenssons letztem Klientenbesuch berichten konnte. Er wartete, bis es halb acht war. Dann lieh er sich das Telefon von der Kasse und rief zuerst im Polizeigebäude von Ystad an. Von den Kollegen war nur der Frühaufsteher Martinsson erreichbar. Wallander erklärte, wo er sich befand und daß er mit einem mehrstündigen Besuch rechnete.

»Weißt du, was mein erster Gedanke war, als ich heute morgen aufgewacht bin?« fragte Martinsson.

»Nein?«

»Daß Sten Torstensson seinen Vater ermordet hat.«

»Wie erklärst du dann, was mit ihm selbst geschehen ist?« fragte Wallander verwundert.

»Gar nicht«, sagte Martinsson. »Mir wird aber immer klarer, daß die Lösung in ihrem Beruf liegen muß, nicht im Privatleben.«

»Oder in einer Kombination von beidem«, sagte Wallander nachdenklich.

»Was meinst du?«

»Ich habe heute nacht so etwas geträumt«, sagte Wallander ausweichend. »Bis später dann.«

Er legte auf, griff aber gleich wieder zum Hörer, um die Nummer von Schloß Farnholm zu wählen. Schon beim ersten Rufzeichen wurde abgenommen.

»Schloß Farnholm«, sagte eine Frauenstimme.

»Hier ist Kommissar Wallander von der Polizei Ystad«, stellte er sich vor. »Ich würde gern mit Alfred Harderberg sprechen.«

»Er befindet sich in Genf«, sagte die Frau in gebrochenem Schwedisch.

Wallander ärgerte sich über seine Naivität. Auf die Idee, der international agierende Geschäftsmann könnte auf Reisen sein, hätte er natürlich kommen müssen.

»Wann wird er zurück sein?«

»Das hat er nicht mitgeteilt.«

»Morgen oder nächste Woche?«

»Das möchte ich am Telefon nicht sagen. Seine Reisen unterliegen strengster Verschwiegenheit.«

»Ich bin Polizist«, sagte Wallander scharf und merkte, daß er wütend wurde.

»Wie kann ich das wissen? Sie können sonstwer sein.«

»Ich werde in einer halben Stunde im Schloß sein. Nach wem soll ich dort fragen?«

»Das entscheiden die Wachmänner am Tor. Ich hoffe, Sie können sich ausreichend legitimieren.«

»Was heißt ausreichend?«

»Das entscheiden wir«, antwortete die Frau.

Das Gespräch wurde unterbrochen. Wütend schmetterte Wallander den Hörer auf die Gabel. Die füllige Serviererin, die Gebäck auf einen Teller legte, sah ihn mißbilligend an. Er warf Geldstücke auf den Tisch und ging grußlos davon.

Fünfzehn Kilometer nördlich bog er nach links ab und war bald mitten im dichten Wald auf der Südseite des Linderöd-Bergrückens. Vor der Kreuzung, von der die Zufahrt nach Schloß Farnholm abgehen mußte, bremste er. Eine Granittafel mit goldenen Buchstaben bestätigte, daß er auf dem richtigen Weg war. Die Hinweistafel erinnerte Wallander an einen protzigen Grabstein.

Der Weg zum Schloß war asphaltiert und bestens gepflegt. Zwischen Bäumen versteckt, schlängelte sich ein hoher Zaun dahin. Wallander fuhr langsamer und kurbelte die Scheibe herunter, um besser sehen zu können. Es handelte sich um einen Doppelzaun mit etwa einem Meter Zwischenraum. Kopfschüttelnd kurbelte er die Scheibe wieder hoch. Nach einem weiteren Kilometer machte der Weg eine scharfe Biegung, und schon hielt er vor einem eisernen Tor. Daneben befand sich ein grauer Flachbau, der an einen Bunker erinnerte. Wallander wartete. Nichts geschah. Er hupte. Weiterhin keine Reaktion. Wütend stieg er aus dem Wagen. Irgendwie fühlte er sich durch die Zäune und das geschlossene Tor gedemütigt. Im selben Augenblick trat ein Mann aus der Stahltür des Bunkers. Er trug eine Uniform, die Wallander nie zuvor gesehen hatte. Es fiel Wallander immer noch schwer, sich an all die vielen und ihm unbekannten Wachunternehmen zu gewöhnen, die sich im Land etabliert hatten.

Der Mann in der dunkelroten Uniform kam auf ihn zu. Sie waren ungefähr im selben Alter.

Da erkannte er ihn.

»Kurt Wallander«, sagte der Wachmann. »Wir haben uns ja lange nicht getroffen.«

»Stimmt. Wie lange ist es jetzt her? Fünfzehn Jahre?«

»Zwanzig. Vielleicht mehr.«

Wallander war jetzt der Name des Mannes eingefallen. Sie hatten denselben Vornamen, Kurt. Der andere hieß Ström mit Nachnamen. Einst hatten sie beide in Malmö ihren Polizeidienst versehen. Im Vergleich zu dem damals jungen und unerfahrenen Wallander war Ström der viel Ältere gewesen. Ihr Kontakt hatte sich auf Berufliches beschränkt. Dann war Wallander nach Ystad gezogen; irgendwann hatte er gehört, daß Ström nicht mehr bei der Polizei war. Vage konnte er sich an das Gerücht erinnern, Ström sei gefeuert worden, um etwas zu vertuschen, vielleicht einen Übergriff auf eine verhaftete Person, oder wegen des Verdachts, Diebstähle aus dem Verwahrungsraum des Reviers begangen zu haben. Aber er wußte nichts Genaues.

»Dein Besuch wurde mir bereits angekündigt«, sagte Ström.

»Mein Glück. Man hat mich um eine ausreichende Legitimation gebeten. Welche akzeptierst du?«

»Sicherheit wird auf Schloß Farnholm großgeschrieben. Wir kontrollieren alle, die hereinwollen, sehr genau.«

»Was für Reichtümer verbergen sich denn hier?«

»Keine Reichtümer. Aber hier wohnt ein Mann, der große Geschäfte macht.«

»Alfred Harderberg?«

»Genau. Er hat, was viele gern hätten.«

»Was denn?«

»Wissen, Kenntnisse, Informationen. Das ist mehr wert als eine Banknotendruckerei.«

Wallander nickte; er verstand. Aber die Unterwürfigkeit Ströms vor dem großen Mann berührte ihn unangenehm. »Du warst einmal Polizist«, sagte er. »Ich bin es immer noch. Du verstehst vielleicht, warum ich hier bin?«

»Ich lese Zeitung. Ich nehme an, es hat mit dem Anwalt zu tun.«

»Es sind zwei Anwälte gestorben, nicht nur einer. Aber soweit ich weiß, hatte nur der ältere mit Harderberg zu tun.«

»Er kam oft her«, bestätigte Ström. »Ein freundlicher Mann. Sehr diskret.«

»Am Abend des 11. Oktober war er zum letzten Mal hier. Hattest du da Dienst?«

Ström nickte.

»Ich nehme an, ihr führt Aufzeichnungen über passierende Fahrzeuge oder Personen?«

Ström lachte laut heraus. »Das machen wir schon lange nicht mehr. Wozu gibt es Computer?«

»Dann möchte ich gern einen Ausdruck über den Abend des 11. Oktober.«

»Um den mußt du oben im Schloß bitten. Ich darf so etwas nicht herausgeben.«

»Aber du darfst dich vielleicht erinnern.«

»Ich weiß, daß er an jenem Abend hier war. Aber ich erinnere mich nicht, wann er kam und wieder abfuhr.«

»War er allein im Wagen?«

»Das kann ich nicht beantworten.«

»Weil du nicht darfst?«

Ström nickte.

»Ich habe manchmal daran gedacht, zu einer privaten Wachgesellschaft zu wechseln«, sagte Wallander. »Aber ich glaube, ich könnte mich schwer daran gewöhnen, nicht auf Fragen antworten zu dürfen.«

»Alles hat seinen Preis.«

Da muß ich ihm recht geben, dachte Wallander. Er sah Ström einen Augenblick prüfend an. »Alfred Harderberg, wie ist er so als Mensch?«

Ströms Antwort überraschte ihn. »Ich weiß nicht.«

»Du mußt doch eine Meinung haben. Oder darfst du auch darauf nicht antworten?«

»Ich habe ihn nicht kennengelernt.«

Wallander spürte, daß er die Wahrheit sagte.

»Wie lange arbeitest du jetzt für ihn?«

»Fast fünf Jahre.«

»Und du hast ihn noch nie gesehen?«

»Nein.«

»Und am Tor, wenn er das Gelände verläßt?«

»Die Scheiben seines Wagens sind dunkel getönt.«

»Ich nehme an, das gehört zum Sicherheitssystem.«

Ström nickte.

Wallander dachte nach. »Mit anderen Worten: Du weißt nie ganz genau, ob er hier ist oder nicht. Du weißt nie, ob er wirklich drin sitzt, wenn der Wagen das Tor passiert?«

»Die Sicherheit erfordert es.«

Wallander ging zum Auto zurück; Ström verschwand hinter der Stahltür. Kurz darauf öffnete sich lautlos das Tor. Wallander hatte den Eindruck, in eine andere Welt zu geraten.

Nach etwa einem Kilometer lichtete sich der Wald. Das Schloß lag auf einem Hügel, von einem weitläufigen, gepflegten Park umgeben. Das große Haupthaus war, ebenso wie die freistehenden Nebengebäude, aus dunkelroten Ziegeln errichtet. Es war ein richtiges Schloß, mit einem Turm und Zinnen, mit Balustraden und Balkons. Die Illusion einer Märchenwelt wurde einzig und allein durch einen Helikopter gestört, der auf einer Betonplatte stand. Die Maschine wirkte auf Wallander wie ein großes Insekt, das mit gefalteten Flügeln ruhte, jedoch jederzeit zum Leben erwachen konnte.

Langsam fuhr er auf den Haupteingang zu. Auf dem Weg stolzierten Pfauen würdevoll umher. Wallander parkte hinter einem schwarzen BMW und stieg aus. Rundum war alles still. Die Ruhe erinnerte ihn an den Vortag, als er den Kiesweg zu Gustaf Torstenssons Villa hinaufgegangen war. Vielleicht ist gerade die Stille charakteristisch für die Umgebung wohlhabender Menschen, dachte er. Kein Orchester, keine Fanfaren, sondern Ruhe und Schweigen.

Im selben Moment öffnete sich eine Hälfte der Doppeltür des Haupteingangs. Eine Frau in den Dreißigern, geschmackvoll und, wie Wallander vermutete, teuer gekleidet, zeigte sich auf der Treppe. »Bitte, kommen sie herauf«, sagte sie und verzog den Mund zu einem flüchtigen Lächeln, das zwar korrekt war, jedoch vor allem kalt und distanziert wirkte.

»Ob ich mich in Ihren Augen ausreichend legitimieren kann, weiß ich nicht«, sagte Wallander. »Ström, der Wachmann, hat mich aber wiedererkannt.«

»Ich weiß«, entgegnete sie.

Es war nicht die Frau, mit der er vom Café aus telefoniert hatte. Er stieg die Steintreppe hinauf und wollte ihr zur Begrüßung die Hand reichen, doch sie wandte sich nur lächelnd ab, so daß ihm nichts weiter übrigblieb, als ihr zu folgen. Sie durchquerten eine weite Empfangshalle. Auf Steinsockeln standen, von unsichtbaren Lichtquellen angestrahlt, moderne Skulpturen. Im Hintergrund, an der breiten Treppe, die ins Obergeschoß führte, meinte Wallander im Schatten zwei Männer gesehen zu haben, deren Gesichter jedoch verborgen blieben. Die Stille und die Schatten, dachte er, das ist Alfred Harderbergs Welt, soweit ich mir bisher ein Bild machen konnte. Sie gingen durch eine Tür zur Linken und kamen in einen großen ovalen Raum, den ebenfalls Skulpturen schmückten. Aber da waren auch ein paar Ritterrüstungen, wohl um daran zu erinnern, daß zu einem richtigen Schloß auch eine kriegerische Vergangenheit gehört, die bis ins Mittelalter zurückreicht. Mitten im Zimmer prunkte auf glänzendem Parkett ein Schreibtisch, vor dem ein einzelner Besucherstuhl stand. Auf dem Tisch lagen keine Papiere, es gab lediglich einen PC und eine moderne Telefonanlage, nicht viel größer als ein herkömmlicher Apparat. Die Frau bat Wallander, Platz zu nehmen, und tippte eine Mitteilung in den PC. Dann riß sie ein Blatt von einem im Schreibtisch verborgenen Drucker und reichte es ihm.

»Wenn ich richtig verstanden habe, wollten Sie doch einen Ausdruck, um zu lesen, wer am 11. Oktober das Tor passiert hat«, sagte die Frau. »Hier können Sie sehen, wann Anwalt Torstensson ankam und wann er Schloß Farnholm wieder verlassen hat.«

Wallander nahm das Blatt entgegen und legte es neben sich auf den Fußboden. »Ich bin nicht nur deswegen gekommen, ich habe noch einige Fragen zu stellen.«

»Bitte.«

Die Frau setzte sich hinter den Schreibtisch und drückte ein paar Tasten an der Telefonanlage. Wallander ahnte, daß alle hier stattfindenden Gespräche an einem anderen Gerät mitgehört oder aufgezeichnet wurden.

»Mir ist bekannt, daß Alfred Harderberg ein Klient von Gustaf Torstensson war«, begann Wallander. »Ich weiß auch, daß er sich derzeit im Ausland aufhält.«

»Ja, in Dubai«, sagte die Frau.

Wallander runzelte die Stirn. »Vor einer Stunde war er noch in Genf.«

»Vollkommen richtig. Aber er ist heute morgen noch nach Dubai geflogen.«

Wallander holte seinen Notizblock und einen Stift aus der Jackentasche. »Darf ich fragen, wie Sie heißen und was Ihre Aufgabe hier ist?«

»Ich bin eine der Sekretärinnen von Herrn Harderberg. Ich heiße Anita Karlén.«

»Hat Alfred Harderberg viele Sekretärinnen?«

»Das kommt darauf an, wie man es betrachtet«, sagte Anita Karlén ausweichend. »Ist die Frage wirklich von Bedeutung?«

Wieder merkte Wallander, daß ihn die Art, wie er hier behandelt wurde, wütend machte. Er mußte wohl andere Saiten aufziehen, sonst war der Besuch auf Farnholm verlorene Zeit.

»Ob die Frage von Bedeutung ist oder nicht, entscheide ich. Schloß Farnholm ist Privatbesitz; Sie haben das Recht, das Grundstück mit so vielen und so hohen Zäunen zu umgeben, wie Sie wollen, soweit es dafür eine Baugenehmigung gibt und auch auf andere Weise nicht gegen Gesetze und Verordnungen verstoßen wird. Farnholm liegt nun einmal in Schweden. Außerdem haben Sie das Recht zu bestimmen, wen Sie hier hereinlassen. Mit einer Ausnahme: die Polizei. Haben Sie verstanden?«

»Wir haben Ihnen den Zutritt auch nicht verwehrt«, entgegnete sie ungerührt.

»Ich will mich noch deutlicher ausdrücken«, fuhr Wallander fort. Er merkte, daß ihn die Ruhe Anita Karléns verunsicherte. Vielleicht irritierte es ihn auch, daß sie so attraktiv war.

Im selben Augenblick öffnete sich im Hintergrund eine Tür. Eine Frau trug ein Tablett herein. Verwundert registrierte Wallander, daß es eine Farbige war. Wortlos stellte sie das Tablett auf den Schreibtisch und verschwand so lautlos, wie sie gekommen war.

»Möchten Sie Kaffee, Kommissar Wallander?«

»Ja, bitte.«

Sie goß ein und reichte ihm die Tasse.

Er betrachtete das Porzellan. »Lassen Sie mich eine Frage stellen, die nicht von Bedeutung ist. Wenn ich dieses Schmuckstück hier runterfallen lasse, was bin ich dann schuldig?«

Sie lächelte, diesmal richtig: »Es ist natürlich alles versichert. Aber es wäre schade; das Service ist ein Klassiker von Rörstrand.«

Wallander stellte die Tasse vorsichtig neben den Computerausdruck auf den Boden und konzentrierte sich wieder auf das Gespräch. »Ich will mich sehr deutlich ausdrücken«, wiederholte er. »Am selben Abend, am 11. Oktober, eine knappe Stunde nach seinem Besuch hier im Hause, starb Anwalt Gustaf Torstensson bei einem Autounfall.«

»Wir haben Blumen zur Beerdigung geschickt. Eine meiner Kolleginnen war bei der Beisetzung zugegen.«

»Aber natürlich nicht Alfred Harderberg?«

»Auftritten in der Öffentlichkeit geht mein Arbeitgeber nach Möglichkeit aus dem Weg.«

»Das habe ich mir gedacht. Nun gibt es allerdings Gründe zu glauben, daß es gar kein Autounfall war. Vieles spricht dafür, daß Anwalt Torstensson ermordet wurde. Und die Sache wird dadurch, daß sein Sohn einige Wochen später in seinem Büro erschossen wurde, nicht besser. Haben Sie zur Beerdigung des Sohnes vielleicht auch Blumen geschickt?«

Sie sah ihn verständnislos an. »Wir hatten nur mit Gustaf Torstensson zu tun.«

Wallander nickte und fuhr fort. »Jetzt verstehen Sie, warum ich hier bin. Und Sie haben mir immer noch nicht verraten, wie viele Sekretärinnen hier arbeiten.«

»Sie haben ja auch nicht verstanden, daß es auf die Betrachtungsweise ankommt.«

»Dann klären Sie mich bitte auf.«

»Also, hier auf Schloß Farnholm gibt es drei Sekretärinnen. Außerdem zwei, die Doktor Harderberg auf Reisen begleiten. Des weiteren stehen ihm an verschiedenen Stellen rund um die Welt Sekretärinnen zur Verfügung. Die Anzahl wechselt, aber es sind selten weniger als sechs.«

»Das wären dann insgesamt elf.«

Anita Karlén nickte.

»Sie nennen Ihren Arbeitgeber Doktor Harderberg?«

»Er hat mehrere Ehrendoktortitel. Wenn Sie wollen, kann ich Ihnen eine Aufstellung machen.«

»Ja, sehr freundlich. Ich möchte außerdem eine Übersicht über Doktor Harderbergs Geschäftsimperium. Aber das können Sie mir später geben. Ich würde zunächst gern wissen, was an dem Abend geschah, als Gustaf Torstensson zum letzten Mal hier war. Welche von all den Sekretärinnen kann darauf antworten?«

»Ich selbst hatte an jenem Abend Dienst.«

Wallander überlegte einen Moment. »Deshalb sind Sie also hier; deshalb empfangen Sie mich. Aber was wäre gewesen, wenn Sie heute freigehabt hätten? Sie konnten doch nicht wissen, daß ausgerechnet heute ein Polizist aufkreuzt.«

»Natürlich nicht.«

Im selben Augenblick wurde Wallander klar, daß es die Menschen auf Schloß Farnholm sehr wohl wissen konnten. Der Gedanke irritierte ihn.

Er zwang sich zur Konzentration. »Was geschah an jenem Abend?«

»Anwalt Torstensson kam kurz nach sieben Uhr hier an. Er hatte ein etwa einstündiges vertrauliches Gespräch mit Doktor Harderberg und einigen der engsten Mitarbeiter. Dann trank er eine Tasse Tee. Genau vierzehn Minuten nach acht verließ er Farnholm.«

»Worüber wurde an dem Abend gesprochen?«

»Das kann ich nicht beantworten.«

»Aber Sie sagten doch vorhin, daß Sie Dienst gehabt hätten?«

»Es war ein Gespräch ohne Sekretärin, es wurden keine Aufzeichnungen gemacht.«

»Wer waren die Mitarbeiter?«

»Bitte?«

»Sie sagten, daß Anwalt Torstensson vertraulich mit Doktor Harderberg und einigen seiner engsten Mitarbeiter gesprochen habe.«

»Das kann ich nicht beantworten.«

»Weil Sie nicht antworten dürfen?«

»Ich weiß es nicht.«

»Was wissen Sie nicht?«

»Wer die Mitarbeiter waren. Ich habe sie nie zuvor gesehen. Sie waren am selben Tag gekommen und reisten früh am nächsten wieder ab.«

Wallander wußte plötzlich nicht, was er fragen sollte; er hatte den Eindruck, einfach nicht weiterzukommen. So entschloß er sich, an einer anderen Stelle anzusetzen. »Sie sagten vorhin, Doktor Harderberg habe elf Sekretärinnen. Darf ich fragen, wie viele Anwälte er beschäftigt?«

»Vermutlich mindestens ebenso viele.«

»Aber Sie dürfen nicht sagen, wie viele es genau sind?«

»Ich weiß es nicht.«

Wallander nickte. Er merkte, daß er schon wieder auf dem Weg in eine Sackgasse war.

»Wann begann Anwalt Torstensson, für Doktor Harderberg zu arbeiten?«

»Als Doktor Harderberg Schloß Farnholm erwarb und zu seinem Hauptquartier machte, also vor etwa fünf Jahren.«

»Anwalt Torstensson hatte sein Büro sein Leben lang in Ystad. Plötzlich hält man ihn für qualifiziert, als Ratgeber in internationalen Geschäften zu fungieren. Ist das nicht ein wenig merkwürdig?«

»Da müssen Sie wohl Doktor Harderberg fragen.«

Wallander klappte seinen Notizblock zu. »Da haben Sie ganz recht. Ich möchte, daß Sie ihm eine Nachricht senden, egal, ob er sich in Genf oder in Dubai oder sonstwo aufhält, und ihm mitteilen, daß Kommissar Wallander ihn so schnell wie möglich sprechen will. Mit anderen Worten: unverzüglich am Tag seiner Rückkehr.«

Er erhob sich und ließ die Tasse auf dem Boden stehen. »Die Polizei in Ystad hat keine elf Sekretärinnen«, sagte er. »Aber unsere Kolleginnen an der Anmeldung sind auch ganz tüchtig. Geben Sie bitte dort Bescheid, wann er mich empfangen kann.«

Er folgte ihr hinaus in die große Eingangshalle. In der Nähe der Tür lag auf einem Marmortisch ein dicker lederner Aktenordner.

»Hier ist die Übersicht über Doktor Harderbergs Unternehmen, um die Sie gebeten haben«, erklärte Anita Karlén.

Es hat also jemand mitgehört, das ganze Gespräch, dachte Wallander. Vermutlich ist ein Protokoll bereits zu Harderberg unterwegs, wo auch immer er sich befinden mag. Falls er sich dafür interessiert. Was ich bezweifle.

»Vergessen Sie bitte nicht, darauf hinzuweisen, daß es eilt«, sagte Wallander zum Abschied. Diesmal gab ihm Anita Karlén die Hand.

Wallander blickte kurz zu der mächtigen Treppe hinüber, die im Dunkeln lag. Aber jetzt waren die Schatten verschwunden.

Die Wolken hatten sich verzogen. Er setzte sich ins Auto. Anita Karlén stand auf der Treppe; ihr Haar wehte im Wind. Als er losfuhr, konnte er im Rückspiegel sehen, daß sie ihm nachschaute. Diesmal mußte er am Tor nicht halten; als er sich näherte, öffnete es sich. Kurt Ström ließ sich nicht sehen. Dann schlossen sich die eisernen Flügel wieder, und Wallander fuhr langsam nach Ystad zurück. Es war ein klarer Herbsttag, und seine Entscheidung, in den Dienst zurückzukehren, lag erst drei Tage zurück.

Kurz hinter der Kreuzung zur Hauptstraße lag ein toter Hase vor ihm auf der Fahrbahn. Er wich aus und dachte, daß er einer Aufklärung des Falles Gustaf Torstensson oder seines Sohnes nicht näher gekommen war. Es erschien ihm unwahrscheinlich, daß es einen Zusammenhang zwischen den toten Anwälten und den Menschen auf dem Schloß hinter dem Doppelzaun geben sollte. Aber dennoch würde er den ledernen Aktenordner noch am selben Tag durchsehen, um sich einen Eindruck von Alfred Harderbergs Imperium zu verschaffen.

Das Autotelefon signalisierte einen Anruf. Wallander nahm den Hörer ab und hörte Svedbergs Stimme.

»Hier Svedberg. Wo bist du gerade?«

»Vierzig Minuten vor Ystad.«

»Martinsson meinte, du würdest Schloß Farnholm besuchen.«

»Da bin ich auch gewesen. Hat aber nichts gebracht.«

Das Gespräch wurde kurz von Störungen unterbrochen. Dann war Svedberg wieder da. »Berta Dunér hat angerufen und nach dir gefragt. Du sollst dich ganz dringend bei ihr melden.«

»Warum denn?«

»Das hat sie nicht gesagt.«

»Wenn du mir ihre Telefonnummer gibst, rufe ich gleich an.«

»Es ist besser, du fährst direkt zu ihr. Es schien sehr wichtig zu sein.«

Wallander sah auf die Uhr am Armaturenbrett. Schon fünf Minuten nach neun.

»Wie war die Besprechung heute morgen?«

»Nichts Besonderes.«

»Wenn ich nach Ystad komme, fahre ich sofort zu ihr.«

»Gut«, sagte Svedberg.

Das Gespräch wurde erneut gestört. Wallander fragte sich, was Frau Dunér auf dem Herzen haben konnte. Er spürte eine gewisse Spannung und gab Gas. Fünf Minuten nach halb zehn parkte er vorschriftswidrig genau gegenüber von dem rosa Haus, in dem Berta Dunér wohnte. Schnell eilte er über die Straße und klingelte an der Tür. Sie öffnete, und er sah sofort, daß etwas passiert sein mußte. Das Entsetzen stand ihr ins Gesicht geschrieben.

»Sie haben angerufen und nach mir gefragt?«

Sie nickte, zog ihn sofort ins Wohnzimmer und wies erregt auf den kleinen Garten vor dem Fenster. »Heute nacht war jemand da draußen.«

Sie wirkte sehr verängstigt. Ihre Unruhe übertrug sich auf Wallander. Er ging zur Glastür und betrachtete den Rasen, die wegen des nahenden Winters angehäufelten Rabatten und die Kletterpflanzen an der weißgekalkten Mauer, die Berta Dunérs Garten von dem des Nachbarn trennte.

»Ich weiß nicht, was Sie meinen«, sagte er.

Sie war im Hintergrund geblieben, als wagte sie sich nicht zum Fenster vor. Wallander fragte sich, ob die schrecklichen Ereignisse der letzten Wochen ihr vielleicht die Sinne verwirrt hatten.

Sie trat neben ihn und wies hinaus. »Da, sehen Sie doch. Jemand ist heute nacht hier gewesen und hat gegraben.«

»Haben Sie jemanden gesehen?«

»Nein.«

»Oder gehört?«

»Nein. Aber ich weiß, daß heute nacht jemand da war.«

Wallander versuchte, ihrem Zeigefinger zu folgen. Undeutlich glaubte er, ein Stück zertrampelten Rasen zu erkennen.

»Das kann eine Katze gewesen sein. Oder ein Maulwurf. Vielleicht auch eine Ratte.«

Sie schüttelte den Kopf. »Jemand ist heute nacht da gewesen.«

Wallander öffnete die Glastür und ging in den Garten hinaus. Aus der Nähe besehen schien es, als wäre ein Grasbüschel ausgegraben und wieder eingesetzt worden. Er hockte sich hin und strich mit der Hand über die Halme. Die Finger stießen auf etwas Hartes aus Plastik oder Metall, einen Stachel, der aus der Erde ragte. Vorsichtig tastete er weiter. Ein graubrauner Gegenstand war direkt unter der Grasnarbe versteckt.

Wallander erstarrte. Er zog die Hand langsam zurück und stand vorsichtig auf. Einen Moment lang glaubte er, verrückt zu werden; das konnte einfach nicht wahr sein. Das war unvorstellbar, unwahrscheinlich, einfach undenkbar.

Er kehrte zur offenen Glastür zurück, indem er genau in die schwachen Fußspuren trat, die er hinterlassen hatte. Als er das Haus erreicht hatte, schaute er sich um. Er konnte immer noch nicht glauben, was er gesehen hatte.

»Was ist da?« fragte Frau Dunér.

»Geben Sie mir bitte das Telefonbuch«, sagte Wallander mit bebender Stimme.

Sie blickte ihn verständnislos an. »Was wollen Sie denn damit?«

»Tun Sie bitte, was ich sage.«

Sie lief in den Flur und kam mit dem Ystad-Band zurück.

Wallander wog ihn in der Hand.

»Gehen Sie in die Küche und bleiben Sie dort«, sagte er.

Sie gehorchte.

Es konnte auf keinen Fall wahr sein, dachte Wallander. Gäbe es nur die geringste Möglichkeit für das Unwahrscheinliche, müßte er ganz andere Schritte einleiten. Er trat so weit wie möglich ins Zimmer zurück, zielte und warf das Telefonbuch auf den zwischen Grashalmen verborgenen Stachel.

Die Explosion war ohrenbetäubend.

Später wunderte er sich, daß die Fenster nicht zersprungen waren.

Er warf einen Blick auf den Krater im Rasen. Dann eilte er in die Küche, wo er Frau Dunér schreien hörte. Sie stand wie gelähmt mitten im Raum und preßte die Hände auf die Ohren. Er berührte ihre Schulter und führte sie zu einem der Küchenstühle.

»Keine Gefahr«, sagte er. »Ich bin gleich zurück. Muß nur schnell telefonieren.«

Er wählte die Nummer des Polizeigebäudes. Zu seiner Freude meldete sich Ebba.

»Hier ist Kurt«, sagte er atemlos. »Ich muß Martinsson oder Svedberg sprechen. Oder irgendeinen anderen.«

Ebba kannte seine Stimme, das wußte er. Deshalb handelte sie, ohne Fragen zu stellen.

Martinsson meldete sich.

»Hier Kurt. Vermutlich wird gleich Alarm ausgelöst werden, wegen einer Explosion hinter dem Hotel Continental. Kümmere dich darum, daß es ohne Aufsehen abgeht. Ich will hier keine Feuerwehr und keinen Krankenwagen sehen. Schnapp dir jemanden und komm her. Ich bin bei Frau Dunér, Torstenssons Sekretärin, Stickgatan 26. Es ist ein rosa Haus.«

»Was ist denn eigentlich passiert?«

»Das wirst du sehen, wenn du hier bist. Du glaubst mir ja doch nicht, wenn ich es dir erkläre.«

»Versuch es doch.«

Wallander zögerte: »Wenn ich dir sage, daß jemand eine Landmine in Frau Dunérs Garten vergraben hat – glaubst du mir dann?«

»Nein«, antwortete Martinsson trocken.

»Na siehst du.«

Wallander legte auf und ging zur Glastür zurück.

Der Krater auf der Wiese war noch da. Es war keine Einbildung gewesen.

6

In der Erinnerung würde dieser Tag, Mittwoch, der 3. November, für Kurt Wallander immer etwas Unwirkliches haben. Hätte er es sich je träumen lassen, mitten in Ystad in einem kleinen Garten auf eine vergrabene Landmine zu stoßen?

Als Martinsson das rosa Haus in Begleitung Ann-Britt Höglunds betrat, fiel es ihm immer noch schwer zu glauben, daß wirklich eine Mine explodiert war. Trotzdem hatte er unterwegs Sven Nyberg, den technischen Experten, benachrichtigt. Er kam nur wenige Minuten später. Gemeinsam betrachteten sie den Krater im Rasen. Da sie nicht sicher sein konnten, ob noch weitere Sprengkörper im Garten versteckt waren, hielten sie sich eng an der Hauswand. Ann-Britt Höglund übernahm es, in der Küche mit Frau Dunér zu sprechen, die sich etwas beruhigt hatte.

»Was ist denn nur geschehen?« fragte Martinsson aufgeregt.

»Ich kann dir keine Antwort geben«, erwiderte Wallander.

Mehr Worte waren nicht nötig; sie starrten weiter auf das Loch im Rasen. Die Kriminaltechniker unter Leitung des geschickten, aber leicht cholerischen Sven Nyberg machten sich an die Arbeit.

Zwischendurch wandte sich Nyberg an Wallander: »Was machst du eigentlich hier?«

Wallander hatte plötzlich das Gefühl, mit seiner Rückkehr in den Dienst gegen irgendwelche Regeln verstoßen zu haben. »Ich arbeite hier«, antwortete er und merkte, daß er in Abwehrstellung ging.

»Ich dachte, du würdest aufhören.«

»Das dachte ich auch. Aber ich habe gemerkt, daß ihr ohne mich nicht klarkommt.«

Sven Nyberg setzte zu einer Erwiderung an, doch Wallander hob abwehrend die Hand. »Ich bin nicht so wichtig wie das Loch da im Rasen.«

Gleichzeitig fiel ihm ein, daß Sven Nyberg an verschiedenen UN-Einsätzen im Ausland teilgenommen hatte. »Du bist doch auf Zypern und im Nahen Osten gewesen; du mußt doch wissen, ob der Krater von einer Mine stammt«, sagte Wallander. »Aber verrate uns zuerst, ob es noch mehr Explosionen geben kann.«

»Ich bin kein Hund«, sagte Nyberg und ging an der Hauswand in die Hocke. Wallander berichtete, wie er den Zünder ertastet und dann das Telefonbuch geworfen hatte.

Sven Nyberg nickte. »Es gibt sehr wenige explosive Stoffe oder Gemische, die auf einen Stoß hin detonieren. Außer eben Minen. Dazu sind sie ja da. Menschen fliegen in die Luft, wenn sie mit dem Fuß an den Zünder geraten. Für eine Personenmine reicht ein Gewicht von einigen Kilo, ein Kinderfuß oder ein Telefonbuch. Eine Fahrzeugmine braucht vielleicht hundert Kilo Druck, um hochzugehen.«

Er erhob sich und schaute Wallander und Martinsson fragend an. »Wer legt Minen in einen Garten? Diese Person solltet ihr so schnell wie möglich aus dem Verkehr ziehen.«

»Und du bist sicher, daß es eine Mine war?«

»Ich bin nie sicher. Aber ich werde einen Spezialisten aus dem Regiment anfordern. Bis dahin darf niemand den Rasen betreten.«

Während sie auf den Fachmann warteten, erledigte Martinsson einige Telefongespräche. Wallander setzte sich auf das Sofa und versuchte zu verstehen, was eigentlich passiert war. Aus der Küche hörte er, wie Ann-Britt Höglund langsam und geduldig Fragen stellte, die Frau Dunér noch langsamer beantwortete.

Zwei tote Anwälte, dachte Wallander. Dann vergräbt jemand eine Mine im Garten der Sekretärin der Kanzlei; natürlich, damit sie drauftritt und ebenfalls stirbt. Auch wenn alles immer noch sehr unklar und verworren ist, kann man es wagen, eine Schlußfolgerung zu ziehen: Die Lösung muß irgendwo in der

Tätigkeit der Anwaltskanzlei liegen, nicht im Privatleben der drei Menschen.

Wallanders Gedanken wurden unterbrochen, als Martinsson seine Telefonate beendet hatte. »Björk hat gefragt, ob ich noch ganz bei Trost bin«, grinste er. »Ich muß gestehen, daß ich selbst nicht wußte, was ich darauf antworten sollte. Er meint, es sei ganz ausgeschlossen, daß es eine Mine war. Aber er möchte so schnell wie möglich einen von uns zur Berichterstattung sehen.«

»Wenn wir etwas zu berichten haben«, sagte Wallander grimmig. »Wo steckt denn Nyberg?«

»Er ist zum Regiment gefahren, um so schnell wie möglich einen Minensucher zu holen.«

Wallander nickte und schaute auf die Uhr. Viertel nach zehn. Er dachte an seinen Besuch auf Schloß Farnholm. Aber er wußte im Grunde gar nicht, was er von allem halten sollte.

Martinsson stellte sich an die Glastür und betrachtete das Loch im Rasen. »Erinnerst du dich an die Sache vor zwanzig Jahren, im Gerichtsgebäude von Söderhamn?«

»Sehr vage«, antwortete Wallander.

»Da war ein alter Landwirt, der jahrelang unendlich viele Prozesse geführt hatte, gegen seine Nachbarn, seine Verwandten, gegen alle und jeden. Das Ganze entwickelte sich schließlich zu einer Psychose, was leider niemand rechtzeitig bemerkte. Er fühlte sich von den vermeintlichen Widersachern verfolgt, nicht zuletzt vom Richter und seinen eigenen Anwälten. Schließlich kam es zur Katastrophe. Er holte während der Verhandlung ein Gewehr hervor und erschoß den Richter und seinen Verteidiger gleich mit. Als die Polizei später sein Haus draußen im Wald durchsuchen wollte, zeigte sich, daß er an Türen und Fenstern Sprengladungen befestigt hatte. Es war reines Glück, daß bei den Explosionen niemand ums Leben kam.«

Wallander erinnerte sich an den Fall.

»Einem Staatsanwalt in Stockholm wurde das Haus in die Luft gesprengt«, fuhr Martinsson fort. »Anwälte sind Drohungen und Übergriffen ausgesetzt. Polizisten erst recht.«

Wallander nickte. Ann-Britt Höglund kam mit dem Notizblock in der Hand aus der Küche. Wallander wurde plötzlich bewußt, daß sie eine attraktive Frau war; das war ihm seltsamerweise zuvor nicht aufgefallen.

Sie setzte sich ihm gegenüber auf einen Stuhl. »Nichts. Frau Dunér hat in der Nacht nichts gehört. Aber sie ist sicher, daß der Rasen gestern bei Einbruch der Dämmerung noch unberührt war. Sie ist eine Frühaufsteherin und hat gleich, als es hell wurde, entdeckt, daß jemand in ihrem Garten war. Sie hat natürlich keine Erklärung, warum ihr jemand nach dem Leben trachtet. Oder wenigstens ihre Beine wegsprengen will.«

»Sagt sie die Wahrheit?« fragte Martinsson.

»Es ist immer schwer zu entscheiden, ob aufgeregte Menschen lügen oder nicht«, antwortete Ann-Britt Höglund. »Aber ich bin ziemlich sicher, daß sie wirklich der Meinung ist, jemand habe die Mine in der Nacht im Garten vergraben. Und sie versteht nicht, warum.«

»Dennoch stört mich etwas an diesem Bild«, sagte Wallander zögernd. »Aber ich bin nicht sicher, ob ich in Worte fassen kann, was ich meine.«

»Versuch es«, sagte Martinsson.

»Heute, am Morgen, entdeckt sie, daß in der Nacht jemand in ihrem Garten gewesen sein muß. Sie steht am Fenster und sieht, daß jemand ihren Rasen aufgewühlt hat. Was tut sie da?«

»Was tut sie *nicht*«, sagte Ann-Britt Höglund.

Wallander nickte. »Genau. Normal wäre gewesen, daß sie einfach die Glastür aufmacht und nachsieht. Aber was tut sie?«

»Sie ruft die Polizei«, sagte Martinsson.

»Als hätte sie geahnt, daß da draußen etwas Gefährliches lauere«, sagte Ann-Britt Höglund.

»Oder gewußt«, ergänzte Wallander.

»Zum Beispiel eine Mine«, meinte Martinsson. »Als sie im Polizeigebäude anrief, war sie aufgeregt.«

»Genauso erregt war sie, als ich hier ankam«, sagte Wallander. »Jedesmal, wenn ich mit ihr gesprochen habe, wirkte sie nervös und verängstigt. Das könnte man natürlich mit all den Ereignissen der letzten Zeit erklären. Aber ich bin mir da nicht ganz sicher.«

Die Wohnungstür wurde geöffnet, und Sven Nyberg marschierte ins Zimmer, hinter ihm zwei uniformierte Männer, die ein Gerät trugen, das einem Staubsauger glich. Es dauerte zwanzig Minuten, bis die beiden Soldaten den kleinen Garten nach Minen durchsucht hatten. Die Polizisten standen am Fenster und beobachteten aufmerksam die vorsichtige, aber zielbewußte Arbeit. Dann erklärten die Spezialisten den Garten für sicher und machten sich auf den Rückweg. Wallander begleitete sie hinaus zu ihrem Wagen.

»Was läßt sich über die Mine sagen?« fragte er. »Größe, Explosionskraft? Kann man vermuten, wo sie hergestellt wurde? Alles ist von Interesse.«

Lundqvist, Hauptmann, stand auf dem Schildchen an der Uniformjacke des älteren der beiden Männer. Er antwortete auch auf Wallanders Frage. »Keine besonders starke Mine. Aber genug, um einen Menschen zu töten. Sagen wir, eine Vier.«

»Was bedeutet das?«

»Eine Person tritt auf die Mine«, erläuterte Hauptmann Lundqvist. »Dann werden drei Männer benötigt, um sie aus der Gefahrenzone zu bringen. Also hat die Mine der kämpfenden Truppe vier Personen entzogen.«

Wallander nickte.

»Minen werden nicht wie andere Waffen hergestellt«, fuhr Lundqvist fort. »Bofors produziert sie, ebenso andere große Rüstungsbetriebe. Aber fast jedes Land von militärischer Bedeutung baut eigene Minen. Entweder werden sie offiziell in Lizenz produziert oder heimlich als Raubkopie. Terroristische Gruppen haben ihre eigenen Modelle. Um etwas über die Identität der Mine sagen zu können, müßte man Reste des Sprengstoffs und am besten auch ein Stück des Mantelmaterials finden. Es kann Metall oder Plastik sein. Oder sogar Holz.«

»Wir kümmern uns darum«, sagte Wallander. »Dann melden wir uns wieder.«

»Eine Mine ist keine nette Waffe«, sagte Hauptmann Lundqvist. »Man sagt, sie sei der billigste und zuverlässigste Soldat der Welt. Sie wird irgendwo plaziert, und dann bleibt sie auf ihrem Posten, wenn es sein muß hundert Jahre. Sie braucht weder Wasser noch Verpflegung, noch Sold. Sie liegt nur da und wartet, bis jemand kommt und drauftritt. Dann schlägt sie zu.«

»Wie lange kann eine Mine aktiv bleiben?«

»Das weiß keiner. Heute noch detonieren Minen, die während des Ersten Weltkriegs ausgelegt wurden.«

Wallander ging ins Haus zurück. Im Garten hatte Sven Nyberg mit der technischen Untersuchung des Kraters begonnen.

»Eine Probe des Sprengstoffs, am besten noch ein Stück von der Mine«, sagte Wallander.

»Wonach sollten wir sonst suchen?« erwiderte Nyberg irritiert. »Nach verbuddelten Knochen?«

Wallander überlegte, ob er Frau Dunér noch einige Stunden Ruhe gönnen sollte, bevor er wieder mit ihr sprach. Aber seine Ungeduld machte sich bemerkbar; Ungeduld, weil sich nirgendwo Anzeichen eines Durchbruchs oder wenigstens eines handfesten Ausgangspunkts für die Ermittlungen zeigten.

»Ihr könnt die Sache mit Björk klären«, sagte er zu Martinsson und Ann-Britt Höglund. »Heute nachmittag müssen wir den Ermittlungsstand gründlich besprechen.«

»Gibt es denn einen Ermittlungsstand?« fragte Martinsson ironisch.

»Den gibt es immer«, sagte Wallander. »Wir merken es nur nicht. Hat Svedberg schon mit den Experten gesprochen, die in Torstenssons Kanzlei die Akten wälzen?«

»Er sitzt seit heute morgen dort. Aber ich glaube, er hat es satt. In Papieren herumzuwühlen ist nicht seine Sache.«

»Hilf ihm«, sagte Wallander. »Ich habe das unbestimmte Gefühl, daß es wichtig ist.«

Er kehrte ins Haus zurück, hängte die Jacke in den Flur und ging in die kleine Toilette. Als er sich im Spiegel sah, zuckte er vor seinem unrasierten, rotäugigen und ungekämmten Ebenbild zurück.

Er fragte sich, welchen Eindruck er wohl auf Schloß Farnholm hinterlassen hatte.

Während er sich das Gesicht kalt abwusch, überlegte er, wie er Frau Dunér klarmachen sollte, daß er sehr wohl wußte, daß sie ihnen einiges verschwieg. Ich muß freundlich sein, entschied er, sonst sperrt sie sich völlig.

Er ging in die Küche, wo sie immer noch zusammengesunken auf einem Stuhl saß. Draußen im Garten buddelten die Polizeitechniker. Dann und wann hörte Wallander Nybergs aufgeregte Stimme. Er hatte das Gefühl, genau so einen Augenblick schon einmal erlebt zu haben: die schwindelnde Entdeckung, im Kreis gelaufen und wieder an einem weit in der Vergangenheit liegenden Ausgangspunkt angekommen zu sein. Er schloß die Augen und atmete tief durch. Dann setzte er sich an den Küchentisch und schaute Frau Dunér an. Entfernt erinnerte sie ihn an seine vor Jahren verstorbene Mutter; die grauen Haare und die Haut, die wie schlecht gespannt auf dem mageren Körper lag. Aber dabei fiel ihm auch auf, daß er sich nicht mehr an das Gesicht seiner Mutter erinnern konnte; es war verblaßt, war ihm entglitten.

»Ich verstehe, daß Sie sehr erregt sind«, begann er. »Aber wir müssen trotzdem miteinander reden.«

Sie nickte schweigend.

»Sie entdeckten also heute morgen, daß in der Nacht jemand im Garten gewesen ist?«

»Das habe ich gleich gesehen.«

»Was taten Sie da?«

Sie schaute ihn erstaunt an. »Das habe ich doch schon erzählt. Muß ich denn alles noch einmal wiederholen?«

»Nicht alles. Beantworten Sie bitte nur meine Fragen.«

»Es wurde gerade hell. Ich bin eine Frühaufsteherin. Ich schaute in den Garten hinaus. Jemand war dagewesen. Ich rief die Polizei.«

»Warum haben Sie die Polizei gerufen?« fragte Wallander und beobachtete sie aufmerksam.

»Was hätte ich sonst tun sollen?«

»Sie hätten zum Beispiel hinausgehen und nachsehen können.«

»Das habe ich nicht gewagt.«

»Warum nicht? Weil Sie wußten, daß dort etwas Gefährliches lauerte?«

Sie antwortete nicht. Wallander wartete. Von draußen erklang Nybergs irritierte Stimme.

»Ich glaube, Sie waren mir gegenüber nicht ganz aufrichtig«, sagte Wallander. »Sie verschweigen etwas.«

Sie beschattete die Augen mit der Hand, als blende sie das Licht in der Küche. Wallander wartete weiter. Die Wanduhr stand auf kurz vor elf.

»Ich habe schon lange Angst«, sagte sie endlich und schaute Wallander an, als trage er die Verantwortung dafür. Dann hüllte sie sich wieder in Schweigen.

»Jede Angst hat eine Ursache. Wenn die Polizei herausfinden soll, was mit Gustaf und Sten Torstensson geschehen ist, müssen Sie uns helfen.«

»Ich kann nicht helfen«, sagte sie.

Wallander spürte, daß sie jeden Moment zusammenbrechen würde. Trotzdem machte er weiter. »Sie können meine Fragen beantworten. Bitte sagen Sie mir zuerst, warum sie Angst haben.«

»Wissen Sie, was einen am meisten erschrecken kann?« fragte sie unvermittelt. »Die Angst anderer Menschen. Ich habe dreißig Jahre für Gustaf Torstensson gearbeitet. Ich kannte ihn nicht. Die Veränderung ist mir jedoch aufgefallen. Es war, als ginge plötzlich ein anderer Geruch von ihm aus. Nach Angst.«

»Wann ist Ihnen das zum ersten Mal aufgefallen?«

»Vor drei Jahren.«

»War zu jenem Zeitpunkt etwas Besonderes geschehen?«

»Alles war wie immer.«

»Es ist sehr wichtig, daß Sie sich erinnern.«

»Was glauben Sie eigentlich, was ich die ganze Zeit versuche?«

Wallander fürchtete, das Gespräch könnte abbrechen. Ihm mußte etwas einfallen. Trotz allem schien sie ja nun bereit, ihm zu antworten. »Und Sie haben nie mit Gustaf Torstensson darüber gesprochen?«

»Nie.«

»Auch nicht mit seinem Sohn?«

»Ich glaube nicht, daß er etwas bemerkt hat.«

Das könnte stimmen, dachte Wallander. Sie war ja in erster Linie Gustaf Torstenssons Sekretärin.

»Sie haben keine Erklärung für das Geschehene? Begreifen Sie doch, Sie hätten sterben können, wären Sie in den Garten gegangen. Sie haben also etwas geahnt und deshalb die Polizei gerufen. Sie haben erwartet, daß etwas passieren würde. Und Sie haben keine Erklärung?«

»Nachts sind Menschen in die Kanzlei gekommen«, berichtete sie stockend. »Wir haben es beide gemerkt, Gustaf und ich. Ein Kugelschreiber lag anders auf dem Tisch, ein Stuhl, auf dem jemand gesessen hatte, war nicht genau an seinen Platz zurückgestellt worden.«

»Haben Sie ihn nicht danach gefragt, ihn nicht darauf hingewiesen?«

»Das durfte ich nicht. Er hat es verboten.«

»Er hat also nicht über die nächtlichen Besuche gesprochen?«

»Man kann es einem Menschen ansehen, wenn er über etwas nicht sprechen will.«

Sie wurden unterbrochen, als Nyberg ans Küchenfenster klopfte.

»Ich bin gleich zurück«, sagte Wallander. Nyberg stand vor der Gartentür und streckte ihm die Hand hin. Wallander sah einen verbrannten Gegenstand, kaum größer als ein halber Zentimeter.

»Eine Plastikmine«, sagte Nyberg. »Das kann ich jetzt schon sagen.«

Wallander nickte.

»Möglicherweise finden wir heraus, von welchem Typ sie ist«, fuhr Nyberg fort. »Vielleicht sogar, wo sie hergestellt wurde. Aber das wird eine Weile dauern.«

»Eines würde mich in diesem Zusammenhang noch interessieren. Kannst du irgend etwas über die Person sagen, die die Mine vergraben hat?«

»Das wäre mir vielleicht möglich gewesen, wenn du kein Telefonbuch geworfen hättest.«

»Die Mine war leicht zu entdecken.«

»Jemand, der etwas davon versteht, legt eine Mine so, daß man sie nicht sieht. Sowohl du als auch die Frau, die in der Küche sitzt, habt gesehen, daß sich jemand am Rasen zu schaffen gemacht hat. Da waren Amateure am Werk.«

Oder jemand, der diesen Eindruck erwecken wollte, dachte Wallander. Als er wieder in der Küche war, hatte er nur noch eine Frage. »Gestern nachmittag bekamen Sie Besuch von einer asiatisch aussehenden Frau. Wer war das?«

Sie starrte ihn an. »Woher wissen Sie das?«

»Das spielt keine Rolle. Beantworten Sie bitte meine Frage.«

»Sie macht in der Kanzlei sauber«, sagte Frau Dunér.

So einfach ist das, dachte Wallander enttäuscht.

»Wie heißt sie?«

»Kim Sung-Lee.«

»Wo wohnt sie?«

»Ich habe ihre Adresse im Büro.«

»Was wollte sie gestern hier?«

»Sie hat sich erkundigt, ob sie weiterarbeiten soll.«

Wallander nickte. »Ich möchte ihre Adresse gern haben«, sagte er und stand auf.

»Was geschieht nun?« fragte Frau Dunér.

»Sie brauchen keine Angst mehr zu haben. Ich werde dafür sorgen, daß sich immer ein Polizist in Ihrer Nähe aufhält, solange es nötig ist.«

Er verabschiedete sich von Nyberg und fuhr zum Polizeigebäude. Unterwegs hielt er an Fridolfs Konditorei und kaufte sich ein paar belegte Brote. Er schloß sich in seinem Zimmer ein und bereitete sich auf den Bericht bei Björk vor.

Aber als er in dessen Büro kam, erfuhr er, daß der Chef nicht im Haus war. Die Berichterstattung mußte warten.

Es war ein Uhr, als Wallander an die Tür zu Per Åkesons Dienstzimmer am anderen Ende des langen, schmalen Polizeigebäudes klopfte. Wenn er das Büro betrat, war er jedesmal von neuem erstaunt über das Chaos, das hier zu herrschen schien. Der Schreibtisch war voller halbmeterhoher Papierstapel; Akten lagen auf dem Boden und auf den Besucherstühlen. An einer Wand lagen Hanteln auf einer nachlässig zusammengerollten Matte.

»Hast du angefangen zu trainieren?«

»Nicht nur das«, antwortete Per Åkeson zufrieden. »Neuerdings halte ich auch täglich ein Mittagsschläfchen. Ich bin gerade erst aufgewacht.«

»Schläfst du auf dem Boden?« fragte Wallander.

»Nur dreißig Minuten. Aber dann arbeite ich mit neuer Energie.«

»Vielleicht sollte ich es auch einmal mit dieser Methode versuchen.«

Per Åkeson räumte einen der Stühle leer, indem er die Akten einfach auf den Fußboden warf. Dann setzte er sich wieder und legte die Füße auf den Schreibtisch. »Was dich angeht, hatte ich die Hoffnung fast aufgegeben«, sagte er lächelnd. »Aber im Innersten wußte ich doch, daß du zurückkommen würdest.«

»Das war eine schlimme Zeit«, sagte Wallander.

Per Åkeson wurde plötzlich ernst. »Im Grunde kann ich mir nicht vorstellen, was das bedeutet, einen Menschen zu töten. Notwehr hin oder her, es ist doch die einzige Handlung, von der es kein Zurück gibt. Meine Phantasie reicht gerade aus, den Abgrund zu ahnen.«

Wallander nickte. »Man vergißt es nie. Aber man kann vielleicht lernen, damit zu leben.«

Sie saßen schweigend und hörten, wie sich auf dem Flur jemand über den defekten Kaffeeautomaten beschwerte.

»Wir sind in einem Alter, du und ich«, sagte Per Åkeson. »Vor einem halben Jahr wachte ich eines Morgens auf und dachte: Herrgott, das Leben! Soll es das denn gewesen sein? Ich muß zugeben, daß ich in Panik verfiel. Aber jetzt denke ich, daß es auch nützlich war. Ich habe etwas getan, was ich schon längst hätte tun sollen.«

Aus einem der Papierstapel zog er einen Zettel und schob ihn über den Tisch. Es war eine Anzeige, in der mehrere UN-Organe juristisch qualifizierte Personen für Auslandseinsätze suchten, unter anderem für Flüchtlingslager in Afrika und Asien.

»Ich habe mich beworben«, sagte Per Åkeson. »Dann habe ich die ganze Sache vergessen. Vor knapp einem Monat jedoch wurde ich plötzlich zu einem Gespräch nach Kopenhagen gebeten. Eventuell kann ich einen Zweijahresvertrag für ein großes Flüchtlingslager in Uganda bekommen.«

»Nutze die Chance«, sagte Wallander. »Was sagt deine Frau dazu?«

»Sie hat noch keine Ahnung. Ehrlich gesagt, ich weiß nicht, wie sie reagieren wird.«

»Du mußt es ihr sagen.«

Per Åkeson nahm die Füße vom Tisch und schob ein paar Unterlagen zur Seite.

Wallander berichtete von der Explosion in Frau Dunérs Garten.

Der Staatsanwalt schüttelte ungläubig den Kopf. »Das ist doch nicht möglich.«

»Nyberg war ziemlich sicher«, entgegnete Wallander. »Und er hat meistens recht, wie du weißt.«

»Was denkst du über diesen verworrenen Fall? Ich habe mit Björk gesprochen. Und ich bin natürlich dafür, daß ihr den Autounfall von Gustaf Torstensson wieder aufgreift. Aber habt ihr wirklich keine Spur?«

Wallander überlegte gut, bevor er antwortete. »Wir können nur in einer Beziehung sicher sein: Es war kein eigentümlicher Zufall, der die beiden Anwälte das Leben gekostet und eine Mine in Frau Dunérs Garten gelegt hat. Wir haben es mit einem geplanten Verbrechen zu tun, von dem wir weder Anfang noch Ende kennen.«

»Du meinst also, daß die Mine in Frau Dunérs Garten nicht als Schreckschuß gedacht war?«

»Wer die Mine gelegt hat, wollte Frau Dunér töten. Sie muß geschützt werden. Möglicherweise muß sie ihr Haus verlassen.«

»Ich kümmere mich darum«, sagte Per Åkeson. »Ich rede mit Björk.«

»Sie hat Angst. Und ich bin jetzt sicher, daß sie nicht weiß, warum. Zunächst dachte ich, daß sie etwas verschweigt, aber sie weiß auch nicht mehr als wir alle. Kannst du mir etwas über Gustaf und Sten Torstensson erzählen? Du mußt doch viel mit ihnen zu tun gehabt haben in all den Jahren.«

»Gustaf Torstensson war ein Original. Und der Sohn war auf dem besten Weg, in die Fußstapfen des Vaters zu treten.«

»Ich glaube, alles beginnt mit Gustaf Torstensson. Aber frag mich nicht, warum.«

»Mit ihm hatte ich sehr wenig zu tun. Seine Auftritte als Verteidiger im Gerichtssaal waren vor meiner Zeit. In den letzten Jahren hat er sich offenbar fast ausschließlich mit ökonomischer Beratung beschäftigt.«

»Ja, für Alfred Harderberg, den Herrn von Schloß Farnholm. Auch das kommt mir eigentümlich vor, ein unbedeutender Anwalt aus Ystad und ein Unternehmer mit einem internationalen Finanzimperium.«

»Wenn ich es richtig verstanden habe, ist es eine der Stärken Harderbergs, sich mit den richtigen Mitarbeitern zu umgeben. Wahrscheinlich hat er an Gustaf Torstensson etwas entdeckt, was allen anderen entgangen war.«

»Und Alfred Harderberg hat eine blütenweiße Weste?«

»Soweit ich weiß, ja. Das mag seltsam anmuten; es wird ja behauptet, daß sich hinter jedem Vermögen ein Verbrechen verbirgt. Aber Alfred Harderberg scheint tatsächlich ein unbescholtener Mitbürger zu sein. Der außerdem noch ein Herz für Schweden hat.«

»Inwiefern?«

»Er läßt nicht alle seine Investitionen ins Ausland fließen. Er hat sogar Betriebe in anderen Ländern stillgelegt und die Produktion hierherverlagert. Das ist heutzutage ungewöhnlich.«

»Also fällt kein Schatten auf Schloß Farnholm«, meinte Wallander nachdenklich. »Gab es denn Flecken auf Gustaf Torstenssons Weste?«

»Absolut keine. Er war redlich, pedantisch, langweilig. Ehrbar auf die altmodische Art. Kein Genie, aber auch kein

Dummkopf. Diskret. Er hat beim Aufwachen sicher niemals nach dem Sinn des Lebens gefragt.«

»Dennoch wurde er ermordet. *Einen* Fleck muß es gegeben haben. Vielleicht nicht auf seiner Weste, aber auf der eines anderen.«

»Ich bin nicht ganz sicher, ob ich verstehe, was du meinst«, sagte Per Åkeson.

»Es ist doch beim Anwalt wie beim Arzt«, sagte Wallander. »Er kennt die Geheimnisse vieler Menschen.«

»Wahrscheinlich hast du recht. In irgendeinem Klientenverhältnis liegt die Lösung. Und sie betrifft alle in der Kanzlei, die Sekretärin eingeschlossen.«

»Wir suchen weiter«, sagte Wallander.

»Über Sten Torstensson weiß ich auch nicht viel mehr«, sagte Per Åkeson. »Junggeselle, ein bißchen altmodisch. Ich habe einmal ein leises Gerücht vernommen, er interessiere sich für Personen gleichen Geschlechts. Aber das hängt man wohl jedem Junggesellen an, der ein bißchen älter ist. Vor dreißig Jahren hätten wir Erpressung vermuten können.«

»Das muß ich mir notieren. Hast du noch etwas?«

»Eigentlich nicht. Ganz selten hat er einen Scherz gemacht. Er war nicht gerade der Typ, den man zum Abendessen einlädt. Aber er soll ein guter Segler gewesen sein.«

Das Telefon klingelte. Per Åkeson meldete sich. Dann reichte er Wallander den Hörer. »Für dich.«

Es war Martinsson, und Wallander merkte sofort, daß etwas Wichtiges geschehen war, denn sein sonst so ruhiger Kollege sprach laut und schnell.

»Ich bin hier in der Anwaltskanzlei. Wir haben vielleicht gefunden, wonach wir suchten.«

»Was?«

»Drohbriefe.«

»Gegen wen?«

»Gegen alle drei.«

»Frau Dunér auch?«

»Ja.«

»Ich komme.«

Wallander reichte den Hörer an Per Åkeson zurück und stand auf. »Martinsson hat Drohbriefe gefunden, du könntest recht haben.«

»Ruf mich hier oder zu Hause an, sobald du etwas zu berichten hast.«

Wallander ging direkt hinaus zu seinem Wagen, ohne die Jacke zu holen, die noch in seinem Büro lag. Auf dem Weg zur Kanzlei überschritt er mehrfach die zulässige Geschwindigkeit. Sonja Lundin saß an ihrem Platz, als er hereinstürmte.

»Wo sind sie?« fragte er.

Sonja Lundin zeigte auf das Konferenzzimmer. Wallander riß die Tür auf – er hatte die Anwesenheit der Experten von der Anwaltskammer total vergessen. Drei ernste Herren, alle über sechzig, nahmen seinen Auftritt mißbilligend zur Kenntnis. Wallander erinnerte sich an das unrasierte Gesicht in Frau Dunérs Spiegel. Es war kaum anzunehmen, daß sein Aussehen inzwischen an Attraktivität gewonnen hatte.

Martinsson und Svedberg saßen am Tisch und erwarteten ihn.

»Das ist Kommissar Wallander«, stellte Svedberg vor.

»Ein im ganzen Lande bekannter Fachmann«, sagte einer der Vertreter der Anwaltskammer und grüßte. Wallander gab auch den beiden anderen die Hand und setzte sich.

»Ich bin gespannt«, sagte Wallander und schaute Martinsson auffordernd an.

Das Wort ergriff jedoch einer der drei Herren aus Stockholm. »Ich sollte Ihnen vielleicht einleitend die Verfahrensweise erklären, wenn eine Kanzlei liquidiert wird«, sagte der Mann, dessen Name wie Wrede geklungen hatte.

»Das hat Zeit«, unterbrach Wallander. »Lassen Sie uns sofort zur Sache kommen. Sie haben also Drohbriefe gefunden?«

Herr Wrede sah Wallander verstimmt an und hüllte sich in Schweigen. Martinsson schob Wallander einen braunen Umschlag über den Tisch; Svedberg reichte ihm ein Paar Plastikhandschuhe.

»Die Briefe lagen ganz weit hinten in einem Fach des Dokumentenschranks«, sagte Martinsson. »Sie waren in keinem Posteingangsbuch oder Journal verzeichnet.«

Wallander streifte sich die Handschuhe über und öffnete den braunen Umschlag. Er zog zwei Briefe auf weißem Papier heraus und versuchte, die Poststempel auf den Umschlägen zu entziffern. Auf dem einen Kuvert bemerkte er einen schwarzen Fleck, als ob jemand versucht hätte, etwas unleserlich zu machen. Wallander legte die beiden Briefbögen vor sich auf den Tisch. Die mit der Hand geschriebenen Texte waren kurz.

Das Unrecht ist nicht vergessen, keiner von Ihnen soll davonkommen, Sie werden sterben, Gustaf Torstensson, Sten Torstensson und Frau Dunér.

Der andere Brief war noch kürzer und in derselben Handschrift verfaßt.

Bald wird das Unrecht bestraft.

Die Briefe trugen das Datum 19. Juni und 26. August 1992; sie waren mit dem Namen Lars Borman unterzeichnet.

Wallander legte die Schriftstücke vorsichtig zur Seite.

»Wir haben im Register nachgesehen«, sagte Martinsson. »Weder Gustaf noch Sten Torstensson hatte einen Klienten namens Lars Borman.«

»Das ist korrekt«, bestätigte Herr Wrede.

»Ein begangenes Unrecht«, überlegte Martinsson laut. »Und es muß etwas Schwerwiegendes gewesen sein, sonst hätte er ja kein Motiv, allen dreien anzudrohen, sie umzubringen.«

»Das stimmt«, murmelte Wallander. Wieder hatte er das Gefühl, etwas einordnen zu müssen, was sich seinem Verständnis entzog.

»Zeig mir, wo ihr den Umschlag gefunden habt«, sagte er.

Svedberg führte ihn zu einem geräumigen Dokumentenschrank in dem Raum, wo Frau Dunérs Schreibtisch stand, und wies auf eine der unteren Schubladen. Wallander zog sie heraus. Sie war für eine Hängeregistratur eingerichtet.

»Hol Sonja Lundin«, sagte er.

Als sie mit Svedberg den Raum betrat, sah Wallander, daß sie sehr nervös war. Dennoch war er überzeugt, daß sie nichts mit den mysteriösen Geschehnissen in der Kanzlei zu tun hatte.

»Wer besaß den Schlüssel zu diesem Schrank?« fragte er.

»Frau Dunér«, antwortete Sonja Lundin mit kaum hörbarer Stimme.

»Sprechen Sie bitte lauter.«

»Frau Dunér«, wiederholte sie.

»Nur sie?«

»Die Anwälte hatten eigene Schlüssel.«

»War der Schrank verschlossen?«

»Frau Dunér öffnete ihn, wenn sie morgens kam, und schloß wieder ab, wenn sie ging.«

Herr Wrede mischte sich in das Gespräch. »Wir haben von Frau Dunér den Schlüssel von Sten Torstensson bekommen und heute aufgeschlossen.«

Wallander nickte.

Da war noch etwas, was er fragen sollte. Aber er kam nicht darauf, was es war.

Statt dessen wandte er sich an Wrede. »Was halten Sie von diesen Drohbriefen?«

»Der Mann muß natürlich sofort verhaftet werden.«

»Danach habe ich nicht gefragt. Ich möchte Ihre Meinung erfahren.«

»Anwälte geraten oft in heikle Situationen.«

»Soll ich daraus schließen, daß jeder Anwalt früher oder später diese Sorte Brief erhält?«

»Die Anwaltskammer kann Ihnen möglicherweise eine entsprechende Statistik zur Verfügung stellen.«

Wallander sah ihn lange an, bevor er seine letzte Frage stellte. »Haben Sie jemals einen Drohbrief erhalten?«

»Das ist vorgekommen.«

»Weshalb?«

»Darüber spreche ich nicht. Damit würde ich meine Schweigepflicht als Anwalt verletzen.«

Wallander nickte. Dann steckte er die Kuverts in den braunen Umschlag zurück. »Das hier nehmen wir mit«, sagte er zu den drei Herren von der Anwaltskammer.

»Ganz so einfach geht das nicht«, meinte Herr Wrede, der eine Art Wortführer zu sein schien. Er war aufgestanden, und Wallander hatte den Eindruck, sich im Gerichtssaal zu befinden.

»Möglicherweise geraten wir jetzt in einen Interessenkonflikt«, sagte Wallander und wunderte sich über seine Wortwahl. »Sie sind hier, um zu entscheiden, was mit der Hinterlassenschaft der Kanzlei, wenn ich es einmal so ausdrücken darf, geschehen soll. Gleichzeitig wollen wir den oder die Mörder finden. Dieser braune Umschlag steht also zunächst uns zur Verfügung.«

»Wir können nicht akzeptieren, daß irgendein Dokument aus der Kanzlei entfernt wird, bevor wir nicht mit dem Staatsanwalt Kontakt aufgenommen haben, der die Voruntersuchung leitet.«

»Dann rufen Sie Per Åkeson an«, sagte Wallander. »Und grüßen Sie von mir.«

Dann nahm er den Umschlag und verließ den Raum. Martinsson und Svedberg schlossen sich eilig an.

»Jetzt gibt es Ärger«, sagte Martinsson, und es klang, als könnte er sich mit dem Gedanken durchaus anfreunden.

Als sie aus dem Haus kamen, war der Wind böig. Wallander fror. »Was tun wir? Wo steckt eigentlich Ann-Britt Höglund?«

»Kind krank«, sagte Svedberg lakonisch. »Hansson würde in die Hände klatschen, wenn er es mitbekäme. Er hat die ganze Zeit behauptet, daß Frauen bei der Kripo nichts zu suchen haben.«

»Hansson hat immer das eine oder andere behauptet«, sagte Martinsson. »Polizisten, die sich ständig auf Fortbildungskursen rumdrücken, sind auch keine große Hilfe bei der Aufklärung von Verbrechen.«

»Die Briefe sind zwei Jahre alt«, sagte Wallander. »Wir haben einen Namen, Lars Borman. Er droht, Gustaf und Sten Torstensson umzubringen. Und Frau Dunér. Er schreibt einen Brief, zwei Monate später einen weiteren. Der eine Brief steckt in einer Art Firmenkuvert. Sven Nyberg ist geschickt. Ich glaube, er kann uns sagen, was auf dem Kuvert steht. Und natürlich sind die Briefe abgestempelt. Ich weiß nicht, worauf wir eigentlich noch warten.«

Sie fuhren zum Polizeigebäude zurück. Während Martinsson Sven Nyberg anrief, der immer noch in Frau Dunérs Garten herumbuddelte, versuchte Wallander, die Poststempel zu entziffern.

Svedberg übernahm es, in den Zentralregistern der Polizei nach dem Namen Borman zu fahnden. Als Sven Nyberg eine Viertelstunde später Wallanders Büro betrat, war er blaugefroren und hatte in Kniehöhe dunkle Grasflecken am Overall.

»Wie geht es voran?« fragte Wallander.

»Langsam«, antwortete Nyberg. »Eine Mine zersplittert in Millionen Partikel, wenn sie explodiert.«

Wallander zeigte auf die beiden Briefe und den braunen Umschlag.

»Das hier muß gründlich untersucht werden. Aber zuerst möchte ich wissen, wo die Briefe abgestempelt wurden. Und was auf dem einen Kuvert steht. Alles andere kann warten.«

Sven Nyberg setzte sich die Brille auf, richtete sich Wallanders Schreibtischlampe ein und betrachtete die Briefe. »Die Poststempel entziffern wir unterm Mikroskop. Was auf dem Kuvert stand, wurde mit Tusche übermalt. Da muß ich ein bißchen kratzen. Aber ich glaube, ich schaffe es, ohne den Brief nach Linköping zu schicken.«

»Es eilt«, sagte Wallander.

Leicht verstimmt setzte Nyberg die Brille ab. »Es eilt immer. Ich brauche eine Stunde. Ist das zuviel?«

»Nimm dir die Zeit, die nötig ist. Ich weiß, daß du so schnell arbeitest, wie du kannst.«

Nyberg nahm die Briefe und verließ das Büro. Kurz darauf kamen Martinsson und Svedberg.

»In den Registern gibt es keinen Borman«, sagte Svedberg. »Ich habe vier Bromans gefunden und einen Borrman. Ich dachte, daß der Name vielleicht falsch geschrieben wurde. Aber Evert Borrman war ein Scheckbetrüger, der Ende der 6oer Jahre die Gegend von Östersund unsicher machte. Wenn er noch lebt, müßte er 85 sein.«

Wallander schüttelte den Kopf. »Wir müssen auf Nyberg warten. Aber wir sollten uns von dem Ganzen hier nicht allzuviel erhoffen. Die Drohung ist brutal, aber diffus. Ich rufe euch, wenn Nyberg sich meldet.«

Als Wallander allein war, nahm er sich den ledernen Aktenordner vor, den er am Morgen bei seinem Besuch auf Schloß Farnholm erhalten hatte. Fast eine Stunde war er damit beschäftigt, sich die Dimensionen von Alfred Harderbergs Imperium zu vergegenwärtigen, als es an die Tür klopfte und Sven Nyberg eintrat. Wallander stellte erstaunt fest, daß sein Kollege den schmutzigen Overall immer noch nicht ausgezogen hatte.

»Ich kann deine Fragen beantworten«, sagte Nyberg und setzte sich auf den Besucherstuhl. »Der Brief wurde in Helsingborg abgestempelt. Und das eine Kuvert trug den Aufdruck Hotel Linden.«

Wallander griff nach einem Schreibblock und machte sich Notizen.

»Hotel Linden«, wiederholte Nyberg. »Gjutargatan 12. Es stand sogar die Telefonnummer dabei.«

»Wo?« fragte Wallander.

»Oh, ich dachte, das wäre klar. Der Brief ist in Helsingborg abgestempelt, und dort liegt auch das Hotel.«

»Gut«, sagte Wallander.

»Ich tue nur, worum man mich bittet«, sagte Nyberg. »Aber da es diesmal so eilig war, bin ich noch einen Schritt weitergegangen. Und ich glaube, du wirst Probleme bekommen.«

Wallander sah ihn fragend an.

»Ich habe die Nummer in Helsingborg gewählt. Es meldete sich die Ansage: Kein Anschluß unter dieser Nummer. Ich bat Ebba, sich darum zu kümmern. Sie brauchte nur zehn Minuten, um herauszufinden, daß das Hotel Linden vor einem Jahr geschlossen wurde.«

Nyberg erhob sich und wischte die Sitzfläche sauber. »Jetzt muß ich erst mal was essen.«

»Tu das. Und vielen Dank für die Hilfe.«

Als Nyberg fort war, versuchte Wallander, die neuen Informationen einzufügen. Dann rief er Svedberg und Martinsson zu sich. Einige Minuten später saßen sie bei einer Tasse Kaffee in Wallanders Büro.

»Es muß so etwas wie ein zentrales Hotelregister geben«, sagte Wallander. »Ein Hotel ist ein Unternehmen mit einem Eigentümer. Es kann nicht geschlossen werden, ohne daß es irgendwo vermerkt wird.«

»Was geschieht eigentlich mit den alten Hotelanmeldungen?« fragte Svedberg. »Werden die vernichtet? Oder aufbewahrt?«

»Das müssen wir so schnell wie möglich herausfinden«, sagte Wallander. »Vor allem brauchen wir den ehemaligen Eigentümer. Wenn wir die Arbeit aufteilen, dürfte es nicht länger als eine Stunde dauern. Wir treffen uns wieder, wenn wir fertig sind.«

Wallander rief Ebba an und bat sie, in den Telefonbüchern von Schonen und Halland nach dem Namen Borman zu suchen. Er hatte eben aufgelegt, da klingelte das Telefon. Es war sein Vater.

»Vergiß nicht, daß du mich heute abend besuchen wolltest«, sagte er.

»Ich komme«, sagte Wallander und dachte, daß er eigentlich zu müde war, um nach Löderup hinauszufahren. Aber er konnte nicht schon wieder absagen. »Gegen sieben bin ich da.«

»Wir werden ja sehen«, sagte der Vater.

»Was meinst du damit?« fragte Wallander und merkte, daß er wütend wurde.

»Ich meine nur, daß wir ja sehen werden, ob du um sieben bei mir bist.«

Wallander zwang sich, einer Diskussion aus dem Weg zu gehen. »Ich komme«, wiederholte er nur und beendete das Gespräch.

Die Luft im Raum schien plötzlich stickig zu sein. Er trat auf den Flur hinaus und ging zur Anmeldung.

»Unter dem Namen Borman gibt es keinen Anschluß«, sagte Ebba. »Soll ich weitersuchen?«

»Noch nicht.«

»Ich möchte dich gern mal zu mir zum Essen einladen«, sagte Ebba. »Du mußt mir erzählen, wie es dir so geht.«

Wallander nickte, ohne etwas zu sagen.

Er kehrte in sein Zimmer zurück und öffnete das Fenster. Der Wind war noch stärker geworden; ihn fröstelte. Er schloß das Fenster wieder und setzte sich an den Tisch. Der Aktenordner von Schloß Farnholm lag aufgeschlagen da, doch er schob ihn zur Seite. Er dachte an Baiba in Riga.

Als es zwanzig Minuten später klopfte, war er immer noch wie abwesend.

»Nun weiß ich alles über schwedische Hotels«, sagte Svedberg. »Martinsson kommt auch gleich.«

Bald darauf saßen sie wieder zu dritt am Tisch. Svedberg las vor, was er sich notiert hatte. »Eigentümer und Betreiber des Hotels Linden war ein gewisser Bertil Forsdahl. Das hat mir die Bezirksbehörde mitgeteilt. Es handelte sich um ein kleines Familienhotel, das nicht mehr rentabel war. Außerdem ist Bertil Forsdahl inzwischen siebzig Jahre alt. Aber ich habe seine Telefonnummer. Er wohnt in Helsingborg.«

Wallander wählte die Nummer, die ihm Svedberg diktierte. Es dauerte lange, dann meldete sich eine Frauenstimme.

»Ich suche Bertil Forsdahl«, sagte Wallander.

»Er ist nicht da, er kommt erst heute abend zurück. Wer sind Sie denn?«

Wallander überlegte kurz, dann antwortete er. »Ich heiße Kurt Wallander und rufe aus dem Polizeigebäude von Ystad an. Es geht um das Hotel, das Ihr Mann bis vor einem Jahr betrieben hat. Nichts Besonderes, nur Routinefragen.«

»Mein Mann ist ein ehrlicher Mensch«, erklärte die Frau.

»Da gibt es keinen Zweifel. Reine Formsache. Wann wird er denn zurück sein?«

»Er ist auf einem Seniorenausflug nach Ven. Dann wollten sie noch in Landskrona zu Abend essen. Aber gegen zehn ist er sicher zu Hause. Er geht nie vor Mitternacht zu Bett, eine alte Gewohnheit aus seiner Zeit als Hotelier.«

»Bitte grüßen Sie ihn, ich lasse von mir hören. Und, wie gesagt, Sie müssen sich keine Sorgen machen.«

»Ich mach mir auch keine«, sagte die Frau. »Mein Mann ist ein ehrlicher Mensch.«

Wallander beendete das Gespräch und wandte sich an seine Kollegen. »Ich fahre heute abend zu ihm.«

»Das hat doch bis morgen Zeit«, sagte Svedberg verwundert.

»Sicher, aber ich habe heute abend nichts vor.«

Eine Stunde später trafen sie sich zur allgemeinen Lagebesprechung wieder. Björk hatte sich mit einem wichtigen Termin bei der vorgesetzten Behörde entschuldigt, dafür tauchte überraschend Ann-Britt Höglund auf. Ihr Mann war nach Hause gekommen und hatte die Pflege des kranken Kindes übernommen.

Sie konzentrierten sich auf die Drohbriefe. Aber Wallander wurde das Gefühl nicht los, daß sie etwas viel Wichtigeres, was vielleicht klar auf der Hand lag, einfach nicht erkannten.

Er erinnerte sich, daß Ann-Britt Höglund am Tag zuvor Ähnliches geäußert hatte.

Nach der Besprechung blieben sie im Flur stehen.

»Wenn du heute abend nach Helsingborg fährst, komme ich mit«, sagte sie. »Wenn ich darf.«

»Das ist doch nicht nötig«, sagte er.

»Ich würde aber gern dabeisein.«

Er nickte. Sie vereinbarten, sich um neun am Polizeigebäude zu treffen.

Kurz vor sieben Uhr fuhr Wallander zum Haus seines Vaters in Löderup.

Unterwegs hielt er an und kaufte etwas Gebäck. Als er ankam, stand sein Vater draußen im Atelier und malte an einem Bild mit seinem immergleichen Motiv, einer Herbstlandschaft mit oder ohne Auerhahn im Vordergrund.

Solche wie meinen Vater nennt man verächtlich Jahrmarktsmaler, dachte Wallander. Manchmal fühle ich mich wie ein Jahrmarktspolizist.

Die Frau seines Vaters, die ehemalige Haushaltshilfe, war zu Besuch bei ihren Eltern. Wallander rechnete damit, daß sein Vater verstimmt wäre, weil er nur eine Stunde bleiben konnte.

Doch der Alte nickte nur. Eine Weile spielten sie Karten, Wallander ging nicht weiter darauf ein, warum er wieder bei der Polizei arbeitete, und sein Vater schien auch nicht besonders interessiert, die Gründe zu erfahren. An diesem Abend kam es ausnahmsweise nicht zum Streit zwischen ihnen. Als Wallander nach Ystad zurückfuhr, überlegte er, wann es das zuletzt gegeben hatte.

Fünf vor neun stieg Ann-Britt Höglund in seinen Wagen, und sie nahmen die Ausfahrt nach Malmö. Es stürmte nach wie vor; der Wind pfiff durch eine poröse Stelle der Gummidichtung an der Scheibe. Wallander spürte den schwachen Duft von Ann-Britt Höglunds Parfüm. Als sie die E 65 erreichten, beschleunigte er.

»Kennst du dich in Helsingborg aus?« fragte sie.

»Leider nicht.«

»Wir könnten die Kollegen dort anrufen.«

»Die würde ich bis auf weiteres lieber heraushalten.«

»Warum?«

»Wenn Polizisten fremdes Terrain betreten, gibt es immer eine Menge Ärger. Man soll die Kollegen nur dann behelligen, wenn es sich absolut nicht vermeiden läßt.«

Schweigend setzten sie die Fahrt fort. Wallander dachte unwillig an das Gespräch, das er mit Björk führen mußte. Er nahm den Abzweig zum Flugplatz Sturup und bog nach ein paar Kilometern noch einmal ab, Richtung Lund.

»Erzähl mir, warum du Polizistin geworden bist«, sagte Wallander schließlich.

»Jetzt nicht. Ein andermal.«

Es waren kaum Autos unterwegs, dafür schien der Wind immer heftiger zu toben. Sie passierten den Kreisverkehr vor Staffanstorp und sahen bereits die Lichter von Lund. Es war fünf vor halb zehn.

»Seltsam«, sagte sie plötzlich.

Ihre Stimme hatte sich verändert. Wallander warf ihr einen Seitenblick zu. Sie starrte angestrengt in den Außenspiegel. Nun konzentrierte auch er sich auf den nachfolgenden Verkehr. Weit entfernt leuchteten Scheinwerfer.

»Was ist denn so seltsam?« fragte er.

»Ich habe das bisher noch nie erlebt.«

»Was denn?«

»Verfolgt zu werden. Oder zumindest beschattet.«

»Woher willst du wissen, daß uns der Wagen folgt?«

»Ganz einfach, er ist hinter uns, seit wir losgefahren sind.«

Wallander sah sie zweifelnd an.

»Ich bin ganz sicher«, sagte sie. »Dieses Auto begleitet uns, seit wir in Ystad losgefahren sind.«

7

Die Angst war wie ein Raubtier.

Wallander sollte sich später daran erinnern wie an ein Raubtier, das zum Sprung ansetzte. Das Bild erschien ihm selbst kindisch und wenig originell. Wem würde er seine Angst beschreiben? Seiner Tochter Linda, und vielleicht auch Baiba, in einem der Briefe, die er regelmäßig nach Riga schickte. Sonst keinem. Nie würde er mit Ann-Britt Höglund über seine Gefühle im Auto sprechen. Sie fragte nicht, und er war später unsicher, ob sie seine Furcht überhaupt bemerkt hatte. Tatsächlich war er so erschrocken gewesen, daß er zu zittern begann, und er war drauf und dran, die Kontrolle über das Fahrzeug zu verlieren und geradewegs in den Straßengraben und vielleicht auch in den Tod zu rasen. Er erinnerte sich, daß er gewünscht hatte, allein im Wagen zu sitzen. Dann wäre alles einfacher für ihn gewesen. Die bange Frage, was mit ihr, die neben ihm saß, geschehen würde, machte einen großen Teil der Angst aus. Nach außen hin hatte er die Rolle des erfahrenen Polizisten gespielt, der sich von einem so unbedeutenden Ereignis wie der plötzlichen Entdeckung, verfolgt zu werden, nicht aus der Ruhe bringen läßt. Aber insgeheim war er, noch als sie die ersten Häuser von Lund erreichten, zutiefst schockiert gewesen. Hinter dem Ortseingangsschild hatte er die erste Einfahrt genommen, die zu einer der rund um die Uhr geöffneten Tankstellen führte. Der Wagen, ein dunkelblauer Mercedes, war an ihnen vorübergefahren, ohne daß sie die Zulassungsnummer oder die Anzahl der Personen hatten erkennen können. Sie hielten an einer Tanksäule.

»Ich glaube, du hast dich geirrt«, meinte er.

Sie schüttelte den Kopf. »Der Mercedes ist uns seit Ystad gefolgt. Ich könnte nicht beschwören, daß er bereits vor dem Polizeigebäude auf uns gewartet hat, aber er ist mir schon am Kreisverkehr an der E 65 aufgefallen. Erst war es einfach ein Auto, aber als es nach zweimaligem Abbiegen immer noch hinter uns war, wurde es ernst. Ich habe das noch nie erlebt, verfolgt zu werden.«

Wallander stieg aus dem Wagen und schraubte den Tankverschluß auf. Ann-Britt Höglund stand neben ihm und schaute zu. Er tankte voll.

»Wer sollte uns verfolgen?« fragte er, als er die Tankpistole in die Halterung hängte.

Sie wartete draußen, während er bezahlen ging. Sie muß sich geirrt haben, dachte er. Langsam wich die Angst.

Sie fuhren weiter durch die Stadt. Die Straßen waren wenig belebt; die Ampeln schienen nur zögernd die Farbe zu wechseln. Als die Häuser hinter ihnen lagen und sie die Autobahn Richtung Norden erreicht hatten, beschleunigte Wallander, und sie behielten den nachfolgenden Verkehr im Auge. Aber der Mercedes zeigte sich nicht wieder. Als sie die südliche Einfahrt Helsingborgs erreicht hatten, fuhr Wallander langsamer. Ein schmutziger Lastwagen überholte donnernd, dann ein dunkelroter Volvo. Wallander hielt am Straßenrand, löste den Sicherheitsgurt und stieg aus. Dann ging er nach hinten und hockte sich, wie um es zu kontrollieren, vor ein Rücklicht. Er wußte, daß sie alle passierenden Fahrzeuge notieren würde. Nach fünf Minuten erhob er sich wieder. Er hatte vier Fahrzeuge gezählt, darunter war ein Bus mit einem dem Motorgeräusch nach zu urteilen defekten Zylinder.

»Kein Mercedes?« fragte er, als er wieder im Wagen saß.

»Dafür ein weißer Audi. Zwei Mann vorn, vielleicht ein weiterer auf dem Rücksitz.«

»Woraus schließt du, daß ausgerechnet der Audi ...«

»Weil nur die Männer in dem Auto hierherschauten. Außerdem beschleunigten sie die Fahrt.«

Wallander wies auf das Autotelefon. »Ruf Martinsson an. Ich nehme an, du hast die Nummern notiert. Nicht nur von dem Audi, auch von allen anderen. Nenn sie ihm. Sag, es ist dringend.«

Er gab ihr Martinssons Privatnummer; im Weiterfahren sah er sich nach einem öffentlichen Fernsprecher um, wo er vielleicht ein Telefonbuch mit einem Stadtplan fände, um sich besser orientieren zu können. Er hörte, wie Ann-Britt Höglund zuerst mit einem von Martinssons Kindern sprach, wahrscheinlich mit der zwölfjährigen Tochter. Kurz darauf war Martinsson selbst am Apparat, und sie gab ihm die Zulassungsnummern. Dann reichte sie Wallander den Hörer. »Er will dich sprechen.«

Wallander bremste und fuhr rechts heran, bevor er übernahm.

»Was habt ihr vor?« fragte Martinsson. »Können die Identifizierungen nicht bis morgen warten?«

»Wenn Ann-Britt dich anruft und sagt, daß es eilig ist, dann ist es eilig.«

»Was sind das für Autos?«

»Es würde zu lange dauern, es dir jetzt zu erklären. Da mußt du bis morgen warten. Wenn du etwas herausgefunden hast, ruf bitte zurück.«

Er ließ Martinsson keine Zeit für weitere Fragen. Er spürte, daß Ann-Britt Höglund gekränkt war.

»Warum traut er mir nicht? Warum muß er erst dich fragen?«

Ihre Stimme war plötzlich schrill. Wallander war unsicher, ob sie ihre Enttäuschung nicht verbergen wollte oder konnte.

»Mach dir nichts draus. Es dauert eine Weile, bis man sich an Veränderungen gewöhnt. Für die Polizei von Ystad bist du die größte Sensation seit Jahren. Du bist von Gewohnheitstieren umgeben, die nicht die geringste Lust haben, sich zu ändern.«

»Gilt das auch für dich?«

»Sicher.«

Erst als sie den Fährhafen erreichten, entdeckte Wallander eine Telefonzelle. Der weiße Audi war verschwunden. Wallander parkte vor dem Bahnhof. Auf der schmutzigen Wandkarte neben dem Fahrkartenschalter fand Wallander die Gjutargatan. Sie lag am Ostrand der Stadt. Er versuchte, sich den Weg einzuprägen, und kehrte zum Wagen zurück.

»Wer folgt uns?« fragte sie, als sie nach links abbogen und an dem weißen Theatergebäude vorbeifuhren.

»Ich weiß nicht. Der Fall Gustaf und Sten Torstensson ist doch allzu merkwürdig. Es kommt mir vor, als bewegten wir uns die ganze Zeit in die falsche Richtung.«

»Ich habe eher das Gefühl stillzustehen.«

»Vielleicht drehen wir uns auch im Kreis. Ohne es zu merken, treten wir immer wieder in unsere eigenen Fußstapfen.«

Sie gelangten in eine ruhige Villengegend. Wallander parkte vor der Hausnummer 12, und sie stiegen aus. Der Wind zerrte an den Autotüren. Das Gebäude war aus roten Ziegeln, flach, mit einer wie angeklebten Garage. Zu dem Grundstück gehörte ein kleiner Garten. Unter einer Plane ahnte Wallander die Konturen eines Bootes.

Bevor sie klingeln konnten, wurde die Tür geöffnet. Ein weißhaariger Mann in einem Trainingsanzug lächelte sie neugierig an.

Wallander zeigte seine Legitimation. »Ich heiße Wallander und bin von der Kriminalpolizei Ystad. Das hier ist meine Kollegin Ann-Britt Höglund.«

Der Mann nahm den Ausweis in die Hand und studierte ihn mit kurzsichtigen Augen. Zur selben Zeit kam seine Frau in den Flur und begrüßte sie. Wallander hatte das Gefühl, auf der Schwelle eines Hauses zu stehen, in dem zwei glückliche Menschen lebten. Sie wurden ins Wohnzimmer gebeten, wo ein Tablett mit Kaffee und Gebäck wartete. Wallander wollte sich gerade setzen, da fiel sein Blick auf ein Bild. Zuerst glaubte er, seinen Augen nicht zu trauen, aber dann war er sicher: Vor ihm an der Wand hing eine Landschaft, die sein Vater gemalt hatte, eine Variante ohne Auerhahn. Er schüttelte den Kopf. Zum zweiten Mal in seinem Leben sah er bei fremden Menschen ein Bild seines Vaters. Das erste Mal war es in einer Wohnung in Kristianstad gewesen – mit Auerhahn im Vordergrund.

»Tut mir leid, daß wir so spät am Abend noch stören«, sagte

Wallander. »Aber wir haben ein paar Fragen, die leider nicht warten können.«

»Aber einen Kaffee trinken Sie doch mit?« fragte Frau Forsdahl.

Sie nahmen dankend an. Wallander vermutete, daß Ann-Britt Höglund mitgekommen war, um zu erleben, wie er eine Befragung führte. Plötzlich fühlte er sich unsicher. Es ist so lange her, dachte er. Nicht ich sollte ihr etwas beibringen, sondern umgekehrt. Ich muß wieder lernen, was ich vor wenigen Tagen als erledigtes Kapitel meines Lebens abgeschrieben habe.

Er dachte an den unendlichen Strand von Skagen, sein einsames Revier. Einen Moment lang sehnte er sich zurück. Aber das war vorbei.

»Bis vor einem Jahr haben Sie das Hotel Linden geführt«, begann er.

»Vierzig Jahre«, sagte Bertil Forsdahl, und Wallander hörte den Stolz in seiner Stimme.

»Das ist eine lange Zeit«, meinte er.

»Ich habe es 1952 erworben«, fuhr Bertil Forsdahl fort. »Damals hieß es ›Pelikan‹, war heruntergewirtschaftet und hatte einen schlechten Ruf. Ich habe es von einem Mann namens Markusson gekauft. Dem war alles egal; er hatte einen Hang zum Alkohol. In den letzten Jahren waren die Zimmer meistens von seinen Zechkumpanen belegt gewesen. Ich gestehe, daß ich das Hotel billig bekam. Markusson starb im Jahr darauf, er hat sich in Helsingör totgesoffen. Damals stand eine Linde vor dem Eingang; wir tauften das Hotel um. Es lag ganz in der Nähe des alten Theaters, das später abgerissen wurde, leider. Oft haben Schauspieler bei uns gewohnt. Einmal übernachtete Inga Tidblad in unserem besten Zimmer; sie trank Tee zum Frühstück.«

»Ich nehme an, Sie haben ihre Anmeldung aufgehoben. Schließlich hat sie ja unterschrieben, das ist doch wie ein Autogramm.«

»Ich habe alle Anmeldungen aufbewahrt«, sagte Bertil Forsdahl eifrig. »Unten im Keller liegen vierzig Jahrgänge.«

»Manchmal setzen wir uns da unten hin«, sagte plötzlich Frau Forsdahl. »Blättern und erinnern uns. Man sieht die Namen und erinnert sich an die Menschen.«

Schnell wechselte Wallander einen Blick mit Ann-Britt Höglund. Eine der wichtigsten Fragen war bereits beantwortet.

Auf der Straße begann ein Hund zu bellen.

»Das ist der Wachhund der Nachbarn«, sagte Bertil Forsdahl. »Der fühlt sich für die ganze Straße zuständig.«

Wallander nahm einen Schluck Kaffee. »Hotel Linden« stand auf der Tasse. »Ich möchte Ihnen erklären, warum wir hier sind. Sie hatten ja nicht nur diese bedruckten Tassen, sondern auch Briefpapier mit der Hotel-Adresse. Im Juni und im August vergangenen Jahres wurden hier in Helsingborg zwei Briefe eingeworfen. Eines der Kuverts stammte aus dem Hotel. Das muß kurz vor der Schließung gewesen sein.«

»Wir haben den Betrieb am 15. September eingestellt«, sagte Bertil Forsdahl. »Wer in der letzten Nacht unser Gast war, brauchte nicht zu bezahlen.«

»Würden Sie uns sagen, warum Sie das Hotel aufgegeben haben?« fragte Ann-Britt Höglund.

Wallander fühlte sich durch ihre Eigenmächtigkeit gestört. Zugleich hoffte er, daß ihr diese Reaktion verborgen blieb.

Wie aus einem geheimen weiblichen Einverständnis heraus antwortete Frau Forsdahl: »Was konnten wir tun? Das Haus sollte abgerissen werden, das Hotel rentierte sich nicht mehr. Wir hätten noch ein paar Jahre weitermachen können, wenn wir gewollt und die Genehmigung bekommen hätten. Aber es ging nicht.«

»Bis zuletzt haben wir versucht, den höchstmöglichen Standard zu halten«, sagte Bertil Forsdahl. »Aber schließlich wurde es zu teuer. Farbfernseher in jedem Raum; das kostet.«

»Das war ein trauriger Tag, der 15. September«, sagte seine Frau. »Wir haben noch alle Schlüssel zu den siebzehn Zimmern. An der Stelle, wo das Hotel gestanden hat, ist jetzt ein Parkplatz. Und die Linde ist natürlich weg. Sie ist eingegangen. Vielleicht können auch Bäume vor Kummer sterben.«

Das Hundegebell auf der Straße brach nicht ab.

Wallander dachte an den Baum, den es nicht mehr gab. »Lars Borman«, sagte er dann. »Sagt Ihnen der Name etwas?«

Die Antwort Bertil Forsdahls fiel überraschend aus. »Armer Kerl.«

»Das war eine schreckliche Geschichte«, fügte seine Frau hinzu. »Warum interessiert sich die Polizei plötzlich für ihn?«

»Sie kennen ihn also«, sagte Wallander. Er sah, daß Ann-Britt Höglund rasch einen Notizblock aus ihrer Handtasche holte.

»Ein netter Mann«, sagte Bertil Forsdahl. »Ruhig und friedlich. Jederzeit freundlich und zuvorkommend. Solche Menschen gibt es heute kaum noch auf der Welt.«

»Wir würden gern mit ihm in Kontakt kommen.«

Bertil Forsdahl und seine Frau sahen sich an. Wallander hatte plötzlich das Gefühl, einen wunden Punkt getroffen zu haben.

»Lars Borman ist tot«, sagte Bertil Forsdahl. »Ich dachte, das wüßten Sie.«

Wallander schwieg eine Weile. »Wir wissen nichts über Lars Borman«, sagte er endlich. »Lediglich daß er im vergangenen Jahr zwei Briefe geschrieben hat; einer davon steckte in einem Kuvert aus Ihrem Hotel. Wir wollten ihn finden und befragen. Nun ist klar, daß es nicht mehr möglich ist. Aber wir würden gern erfahren, was geschehen ist. Und wer er war.«

»Er war regelmäßig bei uns zu Gast«, antwortete Bertil Forsdahl. »Über viele Jahre kam er etwa jeden vierten Monat und blieb meistens zwei bis drei Tage.«

»Was hatte er für einen Beruf? Woher stammte er?«

»Lars Borman war bei der Bezirksbehörde angestellt«, sagte Frau Forsdahl. »Er hatte mit Ökonomie zu tun.«

»Revisor«, ergänzte Bertil Forsdahl. »Ein pflichtbewußter und ehrlicher Beamter des Regierungsbezirks Malmöhus.«

»Er wohnte in Klagshamn«, sagte seine Frau. »Hatte Frau und Kind. Das Ganze war eine schreckliche Tragödie.«

»Was ist denn passiert?« fragte Wallander.

»Er beging Selbstmord«, sagte Bertil Forsdahl leise. Wallander merkte, daß die Erinnerung alte Wunden aufriß.

»Lars Borman war der Mensch, von dem wir einen Selbstmord am wenigsten erwartet hätten«, fuhr Bertil Forsdahl fort. »Aber offenbar trug er an einem Geheimnis, das sich keiner von uns vorstellen konnte.«

»Was ist passiert?« wiederholte Wallander.

»Er war hier in Helsingborg, einige Wochen bevor wir zumachten. Tagsüber ging er seinem Beruf nach, abends hielt er sich im Zimmer auf. Er hat viel gelesen. Am letzten Morgen bezahlte er die Rechnung und verabschiedete sich. Er versprach, von sich hören zu lassen, auch wenn es das Hotel nicht mehr geben würde. Dann reiste er ab. Einige Wochen später erfuhren wir, was geschehen war. An einem Sonntagmorgen war er mit dem Rad losgefahren und hatte sich in einem Wäldchen nahe Klagshamn erhängt, ein paar Kilometer von seinem Haus entfernt. Er hinterließ nichts, keine Erklärung, keinen Brief, weder an seine Frau noch an die Kinder. Es war für alle wie ein Schock.«

Wallander nickte nachdenklich. Er war in Klagshamn aufgewachsen und überlegte, in welchem Wäldchen Lars Borman sein Leben beendet haben könnte. Vielleicht hatte er selbst als Kind dort gespielt?

»Wie alt war er?« fragte er.

»Gerade fünfzig«, antwortete Frau Forsdahl. »Jedenfalls nicht viel darüber.«

»Er wohnte also in Klagshamn und arbeitete als Revisor bei der Bezirksbehörde«, sagte Wallander. »Es wundert mich, daß er im Hotel übernachtete. So weit ist es ja nun auch wieder nicht von Malmö nach Helsingborg.«

»Er fuhr nicht gern Auto«, antwortete Bertil Forsdahl. »Außerdem, glaube ich, gefiel es ihm bei uns. Er konnte sich auf sein Zimmer zurückziehen und in Ruhe lesen. Wir ließen ihn in Frieden. Das wußte er zu schätzen.«

»In den Anmeldungen findet sich bestimmt seine Adresse, oder?«

»Wir haben gehört, daß seine Witwe das Haus verkauft hat und weggezogen ist. Sie hielt es dort nicht mehr aus, nach dem, was geschehen war. Und seine Kinder sind erwachsen.«

»Wissen Sie, wohin sie gezogen ist?«

»Nach Spanien. Marbella heißt das, glaube ich.«

Wallander schaute zu Ann-Britt Höglund, die eifrig mitschrieb.

»Jetzt möchte ich mal eine Frage stellen«, sagte Bertil Forsdahl. »Warum interessiert sich die Polizei plötzlich für den armen Lars Borman?«

»Reine Routine«, antwortete Wallander. »Mehr darf ich leider nicht sagen. Aber er war und ist keinesfalls verdächtig, ein Verbrechen begangen zu haben.«

»Er war ein ehrlicher Mensch«, sagte Bertil Forsdahl. »Er meinte, man solle einfach und rechtschaffen leben. Wir haben uns im Laufe der Jahre oft unterhalten. Er regte sich immer auf, wenn wir auf die Unehrlichkeit zu sprechen kamen, die sich in der Gesellschaft breitmacht.«

»Es wurde also nie geklärt, warum er Selbstmord begangen hat?« fragte Wallander.

Bertil Forsdahl und seine Frau schüttelten den Kopf.

»Tja, dann würden wir gern noch einen Blick in die Anmeldungen des letzten Jahres werfen, wenn es möglich ist.«

»Wir bewahren sie, wie gesagt, im Keller auf«, sagte Bertil Forsdahl und erhob sich.

»Vielleicht ruft Martinsson an«, bemerkte Ann-Britt Höglund. »Am besten, ich hole das Mobiltelefon aus dem Auto.«

Wallander gab ihr die Schlüssel, und Frau Forsdahl begleitete sie hinaus. Dann hörte er, wie die Wagentür zugeworfen wurde, ohne daß der Nachbarshund angefangen hätte zu bellen. Als die Frauen wieder im Haus waren, gingen sie gemeinsam in den Keller hinunter. In einem erstaunlich großen Raum waren die Anmeldungen in Aktenordnern jahrgangsweise aufgereiht. Auch ein altes Schild mit der Aufschrift Hotel Linden sowie ein Brett mit siebzehn Schlüsseln hingen an der Wand. Wie ein Museum, dachte Wallander und merkte, daß er gerührt war. Hier verbirgt sich die Erinnerung an ein langes Arbeitsleben, die Erinnerung an ein kleines, unbedeutendes Hotel, das sich zuletzt nicht mehr rentierte.

Bertil Forsdahl griff sich den letzten Ordner aus der Reihe, legte ihn auf einen Tisch und blätterte darin. Bald hatte er den Monat August 1991 gefunden. Schließlich tippte er auf eine Eintragung. Wallander und Ann-Britt Höglund beugten sich über das Dokument. Wallander erkannte die Handschrift sofort. Die Hotelanmeldung schien sogar mit demselben Stift geschrieben worden zu sein wie der Brief. Lars Borman war am 12. Oktober 1939 geboren und hatte sich als Bezirksrevisor eingetragen. Ann-Britt Höglund notierte die Adresse in Klagshamn: Mejramsvägen 23. An diese Straße konnte sich Wallander nicht erinnern, sie mußte in einer der neuen Villengegenden liegen, die erst nach seinem Umzug entstanden waren. Wallander blätterte zum Monat Juni zurück. Auch dort stand Lars Bormans Name, und das Datum stimmte mit dem des ersten Briefes überein.

»Was sagst du dazu?« flüsterte Ann-Britt Höglund.

»Noch gar nichts.«

Im selben Moment surrte das Mobiltelefon. Wallander nickte ihr zu. Sie nahm das Gespräch an, setzte sich auf einen Hocker und schrieb mit, was Martinsson ihr diktierte. Wallander klappte den Ordner zu und beobachtete, wie Bertil Forsdahl ihn in das Regal zurückstellte. Als das Telefonat beendet war, gingen sie wieder ins Wohnzimmer. Auf der Treppe erkundigte sich Wallander, was Martinsson herausgefunden hatte.

»Es war der Audi«, sagte Ann-Britt Höglund. »Wir reden später darüber.«

Inzwischen war es Viertel nach elf. Wallander und seine Kollegin machten sich auf den Heimweg.

»Es tut mir leid, daß wir so spät stören mußten«, entschuldigte sich Wallander noch einmal. »Aber manchmal kann die Polizei nicht warten.«

»Ich hoffe, wir konnten Ihnen irgendwie helfen«, erwiderte Bertil Forsdahl. »Auch wenn es weh tut, an den armen Lars Borman erinnert zu werden.«

»Das kann ich verstehen. Sollte Ihnen noch etwas einfallen, dann rufen Sie bitte bei der Polizei in Ystad an.«

»Was sollte mir noch einfallen?« fragte Bertil Forsdahl verwundert.

»Ich weiß nicht«, sagte Wallander und gab ihm zum Abschied die Hand.

Sie verließen das Haus und setzten sich ins Auto. Wallander knipste die Innenbeleuchtung an.

Ann-Britt Höglund holte ihren Notizblock hervor. »Ich hatte also recht. Es war der weiße Audi. Die Nummer stimmte nicht. Das Schild war gestohlen, es gehört eigentlich zu einem Nissan, der noch nicht einmal verkauft ist. Er steht in einem Autohaus in Malmö.«

»Und die anderen Fahrzeuge?«

»Alles in Ordnung.«

Wallander startete. Es war halb zwölf. Der Wind hatte nachgelassen. Sie verließen die Stadt; die Straße hinter ihnen war leer.

»Bist du müde?« fragte Wallander.

»Nein.«

Sie hielten an einer Tankstelle, an der man auch nachts noch Kaffee bekommen konnte.

»Wenn du nicht müde bist, bleiben wir eine Weile hier. Wir halten eine nächtliche Besprechung ab, du und ich, und versuchen zu ergründen, was wir heute abend eigentlich erfahren haben. Gleichzeitig achten wir darauf, welche Autos noch hier halten. Nur um einen weißen Audi brauchen wir uns nicht zu kümmern.«

»Warum nicht?«

»Wenn sie wiederkommen, dann garantiert in einem anderen Wagen. Wer sie auch sind, sie wissen, was sie tun. Sie nehmen nicht zweimal dasselbe Fahrzeug.«

Sie betraten den Kundenraum. Wallander bestellte einen Hamburger. Ann-Britt Höglund hatte keinen Hunger. Sie setzten sich an einen Tisch, von dem aus man auf den Parkplatz sehen konnte. Zwei dänische Lastwagenfahrer tranken Kaffee, sonst war der Raum leer.

»Was hältst du nun von der Geschichte«, fragte Wallander. »Von einem Bezirksrevisor, der zwei Anwälten Drohbriefe schreibt und dann in den Wald radelt, um sich zu erhängen.«

»Da ist es schwer, sich eine Meinung zu bilden.«

»Versuch es.«

Sie schwiegen, in Gedanken versunken. Ein Lastwagen mit der Aufschrift eines Autoverleihs hielt an der Tankstelle. Wallanders Bestellung wurde aufgerufen. Er holte seinen Teller und kehrte an den Tisch zurück.

»Lars Borman beschuldigt drei Menschen in seinen Briefen, ein Unrecht begangen zu haben, aber worin dieses Unrecht bestand, wissen wir nicht. Lars Borman war nicht Klient der Torstenssons. Wir wissen nicht, in welchem Verhältnis sie zueinander standen. Mit anderen Worten: Wir wissen gar nichts.«

Wallander legte den Hamburger hin und wischte sich mit der Papierserviette über den Mund. »Du hast sicher von Rydberg gehört, einem alten Kriminalisten, der vor ein paar Jahren gestorben ist. Das war ein kluger Mann. Einer seiner Sprüche lautete: Polizisten haben die Tendenz, immer zu behaupten, sie wüßten nichts. Dabei wissen sie immer mehr, als sie glauben.«

»Das klingt wie all die geflügelten Worte, mit denen wir auf der Polizeihochschule gefüttert wurden. Die wir aufgeschrieben haben, um sie dann so schnell wie möglich zu vergessen.«

Wallander war verstimmt. Er duldete es nicht, wenn jemand Rydbergs Kompetenz in Frage stellte.

»Das hat nun überhaupt nichts miteinander zu tun. Was Rydberg sagte, hatte immer einen Sinn.«

»Bist du wütend auf mich?« fragte sie verwundert.

»Ich werde nie wütend. Aber ich glaube, daß deine Zusammenfassung über Lars Borman erbärmlich war.«

»Kannst du es besser?« fragte sie, und ihre Stimme klang schrill.

Sie ist empfindlich, dachte Wallander. Vermutlich ist es schwerer, als ich dachte, sich als einzige Frau unter den Kriminalpolizisten von Ystad zu behaupten.

»Eigentlich meine ich ja gar nicht, daß deine Zusammenfassung schlecht war. Ich glaube nur, du hast einige Sachen vergessen.«

»Ich höre gern zu. Darin bin ich gut, das weiß ich.«

Wallander schob den Teller zur Seite und holte eine Tasse Kaffee. Die beiden dänischen Lastwagenfahrer hatten das Lokal verlassen. Sie waren allein. Aus der Küche klang schwach ein Radio.

»Es ist natürlich unmöglich, irgendwelche Schlußfolgerungen zu ziehen. Aber man kann bestimmte Vermutungen anstellen. Man kann ein Puzzle zusammensetzen und sehen, ob alles paßt, ob das Motiv wenigstens einigermaßen zu erkennen ist.«

»Soweit gebe ich dir recht.«

»Wir wissen über Lars Borman, daß er Revisor war. Wir wissen außerdem, daß er offenbar grundehrlich war. Das haben Forsdahl und seine Frau vor allem hervorgehoben, neben der Tatsache, daß er gern las. Nach meiner Erfahrung ist es ziemlich selten, daß man einen Menschen auf diese Weise charakterisiert. Es deutet darauf hin, daß er tatsächlich ein besonders ehrlicher Mann war.«

»Ein ehrlicher Revisor.«

»Ja. Und plötzlich schreibt dieser ehrliche Mann zwei Drohbriefe an die Anwaltskanzlei Torstensson in Ystad. Er unterschreibt mit seinem eigenen Namen, aber er streicht den Namen des Hotels auf dem Kuvert. Hier können wir mehrere Vermutungen anstellen.«

»Er will selbst nicht anonym bleiben. Das Hotel will er jedoch nicht mit hineinziehen.«

»Er legt überhaupt keinen Wert auf Anonymität. Ich denke, wir können davon ausgehen, daß die Anwälte wußten, wer Lars Borman war.«

»Ein ehrlicher Mann, der sich aufregt, weil Unrecht geschehen ist. Die Frage ist, worin dieses Unrecht bestand.«

»Hier paßt meine vorletzte Vermutung«, sagte Wallander. »Nämlich die, daß uns ein Zwischenglied in der Kette fehlt. Lars Borman war kein Klient der Anwälte. Aber da war vielleicht jemand anders, jemand, der mit Lars Borman einerseits und der Kanzlei andererseits in Kontakt war.«

Sie nickte nachdenklich. »Was tut ein Revisor? Er kontrolliert, daß Gelder ordnungsgemäß verwendet werden. Er geht die Quittungen durch, er garantiert im Revisionsbericht, daß alles mit rechten Dingen zugegangen ist. Meinst du das?«

»Gustaf Torstensson betätigte sich als Wirtschaftsberater. Ein Revisor achtet darauf, daß Gesetze und Verordnungen eingehalten werden. Mit etwas anderem Vorzeichen macht ein Anwalt also dasselbe wie ein Revisor. So sollte es jedenfalls sein.«

»Du hast von der vorletzten Vermutung gesprochen. Es gibt also noch eine letzte?«

»Ja. Lars Borman schreibt zwei Drohbriefe. Er kann noch weitere geschrieben haben, wir wissen es nicht. Was wir dagegen wissen, ist, daß die Briefe in der Kanzlei lediglich in einen Umschlag gestopft wurden.«

»Aber jetzt sind die Anwälte tot. Und jemand hat heute früh versucht, Frau Dunér umzubringen.«

»Und Lars Borman begeht Selbstmord. Ich glaube, da müssen wir ansetzen. Bei seinem Selbstmord. Wir brauchen Kontakt zu den Kollegen in Malmö. Irgendwo steht auf einem Schriftstück, daß eine Fremdeinwirkung ausgeschlossen ist. Ein ärztliches Gutachten muß es außerdem geben.«

»Und die Witwe lebt in Spanien.«

»Aber die Kinder wohnen sicher noch in Schweden. Auch mit denen müssen wir sprechen.«

Sie erhoben sich und verließen den Kundenraum.

»So etwas sollten wir öfter machen«, sagte Wallander. »Es macht Spaß, mit dir zu reden.«

»Obwohl ich nichts verstehe und erbärmliche Zusammenfassungen mache?«

Wallander zuckte die Schultern. »Ich bin zu leicht gereizt.«

Sie setzten sich wieder ins Auto. Es war fast ein Uhr. Wallander dachte mit Widerwillen an die leere Wohnung, die ihn in Ystad erwartete. Es war, als hätte etwas in seinem Leben vor sehr langer Zeit geendet, lange bevor er auf einem Schießplatz bei Ystad im Nebel gekniet hatte. Aber er hatte es nicht bemerkt. Ihm kam das Bild in den Sinn, das sein Vater gemalt und das er in der Villa in der Gjutargatan gesehen hatte. Bisher waren ihm die Gemälde seines Vaters als etwas beinahe Peinliches erschienen, als Anbiederei auf dem Jahrmarkt des schlechten Geschmacks. Jetzt fragte er sich plötzlich, ob man es nicht ganz anders sehen konnte – daß sein Vater Bilder malte, die den Menschen das Gefühl von Ausgeglichenheit und Sicherheit gaben. Danach suchten sie doch überall, und sie fanden es in seinen ewiggleichen Landschaften. Er erinnerte sich an den Gedanken, er selbst wäre ein Jahrmarktspolizist. Vielleicht war seine Selbstverachtung ganz unnötig.

»Woran denkst du?« Ann-Britt Höglund unterbrach seine Grübelei.

»Ich weiß nicht«, antwortete er ausweichend. »Ich bin wohl nur müde.«

Wallander fuhr über Malmö. Auch wenn es ein kleiner Umweg war, zog er es doch vor, bis Ystad auf den Hauptstraßen zu bleiben. Es war weit und breit kein Verfolger zu entdecken.

»Ich dachte nicht, daß so etwas bei uns möglich ist«, sagte sie. »Daß man von Unbekannten in einem Auto verfolgt wird.«

»Bis vor ein paar Jahren gab es so etwas auch nicht. Dann kam die Veränderung. Man sagt, daß Schweden langsam und schleichend das Gesicht wechselte. Aber ich meine doch, daß alles ablesbar war. Wenn man es nur sehen wollte.«

»Erzähl mir davon. Wie es vorher war. Und was passiert ist.«

»Ich weiß nicht, ob ich das kann«, sagte er nach einer Weile. »Ich habe nur meine persönliche Sicht. Aber in der täglichen Arbeit, selbst in einer so kleinen und vergleichsweise unbedeutenden Stadt wie Ystad, konnten wir den Unterschied merken. Die Verbrechen häuften sich, und sie änderten sich, wurden immer brutaler und komplexer. Und die Täter kamen plötzlich aus Kreisen, die früher als gutbürgerlich galten. Warum es sich so entwickelt hat, kann ich nicht beantworten.«

»Das erklärt auch nicht, warum wir die weltweit miesesten Ergebnisse aufzuweisen haben«, sagte sie. »Die schwedische Polizei klärt prozentual weniger Verbrechen auf als ihre Kollegen in fast allen anderen Ländern.«

»Sprich mit Björk darüber. Das bereitet ihm schlaflose Nächte. Manchmal glaube ich, daß er den Ehrgeiz hat, ausgerechnet wir in Ystad sollten den Ruf der ganzen schwedischen Polizei retten.«

»Und doch muß es eine Erklärung geben.« Ann-Britt Höglund blieb hartnäckig. »Es kann nicht nur daran liegen, daß die Polizei personell unterbesetzt ist, daß es uns an Reserven fehlt, was immer damit gemeint sein mag.«

»Es ist, als würden zwei Welten aufeinandertreffen«, sagte Wallander. »Wie mir, so wird auch vielen anderen Polizisten bewußt, daß unsere Kenntnisse und Erfahrungen aus einer Zeit stammen, in der alles anders war, die Verbrechen durchschaubarer, die Moral handfest, die Autorität der Polizei unantastbar. In der heutigen Situation wird jedoch ein ganz anderes Wissen, ein ganz anderer Erfahrungsschatz benötigt. Aber darüber verfügen wir nicht. Und die, die nach uns kommen, junge Leute wie du, haben noch zu wenig Einfluß auf die Arbeit, auf das Setzen von Prioritäten. Oft hat man den Eindruck, daß die Kriminellen ihren Vorsprung ungehindert ausbauen können. Und die Gesellschaft reagiert darauf, indem sie die Statistik manipuliert. Fälle werden nicht mehr gelöst, sondern einfach abgeschrieben. Was vor zehn Jahren noch als kriminelle Handlung galt, wird heute als harmloses Vergehen angesehen. Die Verschiebung geht täglich weiter. Wofür man gestern noch bestraft wurde, gilt heute schon als Kavaliersdelikt. Bestenfalls wird ein Bericht geschrieben, der dann irgendwo in einem Reißwolf verschwindet.«

»Das kann nicht gutgehen«, sagte sie zögernd.

Wallander warf ihr einen Blick zu. »Wer hat je behauptet, daß es gutgehen würde?«

Sie hatten Landskrona hinter sich gelassen und näherten sich Malmö. Ein Ambulanzwagen mit Blaulicht überholte sie mit hoher Geschwindigkeit. Wallander war erschöpft. Er wußte nicht, weshalb, aber die junge Frau neben ihm tat ihm einen Augenblick lang leid. In den kommenden Jahren würde sie ständig gezwungen sein, ihre Arbeit als Polizistin in Frage zu stellen. Weil sie über außergewöhnliche menschliche Qualitäten verfügte, würde es ihr nicht erspart bleiben, ihren Job als eine Kette von Enttäuschungen zu erleben, mit ganz seltenen Momenten der Zufriedenheit.

Dessen war er ganz sicher.

Aber er mußte auch zugeben, daß sie ihrem Ruf alle Ehre

machte. Er konnte sich an Martinssons erstes Jahr erinnern, als er frisch von der Polizeihochschule gekommen war. Damals hatten sie nicht viel Freude an ihm gehabt, heute gehörte er zu den besten Kriminalisten in Ystad.

»Morgen werden wir das ganze Material noch einmal gründlich durchgehen«, sagte er aufmunternd. »An irgendeiner Stelle muß es uns doch gelingen, die Mauer zu durchbrechen.«

»Ich hoffe, du hast recht. Aber vielleicht kommt es eines Tages auch hier so weit, daß wir bestimmte Formen von Mord einfach dulden und nicht mehr verfolgen.«

»Dann ist es an uns, zu revoltieren.«

»Der Reichspolizeichef hätte sicher etwas dagegen.«

»Wir müßten eben einen Zeitpunkt wählen, wenn er zu Repräsentationszwecken im Ausland ist«, sagte Wallander bitter.

»An Gelegenheiten würde es uns ja nicht mangeln«, entgegnete sie nicht weniger bitter.

Das Gespräch erstarb. Wallander fuhr auf die Autobahn östlich der Stadt. Er konzentrierte sich ganz auf das Fahren und dachte nur zerstreut an die Ereignisse des langen Tages.

Es war auf der E 65 zwischen Malmö und Ystad, als Wallander plötzlich die Ahnung befiel, daß etwas nicht stimmte. Ann-Britt Höglund hatte die Augen geschlossen und war mit schräggelegtem Kopf eingeschlafen. Im Rückspiegel waren keine verfolgenden Scheinwerfer zu entdecken.

Trotzdem waren seine Sinne mit einemmal geschärft. Ich denke die ganze Zeit in die falsche Richtung, sagte er sich. Anstatt festzustellen, daß kein Wagen hinter uns herfährt, müßte ich mich doch fragen, warum das so ist. Wenn Ann-Britt Höglund recht hat, und warum sollte ich daran zweifeln, daß jemand vom Polizeigebäude an hinter uns her war, dann kann es nur bedeuten, daß eine Verfolgung jetzt nicht mehr notwendig ist.

Wallander dachte an die Mine in Frau Dunérs Garten.

Er überlegte nicht lange, bremste scharf und fuhr mit blinkenden Warnlichtern auf den Randstreifen. Ann-Britt Höglund wachte auf, als der Wagen zum Stillstand kam. Erstaunt und verschlafen blinzelte sie ihn an.

»Steig aus«, sagte Wallander.

»Warum denn?«

»Mach, was ich sage«, schrie er.

Sie ließ den Sicherheitsgurt zurückschnellen und sprang noch vor ihm aus dem Wagen.

»Komm ein Stück zur Seite.«

»Was ist denn los?« fragte sie verstört, als sie aus einiger Entfernung auf die Warnblinkleuchten starrten. Der Wind war wieder böig und kalt.

»Ich weiß nicht. Vielleicht gar nichts. Es kam mir nur seltsam vor, daß uns plötzlich keiner mehr verfolgt.«

Er mußte seinen Gedankengang nicht erklären; sie verstand sofort. In diesem Augenblick wurde Wallander klar, daß sie bereits eine tüchtige Polizistin war, intelligent und souverän in schwierigen Situationen. Aber er spürte auch, daß er zum ersten Mal seit langem jemanden hatte, mit dem er seine Angst teilen konnte. Hier am Straßenrand, kurz vor der Abfahrt nach Svedala, fanden die unendlichen Wanderungen am Strand von Skagen erst wirklich ihr Ende.

Wallander war geistesgegenwärtig genug gewesen, das Mobiltelefon mitzunehmen. Er wählte Martinssons Privatnummer.

»Der wird mich für verrückt halten«, murmelte er, während er wartete.

»Was, glaubst du, wird passieren?«

»Keine Ahnung. Aber Menschen, die Landminen in schwedischen Gärten verbuddeln, fällt in puncto Auto bestimmt auch etwas ein.«

»Falls es sich um dieselben Personen handelt.«

»Da hast du recht.«

Endlich meldete sich Martinsson. Er klang sehr verschlafen.

»Hier Kurt«, sagte Wallander. »Ich stehe auf der E 65, kurz vor der Abfahrt Svedala. Ann-Britt ist bei mir. Ich möchte, daß du Nyberg anrufst und ihn bittest, sofort herzukommen.«

»Was ist los?«

»Er muß sich meinen Wagen ansehen.«

»Wenn du eine Panne hast, kannst du doch einen Abschleppdienst anrufen«, meinte Martinsson verwundert.

»Jetzt ist keine Zeit für Erklärungen«, sagte Wallander wütend. »Mach bitte, was ich sage. Nyberg soll die Sachen mitbringen, die er braucht, um festzustellen, ob ich mit einer Autobombe durch die Gegend fahre.«

»Eine Autobombe?«

»Du hast richtig gehört.«

Wallander beendete das Gespräch und schüttelte den Kopf. »Natürlich hat er recht. Es klingt ja auch verrückt; wir stehen hier mitten in der Nacht an der E 65 und glauben, daß eine Bombe im Wagen ist.«

»Glaubst du das wirklich?«

»Ich weiß nicht. Hoffentlich irre ich mich. Aber ich bin nicht sicher.«

Es dauerte eine Stunde, bis Nyberg bei ihnen war. Wallander und Ann-Britt Höglund waren völlig durchgefroren. Wallander rechnete damit, daß Nyberg verstimmt wäre, denn das Motiv, warum er seine warme Wohnung verlassen sollte, mußte ihm mehr als zweifelhaft vorkommen. Aber Nyberg begrüßte sie freundlich und schien davon auszugehen, daß etwas Ernstes vorgefallen war. Trotz ihrer Proteste schickte Wallander Ann-Britt Höglund zum Aufwärmen in Nybergs Wagen.

»Auf dem Beifahrersitz liegt eine Thermosflasche«, rief Nyberg ihr nach. »Der Kaffee müßte noch warm sein.«

Wallander sah, daß Nyberg unter dem Anorak noch seine Schlafanzugjacke anhatte.

»Also, was ist mit dem Auto?«

»Ich hoffe, daß du diese Frage beantworten kannst. Vielleicht ist alles nur blinder Alarm.«

»Wonach soll ich suchen?«

»Ich weiß nicht genau. Ich kann dir lediglich Anhaltspunkte geben: Der Wagen war etwa dreißig Minuten unbeaufsichtigt. Er war verschlossen.«

»Hast du eine Alarmanlage?« fragte ihn Nyberg.

»Ich habe gar nichts«, antwortete Wallander. »Die Karre ist alt und klapprig. Ich bin immer davon ausgegangen, daß niemand so ein Vehikel klauen würde.«

»Erzähl weiter.«

»Also, dreißig Minuten und abgeschlossen. Als ich den Motor angelassen habe, war alles normal. Von Helsingborg bis hierher sind es etwa hundert Kilometer. Unterwegs haben wir angehalten und Kaffee getrunken. Ich hatte auf der Hinfahrt vollgetankt. Es ist jetzt ungefähr drei Stunden her, seit der Wagen ohne Aufsicht gewesen ist.«

»Eigentlich sollte ich mich lieber nicht heranwagen, wenn du den Verdacht hast, er könnte in die Luft fliegen«, sagte Nyberg.

»Ich dachte, das kann nur passieren, wenn man den Motor startet.«

»Heutzutage kann man Explosionen lenken, wie man will. Die Möglichkeiten reichen von selbstkontrollierenden eingebauten Verzögerungsmechanismen bis zu funkgesteuerten Zündern, die aus weiter Entfernung aktiviert werden können.«

»Dann lassen wir es lieber«, sagte Wallander.

»Vielleicht. Aber ich will doch einen Blick riskieren. Sagen wir, es ist meine eigene Entscheidung; du hast mir keinen Auftrag gegeben.«

Nyberg ging zu seinem Wagen und holte eine starke Taschenlampe. Wallander ließ sich von Ann-Britt Höglund, die wieder ausgestiegen war, einen Becher Kaffee geben. Sie sahen zu, wie sich Nyberg auf die Seite legte und unter das Auto leuchtete. Dann stand er auf und umrundete es langsam zweimal.

»Ich glaube, ich träume«, murmelte Ann-Britt Höglund.

Nyberg war vor der offenen Fahrertür stehengeblieben. Er leuchtete mit der Lampe hinein und versuchte, etwas zu erkennen. Ein überladener VW-Bus mit polnischem Kennzeichen fuhr an ihnen vorbei in Richtung Fährhafen von Ystad.

Nyberg schaltete die Taschenlampe aus und kam auf sie zu. »Habe ich richtig gehört? Sagtest du nicht, du hättest auf dem Weg nach Helsingborg vollgetankt?«

»Ja, in Lund. Da ging kein Tropfen mehr rein.«

»Und dann seid ihr nach Helsingborg gefahren und anschließend bis hierher?«

Wallander rechnete nach. »Das wären etwa 150 Kilometer.« Er sah, daß Nyberg die Stirn runzelte.

»Was ist denn?«

»Hattest du jemals den Verdacht, daß deine altmodische Kraftstoffanzeige nicht richtig funktioniert?«

»Nie. Sie hat immer korrekt angezeigt.«

»Wieviel Liter passen in den Tank?«

»Sechzig.«

»Dann erklär mir, wieso der Tank laut Anzeige nur noch zu einem Viertel voll ist.«

Wallander begriff zuerst nicht, was Nyberg meinte. Dann wurde es ihm schlagartig klar: »Da muß jemand Benzin abgelassen haben. So viel kann der Motor nicht verbraucht haben.«

»Laß uns zehn Meter weiter weggehen. Ich fahre meinen Wagen ein Stück zurück.«

Die Warnlichter an Wallanders Auto blinkten nach wie vor, der Motor tuckerte im Leerlauf. Ein weiteres überlastetes Fahrzeug mit polnischem Nummernschild tauchte auf.

Nyberg kam heran. »Wenn man Kraftstoff abläßt, dann will man Platz für etwas anderes schaffen. Jemand könnte Sprengstoff in den Tank getan haben. Der Zünder ist durch ein Material geschützt, das langsam vom Benzin zerfressen wird, bis es knallt. Sinkt die Anzeige im Leerlauf auf Null?«

»Nicht ganz.«

»Dann schlage ich vor, daß wir den Wagen bis morgen hier stehenlassen. Eigentlich müßten wir die ganze E 65 sperren.«

»Da würde Björk niemals mitmachen«, sagte Wallander. »Außerdem wissen wir nicht, ob wirklich jemand was in den Tank getan hat.«

»Wir brauchen jedenfalls Leute zum Absperren«, sagte Nyberg. »Wir sind wohl noch im Bereich Malmö?«

»Leider«, sagte Wallander. »Aber ich werde anrufen.«

»Meine Handtasche liegt noch im Auto«, sagte Ann-Britt Höglund. »Kann ich sie holen?«

»Nein«, sagte Nyberg. »Sie bleibt, wo sie ist. Und der Motor läuft weiter.«

Ann-Britt Höglund setzte sich wieder in Nybergs Wagen. Wallander wählte die Nummer der Polizei in Malmö. Nyberg stand am Straßenrand und pinkelte. Wallander schaute zum Sternenhimmel hinauf und wartete, bis die Verbindung hergestellt war.

Endlich meldete sich Malmö. Nyberg zog seinen Reißverschluß hoch.

Dann explodierte die Nacht in grellweißem Licht.

Das Telefon flog Wallander aus der Hand.

Es war vier Minuten nach drei Uhr morgens.

8

Quälende Stille.

Später würde sich Wallander an seine Empfindung im Moment der Explosion erinnern: Es war, als stünde er in einem großen Raum, aus dem der Sauerstoff in Sekundenschnelle herausgepreßt wurde, ein plötzliches Vakuum auf der E 65, mitten in der Novembernacht, ein schwarzes Loch, vor dem sogar der böige Wind für einen Augenblick kapitulierte. In der Erinnerung dehnte sich die Zeit, so daß ihm die Explosion schließlich wie eine Serie von zwar ineinander übergehenden, aber doch deutlich einzeln zu registrierenden Ereignissen erschien.

Am meisten schockierte ihn die Tatsache, daß das Telefon mehrere Meter von ihm entfernt auf dem Asphalt lag. Das war das wirklich Unbegreifliche an der Situation, nicht sein Wagen, der in lodernden Flammen stand und zu schmelzen schien.

Nyberg hatte als einziger reagiert, indem er Wallander mit sich zu Boden zog; vielleicht weil er eine weitere Explosion befürchtete. Ann-Britt Höglund war aus Nybergs Wagen auf die andere Straßenseite gerannt. Möglicherweise hatte sie geschrien. Aber vielleicht war ich es auch selbst, der geschrien hat, oder Nyberg oder keiner von uns, dachte Wallander. Vielleicht war der Schrei nur Einbildung.

Ich hätte es tun sollen, dachte er. Schreien und brüllen und den Wahnsinnseinfall verfluchen, wieder in den Dienst zu gehen. Warum mußte ihn Sten Torstensson in Skagen besuchen und ihn in einen Mordfall hineinziehen, von dem er besser die Finger gelassen hätte? Warum hatte er seine Entlassungspapiere nicht unterschrieben und die Pressekonferenz hinter sich gebracht? Schlimmstenfalls hätte man ein Interview mit ihm als Aufmacher in der schwedischen Polizeizeitschrift gebracht oder vielleicht auch nur auf der Rückseite, aber dann wäre endlich Ruhe gewesen.

In der Verwirrung nach der Explosion hatte es also einen Augenblick quälender Stille gegeben, und klare Gedanken waren Wallander durch den Kopf gegangen, während er das Mobiltelefon auf dem Asphalt liegen sah und sein alter Peugeot am Straßenrand brannte. Eindeutige Gedanken, die miteinander verbunden waren und zu einem Resultat führten, dem Eindruck, daß der Doppelmord an den beiden Anwälten, die in Frau Dunérs Garten vergrabene Mine und schließlich der Mordversuch an ihm und seiner Kollegin ein Muster erkennen ließen, wenn auch undeutlich und mit vielen noch dunklen Punkten.

Aber eine Schlußfolgerung war möglich, ja unausweichlich, mitten in der Verwirrung, und sie war schrecklich: Jemand glaubte, daß er etwas wüßte, was er nicht wissen sollte. Er war überzeugt, daß derjenige, der den Sprengsatz im Tank angebracht hatte, nicht darauf aus war, Ann-Britt Höglund zu töten. Bisher wußte er über die Personen im Schatten nur eines – Menschenleben spielten für sie nicht die geringste Rolle.

Wallander verzweifelte fast bei dem Gedanken, daß diese Menschen, die sich in dunkelblauen oder weißen Autos mit falschen Nummernschildern versteckten, die Situation offenbar falsch einschätzten. Er hätte aus ehrlicher Überzeugung öffentlich erklären können, daß das Ganze ein Irrtum war, daß er keine Ahnung hatte, was sich hinter dem Mord an den beiden Anwälten, der Mine in Frau Dunérs Garten und dem Selbstmord des Revisors Lars Borman, falls es denn ein Selbstmord war, verbarg.

Er wußte nichts. Während der Peugeot immer noch brannte und Nyberg mit Ann-Britt Höglund den nächtlichen Verkehr umleitete und nach Feuerwehr und Polizei telefonierte, stand er weiter reglos auf der Straße und hing seinen Gedanken nach. Ihm wurde klar, daß es für die gefährliche Vermutung, er könne etwas wissen, nur einen Anhaltspunkt gab – Sten Torstenssons Besuch in Skagen. Die Ansichtskarte aus Finnland hatte nicht ausgereicht. Sie waren ihm nach Jütland gefolgt. Sie hatten sich im Nebel zwischen den Dünen versteckt. Sie waren in der Nähe des Kunstmuseums gewesen, als er dort mit Sten Torstensson Kaffee getrunken hatte. Sie waren nie in Hörnähe gewesen, denn sonst hätten sie mitbekommen, daß Wallander nichts wissen konnte, weil auch Sten Torstensson nichts gewußt, sondern alles nur geahnt hatte. Aber sie wollten nichts riskieren. Deshalb brannte jetzt sein alter Peugeot am Straßenrand, deshalb hatte der Hund so lange gebellt, als sie drinnen bei Herrn und Frau Forsdahl waren.

Quälende Stille, dachte er. Hier stehe ich, und es gibt noch eine Schlußfolgerung, vielleicht die allerwichtigste. Denn sie bedeutet, daß wir in dieser katastrophalen Ermittlung doch einen Durchbruch erreicht haben, eine Stelle, auf die wir uns konzentrieren, an der wir ansetzen können. Hier verbirgt sich vielleicht nicht gerade der Stein der Weisen, aber wohl etwas anderes, was wir finden müssen.

Die Chronologie stimmte, dachte er. Das Ganze beginnt auf dem Lehmacker, auf dem Gustaf Torstensson vor fast einem Monat starb. Alles andere, einschließlich der Hinrichtung des Sohnes, muß in Abhängigkeit von dem betrachtet werden, was an jenem Abend auf der Rückfahrt von Schloß Farnholm geschah. Das wissen wir nun, danach müssen wir unseren Kurs bestimmen.

Er beugte sich hinunter und hob sein Telefon auf. Der Notruf der Malmöer Polizei leuchtete ihm entgegen. Er stellte fest, daß der Apparat noch funktionierte, und schaltete ihn ab.

Inzwischen war die Feuerwehr angerückt. Wallander beobachtete, wie sie das brennende Auto löschten, in weißen Schaum hüllten. Nyberg stand plötzlich neben ihm. Wallander sah die Schweißperlen in seinem verstörten Gesicht.

»Das war knapp«, sagte Nyberg.

»Aber nicht knapp genug.«

Nyberg sah ihn fragend an.

Ein leitender Beamter aus Malmö kam auf sie zu. Wallander kannte ihn von früher, konnte sich jedoch nicht an den Namen erinnern. »Wenn ich es richtig verstanden habe, ist es dein Auto, das da brennt«, sagte der Polizist aus Malmö. »Es hieß, du wärst aus dem Dienst geschieden. Jetzt bist du wieder da, und dein Wagen brennt.«

Wallander war für einen Moment unsicher, ob es der Kollege vielleicht ironisch meinte. Aber es war wohl eine ganz natürliche Reaktion.

Wallander wollte unnötige Aufregung vermeiden. »Ich war mit einer Kollegin auf dem Heimweg.«

»Ann-Britt Höglund«, sagte der Mann aus Malmö, »sie hat mich an dich verwiesen.«

Gut, dachte Wallander. Je weniger Personen reden, um so leichter läßt sich das Ganze unter Kontrolle halten. Sie lernt schnell.

»Ich hatte das Gefühl, daß etwas nicht stimmte. Ich bremste, und wir stiegen aus. Ich rief Nyberg an. Dann explodierte das Auto.«

Der Polizist aus Malmö sah ihn skeptisch an. »Ich nehme an, daß das die offizielle Version ist.«

»Der Wagen muß natürlich untersucht werden. Aber es ist niemand zu Schaden gekommen. Bis auf weiteres mußt du schreiben, was ich gesagt habe. Ich werde Björk, meinen Chef in Ystad, bitten, Kontakt zu euch aufzunehmen. Entschuldige, aber mir ist dein Name entfallen ...«

»Roslund.«

Wallander nickte. Jetzt erinnerte er sich.

»Wir sperren ab«, sagte Roslund. »Ich lasse einen Wagen hier.«

Wallander schaute auf die Uhr. Es war Viertel nach vier. »Dann fahren wir heim und schlafen.«

Als sie in Nybergs Wagen saßen, hatte niemand etwas zu sagen. Sie brachten Ann-Britt Höglund nach Hause. Dann fuhr Nyberg Wallander in die Mariagata.

»In ein paar Stunden müssen wir die Angelegenheit gründlich besprechen«, sagte Wallander beim Aussteigen. »Wir können damit nicht warten.«

»Ich bin um sieben im Polizeigebäude«, sagte Nyberg.

»Acht Uhr reicht. Und vielen Dank für die Hilfe.«

Wallander duschte schnell und legte sich dann ins Bett.

Um sechs war er immer noch nicht eingeschlafen.

Kurz vor sieben stand er auf. Er wußte, daß es wieder ein langer Tag werden würde, und er fragte sich, wie er ihn durchstehen sollte.

Donnerstag, der 4. November, begann mit einer Sensation.

Björk kam unrasiert zur Arbeit. Das war noch nie vorgekommen. Doch als fünf Minuten nach acht die Tür zum Konferenzraum geschlossen wurde, konnten alle sehen, daß Björk einen kräftigen Bartwuchs hatte. Wallander sagte sich, daß er auch an diesem Morgen keine Möglichkeit haben würde, mit Björk über das zu sprechen, was vor seinem Besuch auf Schloß Farnholm geschehen war. Aber das konnte warten; was vor ihnen lag, war bedeutend wichtiger.

Björk klatschte seine Handflächen auf die Tischplatte und schaute sich im Raum um. »Was geht hier vor? Ich werde um halb sechs von einem Polizeibeamten aus Malmö angerufen, der mich fragt, ob sie ihre eigenen Techniker zur Untersuchung von Kurt Wallanders ausgebranntem Wagen schicken sollen, der vor Svedala auf der E 65 steht, oder ob Nyberg und seine Leute das übernehmen. Und ich stehe da um halb sechs morgens mit dem Hörer in der Hand in der Küche und weiß nicht, was ich antworten soll, weil ich ja keine Ahnung habe, was eigentlich passiert ist. Ist überhaupt etwas passiert? Ist Kurt Wallander durch einen Unfall verletzt oder sogar umgekommen, brannte der Wagen anschließend aus? Ich weiß absolut nichts. Aber Roslund in Malmö, der ist ein vernünftiger Mann, der kann mir Bescheid geben. Ich weiß inzwischen ungefähr, was vorgefallen ist. Doch im Grunde fehlt mir jegliche Information darüber, was hier gestern abend los war.«

»Wir haben einen Doppelmord aufzuklären«, sagte Wallander. »Dazu kommt das versuchte Attentat auf Frau Dunér. Bis gestern hatten wir kaum Anhaltspunkte. Die Ermittlungen waren festgefahren, da sind wir uns wohl alle einig. Dann tauchen die Drohbriefe auf. Wir finden einen Namen, die Spur führt zu einem Hotel in Helsingborg. Ann-Britt und ich fahren hin. Ich gebe zu, wir hätten bis heute warten können. Wir besuchen also ein Ehepaar, das Lars Borman gekannt hat, und erhalten wertvolle Informationen. Auf der Fahrt nach Helsingborg merkt Ann-Britt, daß uns jemand folgt. Bei Helsingborg halten wir, und es gelingt uns, eine Anzahl von polizeilichen Kennzeichen zu notieren. Martinsson überprüft die Nummern in aller Eile. Während wir bei Herrn und Frau Forsdahl sitzen, den früheren Inhabern des inzwischen geschlossenen Hotels Linden, deponiert jemand Sprengstoff in unserem Benzintank. Auf der Heimfahrt werde ich plötzlich unruhig; ich rufe Sven Nyberg an. Kurz darauf explodiert der Wagen, niemand kommt zu Schaden. Das geschieht vor Svedala, auf Malmöer Gebiet. Nun weißt du Bescheid.«

Als Wallander mit seinem Bericht fertig war, herrschte betroffenes Schweigen. Er sagte sich, daß er genausogut weitermachen konnte. Er sollte ihnen von seinen nächtlichen Gedanken erzählen, mit dem brennenden Auto vor Augen.

Noch einmal dachte er an das seltsame Erlebnis, sich wie in einem Vakuum zu fühlen, vor dem auch der böige Wind kapitulierte.

Der Augenblick quälender Stille.

Aber auch der Moment der Klarheit.

Er berichtete ihnen genau, was ihm in jener Situation durch den Kopf gegangen war, und er spürte, daß seine Schlußfolgerungen Anklang fanden. Seine Kollegen verfügten über große polizeiliche Kenntnisse und konnten anspruchsvolle Theorien von noch so wahrscheinlichen Handlungsverläufen, die jedoch auf reiner Phantasie basierten, unterscheiden.

»Ich sehe drei Ansatzpunkte«, fuhr Wallander fort. »Konzentration auf Gustaf Torstensson und seine Klienten. Wir müssen schnell und gründlich offenlegen, womit er in den letzten fünf Jahren befaßt war, seit er sich ausschließlich auf wirtschaftliche Beratung und ähnliches verlegt hat. Um Zeit zu sparen, widmen wir uns zunächst den letzten drei Jahren, in denen mit ihm, laut Frau Dunérs Aussage, eine Veränderung vor sich ging. Ich möchte auch, daß jemand mit der Asiatin redet, die in der Kanzlei saubermacht. Frau Dunér hat ihre Adresse. Sie könnte etwas gehört oder gesehen haben.«

»Spricht sie Schwedisch?« fragte Svedberg.

»Wenn nicht, müssen wir uns um einen Dolmetscher bemühen.«

»Ich werde mich mit ihr unterhalten«, sagte Ann-Britt Höglund.

Wallander nippte an seinem kalten Kaffee und fuhr fort: »Die zweite Spur heißt Lars Borman. Ich habe den Verdacht, daß er uns, obwohl tot, weiterhelfen kann.«

»Hier sind wir auf die Unterstützung der Kollegen in Malmö angewiesen«, unterbrach Björk. »Klagshamn gehört zu ihrem Gebiet.«

»Lieber nicht«, meinte Wallander. »Ich denke, es könnte schneller gehen, wenn wir uns selbst darum kümmern. Wie du so oft betont hast, entstehen häufig administrative Probleme, wenn Polizisten aus verschiedenen Verwaltungsbezirken einander beistehen sollen.«

Während Björk überlegte, was er antworten könnte, nutzte Wallander die Gelegenheit, seine Gedanken zu Ende zu bringen. »Die dritte Front bauen wir gegen die auf, die hinter uns her waren. Wer sind unsere Verfolger? Vielleicht sollte ich erst einmal fragen, ob auch von euch jemand beschattet wurde.«

Martinsson und Svedberg schüttelten die Köpfe.

»Wir müssen die Augen offenhalten. Ich kann mich auch irren, vielleicht bin nicht nur ich ihnen ein Dorn im Auge.«

»Du solltest, wie Frau Dunér, Personenschutz bekommen«, sagte Martinsson.

»Nein, das ist nicht nötig.«

»Das sehe ich anders«, sagte Björk. »Meiner Auffassung nach darfst du nicht mehr allein arbeiten. Außerdem solltest du jederzeit bewaffnet sein.«

»Auf keinen Fall.«

»Doch, ich lege es so fest.«

Wallander ersparte es sich, dagegen zu argumentieren. Er wußte selbst, was er zu tun hatte.

Sie verteilten die Aufgaben. Martinsson und Ann-Britt Höglund würden in die Kanzlei gehen und das Material über Gustaf Torstenssons Klienten der letzten Jahre durchgehen.

Svedberg übernahm die gründliche Untersuchung des Fahrzeugs oder der Fahrzeuge, die ihnen am Abend zuvor gefolgt waren.

Wallander wollte sich dem toten Lars Borman widmen.

»Schon seit Tagen habe ich das Gefühl, daß die Zeit gegen uns arbeitet«, sagte Wallander. »Ich weiß auch nicht, warum. Deshalb sollten wir uns beeilen.«

Die Besprechung war zu Ende, jeder ging an seinen Platz. Wallander spürte, daß alle mit Eifer dabei waren. Auch Ann-Britt Höglund gelang es, die Müdigkeit zu unterdrücken.

Wallander holte Kaffee und ging in sein Büro.

Nyberg steckte den Kopf durch den Türspalt und teilte mit, daß er sich auf den Weg zum Autowrack bei Svedala mache. »Ich nehme an, du möchtest wissen, ob es Parallelen zu der Explosion in Frau Dunérs Garten gibt.«

»Ja, natürlich.«

»Nun, das wird schwierig. Aber ich werde es versuchen.«

Nyberg verschwand, und Wallander rief Ebba in der Anmeldung an.

»Man merkt, daß du zurück bist«, sagte sie. »Schrecklich, was da passiert ist.«

»Es ging noch einmal gut, das ist die Hauptsache.«

Schnell teilte er ihr sein Anliegen mit. »Ich möchte, daß du mir einen Wagen bestellst. Ich muß so schnell wie möglich nach Malmö fahren. Dann ruf bitte auf Schloß Farnholm an und laß uns eine Übersicht über Alfred Harderbergs Firmenimperium schicken. Ich hatte einen Aktenordner darüber, aber der ist heute nacht im Auto verbrannt.«

»Das soll ich selbstverständlich nicht erwähnen.«

»Lieber nicht. Aber ich brauche das Material umgehend.«

Er legte auf. Ein Gedanke kam ihm, und er lief zu Svedbergs Zimmer. Als er nach dem Klopfen eintrat, las sein Kollege in Martinssons Aufzeichnungen über die Fahrzeuge der letzten Nacht.

»Kurt Ström«, sagte Wallander. »Kommt dir der Name bekannt vor?«

Svedberg dachte nach. »Ein Polizist in Malmö, oder?«

»Ja, richtig. Ich möchte, daß du etwas für mich erledigst, wenn du mit den Autos fertig bist. Kurt Ström hat vor vielen Jahren das Polizeikorps verlassen. Gerüchte besagten, man habe ihm nahegelegt, den Dienst zu quittieren, andernfalls hätte man ihn rausgeworfen. Versuch zu klären, was damals los war. Aber diskret.«

Svedberg notierte sich den Namen. »Darf man fragen, weshalb? Hat es mit den Anwälten zu tun? Mit dem explodierten Wagen? Mit der Mine im Garten?«

»Alles hat miteinander zu tun. Kurt Ström arbeitet als Wachmann auf Schloß Farnholm. Und dort war Gustaf Torstensson zu Besuch, an dem Abend, an dem er starb.«

»Ich kümmere mich darum«, sagte Svedberg.

Wallander ging in sein Büro zurück und setzte sich an den Schreibtisch. Er war so müde, daß er nicht einmal daran denken wollte, wie nahe er und Ann-Britt Höglund dem Tod in der vergangenen Nacht gewesen waren.

Später, dachte er. Der tote Lars Borman ist erst einmal wichtiger als der lebende Kurt Wallander.

Er suchte die Nummer der Bezirksverwaltung von Malmöhus aus dem Telefonbuch. Von früheren Kontakten wußte er, daß sie ihren Sitz in Lund hatte. Sofort nahm jemand ab. Er bat darum, mit einem Leiter der Wirtschaftsabteilung verbunden zu werden.

»Da ist heute niemand«, wurde ihm mitgeteilt.

»Aber jemand muß doch zu sprechen sein?«

»Nein, alle sind den ganzen Tag in der Etatkonferenz.«

»Wo denn?«

»Im Konferenzzentrum in Höör«, sagte die Dame von der Vermittlung. »Aber es hat keinen Zweck, dort anzurufen.«

»Wie heißt der verantwortliche Revisor? Ist er auch dabei?«

»Er heißt Thomas Rundstedt und ist natürlich auch in Höör. Können Sie nicht morgen noch einmal anrufen?«

»Danke für die Hilfe«, sagte Wallander und legte auf.

Er hatte keinesfalls die Absicht, bis zum nächsten Tag zu warten. Er holte noch eine Tasse Kaffee und faßte in Gedanken zusammen, was er über Lars Borman wußte. Ebba rief an und und sagte ihm, daß ein Wagen vor dem Polizeigebäude auf ihn warte.

Inzwischen war es Viertel nach neun.

Es war ein klarer Herbsttag mit blauem Himmel; der Wind hatte sich in den Morgenstunden gelegt. Wallander freute sich plötzlich auf die bevorstehende Autofahrt.

Er erreichte das Konferenzzentrum in Höör kurz nach zehn, parkte und ging zur Rezeption. Auf einer Tafel war zu lesen, daß der große Saal von der Etatkonferenz des Bezirks Malmöhus belegt war. Der rothaarige Mann am Empfang lächelte freundlich.

»Ich muß mit einem Teilnehmer der Etatkonferenz sprechen«, sagte Wallander.

»Sie hatten gerade Kaffeepause«, sagte der Mann. »Die nächste Unterbrechung wäre dann das Mittagessen um zwölf Uhr dreißig. Vorher wollen die Teilnehmer keinesfalls gestört werden.«

Wallander zeigte seine Legitimation. »Manchmal ist es leider notwendig zu stören. Ich schreibe eine Mitteilung, und Sie bringen sie bitte in den Konferenzsaal.«

Er griff nach einem Block und notierte ein paar Zeilen.

»Ist etwas passiert?« fragte der Mann an der Rezeption aufgeregt.

»Nichts Gefährliches, aber es kann trotzdem nicht warten.«

Er riß das Blatt ab. »Der Mann heißt Thomas Rundstedt und ist Revisionschef. Ich warte hier.«

Der rothaarige Mann verschwand. Wallander gähnte und spürte, daß er hungrig war. Durch eine halboffene Tür konnte er in einen Speisesaal blicken. Er ging hinüber. Auf einem Tisch stand ein Korb mit Käsebrötchen.

Er nahm sich eins und aß es. Dann noch eins. Schließlich kehrte er zur Anmeldung zurück.

Es dauerte weitere fünf Minuten, bis der Mann zurückkam. Er hatte nun einen Begleiter, und Wallander ging davon aus, daß es sich um den Revisionschef Rundstedt handelte.

Rundstedt war groß und breitschultrig. Komisch, dachte

Wallander, ich habe mir einen Revisor immer klein und schmächtig vorgestellt. Der Mann, der jetzt vor ihm stand, hätte Boxer sein können. Er hatte eine Glatze und sah Wallander mißtrauisch an.

»Ich heiße Kurt Wallander und komme von der Kriminalpolizei Ystad«, sagte er und streckte die Hand aus. »Ich vermute, Sie sind Thomas Rundstedt, der Revisionschef der Bezirksverwaltung Malmöhus.«

Der Mann nickte kurz. »Worum geht es? Wir haben ausdrücklich erklärt, daß wir nicht gestört werden wollen. Die Finanzen des Bezirks sind kein Kinderspiel, nicht in diesen Zeiten.«

»Gewiß nicht«, antwortete Wallander. »Ich will Sie auch nicht lange aufhalten. Wenn ich den Namen Lars Borman nenne, was fällt Ihnen dazu ein?«

Thomas Rundstedt zog verwundert die Augenbrauen hoch. »Das war vor meiner Zeit. Lars Borman war Revisor bei uns. Aber er ist tot. Ich arbeite erst seit sechs Monaten bei der Bezirksverwaltung.«

Verdammt, dachte Wallander. Ich bin umsonst nach Höör gefahren.

»Noch etwas?« fragte Thomas Rundstedt.

»Wen haben Sie abgelöst?«

»Martin Oscarsson. Der ging in Pension.«

»Er war also Lars Bormans Chef?«

»Ja.«

»Wo ist er zu erreichen?«

»Er wohnt in Limhamn, in einem schönen Haus am Sund. Möllevägen, an die Hausnummer kann ich mich leider nicht erinnern. Ich nehme an, er steht im Telefonbuch.«

»Das war es eigentlich. Tut mir leid, daß ich stören mußte«, sagte Wallander. »Wissen Sie übrigens, wie Lars Borman gestorben ist?«

»Es soll Selbstmord gewesen sein«, antwortete Thomas Rundstedt.

»Viel Erfolg bei der Etatplanung«, sagte Wallander. »Werden die Steuern erhöht?«

»Gute Frage«, grinste Thomas Rundstedt und eilte in die Konferenz zurück.

Wallander nickte dem Mann an der Rezeption zu und ging hinaus zu seinem Wagen. Telefonisch besorgte er sich die vollständige Adresse von Martin Oscarsson: Möllevägen 32.

Kurz vor halb zwölf war er dort.

Eine Steinvilla, über deren großer Eingangstür die Jahreszahl 1912 stand. Wallander durchquerte den Vorgarten und klingelte. Die Tür wurde von einem älteren Mann im Trainingsanzug geöffnet. Wallander stellte sich vor, zeigte seine Legitimation und wurde hereingebeten. Im Gegensatz zu der düsteren Fassade der Steinvilla zeichnete sich die Inneneinrichtung durch helle Farbtöne und eine gewisse Weiträumigkeit aus. Von irgendwoher war Musik zu hören. Wallander meinte, die Stimme des Varietékünstlers Ernst Rolf zu erkennen. Martin Oscarsson führte ihn ins Wohnzimmer und bot ihm Kaffee an. Wallander lehnte dankend ab.

»Ich bin gekommen, um mit Ihnen über Lars Borman zu sprechen. Ihren Namen habe ich von Thomas Rundstedt. Lars Borman starb vor einem Jahr, kurz bevor Sie in Pension gingen. Die offizielle Erklärung lautete, er habe Selbstmord begangen.«

»Warum erkundigen Sie sich nach Lars Borman?« fragte Martin Oscarsson, und Wallander spürte seine abweisende Haltung.

»Sein Name ist in einer laufenden Ermittlung aufgetaucht.«

»Was für eine Ermittlung?«

Wallander entschied sich, offen zu sein. »Sie wissen vielleicht aus den Zeitungen, daß vor einigen Tagen in Ystad ein Anwalt ermordet wurde. Im Zusammenhang mit diesem Fall muß ich einige Fragen über Lars Borman stellen.«

Martin Oscarsson sah ihn lange schweigend an. Dann sagte er: »Obwohl ich ein alter Mann bin und müde, wenn auch noch nicht ganz gebrochen, muß ich gestehen, daß ich neugierig werde. Ich beantworte Ihre Fragen, wenn ich kann.«

»Lars Borman arbeitete als Revisor bei der Bezirksverwaltung«, begann Wallander. »Was hatte er eigentlich für Aufgaben? Und wie lange war er bei Ihnen beschäftigt?«

»Ein Revisor ist ein Revisor«, sagte Martin Oscarsson. »Die Berufsbezeichnung verrät, womit er sich beschäftigt; das heißt, er revidiert, er überprüft die Buchführung, in diesem Falle die des Bezirks. Er wacht darüber, daß alles bestimmungsgemäß abläuft, daß die vom Verwaltungsausschuß festgesetzten Ausgaben nicht überschritten werden. Aber er kontrolliert auch, ob die Leute wirklich ihr volles Gehalt bekommen. Dabei muß man berücksichtigen, daß ein Bezirk wie ein sehr großes Unternehmen ist, wie ein Industrieimperium, bestehend aus vielen einzelnen Firmen. Die wichtigste Aufgabe der Bezirksverwaltung ist es, das Gesundheitswesen abzusichern. Aber daneben gibt es viele andere Zweige, Bildung und Kultur zum Beispiel. Lars Borman war natürlich nicht unser einziger Revisor. Er kam Anfang der 80er Jahre zu uns, vom Gemeindeverband.«

»War er ein tüchtiger Revisor?«

Martin Oscarssons Antwort kam sehr bestimmt: »Er war der beste Revisor, dem ich in meinem ganzen Berufsleben begegnet bin.«

»Inwiefern?«

»Er arbeitete schnell und dennoch gründlich. Er engagierte sich sehr in seinem Fach und machte ständig Vorschläge, wie der Bezirk Geld sparen könnte.«

»Ich habe gehört, daß man ihn als einen sehr ehrlichen Mann charakterisiert hat.«

»Natürlich war er das. Aber das ist doch nichts Sensationelles; Revisoren pflegen ehrlich zu sein. Natürlich gibt es Ausnahmen, aber die kommen nicht weit in der Verwaltung.«

Wallander überlegte kurz, bevor er fortfuhr. »Dann begeht er Selbstmord. Kam das unerwartet?«

»Gewiß kam das unerwartet. Aber gilt das nicht für alle Selbstmorde?«

Später konnte Wallander nicht sagen, wann die Veränderung eingesetzt hatte.

Vielleicht eine Spur von Unsicherheit in Martin Oscarssons Stimme, vielleicht ein gewisser Unwille, der sich in seiner Art zu antworten äußerte.

Für Wallander jedenfalls änderte sich der Charakter des Gesprächs, seine Aufmerksamkeit schärfte sich, Routine wurde durch Wachsamkeit ersetzt.

»Sie müssen sehr eng mit Lars Borman zusammengearbeitet und ihn gut gekannt haben. Wie war er als Mensch?«

»Wir hatten privat keinen Umgang miteinander. Er lebte für seine Arbeit und seine Familie. Seine Integrität wurde allgemein geachtet. Kam ihm jemand zu nahe, zog er sich sofort zurück.«

»Könnte er an einer schweren Krankheit gelitten haben?«

»Ich weiß nicht.«

»Sie haben bestimmt viel über seinen Selbstmord nachgedacht.«

»Es war eine schlimme Zeit. Meine letzten Monate im Amt wurden dadurch überschattet.«

»Was können Sie über seinen letzten Arbeitstag erzählen?«

»Da er an einem Sonntag starb, habe ich ihn zuletzt am Freitag nachmittag gesehen, in einer Besprechung beim Chef der Wirtschaftsabteilung des Bezirks. Es war eine ziemlich hitzige Diskussion, leider.«

»Warum hitzig?«

»Die Meinungen über die Lösung eines Problems waren geteilt.«

»Welches Problem?«

Martin Oscarsson schaute ihn nachdenklich an. »Ich bin nicht sicher, ob ich Ihnen diese Frage beantworten kann, Herr Kommissar.«

»Was steht dem entgegen?«

»Erstens bin ich pensioniert. Zweitens schreibt das Verwaltungsgesetz vor, daß gewisse Angelegenheiten vertraulich zu behandeln sind.«

»In diesem Land gilt das Öffentlichkeitsprinzip«, sagte Wallander.

»Jedoch nicht in Fällen, die aus besonderen Gründen als weniger geeignet erscheinen, publik gemacht zu werden.«

Wallander dachte darüber nach, bevor er fortfuhr: »An seinem letzten Tag im Dienst hat Lars Borman also an einer Besprechung mit dem Chef der Wirtschaftsabteilung teilgenommen. Habe ich das richtig verstanden?«

Martin Oscarsson nickte.

»Dabei wurde, in zum Teil hitzigen Diskussionen, ein Problem behandelt, das später als nicht für die Öffentlichkeit geeignet eingestuft wurde. Das bedeutet mit anderen Worten, daß das Protokoll der Sitzung den Aufdruck ›Streng vertraulich‹ trägt?«

»Nein. Es gab gar kein Protokoll.«

»Dann kann es auch keine reguläre dienstliche Besprechung gewesen sein, denn dafür ist ein Protokoll zwingend vorgeschrieben.«

»Es war eine vertrauliche Beratung«, sagte Martin Oscarsson. »Und jetzt ist es genug. Weitere Fragen werde ich nicht beantworten. Ich bin ein alter Mann, ich habe vergessen, was damals geschehen ist.«

Es ist genau umgekehrt, dachte Wallander. Der Mann, der hier vor mir sitzt, hat nichts vergessen. Wenn ich nur wüßte, worüber an jenem Freitag gesprochen wurde.

»Natürlich kann ich Sie nicht zwingen, meine Fragen zu beantworten«, sagte Wallander. »Aber ich kann mich an einen Staatsanwalt wenden. Ich kann zum Verwaltungsausschuß des Bezirks gehen. Ich kann überhaupt viel tun, um schließlich doch herauszubekommen, worum es in der Besprechung ging.«

»Ich beantworte keine Fragen mehr«, wiederholte Martin Oscarsson und erhob sich.

Wallander blieb sitzen. »Nehmen Sie wieder Platz«, sagte er. »Ich habe einen Vorschlag.«

Martin Oscarsson zögerte, dann setzte er sich wieder.

»Lassen Sie uns verfahren wie an jenem Freitag nachmittag«, sagte Wallander. »Ich mache mir keine Aufzeichnungen. Nennen wir es ein vertrauliches Gespräch. Es gibt keine Zeugen, daß diese Unterhaltung je stattgefunden hat. Ich kann Ihnen mein Wort geben, daß ich Sie niemals als Quelle angeben werde, egal, was Sie mir erzählen. Sollten Sie nicht zustimmen, hole ich mir meine Informationen auf anderem Wege.«

Martin Oscarsson überdachte den Vorschlag. »Thomas Rundstedt weiß, daß Sie mich besuchen.«

»Er weiß aber nicht, worum es geht.«

Wallander wartete geduldig. Ihm war klar, wie Martin Oscarssons Entscheidung ausfallen würde. Er zweifelte nicht daran, einen klugen alten Mann vor sich zu haben.

»Also gut, Herr Kommissar, ich nehme Ihren Vorschlag an. Aber ich kann nicht garantieren, daß ich alle Ihre Fragen beantworten kann.«

»Kann oder will?« fragte Wallander.

»Das ist meine Sache.«

Wallander nickte. Sie waren sich einig. »Beginnen wir mit dem Problem. Worum ging es in der Beratung?«

»Um einen schweren Fall von Betrug an der Bezirksverwaltung von Malmöhus. Damals hatten wir noch keine Ahnung, um welche Summe es ging; inzwischen wissen wir Bescheid.«

»Wieviel?«

»Vier Millionen Kronen. Steuergelder.«

»Was war geschehen?«

»Damit Sie es richtig verstehen können, muß ich Ihnen zuerst erklären, wie so eine Bezirksverwaltung funktioniert. Wir setzen jährlich viele Milliarden um, durch eine Unmenge von Ämtern und Abteilungen. Natürlich erfolgt die ökonomische Verwaltung zentral und per EDV. Auf verschiedenen Ebenen sind diverse Sicherheitssysteme eingebaut, um Unterschlagungen und andere störende Eingriffe zu verhindern. Sogar die obersten Chefs werden kontrolliert, worauf ich in diesem Fall nicht weiter eingehen muß. Dagegen ist es wichtig zu betonen, daß alle Zahlungen einer laufenden Revision unterzogen werden. Wenn jemand die Absicht hat, innerhalb der Bezirksverwaltung auf kriminelle Weise zu Geld zu kommen, muß er genau wissen, wie die Gelder zwischen den Konten transferiert werden. Dies also zum Hintergrund.«

»Ich glaube, ich verstehe«, sagte Wallander und wartete auf die Fortsetzung.

»Das Geschehene enthüllte, daß die Sicherheitsvorschriften unzureichend waren«, fuhr Martin Oscarsson fort. »Sie wurden seither radikal geändert. Heute wäre diese Form des Betrugs unmöglich.«

»Nehmen Sie sich ruhig Zeit. Ich möchte, daß Sie so detailliert wie möglich von dem Fall berichten.«

»Der genaue Ablauf ist noch nicht lückenlos geklärt. Aber wir können von folgendem ausgehen: Wie Sie, Herr Kommissar, vielleicht wissen, wurde die gesamte öffentliche Verwaltung Schwedens in den letzten Jahren einer gewaltigen Umwandlung unterzogen. In vieler Hinsicht ist dieser Prozeß wie eine Operation ohne ausreichende Narkose verlaufen. Besonders wir, die wir einer älteren Tradition innerhalb der Beamtenschaft angehören, hatten große Schwierigkeiten mit der radikalen Reform. Diese Umwandlung ist noch nicht abgeschlossen, und es wird noch eine Weile dauern, bis wir alle Konsequenzen beurteilen können. Es geht darum, die Verwaltungen auf den verschiedenen gesellschaftlichen Ebenen wie private Unternehmen zu betreiben, mit Marktorientierung und Konkurrenz. Verschiedene Einheiten werden zu Gesellschaften umgebildet, andere durch Ausschreibung vergeben, von allen wird eine höhere Effektivität erwartet. Für unseren Bezirk ging es unter anderem darum, eine besondere Gesellschaft für die Ankäufe zu bilden, die so eine Behörde im Jahr notwendigerweise tätigen muß. Eine Bezirksbehörde als Kunden zu haben ist das Beste, was einem Unternehmen passieren kann, ob es nun um Waschmittel oder Rasenmäher geht. Im Zusammenhang mit der Bildung der Gesellschaft hatten wir eine Beratungsfirma angeheuert, die unter anderem bei der Auswahl der Kandidaten für die ausgeschriebenen neuen Leitungsposten behilflich sein sollte. Und da geschah der Betrug.«

»Wie hieß die Beratungsfirma?«

»STRUFAB. Mir fällt aber jetzt nicht ein, was die Abkürzung bedeutet.«

»Wer stand hinter dieser Firma?«

»Sie gehörte zum Investmentunternehmen Smeden, welches seinerseits an der Börse notiert war. Sie kennen Smeden, Herr Kommissar?«

»Habe davon gehört«, brummte Wallander. »Gibt es einen Hauptaktionär?«

»Soviel ich weiß, hatten Volvo und Skanska damals die Aktienmehrheit. Aber das kann sich seither geändert haben.«

»Wir kommen darauf zurück. Wenden wir uns dem Betrugsfall zu. Was genau ist geschehen?«

»Wir hatten im Spätsommer und im Frühherbst eine Reihe von Besprechungen, um die Bildung der Gesellschaft perfekt zu machen. Die Beratungsfirma arbeitete effektiv, unsere Juristen waren, wie auch die Ressortchefs der Wirtschaftsabteilung, des Lobes voll. Wir hatten dem Verwaltungsausschuß sogar vorgeschlagen, die Möglichkeit zu diskutieren, STRUFAB über einen langfristigen Vertrag an den Bezirk zu binden.«

»Wie hießen die Berater?«

»Egil Holmberg und Stefan Fjällsjö. Bei einem der Treffen war noch ein weiterer Herr anwesend, dessen Namen ich leider vergessen habe.«

»Diese Personen erwiesen sich also als Betrüger?«

Martin Oscarssons Antwort war überraschend. »Ich weiß es nicht«, sagte er. »Denn der Betrug wurde so durchgeführt, daß zum Schluß niemand verurteilt werden konnte. Es gab keinen Schuldigen, aber das Geld war verschwunden.«

»Das klingt seltsam«, sagte Wallander. »Wie lief es ab?«

»Wir müssen zu Freitag, dem 14. August 1992 zurückkehren. An jenem Nachmittag wurde der Coup durchgezogen, in sehr kurzer Zeit. Wie später klar wurde, war alles genauestens geplant. Unser Treffen mit den Beratern fand in einem Konferenzraum der Wirtschaftsabteilung statt. Wir begannen um eins und wollten bis siebzehn Uhr fertig sein. Als die Besprechung anfing, kündigte Egil Holmberg an, daß er bereits um vier wegmüsse. Aber das sollte das Treffen nicht beeinflussen. Etwa fünf Minuten vor zwei kam die Sekretärin des Direktors der Wirtschaftsabteilung herein und teilte mit, daß Stefan Fjällsjö dringend am Telefon verlangt werde. Soweit ich mich erinnere, hieß es, der Anruf käme aus dem Industrieministerium. Stefan Fjällsjö entschuldigte sich und folgte der Sekretärin, um in ihrem Zimmer zu telefonieren. Sie berichtete später, daß sie, als die Verbindung hergestellt war, den Raum verlassen wollte, um Stefan Fjällsjö nicht zu stören. Sie erhielt den Bescheid, daß das Gespräch mindestens zehn Minuten dauern würde. Daraufhin ging sie hinaus. Was dann geschah, ist im Detail natürlich nicht geklärt. Aber in großen Zügen kennen wir den Verlauf. Stefan Fjällsjö hat den Hörer zur Seite gelegt – wer angerufen hat, wissen wir nicht, nur, daß der Anruf nicht aus dem Industrieministerium kam – und ist in das neben dem Sekretariat gelegene Büro des Direktors der Wirtschaftsabteilung gegangen. Dort tippte er eine Überweisung von vier Millionen Kronen auf ein Geschäftskonto bei der Handelsbank in Stockholm in den Computer. Der Transfer wurde als Honorar für geleistete Beratungen spezifiziert. Da solcherart Überweisungen generell nur vom Direktor bestätigt werden durften, war es kein Problem. In der Spezifikation wurde auf die Nummer eines Vertrages mit einer erfundenen Beratungsfirma Bezug genommen; ich glaube, der Name war SISYFOS. Stefan Fjällsjö schrieb eine Bestätigung über die Richtigkeit der Überweisung; dazu benutzte er das vorgeschriebene Formular und fälschte die Unterschrift des Direktors. Dann gab er auch die Bestätigung in den Computer ein. Die geschriebene Fassung legte er in die Mappe mit der internen Post. Anschließend kehrte er in das Nebenzimmer zurück, telefonierte mit seinem Kumpan und beendete das Gespräch, als die Sekretärin den Raum betrat. Damit war der erste Teil des Betrugs erledigt. Stefan Fjällsjö nahm wieder im Konferenzzimmer Platz; insgesamt hatte es nicht länger als fünfzehn Minuten gedauert.«

Wallander hörte aufmerksam zu. Da er sich keine Notizen machen durfte, befürchtete er, Details zu vergessen.

Martin Oscarsson fuhr fort: »Kurz vor fünfzehn Uhr erhob sich Egil Holmberg und verließ die Besprechung. Später wurde uns klar, daß er zwar die Konferenz, nicht aber das Gebäude verlassen hatte. Er begab sich eine Treppe tiefer ins Büro des Chefs der Buchhaltung. Ich sollte vielleicht darauf hinweisen, daß dieses leer war, da auch unser oberster Buchhalter ausnahmsweise an der Besprechung im Konferenzzimmer teilnahm, und zwar auf besonderen Wunsch der Berater. Mit anderen Worten, alles war bestens vorbereitet. Egil Holmberg gab den erfundenen Vertrag mit SISYFOS in den Computer des Chefs der Buchhaltung ein und datierte den Antrag auf Auszahlung der vier Millionen Kronen eine Woche zurück. Danach rief er im Büro der Handelsbank in Stockholm an und avisierte die Überweisung. Nun mußte er nur noch ruhig sitzen bleiben und warten. Zehn Minuten später kam der Kontrollanruf der Handelsbank. Er nahm das Gespräch entgegen und bestätigte die Transaktion. Jetzt mußte er die Zahlungsanweisung noch gegenüber der eigenen Bank bestätigen, dann konnte er Büro und Haus verlassen. Am Montag morgen hob jemand das Geld bei der Handelsbank in Stockholm ab; der Mann nannte sich Rikard Eden und gab sich als Prokurist der Firma SISYFOS aus. Wir glauben, daß es Stefan Fjällsjö selbst war, der da unter falschem Namen auftrat. Es dauerte eine Woche, bis der Schwindel entdeckt und der Polizei gemeldet wurde. Ziemlich schnell stand fest, wie es zugegangen sein mußte, aber es gab natürlich keine Beweise. Stefan Fjällsjö und Egil Holmberg leugneten selbstverständlich und spielten auch noch die ob der Verdächtigung Empörten. Wir brachen jeden Kontakt mit der Beratungsfirma ab, mehr konnten wir allerdings nicht tun. Schließlich stellte der Staatsanwalt die Ermittlungen ein, und uns gelang es, die Sache zu vertuschen. Alle sahen ein, daß es so das Beste war, nur einer nicht.«

»Lars Borman?«

Martin Oscarsson nickte bedächtig. »Er war sehr aufgebracht. Das waren wir natürlich alle, aber bei Lars Borman ging es tiefer. Es war, als fühlte er sich persönlich gekränkt, weil wir Staatsanwaltschaft und Polizei nicht drängten, den Fall weiter zu untersuchen. Für ihn war es wie Verrat; er nahm das Ganze sehr ernst.«

»So ernst, daß er deswegen Selbstmord beging?«

»Es könnte sein.«

Ich bin einen Schritt weiter, dachte Wallander. Aber der Hintergrund ist immer noch unklar. Wo ist die Verbindung zu der Anwaltskanzlei in Ystad? Die muß es geben, da die Drohbriefe existieren.

»Wissen Sie, was Egil Holmberg und Stefan Fjällsjö derzeit treiben?«

»Ihre Beratungsfirma hat den Namen gewechselt. Mehr weiß ich nicht. Aber ich habe die anderen Bezirke des Landes natürlich mit aller Diskretion vor diesen dubiosen Herren gewarnt.«

Wallander überlegte. »Sie sagten, daß die STRUFAB Teil eines Konzerns, eines Investmentunternehmens gewesen sei, konnten jedoch keinen Haupteigentümer benennen. Wer ist eigentlich Aufsichtsratsvorsitzender bei Smeden?«

»Wie ich den Zeitungen entnehmen konnte, hat Smeden den Geschäftsaufbau im letzten Jahr ganz und gar verändert. Verschiedene Sektoren wurden verkauft, andere sind hinzugekommen. Ich glaube, ich gehe nicht zu weit, wenn ich behaupte, daß Smeden inzwischen einen sehr schlechten Ruf hat. Volvo hat seine Aktien verkauft; ich habe vergessen, an wen. Aber das können Sie natürlich an der Börse erfahren.«

»Sie waren mir eine große Hilfe«, sagte Wallander und erhob sich.

»Sie vergessen nicht unsere Abmachung?«

»Ich vergesse nichts«, antwortete Wallander.

Dann fiel ihm noch eine letzte Frage ein. »Haben Sie nie die Möglichkeit in Betracht gezogen, Lars Borman könnte ermordet worden sein?«

Martin Oscarsson sah ihn erstaunt an. »Nein, nie. Wie kommen Sie darauf?«

»Es war nur eine Frage«, sagte Wallander. »Danke für die Hilfe. Es kann sein, daß ich noch einmal von mir hören lasse.«

Als er die Steinvilla verließ, stand Martin Oscarsson auf der Treppe und sah ihm nach. Obwohl Wallander inzwischen so müde war, daß er am liebsten auf der Stelle hinter dem Lenkrad eingeschlafen wäre, zwang er sich, noch einen Schritt weiterzudenken. Eigentlich müßte er nun nach Höör zurückfahren, Thomas Rundstedt noch einmal aus der Budgetkonferenz holen und ihn mit ganz anderen Fragen konfrontieren.

Er fuhr nach Malmö zurück, während er einen Entschluß

reifen ließ. Hinter dem Ortseingangsschild hielt er am Straßenrand, wählte die Nummer der Polizei und verlangte Roslund. Er nannte seinen Namen und bezeichnete sein Anliegen als dringend; es dauerte weniger als eine Minute, und der Gesuchte war am Apparat.

»Hier ist Wallander, Polizei Ystad. Wir sind uns heute nacht begegnet.«

»Ich habe es nicht vergessen. Man sagte mir, es sei dringend?«

»Ich bin in Malmö. Ich möchte dich um einen Gefallen bitten.«

»Schieß los, ich schreibe mit.«

»Vor ungefähr einem Jahr, Anfang September, am ersten oder zweiten Sonntag des Monats, erhängte sich ein Mann namens Lars Borman in einem Wäldchen bei Klagshamn. Darüber muß es einen Bericht der Kollegen vor Ort geben. Außerdem liegt sicher eine Aktennotiz vor, die sich mit der Frage beschäftigt, ob es sich um ein Verbrechen handeln könnte. Und natürlich eine Kopie des Obduktionsprotokolls. Ich möchte, daß du mir diese Unterlagen besorgst. Gern würde ich auch mit einem der Polizisten sprechen, die ihn vom Baum geschnitten haben. Kannst du mir helfen?«

»Sag bitte den Namen noch einmal.«

Wallander buchstabierte.

»Ich weiß nicht, wie viele Selbstmorde wir pro Jahr registrieren«, sagte Roslund. »Von dem hier habe ich noch nie etwas gehört. Aber ich werde die Unterlagen heraussuchen und zusehen, ob ich einen Kollegen auftreibe, der damals dabei war.«

Wallander gab ihm die Nummer seines Mobiltelefons. »Ich fahr jetzt hinaus nach Klagshamn«, sagte er.

Inzwischen war es halb zwei. Vergebens versuchte er, gegen die Müdigkeit anzukämpfen. Schließlich kapitulierte er und fuhr in eine Straße, die zu einer stillgelegten Kalkgrube führte. Er stellte den Motor ab und zog die Jacke fest um den Körper. Nach einigen Minuten war er eingeschlafen.

Er schreckte fröstelnd aus dem Schlaf auf und wußte nicht, wo er sich befand. Etwas aus dem Traum hatte ihn in die Wirklichkeit befördert, er konnte sich nicht erinnern, was es war. Ein Gefühl der Beklemmung überkam ihn, als er die trübe Umgebung betrachtete. Es war zwanzig Minuten nach zwei. Er hatte eine halbe Stunde geschlafen, aber es kam ihm vor, als wäre er aus einer langen Bewußtlosigkeit erwacht.

Näher kann man der größten aller Einsamkeiten kaum kommen, dachte er. Ein letzter Mensch auf der Welt zu sein, unglücklich, vergessen oder ganz einfach verlorengegangen.

Das Signal des Telefons ließ ihn zusammenzucken.

Es war Roslund. »Du klingst so verschlafen. Bist du hinter dem Lenkrad eingeschlafen?«

»Nein«, log Wallander. »Muß wohl eine Erkältung sein.«

»Ich habe jedenfalls gefunden, was du wolltest«, sagte Roslund. »Die Papiere liegen vor mir auf dem Tisch. Außerdem steht hier ein Mann namens Magnus Staffansson. Er war mit im Wagen, der alarmiert wurde, als ein paar Orientierungsläufer den an einer Birke baumelnden Körper entdeckt hatten. Magnus kann dir vielleicht erklären, warum sich ein Mensch ausgerechnet an einer Birke erhängt. Wo wollt ihr euch treffen?«

Wallander spürte, wie die Müdigkeit wich. »An der Einfahrt nach Klagshamn.«

»Er wird in einer Viertelstunde dort sein. Vor kurzem habe ich übrigens mit Sven Nyberg gesprochen. Er hat in deinem Auto nichts gefunden.«

»Das kann ich mir denken.«

»Wenn du heimfährst, wirst du das Wrack nicht mehr sehen. Wir lassen es gerade abschleppen.«

»Danke für die Hilfe.«

Wallander fuhr auf direktem Weg nach Klagshamn und wartete an der verabredeten Stelle. Nach einigen Minuten hielt ein Polizeiwagen. Wallander war ausgestiegen und begrüßte den uniformierten Kollegen. Dann setzten sie sich in Wallanders Auto. Magnus Staffansson übergab ihm eine Klarsichthülle mit Fotokopien.

»Ich sehe das schnell durch«, sagte Wallander. »Inzwischen könntest du versuchen dich zu erinnern, wie das vor einem Jahr war.«

»Selbstmorde will man am liebsten vergessen«, sagte Magnus Staffansson im breitesten Malmöer Dialekt. Wallander schmunzelte; so hatte auch sein Schwedisch einst geklungen, bevor die Jahre in Ystad ihre Spuren in der Sprache hinterlassen hatten.

Schnell las er den kurzgefaßten Bericht, das Obduktionsprotokoll und den Beschluß, die Voruntersuchung einzustellen. Der Verdacht eines Verbrechens war nicht aufgetaucht.

Das bezweifle ich, dachte Wallander. Dann legte er die Klarsichthülle ins Handschuhfach und wandte sich Magnus Staffansson zu. »Ich glaube, es ist am besten, wenn wir zu der Stelle fahren. Weißt du noch, wo es war?«

»Ja«, antwortete Staffansson. »Es ist ein paar Kilometer außerhalb. Ich fahre voraus.«

Sie ließen Klagshamn hinter sich und fuhren an der Küste entlang in Richtung Süden. Ein Containerschiff durchquerte den Sund; über Kopenhagen stand eine Wolkenbank. Die dicht bebauten Villenviertel wurden von einzelnen Häusern abgelöst, bis schließlich rundum nur noch Felder waren. Ein einsamer Traktor rollte über den Acker.

Schnell waren sie da. Die Stelle lag in einem Laubwäldchen links des Weges. Wallander hielt hinter dem Polizeiwagen und stieg aus. Der Boden war feucht, und er wollte seine Gummistiefel aus dem Kofferraum holen, doch dann fiel ihm ein, daß die ja in der vergangenen Nacht in seinem Peugeot verbrannt waren.

Magnus Staffansson zeigte auf eine besonders kräftige Birke. »Da hat er gehangen.«

»Erzähle«, sagte Wallander.

»Das meiste steht im Bericht.«

»Eigene Worte sind immer besser.«

»Es war ein Sonntagmorgen, kurz vor acht. Wir waren draußen und hatten einen aufgebrachten Passagier von der Fähre aus Dragør beruhigt, der behauptete, er habe sich während der

Überfahrt im Restaurant den Magen verdorben. Da empfingen wir den Notruf. Es hieß, ein Mann habe sich an einem Baum erhängt. Wir erhielten eine Wegbeschreibung und fuhren hin. Zwei Orientierungsläufer hatten den Mann gefunden. Sie waren natürlich schockiert, aber einer von ihnen war noch so geistesgegenwärtig, zu dem Haus dahinten zu rennen und die Polizei zu alarmieren. Wir handelten sofort, holten ihn erst mal da runter; manchmal leben sie ja noch. Die Ambulanz kam, die Kripo übernahm, und dann wurde das Ganze als Selbstmord zu den Akten gelegt. An etwas anderes kann ich mich nicht erinnern. Er ist mit dem Fahrrad gekommen. Es lag hier an den Büschen.«

Wallander schaute auf die Birke, während er Magnus Staffansson zuhörte. »Was war das für ein Strick?«

»Sah aus wie eine Trosse von einem Boot. Dick wie mein Daumen.«

»Erinnerst du dich an den Knoten?«

»Eine gewöhnliche Schlinge.«

»Wie könnte er es gemacht haben?«

Magnus Staffansson sah ihn verständnislos an.

»Sich aufzuhängen ist gar nicht so einfach«, sagte Wallander. »War da ein Gegenstand, auf dem er gestanden haben könnte? Oder ist er hinaufgeklettert?«

Magnus Staffansson wies auf den Birkenstamm. »Er hat sich sicher an der Astgabel dort abgestützt. So haben wir es uns gedacht. Sonst gab es ja nichts, was er hätte nehmen können.«

Wallander nickte. Aus dem Obduktionsprotokoll ging eindeutig hervor, daß Lars Borman durch Strangulation gestorben war. Der Nackenwirbel war nicht gebrochen. Als die Polizei eintraf, war er höchstens seit einer Stunde tot.

»Sonst erinnerst du dich an nichts?«

»Was meinst du?«

»Das weißt nur du.«

»In solchen Situationen handelt man nach Vorschrift«, sagte Magnus Staffansson. »Man schreibt seinen Bericht, und dann vergißt man das Ganze, so schnell man kann.«

Wallander wußte, wie das war. Selbstmorde erzeugten immer ein beklemmendes Gefühl. Er dachte an all die Fälle, bei denen er sich mit Menschen hatte beschäftigen müssen, die von eigener Hand gestorben waren.

Er überdachte, was Magnus Staffansson gesagt hatte. Es lag wie ein Filter über dem, was er aus dem Bericht herausgelesen hatte.

Dennoch wußte er, daß etwas nicht stimmte.

Selbst wenn die Charakteristik von Lars Borman nicht vollständig war und es vielleicht dunkle Hintergründe gab, so konnte er doch davon ausgehen, daß der Revisor ein Mann war, der seine Handlungen unter Kontrolle hatte. Und dieser Mensch war, nachdem er beschlossen hatte, sein Leben zu beenden, mit dem Fahrrad in ein Wäldchen gefahren, um sich einen für die geplante Tat denkbar ungeeigneten Baum auszusuchen?

Es konnte bei Lars Bormans Tod nicht mit rechten Dingen zugegangen sein.

Aber noch etwas anderes irritierte ihn.

Erst kam er nicht darauf. Dann blieb er abrupt stehen und starrte auf eine Stelle am Boden, ein paar Meter vom Baum entfernt.

Das Fahrrad, dachte er. Es erzählt eine ganz andere Geschichte.

Magnus Staffansson hatte sich eine Zigarette angezündet und trat von einem Fuß auf den anderen, um sich warm zu halten.

»Das Fahrrad«, sagte Wallander. »Es ist in euren Berichten nicht näher beschrieben.«

»Ein feines Modell«, sagte Magnus Staffansson. »Zehn Gänge, gut gepflegt. Dunkelblau, wenn ich mich recht erinnere.«

»Zeig mir genau, wo es lag.«

Ohne zu zögern, wies Magnus Staffansson auf die Stelle.

»Und wie lag es da?«

»Tja, wie soll man das beschreiben? Es lag eben so auf der Erde.«

»War es vielleicht umgefallen?«

»Nein, die Stütze war nicht ausgeklappt.«

»Bist du sicher?«

Magnus Staffansson überlegte kurz, dann sagte er: »Ja, ich bin sicher.«

»Du meinst also, er hat das Rad einfach so hingeworfen? Wie Kinder, wenn sie es eilig haben?«

Magnus Staffansson nickte. »Genau. Es lag einfach hier auf dem Boden, als hätte er es eilig gehabt, das Ganze hinter sich zu bringen.«

Wallander nickte nachdenklich. »Nur noch eins. Frage bitte deinen Kollegen, ob er bestätigen kann, daß die Stütze am Fahrrad nicht ausgeklappt war.«

»Ist das so wichtig?«

»Ja, viel wichtiger, als du glaubst. Ruf mich an, wenn er es anders in Erinnerung hat.«

»Die Stütze war nicht ausgeklappt«, wiederholte Magnus Staffansson. »Ich bin ganz sicher.«

»Ruf ihn trotzdem an. Ich mach mich wieder auf den Weg. Danke für die Hilfe.«

Wallander fuhr nach Ystad zurück.

Er dachte an Lars Borman, einen Revisor bei der Bezirksbehörde, einen Mann, der sein Fahrrad niemals einfach so auf die Erde geworfen hätte, auch nicht in der äußersten Not.

Ich bin wieder einen Schritt weiter, dachte er. Ich nähere mich einem Ziel, das ich nicht kenne. In der Wand, die Lars Borman und die Anwaltskanzlei in Ystad trennt, muß es einen Riß geben. Den muß ich finden.

Er merkte zu spät, daß er die Stelle passiert hatte, wo sein Wagen ausgebrannt war. In Rydsgård bog er ab und aß im Gasthof zu Mittag. Da die Essenszeit bereits vorüber war, hatte er das Lokal für sich allein. Er beschloß, noch am selben Abend, egal, wie müde er wäre, Linda anzurufen und einen Brief an Baiba zu schreiben.

Kurz vor fünf war er wieder im Polizeigebäude von Ystad. Ebba sagte ihm, daß die Nachmittagsbesprechung ausfallen müsse. Alle waren beschäftigt, niemand hatte Zeit, seinen Kollegen zu erklären, daß es keine neuen Erkenntnisse gab. Sie würden sich am kommenden Morgen um acht treffen.

»Du siehst schlimm aus«, meinte sie besorgt.

»Ich gehe heute zeitig schlafen«, sagte er.

Er betrat sein Büro und schloß die Tür. Auf dem Tisch lagen ein paar Zettel, aber es war nichts dabei, was nicht noch einen Tag warten konnte.

Er hängte die Jacke an den Haken und verfaßte einen Bericht über die Ergebnisse des Tages. Nach einer Stunde legte er den Kugelschreiber zur Seite und lehnte sich zurück.

Jetzt müssen wir den Durchbruch schaffen, dachte er – die Wand abklopfen und den Riß finden.

Er zog sich die Jacke an und wollte das Büro verlassen, als es klopfte und Svedberg eintrat. Wallander merkte sofort, daß etwas passiert war.

Svedberg war aufgeregt. »Hast du einen Augenblick Zeit?«

»Was ist los?«

Svedberg zögerte. Wallander spürte, daß er wütend wurde. »Nun rede endlich. Ich darf doch annehmen, daß du etwas auf dem Herzen hast, wenn du so bei mir reinschneist. Ich bin eigentlich schon auf dem Heimweg.«

»Du mußt nach Simrishamn fahren«, sagte Svedberg.

»Warum?«

»Sie haben angerufen.«

»Wer hat angerufen?«

»Die Kollegen.«

»Die Polizei in Simrishamn? Was wollten sie?«

Svedberg schien erst Anlauf zu nehmen, bevor er weitersprach. »Sie mußten deinen Vater verhaften.«

Wallander starrte ihn ungläubig an. »Die Polizei in Simrishamn hat meinen Vater verhaftet? Warum denn das?«

»Er war offenbar in eine heftige Schlägerei verwickelt.«

Wallander setzte sich an seinen Schreibtisch. »Noch einmal«, sagte er. »Langsam.«

»Der Anruf kam vor einer Stunde. Weil du unterwegs warst, haben sie mit mir gesprochen. Sie mußten deinen Vater vor ein paar Stunden festnehmen; er hatte im Laden des staatlichen Alkoholmonopols in Simrishamn eine Prügelei angezettelt. Es soll ziemlich heiß hergegangen sein. Sie merkten erst später, daß es dein Vater war, und riefen hier an.«

Wallander nickte, ohne ein Wort zu sagen. Dann stand er schwerfällig auf. »Ich fahre hin.«

»Soll ich mitkommen?«

»Nein, danke.«

Wallander verließ das Polizeigebäude. Er war ratlos.

Eine knappe Stunde später meldete er sich bei der Polizei in Simrishamn.

9

Auf der Fahrt nach Simrishamn waren Wallander die Seidenritter in den Sinn gekommen.

Er hatte sie vor sich gesehen und gedacht, daß es sehr lange
her war, seit er sich zuletzt mit ihnen beschäftigt hatte. Einst
waren sie ein Teil seiner Welt.

Kurt Wallander war elf, als sein Vater zuletzt von der Polizei verhaftet worden war. Er erinnerte sich ganz deutlich daran;
sie wohnten damals noch in Malmö, und er hatte auf die Festnahme mit einer eigenartigen Mischung aus Scham und Stolz
reagiert.

Damals war der Vater jedoch nicht in eine Schlägerei im
Schnapsladen geraten. Damals, das war im Volkspark im Stadt-
zentrum, an einem Samstag im Frühsommer 1956, und Wallander hatte den Vater und einige seiner Freunde am Abend begleiten dürfen.

Als er noch ein Kind war, sah er in Vaters Freunden, die in
unregelmäßigen Abständen unerwartet zu Besuch in ihr Haus
kamen, Männer des großen Abenteuers. Sie glitten in funkelnden amerikanischen Wagen heran, trugen seidene Anzüge und
breitkrempige Hüte, an ihren Fingern glänzten schwere Gold-
ringe. Sie besuchten den Vater in dem kleinen Atelier, das nach
Terpentin und Ölfarben roch, um sich seine Bilder anzusehen
und sie zu kaufen. Manchmal wagte sich der kleine Kurt in das
Atelier und versteckte sich beim Gerümpel in der finstersten
Ecke hinter einem von Ratten angenagten Vorhang. Gespannt
lauschte er dem Gefeilsche, das stets mit Zügen aus der Cognac-
flasche beendet wurde. Er hatte verstanden, daß es den Männern des großen Abenteuers – den Seidenrittern, wie er sie in
seinen heimlichen Tagebüchern nannte – zu verdanken war,
wenn zu Hause Essen auf dem Tisch stand. Das waren heilige

Augenblicke in seinem Leben, wenn ein Geschäft besiegelt war und die fremden Männer mit ihren ringgeschmückten Fingern in dicken Packen von Geldscheinen blätterten, dünnere Bündel daraus hervorzogen und dem Vater reichten, der sie mit einer Verbeugung in seiner Tasche verschwinden ließ.

Er konnte sich noch an die Gespräche erinnern, kurze, beinahe gebellte Sätze, lahme Proteste des Vaters, glucksende Laute der Fremden.

Sieben Landschaften ohne und drei mit Auerhahn, hörte er jemanden sagen. Der Vater stöberte daraufhin in den Stapeln fertiger Bilder, zehn wurden akzeptiert, und dann tanzte das Geld auf dem Tisch. Kurt war elf und stand hinter dem Vorhang, fast benommen vom Terpentin, und dachte, daß er hier das Erwachsenenleben beobachtete; ein Leben, wie es auch ihn erwartete, wenn er die Grenze überschritten hätte, die durch die siebente Klasse der Volksschule markiert wurde. Oder war es da bereits die neunte? Er wußte es nicht mehr. Wenn es Zeit war, die Bilder zu den funkelnden Autos zu tragen, tauchte er hinter dem Vorhang auf. Vorsichtig bettete er die Werke des Vaters in den Kofferraum oder auf die Rücksitze. Dies waren Augenblicke von großer Bedeutung, denn manchmal nahm einer der Ritter den Jungen wahr und steckte ihm zerstreut einen ganzen Fünfer in die Tasche. Schließlich stand er mit dem Vater am Tor, und sie sahen die Autos davonbrausen. Wenn sie verschwunden waren, veränderte sich der Vater völlig – schlagartig war die unterwürfige Freundlichkeit verschwunden, er spuckte den Männern hinterher und sagte verächtlich, daß er wieder einmal betrogen worden sei.

Das gehörte zu den großen Rätseln seiner Kindheit: Wie sein Vater sich betrogen fühlen konnte, obwohl er jedesmal ein ganzes Bündel Scheine entgegennahm, im Austausch gegen langweilige Gemälde, die alle gleich aussahen, mit einer Sonne über der Landschaft, die nie untergehen durfte.

Ein einziges Mal hatte er erlebt, daß ein Besuch der fremden Männer anders endete. Es waren zwei Männer, die er nie zuvor gesehen hatte. Aus dem Gespräch, das er aus dem Versteck belauschte, konnte er schließen, daß es sich für den Vater um neue Kunden handelte. Es war ein wichtiger Moment, es war durchaus nicht selbstverständlich, daß sie das Motiv mochten. Dann hatte er wieder eifrig die Bilder zum Auto getragen, diesmal war es ein Dodge; er wußte, wie sich die Kofferräume verschiedener Automobilmarken öffnen ließen. Von den beiden Männern war plötzlich der Vorschlag gekommen, noch gemeinsam essen zu gehen. Er erinnerte sich, daß der eine Anton hieß, der andere hatte einen ausländischen Namen; vielleicht war er Pole. Der Vater und er hatten sich neben die Bilder auf die Rückbank gesetzt und waren mit in den Volkspark gefahren. Im Autoradio sang Johnny Bode. Der Vater ging mit den beiden Männern in eines der Restaurants; er selbst vergnügte sich mit einer Handvoll Kronenmünzen auf dem Rummel. Es war ein warmer Frühsommertag, ein leichter Wind hatte vom Sund her geweht. Er sollte das Geld nicht sparen, sondern sich amüsieren; so überlegte er, wie er es am besten ausgeben konnte. Er war Karussell gefahren und dann zweimal Riesenrad; von ganz oben hatte er bis nach Kopenhagen sehen können. Ab und zu vergewisserte er sich, ob der Vater, der Pole und der Mann namens Anton noch da waren. Aus der Ferne sah er sie am Tisch sitzen, zu dem Gläser, Flaschen, Teller mit Speisen und weiße Servietten gebracht wurden. Auch diesmal war er überzeugt, daß er, wenn er erst die siebente – oder war es die neunte? – Klasse geschafft hätte, wie einer dieser Männer sein würde, die in großen Autos vorfuhren und Kunstmalern Wohltaten erwiesen, indem sie Geldscheine abzählten und auf schmutzige Ateliertische legten.

Es war Abend geworden, in der Nacht würde es wahrscheinlich regnen. Er hatte sich entschieden, noch einmal mit dem Riesenrad zu fahren. Aber es wurde nichts daraus, denn plötzlich geschah etwas, was die Anziehungskraft der Karussells und Tombolas augenblicklich schwinden ließ, und die Leute strömten in Richtung Restaurant. Er hatte sich mitziehen lassen, hatte sich nach vorn gedrängelt und gesehen, was er wohl nie vergessen würde. Auch dieser Augenblick war wie das Überschreiten einer Grenze, von deren Existenz er allerdings noch keine Ahnung hatte, und er begriff, daß das Leben viele verschiedene Grenzen bereithält, die man erst wahrnimmt, wenn man davorsteht.

Etwas geschah – und es war, als explodiere das Weltall. Denn als er sich durch die Menschenmenge gekämpft hatte, entdeckte er seinen Vater, verwickelt in eine schwere Schlägerei mit einem der Seidenritter, mit Kellnern und völlig unbekannten Menschen. Der Tisch war umgestürzt, Gläser und Flaschen zerbrochen; ein Beefsteak mit Sauce und Zwiebelringen klebte am Arm des Vaters, der aus der Nase blutete und wütende Hiebe austeilte. Das Ganze war sehr schnell gegangen; auch er hatte um sich geschlagen und in Angst und Panik den Namen seines Vaters gerufen. Doch plötzlich war alles vorbei, stämmige Ordner mit geröteten Gesichtern und ein paar Polizisten griffen ein und führten seinen Vater zusammen mit Anton und dem Polen ab. Zurück blieb lediglich ein zertrampelter breitkrempiger Hut. Der kleine Kurt wollte hinterherrennen und seinem Vater beistehen, wurde aber abgedrängt. Schließlich stand er weinend am Zaun und sah seinen Vater in einem Polizeiwagen verschwinden.

Er ging zu Fuß heim; unterwegs begann es zu regnen. Alles war Chaos, das Weltall hatte Risse bekommen, und am liebsten hätte er das Geschehene weggeschnitten. Aber an der Wirklichkeit kann man nicht herumschnippeln, und so hastete er durch den Regen und fragte sich, ob sein Vater je zurückkommen würde. Dann saß er die ganze Nacht im Atelier und wartete auf ihn; der Terpentingeruch versetzte ihn in einen Dämmerzustand. Jedesmal, wenn draußen ein Auto vorbeifuhr, rannte er hinaus. Endlich schlief er ein, auf dem Boden zusammengerollt, mit einer Leinwand zugedeckt.

Als er erwachte, stand der Vater über ihn gebeugt. In einem Nasenloch steckte ein Stück Watte, das linke Auge war blau und zugeschwollen, sein Atem stank nach Alkohol. Der kleine Kurt setzte sich auf und schlang die Arme um ihn. »Sie haben nicht auf mich gehört. Ich sagte, ich hätte meinen Jungen dabei, aber sie hörten mir einfach nicht zu. Wie bist du heimgekommen?«

Kurt berichtete, daß er den ganzen Weg zu Fuß im Regen zurückgelegt habe.

»Was passiert ist, tut mir leid«, sagte der Vater. »Aber ich wurde so wütend. Sie behaupteten etwas, was einfach nicht stimmt.«

Der Vater griff nach einem Bild und hielt es vor das unversehrte Auge. Im Vordergrund war ein Auerhahn zu erkennen.

»Ich wurde so wütend, weil die verdammten Idioten behaupteten, das sei ein Birkhahn. Sie sagten, ich hätte den Vogel so schlecht gemalt, daß man nicht erkennen könne, ob es nun ein Auer- oder ein Birkhahn sei. Klar, daß man da wütend wird. Das geht gegen meine Ehre.«

»Das ist eindeutig ein Auerhahn«, bestätigte der kleine Kurt. »Das sieht doch jeder, daß das kein Birkhahn ist.«

Der Vater lächelte ihn an. Zwei Schneidezähne waren ausgeschlagen. Das Lächeln ist kaputt, war es ihm durch den Kopf gegangen. Das Lächeln meines Vaters ist kaputt.

Dann tranken sie Kaffee. Es hatte weiter geregnet, und der Zorn des Vaters über die Kränkung war langsam verraucht.

»Die sind ja gar nicht fähig, einen Birkhahn von einem Auerhahn zu unterscheiden«, wiederholte er, wie eine Beschwörung oder ein Gebet. »Aber sie haben die Frechheit zu behaupten, ich könne einen Vogel nicht richtig malen.«

An all das erinnerte sich Wallander, während er nach Simrishamn fuhr. Auch daran, daß die beiden Männer, Anton und der Pole, in den folgenden Jahren noch oft gekommen waren und Bilder gekauft hatten. Die Prügelei, die plötzlich aufflackernde Wut, die allzu vielen Gläser Cognac waren zu einer lustigen Episode geworden, über die man sich nachträglich amüsierte. Der Mann namens Anton hatte sogar die beiden Zähne für den Vater bezahlt. Freundschaft, dachte Wallander. Wichtiger als die Schlägerei war das, was sie verband, die Freundschaft zwischen den dubiosen Kunsthändlern und dem Mann, der sein ewiges Motiv malte, damit sie etwas zu verkaufen hatten.

Er dachte an das Bild, das in der Wohnung in Helsingborg an der Wand hing. Er dachte an all die Wände, die er nicht gesehen hatte, an denen jedoch ebenfalls Landschaften mit Auerhahn hingen, über denen die Sonne niemals untergehen würde.

Zum ersten Mal meinte er zu verstehen, was ihm bisher nie klargeworden war: Sein Vater hatte sein ganzes Leben hindurch verhindert, daß die Sonne unterging. Davon hatte er gelebt, und es war inzwischen so etwas wie ein Vermächtnis. Wer seine Bilder aufhängte, konnte sehen, daß sich die Sonne einfangen ließ.

Wallander erreichte Simrishamn, parkte vor dem Polizeigebäude und stürmte hinein. Hinter einem Tisch saß Torsten Lundström. Er würde in ein paar Jahren in Pension gehen, und Wallander kannte ihn als einen gemütlichen Mann, als einen Polizisten vom alten Stamm, der seinen Mitmenschen Freund und Helfer sein wollte. Lundström nickte Wallander zu und faltete die Zeitung zusammen.

Wallander setzte sich auf einen Stuhl und schaute ihn erwartungsvoll an. »Nun erzähl schon, was ist los? Mein Vater ist im Schnapsladen in eine Prügelei geraten, mehr weiß ich nicht.«

»Ich werde dir den Sachverhalt genau schildern«, sagte Torsten Lundström freundlich. »Dein Vater kam kurz vor vier im Taxi am Systembolag an. Er ging hinein, zog eine Nummer und setzte sich, um zu warten. Offenbar verpaßte er es, als seine Nummer angezeigt wurde. Irgendwann drängelte er sich dann zum Verkaufstisch vor und verlangte, unverzüglich bedient zu werden, obwohl er gar nicht dran war. Der Verkäufer verhielt sich sehr ungeschickt; er forderte deinen Vater offenbar auf, eine neue Nummer zu ziehen. Dein Vater weigert sich, inzwischen wird der nächste Kunde ungeduldig und will bedient werden. Er drängt deinen Vater zur Seite, da wird dieser zur Verwunderung aller plötzlich wütend und beginnt, auf den Mann einzuschlagen. Der Verkäufer mischt sich ein und bekommt auch etwas ab. Den Rest kannst du dir denken. Aber ich kann dich beruhigen; niemand wurde verletzt. Dein Vater hat vielleicht Schmerzen in der rechten Hand. Er scheint noch sehr kräftig zu sein, trotz seines Alters.«

»Wo ist er?«

Torsten Lundström zeigte auf eine Tür im Hintergrund.

»Was geschieht nun?« fragte Wallander.

»Du kannst ihn nach Hause fahren. Er muß mit einer Anzeige rechnen, falls du dich nicht mit dem Kunden und dem Verkäufer einigen kannst. Ich werde mit dem Staatsanwalt reden.«

Er schob Wallander einen Zettel hin, auf dem zwei Namen standen. »Der Verkäufer ist nicht das Problem, den kenne ich. Aber mit dem anderen könnte es Schwierigkeiten geben. Er heißt Sten Wickberg und hat eine Spedition. Wohnt in Kivik. Es sieht so aus, als ob er sich an deinem Vater rächen will. Ruf ihn doch mal an, die Nummer habe ich aufgeschrieben. Außerdem ist dein Vater dem Taxifahrer 230 Kronen schuldig geblieben. In der ganzen Aufregung hat niemand daran gedacht, die Fahrt zu bezahlen. Der Fahrer heißt Waldemar Kåge. Ich habe mit ihm gesprochen; er weiß, daß er das Geld bekommt.«

Wallander steckte den Zettel ein. Dann machte er eine Geste in Richtung der Tür zum Nebenraum: »Wie geht es ihm?«

»Ich glaube, er hat sich beruhigt. Aber er meint, es sei sein gutes Recht, sich zu verteidigen.«

»Sich zu verteidigen?« fragte Wallander erstaunt. »Er war es doch, der die Schlägerei begonnen hat, oder?«

»Er meint, er hätte das Recht gehabt, seinen Platz in der Schlange zu verteidigen«, erläuterte Torsten Lundström.

»Herrgott!«

Torsten Lundström stand auf. »Ihr könnt jetzt heimfahren«, sagte er. »Übrigens, habe ich richtig gehört – dein Auto ist verbrannt?«

»Vermutlich ein Defekt an der Elektrik«, sagte Wallander ausweichend. »Außerdem war der Wagen schon alt.«

»Ich geh eine Weile hinaus«, sagte Torsten Lundström. »Du kannst die Tür dann einfach zuziehen.«

»Danke für die Hilfe.«

»Keine Ursache«, sagte Torsten Lundström, setzte seine Mütze auf und verließ den Raum.

Wallander klopfte an die Tür und trat ein. Sein Vater saß an einer kahlen Wand auf der Bank und reinigte sich mit einem

Stück Draht die Fingernägel. Als er sah, daß es sein Sohn war, stand er auf.

»Du konntest natürlich nicht schneller kommen«, sagte er vorwurfsvoll. »Wie lange wolltest du mich eigentlich noch hier schmoren lassen?«

»Ich bin gekommen, so schnell es ging. Wir können jetzt fahren.«

»Erst muß ich das Taxi bezahlen. Ich will niemandem etwas schuldig bleiben.«

»Das können wir später erledigen«, sagte Wallander zum Aufbruch.

Sie verließen das Polizeirevier und stiegen ins Auto. Auf der Fahrt wechselten sie kein Wort. Wallander merkte, daß sein Vater offenbar vergessen hatte, was geschehen war.

Erst als sie sich der Abfahrt nach Glimmingehus näherten, brach Wallander das Schweigen. »Was ist eigentlich aus Anton und dem Polen geworden?«

»Du erinnerst dich an sie?« fragte der Vater erstaunt.

»Auch damals gab es eine Schlägerei.«

»Ich dachte, du hättest das vergessen. Was aus dem Polen wurde, weiß ich nicht. Es ist fast zwanzig Jahre her, seit ich zuletzt von ihm gehört habe. Da war er gerade in eine andere Branche gewechselt, weil es dort angeblich mehr zu verdienen gab – Pornohefte. Wie es wirklich lief, weiß ich nicht. Aber Anton ist tot. Er hat sich totgesoffen, ist nun auch schon fünfundzwanzig Jahre her.«

»Was wolltest du im Systembolag?«

»Das, was alle dort wollen – Cognac kaufen.«

»Aber du magst doch gar keinen Cognac?«

»Meine Frau trinkt abends gern ein Gläschen.«

»Gertrud trinkt Cognac?«

»Warum nicht? Glaub bloß nicht, daß du ihr Vorschriften machen kannst, so wie du ein Leben lang versucht hast, mich zu bevormunden.«

Wallander traute seinen Ohren nicht. »Ich habe dich doch nicht bevormundet«, sagte er böse. »Im Gegenteil, du hast dich ständig in meine Angelegenheiten gemischt.«

»Wenn du auf mich gehört hättest, wärst du niemals Polizist geworden«, sagte der Vater ruhig. »Und wenn man an die Ereignisse der letzten Jahre denkt, wäre es nur von Vorteil gewesen.«

Wallander sah ein, daß es besser war, das Thema zu wechseln. »Bloß gut, daß dir nichts passiert ist.«

»Man muß seine Ehre verteidigen«, erklärte der Vater. »Die Ehre und den Platz in der Warteschlange. Sonst ist es aus mit einem.«

»Ich hoffe, dir ist klar, daß du mit einer Anzeige rechnen mußt.«

»Ich werde alles abstreiten.«

»Abstreiten? Wie denn? Alle wissen, daß du mit der Schlägerei angefangen hast. Du kannst nichts abstreiten.«

»Ich habe nur meine Ehre verteidigt«, wiederholte der Vater. »Kommt man dafür heutzutage ins Gefängnis?«

»Du kommst nicht ins Gefängnis. Möglicherweise mußt du Schmerzensgeld bezahlen.«

»Das werde ich nicht tun.«

»Dann werde ich das übernehmen. Du hast den Besitzer einer Spedition auf die Nase geschlagen. So einer rächt sich.«

»Man muß seine Ehre verteidigen«, wiederholte der Vater.

Wallander sagte nichts mehr. Kurz darauf erreichten sie das Haus des Vaters in der Nähe von Löderup.

»Sag Gertrud nichts«, bat der Vater, als sie aus dem Auto stiegen. Sein Tonfall war so flehentlich, daß Wallander ins Grübeln kam.

»Ich sage nichts«, versprach er.

Im Jahr zuvor hatte der Vater die Haushaltshilfe geheiratet, die ihn betreute, seit sich abzeichnete, daß er senil zu werden begann. Aber seit er aus seinem isolierten Leben gerissen worden war – sie kam dreimal pro Woche –, hatte sich der Vater verändert, und alle Alterserscheinungen waren wieder verschwunden. Daß sie dreißig Jahre jünger war, spielte gar nicht die entscheidende Rolle. Wallander, der dieser Verbindung zunächst kein Verständnis entgegengebracht hatte, mußte nach und nach einsehen, daß diese Gertrud es ernst meinte. Er wußte nicht viel über sie, nur daß sie aus der Gegend stammte, zwei erwachsene Kinder hatte und seit vielen Jahren geschieden war. Es schien gut mit den beiden zu laufen, und Wallander war manchmal nahe daran, neidisch zu werden. Auch sein eigenes Leben, das ihm immer trister vorkam, hätte eine Haushaltshilfe nötig, jemanden, der sich um ihn kümmerte.

Als sie ins Haus kamen, war Gertrud dabei, die Abendmahlzeit vorzubereiten. Sie war, wie immer, freudig überrascht, ihn zu Besuch zu haben, doch er lehnte mit Hinweis auf berufliche Verpflichtungen ab, zum Essen zu bleiben. Statt dessen ging er mit seinem Vater ins Atelier hinüber, wo sie sich auf einer schmutzigen Kochplatte Kaffee machten.

»Neulich habe ich eins deiner Bilder in einer Wohnung in Helsingborg gesehen«, sagte Wallander.

»Es sind ganz schön viele geworden, im Laufe der Jahre«, erwiderte der Vater.

Die Frage interessierte Wallander. »Wie viele hast du eigentlich gemalt?«

»Wenn ich wollte, könnte ich es ausrechnen. Aber ich will nicht.«

»Es müssen einige tausend sein.«

»Ich will lieber nicht daran denken. Das wäre wie eine Einladung an den Sensenmann.«

Der Kommentar des Vaters wunderte Wallander. Er hatte ihn nie über sein Alter reden hören, noch weniger über den Tod. Ihm wurde bewußt, daß er keine Ahnung hatte, ob sich der Vater vor dem Sterben fürchtete. Nach all diesen Jahren weiß ich eigentlich nichts über meinen Vater, dachte er. Und er weiß vermutlich genausowenig über mich.

Der Vater saß da und sah ihn mit seinen kurzsichtigen Augen an. »Es geht dir also gut. Du bist wieder im Dienst. Als du zuletzt hier warst, bevor du in diese Pension nach Dänemark gefahren bist, hast du erklärt, du würdest bei der Polizei aufhören. Du hast dich also anders entschieden.«

»Es ist etwas passiert«, sagte Wallander ausweichend. Er wollte nicht in eine Diskussion über seinen Beruf gezogen werden, die wie immer im Streit enden würde.

»Ich habe gehört, daß du ein tüchtiger Polizist bist«, sagte der Vater plötzlich.

»Wer sagt das?« fragte Wallander überrascht.

»Gertrud. Sie haben ja in der Zeitung über dich geschrieben. Ich habe es nicht gelesen, aber sie behauptet, da hätte gestanden, du wärst ein tüchtiger Polizist.«

»Die Zeitungen schreiben viel.«

»Ich habe nur wiederholt, was sie gesagt hat.«

»Und was hast du ihr geantwortet?«

»Daß ich dir abgeraten habe. Daß ich immer noch der Meinung bin, du solltest dir einen anderen Beruf suchen.«

»Das werde ich sicher nie tun. Ich bin bald fünfzig. Ich werde mein Leben lang Polizist bleiben.«

Sie hörten Gertrud rufen, daß das Essen fertig sei.

»Ich hätte nicht gedacht, daß du dich noch an Anton und den Polen erinnerst«, sagte der Vater, als sie zum Haus gingen.

»Das gehört zu den stärksten Eindrücken meiner Kindheit. Weißt du übrigens, wie ich all die seltsamen Figuren genannt habe, die deine Bilder gekauft haben?«

»Das waren Hausierer – Kunsthausierer.«

»Ich weiß. Aber für mich waren sie Ritter in seidenen Anzügen. Ich habe sie Seidenritter genannt.«

Der Vater blieb stehen und sah ihn an. Dann lachte er lauthals. »Ein guter Name. Genau das waren sie. Ritter in Seidenanzügen.«

An der Treppe verabschiedeten sie sich.

»Willst du es dir nicht doch noch überlegen?« fragte Gertrud. »Das Essen reicht für drei.«

»Ich muß zur Arbeit. Leider.«

Er fuhr durch die düstere Herbstlandschaft nach Ystad zurück und versuchte herauszufinden, warum er sich in der Art des Vaters selbst wiedererkannte.

Er kam zu keinem Ergebnis. Jedenfalls glaubte er das.

Als Wallander am Freitag morgen, dem 5. November, kurz nach sieben Uhr das Polizeigebäude betrat, fühlte er sich ausgeschlafen und voller Tatendrang. Er holte sich eine Tasse Kaffee und nutzte die folgende knappe Stunde, um die Besprechung der Ermittlungsgruppe vorzubereiten, die Punkt acht Uhr beginnen sollte. Er ordnete alle Fakten chronologisch, entwickelte ein Schema und versuchte, daraus das weitere Vorgehen abzuleiten. Dabei berücksichtigte er, daß seine Kollegen möglicherweise am vergangenen Tag neue Erkenntnisse gewonnen hatten.

Das Gefühl, unter Zeitdruck zu stehen, hatte sich eher noch verstärkt. Gleichzeitig wuchsen die Schatten hinter den toten Anwälten und wurden immer furchteinflößender.

Er legte den Stift zur Seite, lehnte sich zurück und schloß die Augen.

Nun war er wieder in Skagen. Vor ihm lag der Strand, in Nebel gehüllt. Auch Sten Torstensson war da, und Wallander versuchte, im Hintergrund die Menschen zu erkennen, die seinem Freund zum Treffen mit dem krank geschriebenen Polizisten gefolgt waren. Sie mußten ganz in der Nähe gewesen sein, irgendwo zwischen den Dünen versteckt.

Er erinnerte sich an die Frau, die ihren Hund ausgeführt hatte. War sie es gewesen? Oder die Serviererin im Café des Kunstmuseums? So einfach war es wohl nicht. Aber jemand hatte im Nebel gelauert, dessen war er sicher.

Er sah auf die Uhr. Gleich würde er sich mit den Kollegen treffen. Er nahm seine Unterlagen, stand auf und verließ den Raum.

An diesem Vormittag, nach vier Stunden Besprechung, merkte Wallander, daß sie die Wand durchbrochen hatten. Endlich schien sich ein Muster abzuzeichnen, wenn auch noch sehr unklar. Sie wußten noch nicht, in welche Richtung sie ihren Verdacht lenken sollten. Aber sie waren sich einig, daß sie keiner zufälligen Serie von Ereignissen gegenüberstanden. Als allgemeine Müdigkeit herrschte und Svedberg über Kopfschmerzen zu klagen begann, formulierte Wallander in seiner Zusammenfassung das, was alle fühlten: »Jetzt geht es darum, in dieser komplizierten und sicherlich gefährlichen und langwierigen Ermittlung keine Fehler zu machen. Auf eine vergrabene

Mine sind wir bereits gestoßen. Es kann weitere geben, um es einmal symbolisch auszudrücken.«

Vier Stunden lang hatten sie also das vorliegende Material gesichtet und ausgewertet. Sie waren ins Detail gegangen, hatten jede Einzelheit von verschiedenen Seiten interpretiert und sich schließlich auf eine Version geeinigt. Das war ein entscheidender Moment der Ermittlung, einer der kritischen Augenblicke. Nun kommt die Zeit der provisorischen Gedankengebäude, dachte Wallander. Wir basteln eine Unmenge von Modellen zusammen und müssen uns davor hüten, sie allzu schnell wieder auseinanderzunehmen.

Diese Modelle, diese Probebauten, hatten alle das gleiche Fundament.

Es war fast ein Monat vergangen, seit Gustaf Torstensson an jenem späten Abend draußen auf dem Lehmacker in der Nähe von Brösarps Backar umgekommen war. Es war zwölf Tage her, seit Sten Torstensson Wallander in Skagen besucht hatte. Kurz darauf war er in seinem Büro ermordet aufgefunden worden. Auf diese Ausgangspunkte kamen sie immer wieder zurück.

Der erste, der an diesem Morgen seinen Bericht abgab, war Martinsson, unterstützt von Nyberg: »Wir haben von den Kriminaltechnikern Bescheid bekommen wegen der Waffe und der Munition, mit der Sten Torstensson getötet wurde. Hier ist zumindest eine Sache, die wichtig sein könnte.«

Triumphierend wedelte Martinsson mit dem Hefter, während Nyberg fortfuhr: »Sten Torstensson wurde von drei Kugeln Kaliber 9 mm getroffen. Ganz normale Standardmunition. Was dagegen interessant ist: Die Waffenexperten glauben, daß für die Tat eine italienische Pistole verwendet wurde, die Bernadelli Practical. Wie sie zu dieser Auffassung gelangt sind, kann ich hier nicht weiter erklären, das sind technische Details. Es kann auch eine Smith & Wesson 3914 oder 5904 gewesen sein, aber höchstwahrscheinlich war es eine Bernadelli, das heißt eine Waffe, die hierzulande relativ selten ist. Es sind gerade mal fünfzig Exemplare registriert. Natürlich weiß niemand, wie viele illegal im Umlauf sind. Wir schätzen, etwa dreißig.«

»Was bedeutet das?« fragte Wallander. »Wer könnte eine italienische Pistole bevorzugen?«

»Jemand, der sich mit Waffen gut auskennt«, antwortete Nyberg. »Jemand, der bewußt eine besondere Waffe gewählt hat.«

»Willst du damit andeuten, daß wir es mit einem ausländischen Berufskiller zu tun haben könnten?«

»Vielleicht, das ist nicht ausgeschlossen.«

»Wir werden uns eingehend mit den registrierten Bernadellibesitzern beschäftigen«, sagte Martinsson. »Bisher wissen wir nur, daß keiner von ihnen seine Waffe als gestohlen gemeldet hat.«

»Das Nummernschild an dem Wagen, der euch verfolgt hat, war, wie zu erwarten, gestohlen«, fuhr Svedberg fort. »Es stammt von einem Nissan aus Malmö. Wir bekommen Unterstützung von der dortigen Behörde. Sie haben Fingerabdrücke gefunden, aber wir sollten uns nicht zu große Hoffnungen machen.«

Wallander nickte. Svedberg sah ihn fragend an.

»Hast du noch mehr?«

»Du hast mich gebeten, einiges über Kurt Ström in Erfahrung zu bringen.«

Wallander berichtete den anderen kurz von seinem Besuch auf Schloß Farnholm und von der Begegnung mit dem ehemaligen Polizisten.

»Kurt Ström war nicht gerade der Stolz des Polizeikorps«, sagte Svedberg. »Er hat nachweislich mit verschiedenen Hehlern gemeinsame Sache gemacht. Mit größter Wahrscheinlichkeit hat er auch Informationen über geplante Razzien der Polizei weitergegeben, aber das konnte man ihm nicht nachweisen. Er wurde rausgeworfen; dann breitete man den Mantel des Schweigens über den Fall.«

Zum ersten Mal an diesem Morgen ergriff Björk das Wort. »Es ist jedesmal dieselbe beklemmende Situation. Das Polizeikorps tut sich schwer mit Typen wie Kurt Ström, Was außerdem beunruhigend ist: Diese belasteten Personen finden anschließend problemlos Anstellungen in privaten Sicherheitsunternehmen. Mit anderen Worten – die Forderungen nach Kontrollen sind zu lasch.«

Wallander unterließ es, Björks Abschweifung zu kommentieren. Zu groß war das Risiko, in einer Diskussion zu landen, die mit der laufenden Ermittlung höchstens indirekt zu tun hatte.

»Wir konnten noch nicht feststellen, welcher Typ Sprengstoff deinen Wagen in die Luft gejagt hat, aber das Zeug befand sich im Benzintank«, sagte Nyberg.

»Autobomben können ganz unterschiedlich aussehen«, warf Ann-Britt Höglund ein.

»Soweit ich weiß, ist die Methode, einen Zünder zu nutzen, dessen Mantel allmählich vom Benzin zerfressen wird, in Asien gebräuchlich«, fuhr Nyberg fort.

»Eine italienische Pistole und eine asiatische Autobombe. Wohin führt uns das?« fragte Wallander.

»Schlimmstenfalls zu einer falschen Schlußfolgerung«, sagte Björk bestimmt. »Es müssen keinesfalls Menschen aus anderen Teilen der Welt sein, die hinter den Geschehnissen stehen. Schweden ist heute ein Treffpunkt, wo alles denkbar ist.«

Wallander wußte, daß Björk recht hatte. »Wir gehen weiter«, entschied er. »Was habt ihr in der Anwaltskanzlei gefunden?«

»Noch nichts, was als wichtig bezeichnet werden könnte«, antwortete Ann-Britt Höglund. »Es wird lange dauern, bis das ganze Material ausgewertet ist. Bisher scheint lediglich festzustehen, daß sich die Anzahl von Gustaf Torstenssons Klienten im Laufe der Jahre drastisch verringert hat. Und daß es fast ausschließlich um ökonomische Beratung und Vertragsgestaltung für Unternehmen ging. Ich frage mich, ob wir nicht einen Spezialisten für Wirtschaftsverbrechen von der Reichskriminalpolizei hinzuziehen sollten. Auch wenn nichts Ungesetzliches dahinterstecken muß, ist es sehr schwer, die verschiedenen Vorgänge zu beurteilen.«

»Ihr könnt Per Åkeson konsultieren«, sagte Björk. »Er verfügt über große Kenntnisse, was Wirtschaft und Verbrechen angeht. Wenn auch er nicht weiterkommt, bitten wir um Verstärkung.«

Wallander nickte und nahm sich den nächsten Stichpunkt auf seiner Liste vor. »Was ist mit der Putzfrau?«

»Ich werde sie treffen«, sagte Ann-Britt Höglund. »Ich habe mit ihr telefoniert. Sie spricht ausreichend Schwedisch; ein Dolmetscher ist nicht erforderlich.«

Dann hatte Wallander ausführlich von seinem Besuch bei Martin Oscarsson berichtet sowie über die Fahrt nach Klagshamn und zu dem Birkenwäldchen, in dem Lars Borman erhängt aufgefunden worden war. Wie so häufig, entdeckte Wallander während des Vortrags vor seinen Kollegen neue Zusammenhänge. Offenbar schärfte die Wiederholung seine Aufmerksamkeit.

Es herrschte gespannte Stimmung, als sie mit der Diskussion begannen. Wallander faßte zunächst seine eigenen Schlußfolgerungen kurz zusammen: »Wir müssen herausfinden, welche Verbindung zwischen Lars Borman und der Kanzlei Torstensson bestand. Was hat Lars Borman so erregt, daß er Drohbriefe an die Anwälte schickte und sogar Frau Dunér einbezog? Er beschuldigt sie ernsthafter Vergehen. Wir können nicht mit Sicherheit davon ausgehen, daß es mit dem Coup gegen die Bezirksbehörde zu tun hat, aber wir sollten uns in diese Richtung orientieren.«

Der Meinungsaustausch kam nur schleppend in Gang.

»Ich denke an diese beiden Drohbriefe«, meinte Martinsson zögernd. »Sie erscheinen mir irgendwie naiv. So kindlich, beinahe unschuldig. Ich kann mir nicht vorstellen, was für einen Charakter Lars Borman hatte.«

»Wir müssen mehr über ihn in Erfahrung bringen«, sagte Wallander. »Zuerst sollten wir seine Kinder treffen und mit ihnen sprechen. Die Witwe in Marbella können wir außerdem anrufen.«

»Das würde ich gern übernehmen«, sagte Martinsson. »Lars Borman interessiert mich.«

»Das ganze Firmenknäuel um das Investmentunternehmen Smeden muß gründlich untersucht werden«, sagte Björk. »Ich schlage vor, daß wir zur zentralen Ermittlungsgruppe für Wirtschaftskriminalität in Stockholm Kontakt aufnehmen. Vielleicht ist es noch besser, wenn es Åkeson selbst tut. Dort gibt es Leute, die sich in diesem Bereich so gut auskennen wie die besten Börsenanalytiker.«

»Das kann ich übernehmen«, sagte Wallander. »Ich werde mit Per reden.«

Björk mußte die Sitzung verlassen, um zu einer seiner zahlreichen Konferenzen beim Bezirkspolizeichef zu gehen. Wallander entschied, daß es Zeit sei, die Besprechung zu beenden.

Sie nahmen ihre Papiere und brachen auf. Wallander fuhr zu einem Restaurant und bestellte eine ordentliche Mahlzeit. Kurz nach ein Uhr war er wieder im Polizeigebäude. Den frühen Nachmittag verbrachte er damit, Kontakt zur Reichskripo und den dortigen Experten für Wirtschaftsverbrechen aufzunehmen. Kurz vor vier ging er zur Staatsanwaltschaft hinüber und führte ein langes Gespräch mit Per Åkeson. Dann kehrte er in sein Büro zurück und verließ es erst gegen zehn.

Er vermißte die langen Spaziergänge von Skagen. So ließ er den Wagen stehen und ging zu Fuß in die Mariagata. Der Abend war mild. Dann und wann hielt er vor einem Schaufenster inne und betrachtete die Auslagen. Kurz vor elf war er zu Hause.

Es war halb zwölf, und er hatte es sich mit einem Glas Whisky vor dem Fernseher bequem gemacht, als das Telefon klingelte. Er ging in die Diele und nahm ab.

Es war Ann-Britt Höglund. »Störe ich?«

»Überhaupt nicht«, antwortete Wallander.

»Ich rufe aus meinem Büro an. Ich glaube, ich bin auf etwas gestoßen.«

Wallander war klar, daß sie nicht angerufen hätte, wenn es nicht wichtig wäre. Deshalb überlegte er nicht lange: »Ich komme. In zehn Minuten bin ich da!«

Als er im Taxi das Polizeigebäude erreichte, nahm er den kürzesten Weg zu ihrem Zimmer. Sie stand bereits im Flur und wartete auf ihn. »Ich brauche jetzt einen Kaffee. Die Kantine ist gerade leer. Peters und Norén sind unterwegs; an der Kreuzung nach Bjäresjö hat es offenbar einen Verkehrsunfall gegeben.«

Sie setzten sich mit ihren Kaffeebechern an einen Tisch. »Auf der Polizeischule war einer in meinem Kurs, der sein Studium finanzierte, indem er an der Börse spekulierte«, begann sie.

Wallander schaute sie verwundert an.

»Ich habe ihn angerufen. Oft kommt man ja schneller zum Ziel, wenn man seine persönlichen Kontakte nutzt – falls man welche hat. Ich erzählte ihm von STRUFAB, SISYFOS und Smeden. Ich habe ihm auch die Namen gegeben, Fjällsjö und Holmberg. Er versprach, sich darum zu kümmern. Vor einer Stunde rief er an, und ich bin sofort hingefahren.«

Gespannt wartete Wallander auf die Fortsetzung.

»Ich habe alles aufgeschrieben, was er mir gesagt hat. Das Investmentunternehmen Smeden hat in den letzten Jahren einige Veränderungen durchlaufen. Aufsichtsräte kamen und gingen, teilweise wurde der Aktienhandel wegen des Verdachts unlauterer Geschäfte und anderer Übertretungen der Börsenregeln gestoppt. Beträchtliche Aktienpakete wechselten viele Male und auf verschlungenen Wegen die Besitzer. Das Investmentunternehmen Smeden war ein Paradebeispiel für das, was wir mangelndes Verantwortungsgefühl der Finanzwelt nennen. Bis vor ein paar Jahren. Da begann eine Anzahl ausländischer Maklerfirmen, unter anderem in England, Belgien und Spanien, große Aktienposten aufzukaufen. Anfangs deutete nichts darauf hin, daß hinter all diesen Maklern ein und derselbe Auftraggeber stand, zumal die Transaktionen sehr behutsam erfolgten; man wollte keine Aufmerksamkeit erregen. Zu diesem Zeitpunkt interessierte sich auch kaum jemand für Smeden, man konnte das Unternehmen einfach nicht mehr ernst nehmen, die Massenmedien am wenigsten. Jedesmal wenn der Börsenvorstand mit Journalisten zusammenkam, verbat er sich alle Fragen über Smeden. Aber eines Tages hatten die Maklerfirmen plötzlich so große Aktienanteile erworben, daß man sich doch zu fragen begann, wer sich so für dieses heruntergewirtschaftete Unternehmen interessierte. Es zeigte sich, daß Smeden in die Hände eines nicht ganz unbekannten Engländers namens Robert Maxwell geraten war.«

»Der Name sagt mir nichts«, meinte Wallander. »Wer ist das?«

»Ein toter Mann«, antwortete sie. »Er fiel vor ein paar Jahren vor der spanischen Küste von seiner Luxusyacht. Es ging das Gerücht, er sei vielleicht ermordet worden. Man sprach vom Mossad, dem israelischen Geheimdienst, und von mysteriösen Waffengeschäften. Offiziell besaß Maxwell Zeitungen und Buchverlage, alles von Liechtenstein aus gesteuert. Als er starb, fiel sein Imperium wie ein Kartenhaus zusammen. Was er hinterließ, waren Schulden und veruntreute Rentenfonds. Der Konkurs schlug hohe Wellen. Aber seine Söhne sollen in seine Fußstapfen getreten sein.«

»Ein Engländer«, murmelte Wallander. »Was bedeutet das?«

»Daß dort nicht Endstation war. Die Aktien sollten in neue Hände gelangen.«

»Und in wessen Hände?«

»Nun ja, es gab jemanden im Hintergrund. Robert Maxwell hatte im Auftrag einer anderen Person gehandelt, die im verborgenen bleiben wollte. Diese Person war ein Schwede, und damit schließt sich ein seltsamer Kreis.«

Er sah sie gespannt an.

»Kannst du dir denken, von wem ich rede?« fragte sie.

»Nein, keine Ahnung.«

»Dreimal darfst du raten.«

Im selben Moment begriff Wallander, daß er die Antwort wußte. »Alfred Harderberg.«

Ann-Britt Höglund nickte.

»Der Mann von Schloß Farnholm«, fügte Wallander leise hinzu.

Eine Weile saßen sie schweigend da.

»Mit anderen Worten: über Smeden kontrollierte er auch STRUFAB«, sagte sie dann.

Wallander schaute sie nachdenklich an. »Gut. Sehr gut.«

»Der Dank gebührt meinem Kommilitonen von der Polizei-hochschule. Er arbeitet jetzt in Eskilstuna. Da ist aber noch eine Sache.«

»Was denn?«

»Ich weiß nicht, ob es wichtig ist, aber als ich auf dich war-tete, kam mir ein Gedanke. Gustaf Torstensson starb auf dem Heimweg von Schloß Farnholm. Lars Borman hat sich erhängt. War es vielleicht so, daß sie beide, jeder auf seine Weise, auf dieselbe Sache gestoßen sind? Was immer es auch war?«

Wallander nickte langsam. »Du kannst recht haben. Ich glaube sogar, daß wir noch eine Schlußfolgerung ziehen kön-nen. Wir haben keinen Beweis, aber es steht wohl fest: Lars Borman starb nicht von eigener Hand. Genausowenig kam Gu-staf Torstensson bei einem Autounfall ums Leben.«

Wieder schwiegen sie.

»Alfred Harderberg«, sagte sie schließlich. »Sollte wirklich er hinter all dem stecken?«

Der Gedanke traf Wallander unerwartet. Oder hatte er es doch geahnt?

Er sah sie an.

»Warum nicht Alfred Harderberg? Durchaus möglich.«

10

Später würde Wallander die folgende Woche immer als eine
Zeit im Gedächtnis behalten, in der die Polizei rund um den
ungeklärten Mordfall unsichtbare Barrikaden errichtete. Es
war, als hätten sie in kürzester Zeit und unter großen Schwierigkeiten einen komplizierten Feldzug vorbereitet. Der Vergleich war gar nicht so abwegig, denn sie hatten sich Alfred
Harderberg zum Feind erkoren; einen Mann, der nicht nur ein
lebendes Monument war, sondern auch über die Macht eines
klassischen Fürsten verfügte – und noch keine fünfzig Jahre alt
war.

Alles hatte schon am Freitag abend begonnen, als Ann-Britt
Höglund von den englischen Kontakten und Robert Maxwells
Rolle als Strohmann berichtete. Die Enthüllung, daß der Mann
von Schloß Farnholm hinter dem Investmentunternehmen
Smeden steckte, rückte ihn aus der Anonymität ins Zentrum
der Ermittlungen. Später machte sich Wallander immer wieder
Vorwürfe, Alfred Harderberg nicht schon früher verdächtigt
zu haben. Warum er es nicht getan hatte, konnte er nie richtig
beantworten. Was auch immer er sich selbst einredete, es geriet zu einer Entschuldigung für sein Versäumnis in der ersten
Phase der Ermittlung. Er hatte Alfred Harderberg eine unver-
diente Immunität eingeräumt, als wäre Schloß Farnholm
fremdes Territorium, für das diplomatische Konventionen galten.

Die folgende Woche veränderte alles. Aber sie mußten vorsichtig vorgehen, nicht nur, weil Björk, teilweise mit Per Åkesons Unterstützung, es so forderte, sondern vor allem, weil die
Fakten äußerst dürftig waren. Sie wußten, daß Gustaf Torstensson den Mann von Schloß Farnholm in wirtschaftlichen
Fragen beraten hatte, aber sie hatten keine Ahnung, womit er

sich konkret befaßt, worin seine Aufgabe bestanden hatte, und bisher deutete nichts darauf hin, daß Harderbergs Firmenimperium an Ungesetzlichkeiten beteiligt war. Nun aber hatten sie eine weitere Verbindung entdeckt: Lars Borman und den Betrug an der Bezirksbehörde Malmöhus, der im Jahr zuvor vertuscht worden war. In der Freitagnacht des 5. November, in der Wallander mit Ann-Britt Höglund bis in die Morgenstunden zusammensaß, ging es vor allem um Spekulationen. Aber bereits da begannen sie, ein Modell für die Ermittlungen zu konstruieren. Wenn Alfred Harderberg in den Fall verwickelt war, und Wallander wiederholte dieses Wenn in der folgenden Woche ständig, dann hatte er seine Augen und Ohren überall und beobachtete sie, rund um die Uhr, wo sie auch waren, was sie auch unternahmen. Die Verbindung zwischen Lars Borman, Harderberg und einem der toten Anwälte mußte noch lange nicht bedeuten, daß sie die Lösung in der Hand hielten.

Wallander war auch aus anderen Gründen unschlüssig. Er hatte im loyalen Glauben an die Integrität der schwedischen Wirtschaft gelebt. Die Männer und Frauen der heimischen Großunternehmen waren die Grundfesten des Aufschwungs. Die Exportindustrie als Garant des gesellschaftlichen Wohlstands konnte einfach nicht in Frage gestellt werden. Am wenigsten jetzt, wo der Wohlstandsbau schwankte und die Zwischendecken voller ausgehungerter Ameisen waren. Die Grundfesten mußten gegen Angriffe, egal aus welcher Richtung, verteidigt werden. Aber auch wenn er noch zögerte, war ihm doch klar, daß sie auf der richtigen Spur waren.

»Wir haben eine Verbindung, einen Zusammenhang«, sagte er in der Freitagnacht zu Ann-Britt Höglund. »Aber wir können nicht selbstverständlich davon ausgehen, daß wir damit unseren Täter finden.«

Sie hatten sich mit ihren Kaffeebechern in Wallanders Büro zurückgezogen. Er wunderte sich, daß sie nicht nach Hause gehen mußte, obwohl es doch spät war und sie, im Gegensatz zu ihm, eine Familie hatte, die auf sie wartete. Sie wollte das Gespräch unbedingt fortsetzen, und er wurde daran erinnert, wie er selbst in ihrem Alter reagiert hatte. Sogar in der oft trostlosen Arbeit der Polizei gab es Momente der Inspiration und Spannung, einer beinahe spielerischen Lust, mit denkbaren Alternativen umzugehen.

»Ich weiß, daß es nichts zu bedeuten hat«, sagte sie. »Aber auch ein Schwerverbrecher wie Al Capone wurde durch einen Revisor zur Strecke gebracht.«

»Der Vergleich hinkt«, lachte Wallander. »Du sprichst von einem Gangster, von dem alle wußten, daß er sein Vermögen durch Diebstahl, Schmuggel, Erpressung, Bestechung und Mord erworben hatte. In unserem Falle ist lediglich bekannt, daß ein erfolgreicher schwedischer Unternehmer die Aktienmehrheit an einem dubiosen Investmentunternehmen innehat, welches unter anderem eine Beratungsfirma kontrolliert, über die zwei Gauner einen Coup gegen eine Landesbehörde gestartet haben. Mehr wissen wir nicht.«

»Früher hieß es, daß hinter jedem großen Vermögen ein Verbrechen steckt. Warum nur früher? Welche Zeitung man auch aufschlägt, stets findet man Beispiele dafür, daß es auch heute eher die Regel als die Ausnahme ist.«

»Man findet immer ein Zitat, das paßt. Die Japaner sagen, daß Unternehmertum Krieg bedeutet. Aber das berechtigt keinen, Leute zu ermorden, um ungestört eine Bilanz zu manipulieren. Falls man das will.«

»Auch in unserem Land wimmelt es vor heiligen Kühen«, sagte sie. »Wir befassen uns zum Beispiel nicht gern mit Verbrechern, die adlige Namen tragen und zu einer der feinen alten schonischen Schloßbesitzerfamilien gehören. Wir stellen sie nicht gern vor Gericht, wenn sie in die Portokasse gelangt haben.«

»So habe ich es nicht gemeint«, sagte Wallander und merkte, daß es nicht die Wahrheit war. Später fragte er sich, was er eigentlich hatte verteidigen wollen. Mußte er überhaupt etwas verteidigen? Oder war es einfach so, daß er Ann-Britt Höglund, die eine Frau war und viel jünger als er, nicht recht geben wollte? Jedenfalls nicht einfach so, nicht uneingeschränkt, nicht ...

»Ich glaube, alle denken so. Polizisten reagieren wie alle anderen, ebenso Staatsanwälte. Die heiligen Kühe sollen in Ruhe fressen dürfen«, sagte sie.

Sie waren zwischen den Inseln hindurchgesteuert, ohne die richtige Fahrrinne zu finden. Das Auseinanderfallen ihrer Ansichten schien Wallanders Befürchtung zu bestätigen, daß eine immer deutlichere Grenze zwischen den Generationen das Polizeikorps spalten würde. Es lag nicht so sehr daran, daß Ann-Britt Höglund eine Frau war, sondern daran, daß sie über andere Erfahrungen verfügte. Wir sind Polizisten mit verschiedenen Weltsichten, dachte Wallander.

Noch ein anderer Gedanke beschäftigte ihn, und der gefiel ihm gar nicht. Er merkte plötzlich, daß das, was er zu Ann-Britt Höglund gesagt hatte, auch von Martinsson stammen könnte. Oder von Svedberg, sogar von dem sich ständig weiterbildenden Hansson. Wenn er mit ihr sprach, repräsentierte er eine ganze Generation. Das irritierte ihn, und er gab Ann-Britt Höglund die Schuld – war sie nicht allzu selbstsicher, allzu bestimmt in ihren Ansichten? Es gefiel ihm nicht, an seine äußerst vagen Auffassungen von der Welt und der Zeit, in der er lebte, erinnert zu werden.

Es war, als beschriebe sie ihm ein unbekanntes Land. Ein Schweden, das sie leider nicht erfunden hatte, sondern das es wirklich gab.

Schließlich erstarb die Diskussion. Sie gingen hinaus, um frischen Kaffee zu holen, und erhielten belegte Brote von einem müden Verkehrspolizisten, der in der Kantine saß und vor sich hin starrte. Dann kehrten sie ins Büro zurück.

»Ich hatte einen eleganten ledernen Aktenordner in meinem Auto, als es in die Luft flog«, sagte Wallander. »Eine Übersicht, die ich bei meinem Besuch im Schloß von Farnholm bekommen habe. Ich hatte angefangen, darin zu lesen. Sie enthielt Angaben über Harderbergs Imperium, seine verschiedenen Ehrendoktortitel, seine besonderen Verdienste. Harderberg, der Kunstmäzen. Harderberg, der Humanist. Harderberg, der Freund der Jugend. Der sportinteressierte Harderberg. Harderberg, der Denkmalpfleger. Der Liebhaber traditioneller öländischer Fischerboote. Harderberg, der Ehrendoktor der Archäologie. Harderberg, der Musikfreund, der das Gehalt für zwei Geiger und einen Fagottisten vom Göteborger Sinfonieorchester bezahlt. Der Stifter des Harderberg-Preises für den begabtesten jungen Opernsänger im Land. Der generöse Förderer der Friedensforschung im Norden. Und vieles andere, was ich wieder vergessen habe. Der Mann hat sich offenbar so verdient gemacht wie eine ganze Akademie. Ohne einen Tropfen Blut an den Händen. Aber ich habe Ebba schon gebeten, ein neues Exemplar dieser Übersicht zu beschaffen. Die muß gelesen und untersucht werden. Weiterhin müssen wir uns in aller Diskretion Geschäftsberichte und Bilanzen seiner Firmen besorgen. Wir müssen herausfinden, wie viele Unternehmen er überhaupt besitzt. Und wo. Was sie produzieren, was sie verkaufen, was sie kaufen. Wir müssen seine Steuerdinge und Zahlungen prüfen. In diesem Punkt gebe ich dir recht, was Al Capone angeht. Wir müssen in Erfahrung bringen, womit sich Gustaf Torstensson genau beschäftigt hat. Wir müssen uns fragen: Warum gerade er? Wir müssen in alle geheimen Räume schauen, wir müssen uns in sein Gehirn einschleichen, nicht nur in seine Brieftasche. Wir müssen mit elf Sekretärinnen reden, ohne daß er etwas merkt. Denn wenn er etwas merkt, wird ein Sturm durch sein Imperium fegen, der alle Türen auf einmal zuschlägt. Wir dürfen nie vergessen: Egal, wie viele Reserven wir auch mobilisieren, er kann jederzeit noch größere Truppen aufmarschieren lassen. Es ist immer leichter, eine geschickt konstruierte Lüge zu verteidigen, als eine schemenhafte Wahrheit zu erobern.«

Sie folgte seinen Ausführungen mit, wie es ihm schien, echtem Interesse. Er hatte geredet, um für sich selbst eine Position zu formulieren. Aber er konnte nicht leugnen, daß er auch darauf aus war, sie zu beeindrucken. Er war schließlich der erfahrene Polizist, während sie sich als blutige Anfängerin zu betrachten hatte. Zweifellos begabt, aber Anfängerin.

»All das müssen wir tun«, schloß er, »aber wie schaffen wir es, ohne daß er etwas merkt?«

»Wir müssen die Ermittlung sozusagen andersherum aufziehen«, sagte sie.

»Genau. Es muß so aussehen, als hätten wir an Alfred Harderberg nicht das geringste Interesse.«

»Was ist, wenn wir, ohne es zu merken, übertreiben?«

»Das darf nicht passieren. Also müssen wir noch eine weitere Botschaft vermitteln: Natürlich befassen wir uns auch mit Alfred Harderberg, aber das ist reine Routine.«

»Wie können wir sichergehen, daß er uns wirklich glaubt?«

»Das können wir nicht. Aber wir können eine dritte Flagge aufziehen und der Welt weismachen, wir hätten eine ernst zu nehmende Spur, die in eine bestimmte Richtung führt. Wir müssen Harderberg überzeugen, daß wir wirklich dieser falschen Fährte folgen.«

»Trotzdem wird er Fallen aufstellen.«

Wallander nickte. »Die müssen wir rechtzeitig entdecken. Wir werden seine Fallen und Ablenkungsmanöver durchaus zur Kenntnis nehmen. Wir werden intelligent, aber falsch darauf reagieren.«

Sie sah ihn nachdenklich an. »Wird Björk einverstanden sein? Was wird Per Åkeson sagen?«

»Das wird unser größtes Problem: uns selbst davon zu überzeugen, daß wir auf dem richtigen Weg sind. Unser Polizeichef hat eine Stärke, die einen Teil seiner schwächeren Seiten aufwiegt. Er durchschaut nämlich, wenn wir selbst nicht an das glauben, was wir sagen oder was wir als Ausgangspunkte für unsere Ermittlung vorschlagen. Und das ist gut so.«

»Und wenn wir uns selbst überzeugt haben? Wo beginnen wir?«

»Dann geht es darum, im Nebel so geschickt in die Irre zu reiten, daß Harderberg daran glaubt. Wir müssen uns gleichzeitig in die richtige und in die falsche Richtung bewegen.«

Ann-Britt Höglund bat um eine kurze Pause, um einen Notizblock aus ihrem Büro zu holen. Wallander blieb still sitzen und lauschte auf das Gebell eines Polizeihundes, das aus einer Ecke des Gebäudes zu ihm drang. Als sie zurückkam, fiel ihm erneut auf, daß sie eine attraktive Frau war, wenn auch sehr blaß und mit dunklen Augenringen.

Noch einmal ordneten sie ihre Gedanken. Wallander

merkte, daß sie ihn inspirierte und sehr scharfsinnig war. Er hatte solche Gespräche seit Rydbergs Tod nicht mehr geführt. Es kam ihm vor, als wäre sein väterlicher Freund und Kollege zurückgekehrt, als würde er seine großen Erfahrungen nun durch diese blasse junge Frau zur Verfügung stellen.

Kurz nach zwei gingen sie gemeinsam hinunter auf den Hof des Polizeigebäudes. Es war sternenklar und schon kalt.

»Morgen haben wir eine lange Diskussion vor uns«, sagte Wallander. »Wir werden vielen Einwänden begegnen müssen. Ich werde vorher mit Björk und mit Per Åkeson reden. Vielleicht kann Per an der Besprechung teilnehmen. Wenn wir sie morgen nicht auf unsere Seite ziehen können, werden wir viel Zeit damit verlieren, für weitere Fakten zu sorgen, die sie überzeugen.«

Sie schien ehrlich erstaunt. »Sie müssen doch einsehen, daß wir recht haben.«

»Das ist nicht sicher.«

»Manchmal scheint die schwedische Polizei ein furchtbar träger Verein zu sein.«

»Um das zu erkennen, muß man nicht frisch von der Polizeihochschule kommen. Björk hat ausgerechnet, daß beim derzeitigen Anwachsen der reinen Administration die eigentliche Polizeiarbeit etwa im Jahr 2010 zum Erliegen kommt. Dann werden sämtliche Kollegen ausschließlich damit befaßt sein, sich gegenseitig Papiere zuzusenden.«

Ann-Britt Höglund lachte. »Vielleicht haben wir doch den falschen Beruf gewählt.«

»Nicht den falschen Beruf, aber vielleicht die falsche Lebenszeit.«

Am Samstag, dem 6. November, rief Wallander bereits kurz nach sieben Uhr bei Björk an. Frau Björk nahm ab und bat ihn, in ein paar Minuten wieder anzurufen, ihr Mann liege gerade in der Badewanne. Wallander nutzte die Zeit, um mit Per Åkeson zu telefonieren, der als Frühaufsteher bekannt war. Åkeson meldete sich sofort. In kurzen Zügen informierte ihn Wallander über die neuen Zusammenhänge, die bedeuteten, daß Alfred Harderberg auf eine ganz andere Art ins Zentrum der Ermittlungen rückte. Der Staatsanwalt hörte schweigend zu.

Als Wallander fertig war, stellte er eine einzige Frage: »Glaubst du wirklich, daß sich diese Version als haltbar erweist?«

Wallander antwortete, ohne zu zögern: »Ja. Ich glaube, hier liegt die Antwort.«

»Dann habe ich natürlich nichts dagegen, die Untersuchung zu vertiefen. Aber keine Verlautbarungen an die Massenmedien ohne meine ausdrückliche Genehmigung! Was wir am wenigsten brauchen, ist eine Olof-Palme-Situation hier in Ystad.«

Wallander wußte, was Åkeson meinte. Der ungeklärte Mord an dem schwedischen Ministerpräsidenten hatte nicht nur die Polizei, sondern auch große Teile der Bevölkerung erschüttert. Allzu viele, innerhalb wie außerhalb des Polizeikorps, wußten, daß der Mord wahrscheinlich deshalb nicht aufgeklärt worden war, weil die Ermittlung in einem frühen Stadium von einem selbstherrlichen und in Fahndungsangelegenheiten unfähigen Polizeichef geleitet wurde. Einer der verhängnisvollsten Fehler der katastrophalen Fahndung war, daß sich die Führung ohne ausreichende Begründung ausschließlich in eine Richtung orientiert hatte. Wallander und Åkeson waren sich also einig.

»Ich hätte dich bei unserer Besprechung heute morgen gern dabei«, sagte Wallander. »Ich möchte nicht, daß die Ermittlungsgruppe geteilt wird. Dadurch würde sich die Möglichkeit verringern, schnell auf die neue Situation zu reagieren.«

»Ich komme«, sagte Per Åkeson. »Ich wollte heute eigentlich Golf spielen. Aber bei diesem Wetter verzichte ich gern.«

»In Uganda ist es bestimmt warm«, sagte Wallander. »Oder war es Sudan?«

»Ich habe noch nicht einmal mit meiner Frau gesprochen«, antwortete Per Åkeson mit gesenkter Stimme.

Nach dem Telefonat trank Wallander eine weitere Tasse Kaffee und rief dann wieder bei Björk an. Diesmal antwortete der Hausherr selbst. Wallander hatte beschlossen, nichts über das

zu erzählen, was seinem Besuch auf Schloß Farnholm voran-
gegangen war. Jedenfalls nicht am Telefon. »Wir müssen uns
treffen und eine neue Situation diskutieren. Eine, die unserer
Mordermittlung eine andere Richtung gibt.«

»Was ist denn geschehen?« fragte Björk.

»Ich möchte nicht am Telefon darüber reden.«

»Du glaubst doch wohl nicht, daß unsere Leitungen abgehört werden?« fragte Björk. »Gehst du da nicht ein wenig zu
weit?«

»Das ist es nicht«, sagte Wallander, der an diese Möglichkeit
noch nicht gedacht hatte. Jetzt war es allerdings auch zu spät,
etwas dagegen zu unternehmen. Er hatte ja Per Åkeson bereits
per Telefon mitgeteilt, worum es ab jetzt gehen würde.

»Ich muß dich kurz sprechen, bevor sich die Ermittlungsgruppe trifft«, sagte er.

»Meinetwegen in einer halben Stunde. Ich verstehe nur
nicht, warum du so geheimnisvoll tust.«

»Ich tue nicht geheimnisvoll, aber manchmal ist es besser,
wenn man ein Gespräch persönlich und unter vier Augen
führt.«

»Das wirkt sehr dramatisch. Ich frage mich, ob wir nicht Per
Åkeson hinzuziehen sollten.«

»Ich habe ihn bereits informiert«, sagte Wallander. »Wir sehen uns in einer halben Stunde in deinem Büro.«

Bevor er Björks Zimmer betrat, hatte Wallander allein im
Wagen vor dem Polizeigebäude gesessen, um sich zu sammeln.
Für einen Augenblick war er schwankend geworden und hatte
mit dem Gedanken gespielt, das Ganze auf sich beruhen zu lassen; anderes war wichtiger. Aber er sah ein, daß er Björk klarmachen mußte: Was geschehen war, durfte sich nicht wiederholen. Es würde dann zwangsläufig zu einer Vertrauenskrise
kommen, die kaum zu überbrücken wäre. Jetzt hatte er das bestimmte Gefühl, seinen Dienst und seine Integrität als Polizist
verteidigen zu müssen. Er nahm sich vor, möglichst bald an
Baiba in Riga zu schreiben und ihr von allem zu berichten.

Würde sie verstehen, warum sich alles verändert hatte?

Verstand er es eigentlich selbst?

Er nahm in Björks Besuchersessel Platz.

»Was ist denn nun geschehen?« fragte Björk.

»Ehe ich auf die Ermittlung eingehe, möchte ich eine andere Sache ansprechen«, begann Wallander und merkte, wie unsicher seine Stimme klang.

»Du hast dich doch wohl nicht entschieden, nun doch aufzuhören?«

»Nein. Ich muß nur wissen, warum du auf Schloß Farnholm angerufen und dort angekündigt hast, daß die Polizei von Ystad im Zusammenhang mit einer Morduntersuchung vorsprechen würde. Und ich muß wissen, warum wir, meine Kollegen und ich, nichts davon erfahren haben.«

Wallander sah, daß Björk zwischen Verlegenheit und Verstimmung schwankte. »Alfred Harderberg ist eine bedeutende Persönlichkeit unserer Gesellschaft«, sagte er. »Er ist keiner kriminellen Handlung verdächtig. Es war eine reine Gefälligkeit meinerseits. Darf ich fragen, woher du von diesem Telefongespräch weißt?«

»Sie waren auf meinen Besuch zu gut vorbereitet. Da zieht man seine Schlüsse.«

»Ich kann unter Berücksichtigung aller Umstände nichts Negatives daran finden.«

»Dennoch war es nicht in Ordnung, in mehr als einer Beziehung. Solche Handlungen können zu Verstimmungen in der Ermittlungsgruppe führen. Wir brauchen vor allem Offenheit.«

»Ich gestehe, daß es mir schwerfällt, ausgerechnet von dir Vorwürfe wegen mangelnder Offenheit zu akzeptieren.« Björk konnte seine Wut schwer verbergen.

»Meine Fehler dürfen nicht als Entschuldigung für die anderer herhalten. Jedenfalls nicht für die meines Chefs.«

Björk sprang erregt auf. »Ich verbitte mir, in dieser Weise angegriffen zu werden. Es war eine reine Gefälligkeit, nichts weiter. Ein Routinegespräch, das unter den damaligen Umständen nicht schaden konnte.«

»Die Umstände haben sich geändert«, sagte Wallander, der einsah, daß er so nicht weiterkommen würde. Jetzt mußte er seinen Vorgesetzten so schnell wie möglich über die neue Situation informieren.

Björk starrte ihn von oben herab an, er hatte sich nicht wieder gesetzt. »Drück dich deutlicher aus«, sagte er. »Ich verstehe nicht, was du meinst.«

»Es gibt Hinweise, die darauf hindeuten, daß Alfred Harderberg hinter den Geschehnissen steckt«, sagte Wallander. »Du mußt doch zugeben, daß sich die Umstände damit dramatisch verändert haben.«

Björk setzte sich und schaute Wallander ungläubig an. »Was meinst du?«

»Ich meine, wir haben Grund zu der Annahme, daß Alfred Harderberg direkt oder indirekt mit den Morden an den beiden Anwälten Torstensson zu tun hat. Und mit dem Mordversuch an Frau Dunér. Und mit dem Sprengstoffanschlag in meinem Wagen.«

Björk blickte skeptisch. »Soll ich das wirklich ernst nehmen?«

»Ja. Per Åkeson tut es auch.«

Ohne auf Details einzugehen, gab Wallander Björk eine kurze Zusammenfassung der neuen Erkenntnisse. Als er fertig war, saß Björk mit gesenktem Kopf vor ihm. »Das wäre natürlich äußerst unangenehm, falls sich deine Version als richtig herausstellen sollte.«

»Morde und Sprengstoffattentate sind unangenehm«, sagte Wallander.

»Wir müssen vorsichtig sein. Wir dürfen erst handeln, wenn wir absolut sichere Beweise haben.«

»So halten wir es doch immer. Warum sollten wir diesmal anders verfahren?«

»Ich bin überzeugt, daß wir ins Leere rennen werden«, seufzte Björk und erhob sich zum Zeichen, daß das Gespräch beendet war.

»Kann sein«, sagte Wallander. »Aber auch das Gegenteil ist möglich.«

Es war zehn Minuten nach acht, als er Björks Büro verließ. Er holte Kaffee und schaute in Ann-Britt Höglunds Zimmer, doch sie war noch nicht da. Dann setzte er sich an seinen Schreibtisch und wählte die Telefonnummer des Taxichauffeurs Waldemar Kåge in Simrishamn. Er erreichte ihn über das Autotelefon und erklärte, worum es ging. Kåge nannte ihm ein Postgirokonto und den Betrag von 230 Kronen; Wallander notierte die Zahlen auf einem Zettel. Er überlegte, ob er auch den Spediteur anrufen und ihn überreden sollte, keine Anzeige gegen den Vater wegen Körperverletzung zu erstatten. Aber dann ließ er es. Punkt halb neun würde die Besprechung beginnen. Bis dahin mußte er sich konzentrieren.

Er stellte sich ans Fenster und sah hinaus. Der Himmel war grau, die Luft feucht und kalt. Spätherbst, bald würde der Winter Einzug halten.

Möchte wissen, wo sich Alfred Harderberg gerade aufhält, dachte er. Auf Schloß Farnholm? Oder zehntausend Meter über der Erde, in seinem Privatjet, auf dem Weg zu oder von einem seiner komplizierten Geschäfte? Was habt ihr herausgefunden, Gustaf Torstensson und Lars Borman? Was bedeutet es, wenn Ann-Britt Höglund und ich recht haben, wenn zwei Polizisten aus verschiedenen Generationen, jeder mit seinem Weltbild im Kopf, zu einer gemeinsamen Schlußfolgerung gekommen sind? Und wenn uns diese zur Wahrheit führt?

Punkt halb neun betrat Wallander den Konferenzraum. Björk hatte bereits am Kopfende des Tisches Platz genommen. Per Åkeson schaute aus dem Fenster. Martinsson und Svedberg waren in ein Gespräch vertieft, das sich, wie Wallander flüchtig mitbekam, um Gehaltsfragen drehte. Ann-Britt Höglund saß wie gewöhnlich Björk gegenüber an der anderen Schmalseite des Tisches. Weder Martinsson noch Svedberg schienen sich über Per Åkesons Anwesenheit zu wundern.

Wallander nickte Ann-Britt Höglund zu. »Was meinst du, wie werden sie reagieren?« fragte er leise.

»Als ich heute morgen aufwachte, glaubte ich, alles nur geträumt zu haben«, flüsterte sie zurück. »Hast du mit Björk und Åkeson gesprochen?«

»Åkeson weiß im großen und ganzen Bescheid. Bei Björk hat die Zeit nur für eine kurze Information gereicht.«

»Was hat Åkeson gesagt?«

»Er wird unsere Linie unterstützen.«

Björk klopfte mit dem Bleistift auf den Tisch, und alle setzten sich. »Ich will mich nicht lange mit der Vorrede aufhalten«, begann er. »Kurt hat das Wort, und wenn ich ihn richtig verstanden habe, hat die Ermittlung möglicherweise eine dramatische Wendung genommen.«

Wallander nickte und überlegte, wie er beginnen sollte. In seinem Kopf herrschte plötzlich ein Vakuum. Dann fand er den Faden und schilderte detailliert, was Ann-Britt Höglunds Kollege in Eskilstuna ihnen mitgeteilt hatte. Er berichtete weiter, welche Gedanken in der vergangenen Nacht geboren worden waren und wie sie vorgehen wollten, ohne schlafende Hunde zu wecken. Als er nach fünfundzwanzig Minuten fertig war, fragte er Ann-Britt Höglund, ob sie etwas hinzufügen wolle. Doch sie schüttelte den Kopf.

»Wir müssen also«, schloß Wallander, »die Prioritäten in der Ermittlung anders setzen. Deshalb nimmt Per an unserer Besprechung teil. Es stellt sich auch die Frage, ob wir bereits jetzt Hilfe von außen brauchen. Es wird nicht leicht sein, in Alfred Harderbergs Welt einzudringen; vor allem, wenn er von unserem Interesse nichts merken soll.«

Als Wallander seinen Vortrag beendet hatte, war er unsicher, ob es ihm gelungen war, das Beabsichtigte zu vermitteln. Ann-Britt Höglund lächelte und nickte ihm zu, doch die reservierten Mienen rund um den Tisch ließen ihn zweifeln.

»Da haben wir eindeutig etwas, woran wir uns festbeißen können«, bemerkte Per Åkeson schließlich. »Uns muß klar sein, daß Alfred Harderberg in der schwedischen Wirtschaft als Vorbild gilt. Wir werden natürlich auf massiven Widerstand stoßen, wenn wir dieses Bild in Frage stellen. Andererseits kann ich nicht leugnen, daß der Verdacht ausreicht, um sich näher mit ihm zu befassen. Es fällt mir schwer zu glauben, daß Alfred Harderberg als Person etwas mit den Morden und den anderen Vorfällen zu tun hat. Aber irgendwo hinter seinem

Rücken geschehen möglicherweise Dinge, die er nicht kontrollieren kann.«

»Ich habe immer davon geträumt, mal einem dieser Herren auf die Hacken treten zu dürfen«, sagte Svedberg plötzlich.

»Eine sehr bedenkliche Haltung für einen Polizisten«, meinte Björk und verbarg seine Mißbilligung nicht. »Ich muß wohl nicht an unseren Status als neutrale Beamte erinnern.«

»Bleiben wir doch bei der Sache«, unterbrach Per Åkeson. »Wir sollten vielleicht daran erinnern, daß wir als Rechtsdiener dafür bezahlt werden, auch da mißtrauisch zu sein, wo wir es normalerweise nicht sein müßten.«

»Wir haben also grünes Licht, uns auf Alfred Harderberg zu konzentrieren?« fragte Wallander.

»Unter gewissen Voraussetzungen«, sagte Björk. »Ich bin nicht nur wie Per der Meinung, daß wir taktvoll und vorsichtig sein müssen. Ich möchte unterstreichen, daß ich es meinerseits als ein Dienstvergehen betrachten werde, wenn irgend etwas über unsere Aktivitäten nach außen dringt. Also – keine Äußerungen gegenüber der Presse.«

»Das ist klar«, sagte Martinsson, der bis dahin geschwiegen hatte. »Ich möchte lieber wissen, wie wir paar Leute das ganze riesige Harderberg-Imperium durchforsten wollen. Wie soll die Koordination mit den Wirtschaftsspezialisten in Stockholm und Malmö erfolgen? Wie werden wir mit den Steuerbehörden zusammenarbeiten? Ich könnte mir vorstellen, daß wir einen ganz anderen Weg einschlagen.«

»Welchen denn?« fragte Wallander aufmerksam.

»Wir geben den Fall an die Reichspolizei ab. Die können sich problemlos mit allen möglichen Spezialisten und Ämtern kurzschließen. Ich glaube, wir sind einfach eine Nummer zu klein für diese Sache.«

»Der Gedanke ist mir auch schon gekommen«, sagte Per Åkeson. »Aber in diesem frühen Stadium, bevor wir eine grundlegende Untersuchung durchgeführt haben, würden uns die Spezialisten in Stockholm und Malmö wohl kaum Gehör schenken. Ich weiß nicht, ob euch klar ist, daß sie vielleicht noch überlasteter sind als wir. Wir sind unterbesetzt, aber bei ihnen wird jeder Krankheitsfall zur Katastrophe. Bis auf weiteres müssen wir uns selbst um die Angelegenheit kümmern, so gut wir können. Aber ich werde versuchen, die Wirtschaftsfachleute schon jetzt zur Zusammenarbeit zu überreden. Wer weiß, vielleicht gelingt es mir.«

Für Wallander stand später fest, daß Per Åkesons Worte über die hoffnungslose Situation bei der Reichskripo ausschlaggebend waren. Die Ermittlungen würden sich auf Alfred Harderberg und seine Beziehungen zu Lars Borman und den toten Anwälten konzentrieren. Sie waren auf sich gestellt. Außerdem beschäftigte sich auch die Polizei von Ystad permanent mit Wirtschaftsdelikten. Aber diesmal ging es um ein größeres Kaliber, und sie wußten nicht einmal, ob die Morde wirklich etwas mit Harderbergs Unternehmen zu tun hatten.

Als Wallander einige Abende später einen Brief an Baiba Liepa in Riga schrieb, verwendete er die Bezeichnung *heimliche Jagd* für die Ermittlungen. Er schilderte die Operation keinesfalls als kopflos. Er hatte gespürt, daß seine Kollegen wie er selbst alles daran setzten, den Fall aufzuklären. *In jedem Polizisten steckt ein Jäger*, schrieb er. *Selten oder nie wird ins Horn gestoßen, wenn die Jagd beginnt. Und doch fangen wir bisweilen die Füchse, denen wir nachstellen. Ohne uns wäre der schwedische Hühnerhof seit langem ausgestorben und leer; nur blutige Federn würden noch im Herbstwind umhertreiben.*

Mit anderen Worten, sie gingen voller Enthusiasmus an die Sache. Björk spornte sie an, mahnte aber immer wieder, daß nichts nach außen dringen dürfe. Per Åkeson hatte seine korrekte Haltung abgelegt und war ein Mitarbeiter unter anderen, wobei er jedoch keinen Zweifel an seiner Autorität als Leiter der laufenden Operation aufkommen ließ.

Aber eigentlich hatte Wallander das Zepter in der Hand. Durch eine kaum verdiente Rücksichtnahme seiner Kollegen hatte er die Möglichkeit, etwas von der Schuld zu sühnen, die er auf sich geladen hatte, als er Sten Torstenssons Hilferuf in Skagen ignoriert hatte.

Irgendwann in jener Zeit schrieb er einen weiteren Brief an Baiba Liepa, den er nie abschickte. Darin versuchte er, ihr und damit auch sich selbst klarzumachen, was es eigentlich bedeutete, einen Menschen zu töten. Vor einem Jahr hatte er Schuld auf sich geladen, und nun wieder, indem er auf Sten Torstenssons Bitte um Hilfe nicht reagiert hatte. Er kam zu dem Ergebnis, daß Sten Torstenssons Tod ihn plötzlich mehr beschäftigte als die Geschehnisse auf dem nebligen Übungsgelände, umgeben von unsichtbaren Schafen.

Er verbarg seine Gefühle, seine Konflikte. In der Kantine kommentierten die Kollegen Wallanders Genesung und Wiederkehr, als hätte er gelähmt im Rollstuhl gesessen und wäre, als die Ermittlungsgruppe rief, urplötzlich auferstanden.

Martinsson, der seinen Zynismus manchmal nicht zügeln konnte, lästerte: »Was Kurt brauchte, war ein ordentlicher Mord. Kein Totschlag. Nein, ein richtiger Fall: zwei tote Anwälte, eine Landmine in einem Garten und eine asiatische Sprengladung im Benzintank, das war das Rezept, um ihn genesen zu lassen.«

Niemand zweifelte daran, daß Martinsson irgendwie recht hatte.

Die grundlegenden Vorarbeiten dauerten eine Woche. In dieser Zeit schliefen Wallander und seine Kollegen im Durchschnitt höchstens fünf Stunden pro Nacht. Später schien es ihnen, als hätten sie in dieser Woche bewiesen, daß auch eine Maus wie ein Elefant brüllen kann, wenn es darauf ankommt. Selbst Per Åkeson, der schwer zu beeindrucken war, mußte vor dieser Leistung den Hut ziehen.

»Das darf nicht herauskommen«, sagte er eines Abends zu Wallander, als sie zu später Stunde vor dem Polizeigebäude standen, um frische Herbstluft zu schöpfen und die Müdigkeit zu vertreiben. Wallander begriff zuerst nicht, was er meinte.

»Wenn die Reichspolizeiführung und das Justizministerium mitkriegen, was wir in der kurzen Zeit geschafft haben, werden sie eine Untersuchung anordnen und den Bürgern das sogenannte Ystadmodell präsentieren: Wie erreicht man mit minimalen Ressourcen maximale Ergebnisse. Daraus würde man die Schlußfolgerung ableiten, daß die Polizei keinesfalls unterbesetzt ist – im Gegenteil, so gesehen gibt es sogar viel zu viele

Polizisten. So viele, daß sie sich gegenseitig im Wege stehen, sinnlos Geld verbrauchen und die Aufklärungsstatistik versauen.«

»Mach mal halblang«, bremste ihn Wallander verwundert. »Bisher haben wir doch noch gar keine Ergebnisse vorzuweisen.«

»Ich spreche ja auch von der Reichspolizeiführung, von der rätselhaften Welt der Politiker, in der man mit großen Worten um sich wirft und versucht, das berühmte Kamel durchs Nadelöhr zu bringen. Wo man jeden Abend vor dem Schlafengehen um die Fähigkeit betet, am nächsten Tag Wasser in Wein verwandeln zu können. Ich spreche nicht davon, daß wir immer noch nicht wissen, wer die beiden Anwälte umgebracht hat. Ich spreche nur von dem, was wir jetzt mit Sicherheit wissen: daß Alfred Harderberg nicht der vorbildliche und über jeden Verdacht erhabene Bürger ist, als der er bisher dastand.«

Und so war es auch. In dieser Woche entstand ein Schema von Alfred Harderbergs Imperium, das natürlich keinesfalls vollständig war, das dunkle Flecken und schwarze Löcher aufwies, so daß es geraten schien, den Mann von Schloß Farnholm nicht aus den Augen zu lassen.

Als Åkeson und Wallander vor dem Polizeigebäude standen, am 14. November, um genau zu sein, waren sie in der Lage, gewisse Schlüsse zu ziehen. Die erste Phase lag hinter ihnen, die Jagd war planmäßig verlaufen, nichts war nach außen gedrungen. Das Bild eines beeindruckenden Geschäftsimperiums zeichnete sich ab, und irgendwo mußten Lars Borman und Gustaf Torstensson etwas entdeckt haben, was sie lieber nicht gesehen hätten.

Die Frage war nur: was?

Die Arbeit war hektisch gewesen. Aber Wallander hatte seine Truppen gut organisiert und die undankbarsten Aufgaben selbst übernommen, die sich oft als die interessantesten erwiesen. Sie hatten Alfred Harderbergs Aufstieg nachgezeichnet, vom Sohn eines stets alkoholisierten Holzhändlers aus Vimmerby zum Herrscher über einen Firmenverbund, der Milliardenumsätze im In- und Ausland kontrollierte.

Irgendwann während des Studiums der Jahresberichte und Bilanzen meinte Svedberg: »Es ist einfach nicht möglich, daß ein Mann, der so viel besitzt, ehrlich ist.«

Aber schließlich war es Sven Nyberg, der mürrische und verschlossene Kriminaltechniker, der ihnen die entscheidende Information lieferte. Es war, wie so oft, reiner Zufall, daß er den kleinen Riß in Alfred Harderbergs sauber verputzter Fassade entdeckte, genau den Schönheitsfleck, den sie brauchten. Und wäre Wallander nicht trotz seiner Müdigkeit auf den Kommentar aufmerksam geworden, den Nyberg beim Hinausgehen vor sich hin murmelte, hätten sie vielleicht eine nicht wiederkehrende Chance verpaßt.

Es war am Mittwoch gegen Mitternacht. Wallander saß über eine weitere Übersicht gebeugt, die Ann-Britt Höglund über die irdischen Güter des Alfred Harderberg erstellt hatte, da hämmerte Nyberg gegen die Tür. Nyberg war nicht gerade ein unauffälliger Mann; wenn er sich durch das Haus bewegte, war es normalerweise deutlich zu hören. An diesem Abend konnte er den vorläufigen Bericht des kriminaltechnischen Labors und seine eigenen Resultate in bezug auf die Mine in Frau Dunérs Garten und den Sprengstoffanschlag auf Wallanders Wagen präsentieren.

»Ich nehme an, du willst die Ergebnisse möglichst schnell erfahren«, brummte er, als er sich auf den Besucherstuhl hatte fallen lassen.

»Was hast du herausgefunden?« hatte Wallander neugierig gefragt und Nyberg aus geröteten Augen angesehen.

»Nichts«, kam die verblüffende Antwort.

»Nichts?«

»Du hörst doch, was ich sage«, meinte Nyberg verärgert. »Auch das ist ein Ergebnis. Es läßt sich nicht feststellen, wo die Mine hergestellt wurde. Aus unserer Sicht käme ein belgisches Unternehmen namens Poudres Réunie de Belgique in Frage, wie immer es sich ausspricht. Das Sprengmittel deutet darauf hin. Außerdem haben wir keine Splitter gefunden. Die Mine hat also nur nach oben hin gewirkt. Das deutet auf den belgischen Produzenten. Es kann aber auch jeder andere gewesen sein. Was deinen Wagen angeht, können wir nicht einmal sagen, ob überhaupt etwas im Tank gelegen hat. Mit anderen Worten: Wir können nichts mit Sicherheit sagen. Das Resultat lautet also: nichts.«

»Ich glaube dir ja«, sagte Wallander enttäuscht, während er in seinen Unterlagen nach den Fragen suchte, die er sich für Nyberg notiert hatte.

»Was die italienische Pistole angeht, die Bernadelli, wissen wir auch nicht mehr«, fuhr Nyberg fort. Wallander schrieb mit. »Keine ist als gestohlen gemeldet. Und die Personen, die als Besitzer registriert sind, konnten ihre Waffen vorweisen. Jetzt müßt ihr, Per Åkeson und du, entscheiden, ob wir alle Exemplare einziehen und ein Probeschießen ansetzen.«

»Glaubst du, daß uns das etwas bringt?«

»Ja und nein. Persönlich denke ich, daß wir uns zuvor um gestohlene Smith & Wessons kümmern sollten. Aber das kostet uns wieder ein paar Tage.«

»Wir verfahren so, wie du es für richtig hältst«, sagte Wallander und machte sich wieder eine Notiz. Dann gingen sie Punkt für Punkt durch.

»Im Anwaltsbüro haben wir keine Fingerabdrücke gefunden«, sagte Nyberg. »Wer immer Sten Torstensson erschossen hat – er war sehr achtsam. Auch die Untersuchung der Briefe Lars Bormans ist ergebnislos geblieben. Offenbar ist es seine Handschrift. Svedberg hat mit beiden Kindern gesprochen.«

»Was meinen die zu den Formulierungen? Ich habe ganz vergessen, Svedberg danach zu fragen.«

»Welche Formulierungen?«

»Na, der Brief war doch seltsam abgefaßt.«

»Hat Svedberg nicht bei einer Besprechung gesagt, daß Lars Borman leicht ›wortblind‹ war?«

Wallander runzelte die Stirn. »Ich kann mich nicht erinnern ...«

»Du warst vielleicht gerade draußen und hast Kaffee geholt.«

»Vielleicht. Aber ich werde mit Svedberg reden. Was hast du noch?«

»Ich habe mir Gustaf Torstenssons Wagen gründlich vorgenommen. Auch da keine Fingerabdrücke. Ich habe die Schlösser an der Zündung und am Kofferraum untersucht. Und ich habe mit dem Pathologen in Malmö gesprochen. Wir sind uns einig, daß der tödliche Schlag in den Nacken nicht vom Sturz gegen das Wagendach herrührt. Es gibt überhaupt kein Autoteil, das zur Oberfläche der Wunde paßt. Offensichtlich wurde er niedergeschlagen, und zwar außerhalb des Wagens. Oder es hat jemand hinter ihm auf dem Rücksitz gelauert.«

»Ich habe darüber nachgedacht«, sagte Wallander. »Wahrscheinlich hat er angehalten und ist ausgestiegen. Jemand ist von hinten gekommen und hat ihn niedergeschlagen. Dann wurde der Autounfall arrangiert. Aber warum hat er angehalten? Warum ist er ausgestiegen?«

»Das kann ich auch nicht beantworten.«

Wallander legte den Stift auf den Tisch und lehnte sich zurück. Der Rücken tat ihm weh, und er überlegte, ob er nicht besser nach Hause gehen und sich schlafen legen sollte.

»Das einzig Bemerkenswerte, was wir im Auto gefunden haben, war ein in Frankreich hergestellter Plastikbehälter«, sagte Nyberg.

»Was enthielt er?«

»Nichts.«

»Warum ist er dann bemerkenswert?«

Nyberg zuckte die Schultern und erhob sich. »So einen ähnlichen habe ich schon einmal gesehen. Vor vier Jahren, während eines Studienbesuchs im Lazarett von Lund.«

»In einem Krankenhaus?«

»Ja, ich erinnere mich genau.«

»Wozu werden diese Behälter verwendet?«

Nyberg hatte die Hand bereits an der Türklinke. »Woher soll ich das wissen? Der Plastikbehälter in Torstenssons Wagen war chemisch absolut rein. So sauber, daß er vielleicht noch nie etwas enthalten hat.«

Nyberg ging. Wallander hörte, wie sich seine polternden Schritte auf dem Flur entfernten.

Dann schob er die Papierstapel zur Seite und stand auf, um

sich auf den Heimweg zu machen. Plötzlich blieb er, die Jacke in der Hand, nachdenklich stehen.

Nyberg hatte irgend etwas Wichtiges gesagt, bevor er aus dem Raum gegangen war.

Etwas über den Plastikbehälter. Dann fiel es ihm ein, und er setzte sich wieder.

Da stimmt etwas nicht, dachte er. Warum sollte ein noch nie benutzter Behälter in Torstenssons Wagen liegen? Offenbar ein Spezialbehälter, völlig leer.

Es gab nur eine mögliche Antwort.

Als Gustaf Torstensson Schloß Farnholm verlassen hatte, war der Behälter nicht leer gewesen.

Was wiederum bedeutete, daß es sich um einen anderen Behälter handelte. Und der war ausgetauscht worden, auf der Straße, im Nebel. Als Gustaf Torstensson gehalten hatte und ausgestiegen war. Und niedergeschlagen wurde.

Wallander schaute auf die Uhr. Kurz nach Mitternacht. Er wartete eine Viertelstunde. Dann wählte er Nybergs Privatnummer.

»Zum Teufel, was willst du denn noch?« sagte Nyberg, als er Wallanders Stimme erkannte.

»Komm noch einmal her«, bat Wallander. »Jetzt, sofort.«

Wallander rechnete damit, daß Nyberg einen Wutanfall bekommen würde.

Aber er legte nur auf.

Zwanzig Minuten vor ein Uhr saß Nyberg wieder in Wallanders Büro.

11

Das nächtliche Gespräch mit Nyberg war für Wallander entscheidend. Wieder einmal bestätigte sich, daß komplizierte Ermittlungen oft im unerwarteten Moment zu einem Durchbruch kommen. Viele von Wallanders Kollegen glaubten deshalb, daß auch die Polizei eine Portion Glück nötig habe, um aus einer Sackgasse hinauszugelangen. Wallander dagegen dachte, daß hier eher Rydberg recht bekam, der der Meinung war, daß ein tüchtiger Polizist immer auf seine Intuition achten müsse, natürlich ohne dabei sein kritisches Urteil zu verlieren. Wallander hatte gespürt, daß der Plastikbehälter in Gustaf Torstenssons Wagen wichtig war. Trotz seiner Müdigkeit war ihm klar, daß er mit seinem Verdacht nicht bis zum nächsten Tag warten konnte. Deshalb hatte er Nyberg angerufen, der nun wieder vor ihm saß. Wiederum blieb der erwartete Wutanfall des launischen Kollegen aus. Nyberg hatte sich einfach hingesetzt, und Wallander sah, daß Nyberg unter dem Mantel einen Pyjama trug. Die Füße steckten in Gummistiefeln.

»Wenn ich gewußt hätte, daß du schon im Bett warst, hätte ich nicht angerufen«, sagte Wallander.

»Willst du damit sagen, daß du mich ohne besonderen Anlaß zurückgeholt hast?«

Wallander schüttelte den Kopf. »Es geht um diesen Plastikbehälter. Bitte erzähle mir mehr darüber.«

»Mehr weiß ich nicht.«

Wallander wußte, daß Nyberg nicht nur ein fähiger Kriminaltechniker war, sondern auch über Phantasie und ein unglaublich gutes Gedächtnis verfügte.

»Du sagtest, daß du schon einmal einen ähnlichen Behälter gesehen hast.«

»Nicht nur einen ähnlichen, sondern genau den gleichen. Ich bin ziemlich sicher.«

»Das bedeutet, daß es sich um ein besonderes Modell handelt. Kannst du ihn beschreiben?«

»Wäre es nicht besser, wenn ich den Behälter einfach herhole?«

»Wir gehen zusammen und sehen ihn uns an«, sagte Wallander und stand auf.

Seite an Seite gingen sie über die menschenleeren Flure des Polizeigebäudes. Von irgendwoher hörten sie Musik. Nyberg schloß den Raum auf, in dem Beweismaterial für die laufenden Untersuchungen verwahrt wurde.

Der Plastikbehälter stand in einem Regal. Nyberg nahm ihn herunter und reichte ihn Wallander. Die rechteckige Form erinnerte Wallander an ein Kühlgefäß. Er stellte den Behälter auf den Tisch und versuchte, ihn zu öffnen.

»Fest verschraubt«, sagte Nyberg. »Außerdem absolut luftdicht. Hier an der Seite ist ein Fenster. Wozu es dient, weiß ich nicht. Ich vermute, daß man dahinter ein Thermometer anbringen kann.«

»Genau so einen hast du also im Krankenhaus von Lund gesehen«, sagte Wallander nachdenklich. »Kannst du dich erinnern, wo, in welcher Abteilung er stand?«

»Er stand gar nicht, er war in Bewegung.«

Wallander sah ihn fragend an.

»Es war auf dem Gang vor den Operationssälen«, sagte Nyberg. »Eine Krankenschwester trug ihn vorbei. Sie hatte es offenbar eilig.«

»Fällt dir sonst noch etwas ein?«

»Nein.«

Sie machten sich auf den Rückweg zu Wallanders Büro.

»Der Behälter erinnert mich irgendwie an ein Kühlgefäß«, sagte Wallander.

»Mich auch. Vielleicht für Blut?«

»Ich möchte, daß du es herausfindest. Ich will wissen, was dieser Plastikbehälter in Gustaf Torstenssons Wagen zu suchen hatte, an dem Abend, als er starb.«

Als sie wieder auf ihren Stühlen saßen, kam Wallander auf eine frühere Bemerkung Nybergs zurück. »Du sagtest, der Behälter sei in Frankreich hergestellt?«

»Ja. ›Made in France‹ steht auf dem Handgriff.«

»Das ist mir gar nicht aufgefallen.«

»In Lund war die Schrift deutlicher, deshalb habe ich mehr gesehen als du.«

»Vielleicht täusche ich mich, aber mir scheint der Plastikbehälter wichtig zu sein. Warum lag er in Gustaf Torstenssons Wagen? Bist du sicher, daß er unbenutzt war?«

»Als ich den Verschluß aufschraubte, merkte ich, daß er zum ersten Mal geöffnet wurde. Willst du wissen, woran?«

»Es reicht mir, daß du sicher bist«, sagte Wallander. »Deine Erläuterungen würde ich sowieso nicht verstehen.«

»Ich sehe, daß dir der Behälter wirklich wichtig ist. Für mich ist es allerdings nichts Besonderes, unerwartete Gegenstände in demolierten Autos zu finden.«

Wallander erhob sich. »Danke, daß du gekommen bist. Ob du schon morgen sagen kannst, wozu der Plastikbehälter dient?«

Sie trennten sich vor dem Polizeigebäude. Wallander fuhr nach Hause und aß in der Küche ein paar belegte Brote, bevor er zu Bett ging. Lange wälzte er sich hin und her; er konnte einfach nicht einschlafen. Schließlich stand er wieder auf und setzte sich, ohne Licht zu machen, an den Küchentisch. Die Straßenbeleuchtung, die durch die Fenster drang, verwandelte den Raum in eine geheimnisvolle Schattenwelt. Wallander spürte, wie aufgeregt und ungeduldig er war. In diesem Fall gab es zu viele lose Enden. Selbst jetzt, da sie sich für einen Weg entschieden hatten, zweifelte er noch, ob ihre Wahl richtig war. Hatten sie etwas Entscheidendes vergessen? Er dachte an den Tag zurück, als ihm Sten Torstensson am Strand von Jütland entgegengekommen war. Das Gespräch hatte sich ihm wortwörtlich eingeprägt. Und dennoch fragte er sich, ob er die eigentliche Botschaft des Anwalts vielleicht gar nicht verstanden hatte – weil sie hinter den Sätzen verborgen war.

Als er sich wieder hinlegte, war es nach vier. Draußen heulte der Wind, und die Temperatur war merklich gefallen. Er fröstelte, als er unter die Decke kroch. Es schien ihm, als wäre er keinen Schritt weitergekommen. Ebenso vergeblich hatte er sich einzureden versucht, es käme lediglich darauf an, Geduld zu zeigen. Was er von seinen Kollegen forderte, schien er selbst nicht aufbringen zu können.

Als Wallander kurz vor acht das Polizeigebäude betrat, war der Wind zum Sturm geworden. An der Anmeldung erfuhr er, daß am Vormittag mit Orkanböen zu rechnen war. Ob das Dach vom Haus seines Vaters in Löderup standhalten würde? Er hatte schon lange ein schlechtes Gewissen, weil das Dach neu gedeckt werden mußte. Es bestand die Gefahr, daß der Sturm es herunterriß. Er setzte sich an seinen Schreibtisch und beschloß, seinen Vater wenigstens anzurufen. Aber da klingelte das Telefon.

»Ein Gespräch für dich«, sagte Ebba. »Ist das nicht ein scheußliches Wetter?«

»Tröste dich, es soll noch schlimmer werden. Wer ist denn dran?«

»Schloß Farnholm.«

Wallander setzte sich ruckartig auf. »Stell durch«, sagte er.

»Die Dame hat sich übrigens mit einem bemerkenswerten Namen vorgestellt: Jenny Lind«, sagte Ebba.

»Klingt doch ganz normal, oder?«

»Hast du noch nie von der berühmten Sängerin gehört?«

»Schon gut, Ebba. Laß mich jetzt mit ihr reden.«

Es schien die Stimme einer jungen Frau zu sein. Wieder eine von den vielen Sekretärinnen, dachte Wallander.

»Kommissar Wallander?«

»Am Apparat.«

»Bei Ihrem Besuch baten Sie darum, mit Doktor Harderberg sprechen zu dürfen ...«

»Das hört sich ja an, als wollten Sie mir eine Audienz verschaffen«, fiel ihr Wallander ins Wort. »Ich habe ihn in einem Mordfall zu vernehmen.«

»Das ist mir klar. Heute früh erhielten wir ein Telex, in dem

Doktor Harderberg mitteilt, daß er am Nachmittag nach Hause kommt. Er könnte Sie morgen empfangen.«

»Woher kam das Telex?«

»Spielt das eine Rolle?«

»Sonst hätte ich wohl nicht gefragt.«

»Doktor Harderberg hält sich derzeit in Barcelona auf.«

»Ich möchte nicht bis morgen warten«, sagte Wallander. »Ich muß so schnell wie möglich mit ihm reden. Wenn er heute nachmittag nach Schweden kommt, würde ich gern noch am Abend mit ihm sprechen.«

»Er hat meines Wissens heute abend noch keinen Termin«, sagte Jenny Lind. »Aber ich muß ihn erst in Barcelona anrufen, bevor ich eine Zusage machen kann.«

»Machen Sie, was Sie wollen, aber teilen Sie ihm mit, daß er heute abend um sieben Uhr Besuch von der Polizei aus Ystad bekommt.«

»Darauf kann ich mich nicht einlassen. Doktor Harderberg entscheidet stets selbst, wen er wann empfängt.«

»Diesmal nicht«, sagte Wallander. »Punkt sieben Uhr sind wir da.«

»Sie kommen in Begleitung, Kommissar Wallander?«

»Ja.«

»Darf ich um den Namen der betreffenden Person bitten?«

»Bitten dürfen Sie, aber erfahren werden Sie ihn nicht. Ich kann Ihnen jedoch verraten, daß es sich um einen weiteren Kriminalisten aus Ystad handelt.«

»Ich werde mit Doktor Harderberg in Verbindung treten. Ich muß Sie aber darauf hinweisen, daß er seine Pläne zuweilen kurzfristig ändert. Es kann sein, daß seine Anwesenheit an einem anderen Ort notwendig wird, bevor er nach Hause kommt.«

»Das kann ich nicht gestatten«, sagte Wallander. Es war ihm bewußt, daß er mit dieser Bemerkung seine Befugnisse erheblich überschritt.

»Ich muß mich sehr wundern«, sagte Jenny Lind. »Kann ein Polizist wirklich einfach so bestimmen, was Doktor Harderberg zu tun hat?«

Kühn ging Wallander noch einen Schritt weiter. »Dazu genügt ein kurzes Gespräch mit dem Staatsanwalt.«

Im selben Moment sah er seinen Fehler ein. Sie hatten sich darauf geeinigt, vorsichtig vorzugehen. Alfred Harderberg sollte Fragen beantworten. Aber genauso wichtig war es, ihn zu überzeugen, daß sie sich rein routinemäßig für ihn interessierten. So beeilte er sich, den entstandenen Eindruck abzuschwächen: »Doktor Harderberg ist natürlich in keiner Weise verdächtig. Unsere Ermittlungen machen es aber unumgänglich, schnellstens mit ihm zu reden. Ich bin überzeugt, daß ein so prominenter Mann der Polizei gern bei der Aufklärung eines schweren Verbrechens behilflich ist.«

»Ich werde mit ihm in Verbindung treten«, wiederholte Jenny Lind.

»Ich danke für Ihren Anruf«, sagte Wallander, bevor er auflegte.

Ihm war ein Gedanke gekommen. Mit Ebbas Hilfe trieb er Martinsson auf und bat ihn, im Büro vorbeizuschauen. »Alfred Harderberg hat von sich hören lassen«, sagte er, als sein Kollege vor ihm saß. »Er hält sich in Barcelona auf und kommt heute nach Hause. Ich habe die Absicht, Ann-Britt mitzunehmen und ihm heute abend einen Besuch abzustatten.«

»Sie ist zu Hause geblieben, weil ein Kind krank ist«, sagte Martinsson. »Hat gerade angerufen.«

»Dann mußt du mitkommen.«

»Nichts lieber als das. Ich will unbedingt das Aquarium mit dem Goldsand sehen.«

»Da ist noch eine Sache«, fuhr Wallander fort. »Was weißt du über Flugzeuge?«

»Nicht viel.«

»Mir fällt da nämlich etwas ein. Alfred Harderberg hat doch ein Privatflugzeug, Typ Gulfstream, was immer das bedeutet. Die Maschine muß jedenfalls irgendwo registriert sein. Es muß eine Art Journal über seine Flugbewegungen geben.«

»Zumindest muß er ein paar Piloten haben; ich werde mich darum kümmern.«

»Überlaß das einem anderen. Du hast Wichtigeres zu tun.«

»Was telefonisch zu erledigen ist, könnte Ann-Britt von zu Hause übernehmen«, sagte Martinsson. »Ich glaube, es würde sie freuen, wenn sie sich nützlich machen kann.«

»Aus ihr kann eine tüchtige Polizistin werden.«

»Das wollen wir hoffen. Aber sicher können wir noch nicht sein. Bisher wissen wir nur, daß sie auf der Polizeihochschule fleißig war.«

»Du hast recht. Die Wirklichkeit kann man nicht imitieren, auch in der besten Schule nicht.«

Als Martinsson den Raum verlassen hatte, bereitete sich Wallander auf die Besprechung der Ermittlungsgruppe vor, die um neun beginnen sollte. Beim Aufwachen waren die nächtlichen Gedanken über all die losen Enden des Falls noch gegenwärtig gewesen. Er hatte beschlossen, daß sie zunächst alles fallenlassen müßten, was nicht unmittelbar mit der Klärung der Morde verbunden war.

Wallander schob die Papierstapel zur Seite und legte ein leeres weißes Blatt vor sich auf den Tisch. Vor vielen Jahren hatte Rydberg ihn gelehrt, eine laufende Untersuchung immer wieder mit neuen Augen zu betrachten. *Wir müssen ständig den Aussichtsturm wechseln, sonst werden wir immer einen toten Winkel haben. Wie kompliziert eine Ermittlung auch ist, es muß eine Möglichkeit geben, sie so zu erklären, daß auch ein Kind sie versteht.*

Wallander schrieb: Es war einmal ein alter Anwalt, der besuchte einen reichen Mann auf einem Schloß. Auf dem Heimweg brachte ihn jemand um und versuchte den Anschein zu erwecken, es wäre ein Autounfall gewesen. Wenig später wird sein Sohn in der Kanzlei erschossen. Er hatte Verdacht geschöpft, es könnte kein richtiger Autounfall gewesen sein. Deshalb hatte er auch mich heimlich in Dänemark aufgesucht; er erwartete Hilfe von mir. Seiner Sekretärin hatte er gesagt, er reise nach Finnland; von dort kam eine Postkarte. Einige Tage darauf vergrub jemand eine Mine im Garten der Sekretärin. Meine aufmerksame Kollegin merkt, daß wir auf der Fahrt nach Helsingborg von einem Wagen verfolgt werden. Die Anwaltskanzlei hat Drohbriefe von einem Revisor erhalten, der später Selbstmord begeht, indem er sich bei Malmö an einem Baum aufhängt. Wahrscheinlich wurde auch er ermordet. All das hängt zusammen. Aber wir können es nicht erklären. Nichts wurde gestohlen, Haß oder Eifersucht scheinen nicht im Spiel zu sein. Übrig bleibt nur ein seltsamer Plastikbehälter. Und damit fängt alles von vorn an: Es war einmal ein alter Anwalt, der besuchte einen reichen Mann auf einem Schloß.

Wallander legte den Stift hin.

Alfred Harderberg, dachte er. Ein Seidenritter der neuen Zeit. Er steht im Hintergrund. Er fliegt um die Welt und geht seinen undurchschaubaren Geschäften nach, als befolge er Spielregeln, die nur Eingeweihte kennen.

Er las den Text aufmerksam durch. Nichts deutete darauf hin, daß Alfred Harderberg der Spielleiter war.

Es muß etwas sehr Großes sein, dachte Wallander. Wenn wir recht haben, wenn er wirklich hinter den Morden steckt, dann müssen Gustaf Torstensson und Lars Borman etwas entdeckt haben, was sein ganzes Imperium bedroht. Sten Torstensson hatte vermutlich keine Ahnung, worum es ging, aber er kam zu mir. Er ahnte, daß er überwacht wurde. Seine Verfolger konnten nicht riskieren, daß er sein Wissen verbreitete; auch Frau Dunér war eine Gefahr.

Es muß etwas sehr Großes sein, dachte er wieder. Etwas sehr Großes, was vielleicht in einen Plastikbehälter paßt, der an ein Kühlgefäß erinnert.

Wallander ging auf den Flur und holte Kaffee. Dann rief er seinen Vater an. »Es stürmt«, sagte er. »Dein Dach könnte weggerissen werden.«

»Das will ich sehen.«

»Wie bitte? Was willst du?«

»Ich will sehen, wie mein Dach über die Felder davonflattert. Das habe ich noch nie erlebt.«

»Ich hätte mich längst um eine Reparatur kümmern müssen«, sagte Wallander. »Ich lasse es noch vor dem Winter in Ordnung bringen.«

»Wer's glaubt, wird selig. Das würde ja voraussetzen, daß du herkommst.«

»Ich werde mir die Zeit nehmen«, sagte Wallander. »Hast du über den Vorfall in Simrishamn nachgedacht?«

»Was gibt es da nachzudenken? Ich habe getan, was zu tun war.«

»Niemand hat das Recht, einfach eine Prügelei zu beginnen.«

»Ich bezahle keine Geldstrafe, lieber gehe ich ins Gefängnis.«

»Das kommt gar nicht in Frage«, sagte Wallander. »Ich rufe dich heute abend wegen des Daches noch einmal an. Es soll Orkanböen geben.«

»Vielleicht klettere ich auf den Schornstein.«

»Um Himmels willen, warum denn das?«

»Mir ist nach einem kleinen Rundflug.«

»Du wirst dir den Hals brechen. Ist Gertrud nicht da?«

»Die nehme ich mit«, sagte der Vater und legte auf.

Wallander blieb reglos sitzen, den Hörer in der Hand.

Björk kam herein. »Wenn du telefonierst, will ich nicht stören.«

»Nein, nein.« Wallander legte auf.

»Von Martinsson habe ich gehört, daß es ein Lebenszeichen von Doktor Harderberg gibt«, begann Björk.

Wallander wartete auf eine Fortsetzung, die jedoch ausblieb.

»War das eine Frage? Wenn ja, dann bestätige ich Martinssons Aussage. Beziehungsweise ich korrigiere sie im Detail: Es war nicht Harderberg selbst, der angerufen hat. Er hält sich in Barcelona auf und wird im Laufe des Tages im Schloß erwartet. Ich habe auf einem Besuch am heutigen Abend bestanden.«

Björk kam endlich zur Sache. »Martinsson sagte auch, daß er dich begleiten würde. Ich frage mich, ob das angebracht ist.«

»Warum nicht?«

»Das soll nicht heißen, daß Martinsson nicht geeignet wäre. Ich dachte nur, daß ich selbst dabeisein sollte.«

»Warum das?«

»Weil Doktor Harderberg trotz allem nicht irgendwer ist.«

»Du kennst den Fall nicht so gut wie Martinsson und ich;

wir fahren schließlich nicht nach Schloß Farnholm, um einen Höflichkeitsbesuch abzustatten.«

»Wenn ich mitkäme, hätte das möglicherweise eine beruhigende Wirkung. Darin waren wir uns doch einig; Doktor Harderberg sollte nicht beunruhigt werden.«

Wallander ärgerte sich, weil Björk offenbar mitfahren wollte, um darüber zu wachen, daß er, Wallander, sich ordentlich aufführte. Gleichzeitig mußte er Björk recht geben; Harderberg durfte keinen Verdacht schöpfen.

»Ich verstehe deinen Gedanken«, sagte er. »Aber damit könnten wir das Gegenteil erreichen. Es erregt doch gerade Aufsehen, wenn der Polizeichef persönlich an einer routinemäßigen Befragung teilnimmt.«

»Ich meinte ja nur.«

»Wir werden das schon schaffen, Martinsson und ich«, sagte Wallander und stand auf. »Ich glaube, unsere Besprechung fängt gleich an.«

Auf dem Weg zum Konferenzraum nahm sich Wallander vor, es irgendwann in seinem Leben zu schaffen, aufrichtig zu sein. Er hätte Björk die Wahrheit sagen müssen, daß er ihn einfach nicht dabeihaben wollte, daß er seine Unterwürfigkeit gegenüber Alfred Harderberg nicht akzeptieren konnte. Er ahnte, daß Björks Verhalten mit den Spielregeln der Macht zusammenhing, über die er bisher kaum nachgedacht hatte. Dennoch war ihm bewußt, daß diese Spielregeln überall in der Gesellschaft galten. Immer gab es jemanden, der offen oder unausgesprochen von oben diktierte, was der unter ihm Stehende zu tun hatte. Er erinnerte sich, in seiner Kindheit Arbeiter gesehen zu haben, die mit der Mütze in der Hand stehenblieben, wenn jemand, der über ihr Leben bestimmte, vorbeiging. Er dachte daran, wie sein Vater vor den Seidenrittern gedient hatte.

Auch ich halte eine Mütze in der Hand, dachte Wallander. Ich merke es nur manchmal nicht.

Sie versammelten sich um den Tisch im Konferenzraum. Wütend präsentierte Svedberg den Entwurf für eine neue Uniform, der an alle Polizeidienststellen verteilt worden war.

»Schau mal, so werden wir in Zukunft herumlaufen«, sagte er, an Wallander gewandt.

»Du glaubst doch wohl selbst nicht, daß sie uns in solche Uniformen stecken.«

»Ann-Britt hat keine so negative Einstellung wie wir«, sagte Svedberg. »Sie meint, daß die neuen Klamotten schick aussehen könnten.«

Björk nahm, wie gewöhnlich, an der Stirnseite des Tisches Platz und signalisierte, daß die Besprechung beginnen konnte. »Per kann leider nicht dabeisein; er versucht, die Bankräuberzwillinge vom vergangenen Jahr hinter Gitter zu bringen.«

»Welche Zwillinge?« fragte Wallander.

»Ist es denn die Möglichkeit, da hat jemand nicht mitbekommen, daß die Handelsbank von zwei Männern ausgeraubt wurde, die, wie sich später herausstellte, Zwillinge waren!« rief Björk.

»Ich war ein Jahr nicht im Dienst.«

»Wir haben sie einige Zeit später geschnappt«, sagte Martinsson. »Sie hatten an einer der ausgezeichneten Hochschulen des Landes eine solide ökonomische Ausbildung genossen. Nun benötigten sie Startkapital, um ihre Ideen zu realisieren. Sie dachten wohl an ein mobiles Sommerparadies an der Südküste.«

»Die Idee ist gar nicht so dumm«, meinte Svedberg nachdenklich und kratzte sich am Kopf.

Wallander schaute in die Runde. »Alfred Harderberg hat anrufen lassen«, begann er. »Ich fahre heute abend mit Martinsson nach Schloß Farnholm. Es besteht ein gewisses Risiko, daß Harderberg seine Reisepläne noch einmal ändert. Aber ich habe zu verstehen gegeben, daß unsere Geduld nicht grenzenlos ist.«

»Könnte ihn das nicht mißtrauisch machen?« fragte Svedberg.

»Ich habe darauf hingewiesen, daß es sich um eine Routinebefragung handelt. Schließlich war er es, den Gustaf Torstensson an dem Abend, als er starb, besucht hatte.«

»Es wird auch langsam Zeit, daß er sich äußert«, sagte Martinsson. »Wir müssen uns nur gut überlegen, welche Fragen wir ihm stellen.«

»Wir haben den Tag noch vor uns«, sagte Wallander. »Man wird uns vom Schloß aus mitteilen, ob er wirklich kommt.«

»Wo steckt er denn diesmal?« fragte Martinsson.

»Barcelona.«

»Er besitzt dort Immobilien«, sagte Svedberg. »Außerdem ist er an einem Feriendorf beteiligt, das zur Zeit vor Marbella errichtet wird. Das läuft alles über eine Firma, die Casaco heißt. Ich habe irgendwo einen Prospekt gesehen. Ich glaube, das Ganze wird von einer Bank in Macao gesteuert. Wo immer das liegen mag.«

»Weiß ich auch nicht«, sagte Wallander. »Ist aber jetzt nicht so wichtig.«

»Macao liegt südlich von Hongkong«, sagte Martinsson. »Habt ihr in Erdkunde gefehlt?«

Wallander goß sich ein Glas Wasser ein, und die Besprechung nahm ihren gewohnten Verlauf. Einer nach dem anderen berichtete, was seit ihrer letzten Zusammenkunft auf seinem speziellen Arbeitsgebiet passiert war. Martinsson informierte über Ann-Britt Höglunds Ergebnisse. Die wichtigste Nachricht war, daß sie am folgenden Tag Lars Bormans Kinder und seine Witwe treffen würde, die zu Besuch in Schweden weilte. Als Wallander an der Reihe war, erzählte er ausführlich von dem Plastikbehälter. Er merkte bald, daß seine Kollegen nicht verstanden, warum gerade dieses Detail so wichtig sein konnte. Vielleicht ist es gut so, dachte er. Dadurch erhalten auch meine Erwartungen einen Dämpfer.

Nach ungefähr einer halben Stunde mündete das Gespräch in eine allgemeine Diskussion. Alle stimmten mit Wallander überein, alle losen Enden, die nicht unmittelbar auf Schloß Farnholm wiesen, zunächst ruhen zu lassen.

»Wir warten immer noch auf die Berichte der Wirtschaftsspezialisten aus Stockholm und Malmö«, sagte Wallander, als die Besprechung zum Ende kam. »Wir können feststellen, daß es für die Morde an Gustaf und Sten Torstensson keine erkennbaren Motive gibt; ich denke da an Raub oder Rache. Wir müssen natürlich weiter unter ihren Klienten suchen, sollte sich die Spur, die nach Schloß Farnholm führt, als kalt erweisen. Aber jetzt werden wir uns auf Harderberg und Lars Borman konzentrieren. Wir hoffen, daß Ann-Britt wichtige Hinweise erhält, wenn sie mit der Witwe und den Kindern spricht.«

»Wird sie damit klarkommen?« fragte Svedberg.

»Warum sollte sie nicht?« meinte Wallander verwundert.

»Weil sie ziemlich unerfahren ist«, sagte Svedberg und wurde rot. »War ja nur eine Frage.«

»Ich glaube, sie wird ihre Aufgabe sogar bestens erledigen«, sagte Wallander. »Wenn es weiter nichts gibt, denke ich, daß wir jetzt wieder an die Arbeit gehen können.«

Wallander kehrte in sein Büro zurück. Eine Weile stand er gedankenverloren am Fenster. Dann setzte er sich an den Tisch und ging erneut das gesamte Material durch, das es bisher über die Person Alfred Harderbergs und sein Firmenimperium gab. Einiges verstand er nicht. Die verwickelten geschäftlichen Transaktionen – die Übernahme einer Firma durch eine andere, das komplizierte Spiel mit Aktien und Emissionen – er hatte das Gefühl, in eine Welt zu blicken, deren Gesetze er nicht kannte. Immer wieder versuchte er, Sven Nyberg zu erreichen, aber vergebens. Er verzichtete auf die Mittagspause und verließ das Polizeigebäude erst um halb vier. Nyberg hatte immer noch nichts von sich hören lassen. Wallander ahnte, daß er nach Schloß Farnholm fahren mußte, ohne zu wissen, wozu der Plastikbehälter gedient hatte. Durch den Sturm lief er zum Stortorg und aß an einem Kebabstand.

Als Wallander ins Polizeigebäude zurückkehrte, lag eine Nachricht von Schloß Farnholm auf seinem Tisch. Doktor Harderberg war bereit, ihn am selben Abend Punkt halb acht zu empfangen. Er ging auf den Flur, um Martinsson zu suchen. Sie mußten sich vorbereiten, festlegen, welche Fragen sie stellen und welche sie noch zurückhalten wollten.

Auf dem Gang traf er Svedberg, der aus seinem Zimmer kam. »Du sollst Martinsson zu Hause anrufen. Er ist vor einer Weile heimgefahren. Ich weiß nicht, warum.«

Wallander ging in sein Büro zurück und wählte die Nummer. Martinsson war selbst am Apparat. »Tut mir leid, aber ich muß absagen. Meine Frau ist krank, und ich habe niemanden, der auf die Kinder aufpaßt. Kannst du nicht Svedberg mitnehmen?«

»Der ist eben fortgegangen; ich weiß nicht, wohin.«

»Tut mir wirklich leid.«

»Da kann man nichts machen; du mußt zu Hause bleiben. Ich werde schon irgendwie klarkommen.«

»Nimm doch Björk mit«, schlug Martinsson ironisch vor.

»Du hast recht«, antwortete Wallander ernsthaft. »Ich werde darüber nachdenken.«

Als er auflegte, stand sein Entschluß fest. Er würde Schloß Farnholm allein besuchen. Genau das war es, was er insgeheim gewollt hatte.

Meine größte Schwäche als Polizist, dachte er. Ich arbeite am liebsten allein. Aber mit den Jahren hat sich gezeigt, daß das nicht unbedingt eine Schwäche sein muß.

Um sich in Ruhe zu konzentrieren, verließ er das Polizeigebäude und fuhr aus der Stadt hinaus. Die Sturmböen ließen den Wagen schlingern. Wolkenfetzen jagten über den Himmel. Wieder fragte er sich, ob das Dach des Vaters in Löderup standhalten würde. Einen Augenblick lang vermißte er die Opernmusik, die er früher immer im Auto gehört hatte. Er hielt am Straßenrand und schaltete die Innenbeleuchtung ein. Aber er suchte vergebens; nirgendwo fand er eine seiner alten Kassetten. Erst da fiel ihm ein, daß er ja gar nicht in seinem Peugeot saß, sondern in einem geliehenen Wagen. Er fuhr weiter in Richtung Kristianstad. In Gedanken ging er noch einmal die Fragen durch, die er Alfred Harderberg stellen wollte, doch er merkte, daß er sich am meisten von der Begegnung selbst erhoffte. In den unzähligen Berichten, die er gelesen hatte, war kein einziges Foto des Schloßherrn, und von Ann-Britt Höglund wußte er, daß Harderberg extrem kamerascheu war. Während seiner wenigen öffentlichen Auftritte achteten Mitarbeiter darauf, daß nicht gefilmt oder fotografiert wurde. Eine Anfrage bei *Sveriges Television* hatte ergeben, daß auch das

Fernsehen über keinerlei Bildmaterial von Harderberg verfügte.

Wallander erinnerte sich an seinen ersten Besuch auf Schloß Farnholm. Damals hatte er geahnt, daß die Männer des großen Reichtums Stille und Abgeschiedenheit bevorzugten. Jetzt ergänzte er: Es waren geradezu unsichtbare Wesen. Gesichtslose Menschen in schönem Ambiente.

Kurz vor Tomelilla überfuhr er einen Hasen, der im Scheinwerferlicht vorbeiwirbelte. Er hielt an und stieg aus. Der Hase lag auf der Straße und zappelte mit den Hinterläufen. Wallander suchte auf dem Randstreifen nach einem Stein. Als er zurückkam, war der Hase tot. Er schob ihn mit der Schuhspitze von der Fahrbahn. Die kräftigen Windböen rissen ihm fast die Autotür aus der Hand, als er wieder in den Wagen stieg. In Tomelilla parkte er vor einem Café. Er bestellte ein Sandwich und ein Kännchen Kaffee. Es war Viertel vor sechs. Auf einem Notizblock notierte er ein paar Fragen als Gerüst für das bevorstehende Gespräch. Er merkte, wie gespannt er auf die Begegnung war. Gleichzeitig kam es ihm absurd vor, darauf zu hoffen, einen Mörder zu treffen.

Er blieb fast eine Stunde im Café, füllte seine Tasse mehrmals nach und ließ die Gedanken schweifen. Plötzlich wurde ihm bewußt, daß er an Rydberg dachte. Es fiel ihm für einen Moment schwer, sich das Gesicht des alten Kollegen vorzustellen. Wenn ich Rydberg verliere, verliere ich meinen einzigen wirklichen Freund, ob tot oder nicht, dachte er.

Er zahlte und ging. Vor dem Lokal lag ein Schild, das der Wind heruntergerissen hatte. Autos fuhren vorbei, doch er sah keine Menschen. Ein richtiger Novembersturm. Der Winter kündigte sich mit Macht an.

Fünf vor halb acht erreichte er das Schloßtor. Er hatte erwartet, hier Kurt Ström zu treffen, doch niemand zeigte sich. Der dunkle Bunker wirkte verlassen. Lautlos öffnete sich das Tor. Er fuhr zum Schloß hinauf. Starke Scheinwerfer beleuchteten die Fassade und den Park wie Theaterkulissen. Ein Bild von der Wirklichkeit, nicht die Wirklichkeit selbst.

Er hielt an der Freitreppe und stellte den Motor ab. Als er

aus dem Wagen stieg, öffnete sich das Portal. Eine Sturmbö ließ ihn eine Stufe verfehlen; er strauchelte und verlor seinen Notizblock, der davonflog. Wallander schüttelte den Kopf und wandte sich dem Eingang zu. Eine Frau von etwa fünfundzwanzig Jahren mit kurzgeschnittenem, fast stoppeligem Haar erwartete ihn.

»War es wichtig?« fragte sie.

Wallander erkannte ihre Stimme. »Nein, nur ein Notizblock.«

»Wir schicken natürlich Leute aus, die danach suchen werden«, sagte Jenny Lind.

Wallander betrachtete ihre schweren Ohrringe und die blauen Strähnen in ihren schwarzen Haaren.

»Nicht nötig, er war noch fast leer.«

Sie ließ ihn ein, und die Tür schloß sich lautlos hinter ihnen.

»Wollten Sie nicht mit einem Begleiter kommen?«

»Es hat sich nicht ergeben.«

Im selben Moment entdeckte Wallander zwei Männer reglos im Schatten neben der Treppe, die in die oberen Stockwerke des Gebäudes führte. Er erinnerte sich an die Schatten, die ihm bei seinem ersten Besuch auf Schloß Farnholm aufgefallen waren. Die Gesichter der Männer konnte er nicht erkennen. Für einen Augenblick zweifelte er, ob sie wirklich lebendig waren oder ob es sich um leere Rüstungen handelte.

»Doktor Harderberg kommt sofort«, sagte Jenny Lind. »Sie können in der Bibliothek auf ihn warten.«

Sie führte ihn zu einer Tür, die nach links von der großen Empfangshalle abging. Wallander hörte seine Schritte auf dem Steinboden und wunderte sich, wie es der Frau gelang, sich so lautlos zu bewegen. Verwundert stellte er fest, daß sie barfuß war.

»Ist das nicht kalt?« fragte er und schaute auf ihre Füße.

»Fußbodenheizung«, antwortete sie knapp und ließ ihm den Vortritt in die Bibliothek.

»Wir werden die Papiere suchen, die der Wind fortgerissen hat«, sagte sie noch einmal und schloß die Tür.

Wallander befand sich in einem großen ovalen Raum.

Rundum zierten Bücherregale die Wände. In der Mitte stand eine lederbezogene Sitzgruppe mit einem Serviertischchen. Das Licht war gedämpft. Im Unterschied zur Empfangshalle bedeckten orientalische Teppiche den Fußboden. Wallander stand regungslos und lauschte. Er wunderte sich, daß er den Sturm nicht hörte, der draußen tobte. Dann wurde ihm klar, daß der Raum schallisoliert war. Hier hatte sich Gustaf Torstensson am letzten Abend seines Lebens aufgehalten. Hier hatte er seinen Arbeitgeber und einige unbekannte Männer getroffen. Von hier war er anschließend zu seinem Wagen gegangen, jedoch nie in Ystad angekommen.

Hinter einem Pfeiler bemerkte Wallander ein großes Aquarium, in dem seltene Fische schwammen. Tatsächlich, der Sand glitzerte. Aber ob es Gold war, konnte er nicht erkennen. Er ging ein paar Schritte durch den Raum. Bestimmt werde ich beobachtet, dachte er. Ich sehe keine Kameras, aber sie sind da, hinter den Büchern versteckt, und so hochempfindlich, daß ihnen die gedämpfte Beleuchtung genügt. Natürlich haben sie auch Mikrophone und Tonbandgeräte installiert; sie rechneten ja damit, daß wir zu zweit kommen und uns hier eventuell unterhalten würden. Ich sollte vielleicht nicht ausschließen, daß sie über Apparate verfügen, die Gedanken lesen können.

Wallander hörte nicht, wie Harderberg den Raum betrat, aber er spürte plötzlich, daß er nicht mehr allein war. Als er sich umdrehte, stand ein Mann neben einem der tiefen Ledersessel.

»Kommissar Wallander«, sagte der Mann und lächelte. Später sollte Wallander den Eindruck gewinnen, daß dieses Lächeln nie aus dem gebräunten Gesicht des Mannes wich. Er würde es nie vergessen.

»Alfred Harderberg«, sagte Wallander. »Ich bin sehr dankbar, daß Sie mich empfangen konnten.«

»Wir müssen alle helfen, wenn die Polizei ruft.«

Er hat eine angenehme Stimme, dachte Wallander. Sie gaben sich die Hand. Harderberg trug einen gutsitzenden und sicher teuren gestreiften Anzug. Wallanders erster Eindruck war, daß dieser Mann Perfektion ausstrahlte, durch seine Kleidung ebenso wie durch seine Art, sich zu bewegen und zu sprechen.

Und dann dieses Lächeln, das sein Gesicht nie zu verlassen schien.

Sie setzten sich.

»Ich habe Tee bestellt. Ich hoffe, Sie trinken Tee?« fragte Harderberg höflich.

»Gern«, antwortete Wallander. »Besonders bei diesem Wetter. Die Mauern von Schloß Farnholm müssen sehr dick sein.«

»Sie meinen, weil man den Wind nicht hören kann. Ganz richtig, die Mauern sind sehr dick. Sie wurden errichtet, um zu widerstehen, feindlichen Soldaten ebenso wie entfesselten Stürmen.«

»Es muß eine komplizierte Landung gewesen sein. Sind Sie in Everöd oder Sturup angekommen?«

»Ich nehme immer Sturup, weil man von da direkt auf die internationalen Routen gelangt. Aber wir hatten keine Schwierigkeiten. Meine Piloten sind sorgfältig ausgesucht.«

Aus dem Dunkel löste sich die Afrikanerin, die Wallander bei seinem ersten Besuch im Schloß gesehen hatte. Sie schwiegen, während serviert wurde.

»Das ist ein ganz besonderer Tee«, sagte Alfred Harderberg.

Wallander erinnerte sich an seine nachmittägliche Lektüre. »Ich nehme an, er kommt von einer ihrer eigenen Plantagen.«

Das ständige Lächeln ließ nicht erkennen, ob Harderberg über Wallanders Kenntnis des Firmenimperiums erstaunt war. »Der Kommissar ist gut informiert. Wir besitzen Anteile an Lonhros Teeplantagen in Mosambik.«

»Schmeckt vorzüglich. Ich kann mir nicht vorstellen, was es bedeutet, in aller Welt Geschäfte zu machen. Das Dasein eines Polizisten ist ganz anders. Auch für Sie muß es doch einmal ein großer Schritt gewesen sein, von Vimmerby zu den Teeplantagen Afrikas.«

»Ein großer Schritt, so könnte man es nennen.«

Wallander merkte, daß Harderberg die einleitende Konversation damit beenden wollte. Er stellte die Teetasse ab und fühlte sich plötzlich unsicher. Der Mann ihm gegenüber strahlte eine beherrschte, aber scheinbar grenzenlose Autorität aus.

»Wir werden es kurz machen«, sagte Wallander nach Sekunden des Schweigens. »Der Anwalt Gustaf Torstensson, der nach einem Besuch hier bei Ihnen durch einen Autounfall ums Leben kam, wurde ermordet. Der Unfall war arrangiert, um das Verbrechen zu vertuschen. Abgesehen von dem oder den Tätern waren Sie einer der letzten, die ihn lebend gesehen haben.«

»Ich muß gestehen, daß mir die ganze Sache unbegreiflich ist«, meinte Harderberg. »Wer sollte den alten Torstensson umbringen?«

»Das fragen wir uns auch. Und wer war außerdem bereit, das Ganze als einen Autounfall zu tarnen?«

»Haben Sie eine Theorie?«

»Ja. Aber die kann ich hier nicht darlegen.«

»Ich verstehe. Das Geschehen geht uns sehr nahe. Der alte Torstensson war ein zuverlässiger Mitarbeiter.«

»Die Sache wird noch dadurch erschwert, daß auch sein Sohn Sten Torstensson ermordet wurde. Kannten Sie ihn?«

»Ich bin ihm nie begegnet. Aber ich weiß, was passiert ist.«

Wallander spürte, wie seine Unsicherheit wuchs. Harderberg wirkte völlig unberührt. Normalerweise erkannte Wallander schnell, ob ein Mensch die Wahrheit sagte oder log.

Aber der Mann ihm gegenüber, der lächelnde Mann, war anders.

»Sie machen in aller Welt Geschäfte«, begann Wallander von neuem. »Sie herrschen über ein Imperium, das Milliarden umsetzt. Nach meinen Informationen könnten Sie bald auf der Liste der weltgrößten Unternehmen landen.«

»Kankaku Securities und Pechiney International werden wir im nächsten Jahr überholen. Dann sind wir tatsächlich unter den tausend umsatzstärksten Unternehmen.«

»Die von Ihnen erwähnten Namen habe ich noch nie gehört.«

»Kankaku ist japanisch und Pechiney französisch. Ab und zu treffe ich die Aufsichtsratsvorsitzenden. Wir haben schon gewettet, wer von uns zuerst auf die Liste kommt.«

»Wie gesagt, für mich eine sehr fremde Welt. Sicher auch

für Gustaf Torstensson. Er war sein Leben lang ein einfacher Provinzanwalt. Dennoch fanden Sie einen Platz für ihn in Ihrem Unternehmen.«

»Ich gebe zu, daß ich selbst verwundert war. Aber als wir uns entschlossen, unsere schwedische Basis nach Schloß Farnholm zu verlegen, brauchten wir einen ortskundigen Anwalt. Mir wurde Gustaf Torstensson vorgeschlagen.«

»Von wem?«

»Das weiß ich nicht mehr.«

Da haben wir es, dachte Wallander. Natürlich weiß er, wer den Vorschlag gemacht hat, aber er will die Frage nicht beantworten. Die kaum merkbare Veränderung in dem lächelnden Gesicht war ihm nicht entgangen. »Wenn ich es richtig verstanden habe, hat er Sie ausschließlich in wirtschaftlichen Fragen beraten?«

»Ja. Er prüfte, ob unsere Geschäfte mit der schwedischen Gesetzgebung vereinbar waren. Er war sehr korrekt, ich hatte großes Vertrauen zu ihm.«

»Und worüber haben Sie an jenem letzten Abend gesprochen? Ich nehme an, Sie haben hier gesessen?«

»Wir interessierten uns für Immobilien in Deutschland, die Horsham Holdings in Kanada gehören. Ich sollte ein paar Tage später Peter Munk treffen, um das Geschäft möglicherweise perfekt zu machen. Wir diskutierten, ob es formelle Hindernisse für die Transaktion geben könnte. Unsere Idee war, einen Teil der Kaufsumme in Aktien und einen Teil bar zu bezahlen.«

»Peter Munk, wer ist das?«

»Der Hauptaktionär von Horsham Holdings. Er macht die Geschäfte.«

»Es war also eine ganz gewöhnliche Besprechung an jenem Abend?«

»Ja, es gab nichts Besonderes.«

»Ich bin darüber informiert, daß weitere Personen anwesend waren«, sagte Wallander.

»Ja, zwei Direktoren von der Banca Commerciale Italiana«, antwortete Harderberg. »Wir wollten die deutschen Immobilien mit einem Teil unseres Aktienbesitzes von Montedison bezahlen. Die italienische Bank sollte das vermitteln.«

»Ich würde gern die Namen dieser Personen haben«, sagte Wallander. »Ich muß mit ihnen reden, falls es sich als notwendig erweisen sollte.«

»Natürlich«, sagte Harderberg.

»Danach verließ Anwalt Torstensson Schloß Farnholm. Ihnen ist an ihm während des Abends nichts aufgefallen?«

»Nein, nichts.«

»Sie haben keine Ahnung, warum er ermordet wurde?«

»Das ist mir unbegreiflich. Ein alter, einsamer Mann. Wer sollte ihn töten wollen?«

»Das ist es ja. Wer wollte ihn umbringen? Und einige Tage später seinen Sohn?«

»Wenn ich richtig verstanden habe, verfolgt die Polizei eine Spur?«

»Ja. Aber wir haben kein erkennbares Motiv.«

»Ich wünschte, ich könnte Ihnen helfen. Ich möchte in jedem Fall, daß mich die Polizei über den Fortgang der Ermittlungen auf dem laufenden hält.«

»Es ist durchaus möglich, daß wir mit weiteren Fragen wiederkommen müssen«, sagte Wallander und stand auf.

»Ich werde sie nach bestem Wissen beantworten.«

Wieder gaben sie sich die Hand. Wallander versuchte, in den eisblauen Augen zu lesen. Aber schnell stieß er auf eine undurchdringliche Mauer.

»Haben Sie denn die Häuser gekauft?« fragte er beiläufig.

»Welche Häuser?«

»Na, in Deutschland.«

Das Lächeln wurde noch breiter. »Natürlich. Es war ein sehr gutes Geschäft. Gut für uns.«

Sie verabschiedeten sich an der Tür. Jenny Lind stand barfuß bereit, ihn hinauszugeleiten.

»Wir haben Ihren Notizblock gefunden«, sagte sie, als sie die große Empfangshalle durchquerten.

Wallander registrierte, daß die Schatten verschwunden waren.

Jenny Lind reichte ihm einen Umschlag.

»Ich nehme an, er enthält auch die Namen der beiden italienischen Bankdirektoren«, sagte Wallander.

Sie lächelte.

Alle lächeln, dachte Wallander. Auch die Männer, die sich im Schatten verbergen?

Als er Farnholm verließ, schlug ihm der Sturm entgegen. Jenny Lind schloß hinter ihm die Tür. Das Tor öffnete sich, und er fühlte sich erleichtert, als er hindurchgefahren war.

So ist Gustaf Torstensson losgefahren, fiel ihm ein. Ungefähr zur selben Zeit.

Plötzlich bekam er Angst. Er warf einen Blick über die Schulter, um zu kontrollieren, ob sich jemand auf dem Rücksitz versteckte.

Aber er war allein.

Der Wind rüttelte am Wagen, drang kalt durch die Fensterritzen.

Er dachte an Alfred Harderberg, den Mann, der lächelte. Natürlich weiß er, was geschehen ist.

Ich muß sein Lächeln besiegen.

12

Die Orkanböen, die über Schonen hinwegzogen, ließen langsam nach.

Im Morgengrauen, nachdem Kurt Wallander eine weitere schlaflose Nacht in seiner Wohnung zugebracht hatte, war der Sturm endlich zur Ruhe gekommen. In den nächtlichen Stunden hatte Wallander am Küchenfenster gestanden und auf die Straße hinausgeschaut. Die Masten der Straßenbeleuchtung bogen sich, als zerrten gefangene Tiere an Käfigstäben.

Wallander war aus der eigentümlichen Kulissenwelt von Schloß Farnholm mit dem unklaren Gefühl zurückgekehrt, besiegt worden zu sein. Vor dem lächelnden Alfred Harderberg hatte er eine ähnlich unterwürfige Rolle gespielt wie sein Vater früher vor den Seidenrittern. Er hatte am Fenster gestanden und in den Sturm gestarrt. Dabei war es ihm vorgekommen, als wäre Schloß Farnholm nur eine Variante der glänzenden amerikanischen Wagen, die weich federnd vor dem Haus in Malmö hielten, in dem er aufgewachsen war. Der lärmende Pole im seidenen Anzug war ein entfernter Verwandter des Mannes im Schloß mit den schallisolierten Wänden. Mit einer unsichtbaren Mütze in den Händen hatte er auf Alfred Harderbergs Besucherstuhl gesessen; ein Gefühl der Niederlage war geblieben.

Natürlich war das übertrieben. Er hatte seine Arbeit getan, er hatte den Mann getroffen, der trotz seiner grenzenlosen Macht fast unsichtbar schien, und ihm Fragen gestellt. Und es war ihm gelungen, ihn zu beruhigen, davon war er überzeugt. Alfred Harderberg durfte sich weiterhin wie ein über jeden Verdacht erhabener Bürger fühlen.

Außerdem war Wallander nun überzeugt, auf der richtigen Spur zu sein. Sie hatten den Stein in der Mauer gefunden, hinter dem sich die Lösung der Mordfälle verbarg, und dieser Stein trug Alfred Harderbergs Fingerabdrücke.

Er mußte nicht nur ein gefrorenes Lächeln besiegen, er mußte auch einen Riesen niederringen.

In der schlaflosen Nacht war er das Gespräch mit Alfred Harderberg immer wieder durchgegangen. Er hatte sich das Gesicht seines Kontrahenten vorgestellt und versucht, das stumme Lächeln wie einen Code zu analysieren. Einmal war eine Veränderung zu spüren gewesen, das stand fest, und zwar als er gefragt hatte, wer Harderberg vorgeschlagen habe, Gustaf Torstensson zu engagieren. Da war das Lächeln zerbrochen, wenn auch nur für eine Sekunde. Es gab also Augenblicke, in denen auch Alfred Harderberg menschliche Schwächen zeigte, nackt und verletzlich war. Aber das mußte nichts bedeuten; es konnte die Müdigkeit des erschöpften Weltreisenden gewesen sein, das kaum merkbare Zeichen, daß er es satt hatte, sich mit einem unbedeutenden Polizisten aus Ystad abzugeben. Dennoch wußte Wallander, daß er hier ansetzen mußte, wenn er den Riesen bezwingen, das Lächeln zerschlagen und die Wahrheit über die toten Anwälte erfahren wollte. Er zweifelte nicht daran, daß die cleveren Kollegen, die auf Wirtschaftsverbrechen spezialisiert waren, etwas finden würden, was sie in den Ermittlungen weiterbrachte. Aber in der Nacht hatte sich seine Überzeugung vertieft, daß Alfred Harderberg selbst sie ans Ziel bringen würde. Irgendwo, irgendwann würde der lächelnde Mann eine Spur hinterlassen, einen Fehler machen, den sie nutzen konnten.

Wallander war natürlich sicher, daß Alfred Harderberg die Anwälte nicht selbst getötet hatte. Auch die Mine in Frau Dunérs Garten hatte nicht er gelegt. Ebensowenig hatte er im Wagen gesessen, der ihm und Ann-Britt Höglund nach Helsingborg gefolgt war, und den Sprengsatz im Benzintank hatte er auch nicht installiert. Es war Wallander aufgefallen, daß Harderberg immer »wir« und »uns« sagte, wie ein König oder ein Fürst. Oder wie ein Mann, der es gewohnt ist, von loyalen Mitarbeitern umgeben zu sein, die jede Anweisung befolgen und nie widersprechen.

Nun wurde ihm auch klar, warum Harderberg ausgerechnet Gustaf Torstensson auserwählt hatte. Von ihm konnte er vollständige Loyalität erwarten. Einer wie Gustaf Torstensson wußte immer, daß sein Platz am unteren Ende der Tafel war. Dafür hatte er von Alfred Harderberg eine Chance bekommen, wie sie einer wie er nur einmal im Leben erhält.

Vielleicht war es so einfach, hatte Wallander gedacht und die windgepeitschten Straßenlaternen betrachtet. Vielleicht hatte Gustaf Torstensson etwas entdeckt, was er nicht akzeptieren wollte oder konnte. Hatte auch er einen Riß im Lächeln entdeckt? Einen Riß, in dem er sich selbst wie in einem Spiegel sehen konnte, um zu erkennen, welche widerliche Rolle er spielte?

Dann und wann in der Nacht hatte Wallander seinen Platz am Fenster verlassen. Am Küchentisch sitzend, hatte er seine Gedanken auf einem Schreibblock notiert und versucht, sie zu einer Ganzheit zusammenzusetzen.

Gegen fünf Uhr hatte er Kaffee gekocht und sich dann hingelegt, um vielleicht doch noch eine Stunde zu schlafen. Dann war er aufgestanden, hatte geduscht und eine weitere Tasse Kaffee getrunken. Kurz vor halb acht hatte er sich zum Polizeigebäude aufgemacht. Der Sturm war einer leichten Brise gewichen, der Himmel war blau, und es war kalt geworden. Obwohl er kaum geschlafen hatte, fühlte er sich voller Energie, als er sein Büro betrat. Die andere Art zu atmen, hatte er unterwegs gedacht. Jetzt ist die Anlaufphase der Ermittlung vorbei, jetzt sind wir mittendrin. Er warf seine Jacke über einen Stuhl und holte eine Tasse Kaffee. Dann rief er Ebba in der Anmeldung an und beauftragte sie damit, Nyberg ausfindig zu machen und ihn zu bitten, zu ihm zu kommen. Während er wartete, faßte er sein Treffen mit Alfred Harderberg schriftlich zusammen. Nach einer Weile steckte Svedberg den Kopf zur Tür herein und erkundigte sich, wie es gelaufen sei.

»Das wirst du in der Besprechung erfahren«, sagte Wallander ausweichend. »Nur so viel: Ich glaube nach wie vor, daß die Morde und die übrigen Geschehnisse von Schloß Farnholm aus gesteuert wurden.«

»Ann-Britt Höglund hat angerufen und Bescheid gegeben, daß sie direkt nach Ängelholm fährt, um Lars Bormans Witwe und die Kinder zu treffen.«

»Wie kommt sie mit den Fragen um Harderbergs Flugzeug voran?«

»Darüber hat sie nichts gesagt. Ich nehme an, das dauert seine Zeit.«

»Verdammt, ich bin so ungeduldig«, sagte Wallander. »Ich frage mich, warum.«

»So bist du doch immer gewesen. Du hast es nur selbst nicht gemerkt.«

Als Svedberg ging, klingelte das Telefon. Ebba teilte mit, daß Nyberg auf dem Weg sei. Als er eintrat, merkte Wallander sofort, daß etwas geschehen war. Durch ein Nicken bedeutete er Nyberg, die Tür zu schließen.

»Du hattest recht«, begann Nyberg. »Der Plastikbehälter, den wir uns heute nacht angesehen haben, hat im Wagen eines alten Anwalts absolut nichts zu suchen.«

Gespannt wartete Wallander auf die Fortsetzung.

»Du hattest auch recht mit deiner Vermutung, es könnte sich um einen Kühlbehälter handeln«, fuhr Nyberg fort. »Aber nicht für Medikamente oder Blut, sondern für Organe, die zur Transplantation bestimmt sind! Eine Niere, zum Beispiel.«

Wallander schaute ihn nachdenklich an. »Bist du sicher?«

»Wenn ich nicht sicher wäre, würde ich es dazusagen.« Nyberg war beleidigt.

»Ich weiß, ich weiß.«

»Es handelt sich um ganz besondere Plastikbehälter«, berichtete Nyberg weiter. »Davon gibt es nicht allzu viele. Es dürfte also nicht ganz unmöglich sein, den Weg des Exemplars in Torstenssons Wagen zurückzuverfolgen. Wenn meine bisherigen Informationen stimmen, gibt es einen schwedischen Alleinimporteur für diese Transplantationsbehälter, ein Unternehmen in Södertälje namens Avanca. Ich werde es unverzüglich unter die Lupe nehmen.«

Wallander nickte langsam. »Noch etwas, vergiß nicht herauszufinden, wem dieses Unternehmen gehört.«

Nyberg verstand. »Du meinst, Avanca könnte zu Harderbergs Imperium gehören?«

»Zum Beispiel.«

Nyberg stand auf, zögerte aber an der Tür. »Was weißt du über Transplantationen?«

»Nicht besonders viel«, sagte Wallander. »Ich weiß, daß es so etwas gibt, daß immer häufiger Organe verpflanzt werden. Am eigenen Leib möchte ich das lieber nicht erleben. Es muß seltsam sein, ein fremdes Organ im Körper zu spüren.«

»Ich habe in Lund mit einem Arzt namens Strömberg gesprochen. Er hat mir einen guten Überblick gegeben. Unter anderem erzählte er, daß auch die Transplantationstechnik eine Schattenseite habe. Nicht nur, daß Menschen in armen Ländern aus Verzweiflung ihre eigenen Organe verkaufen, um nicht zu verhungern – das ist natürlich eine Sache, die nicht zuletzt moralisch zweifelhaft ist. Aber er deutete auch etwas viel Schlimmeres an.«

Nyberg verstummte plötzlich und schaute Wallander fragend an.

»Ich habe Zeit«, sagte Wallander. »Sprich weiter.«

»Für mich klang es völlig unbegreiflich«, sagte Nyberg. »Aber Strömberg überzeugte mich, daß es keine Grenzen gibt, wenn es darum geht, Geld zu verdienen.«

»Hast du das noch nicht gewußt?«

»Man denkt, daß der äußerste Punkt erreicht ist, aber es geht immer noch weiter.«

Nyberg setzte sich auf Wallanders Besucherstuhl. »Noch gibt es keinerlei Beweise«, fuhr er fort. »Aber Strömberg behauptet, daß es in Südamerika und Asien Organisationen gibt, bei denen man menschliche Organe bestellen kann. Es wird gemordet, um das Gewünschte zu beschaffen.«

Wallander schwieg.

»Geeignete Personen werden überfallen, betäubt und in private Kliniken gebracht. Dort werden die bestellten Organe herausoperiert. Später findet man die Leichen irgendwo in der Gosse.«

Wallander schüttelte den Kopf und schloß die Augen.

»Er meinte auch, daß diese Art der Organbeschaffung in viel größerem Umfang stattfindet, als wir ahnen. Das Gerücht geht um, daß sie auch in Osteuropa und in den USA verbreitet ist. Eine Niere hat kein Gesicht, keine Identität. Man tötet ein Kind in Südamerika und verlängert jemandem in einem westlichen Land das Leben; jemandem, der bezahlen kann und nicht warten will, bis er mit einer Transplantation dran ist. Die Mörder verdienen eine Menge Geld.«

»Ein Organ aus einem menschlichen Körper zu entfernen kann nicht ganz einfach sein«, meinte Wallander. »Also müssen viele Ärzte beteiligt sein.«

»Na und? Wer behauptet denn, daß Ärzte moralisch höher stehen als andere Menschen?« fragte Nyberg bitter.

»Ich kann es trotzdem nicht glauben.«

»So ist der Mensch, und deshalb können diese Organisationen in aller Ruhe weitermachen«, sagte Nyberg, zog einen Notizblock aus der Tasche und blätterte darin. »Der Arzt gab mir den Namen einer Journalistin, die an diesen Sachen dran ist. Lisbeth Norin heißt sie, wohnt in Göteborg und schreibt für populärwissenschaftliche Zeitschriften.«

Wallander notierte sich den Namen. »Laß uns mal einen ganz bösen Gedanken denken«, schlug er dann vor und schaute Nyberg in die Augen. »Nehmen wir einmal an, Alfred Harderberg wäre daran beteiligt, Menschen töten zu lassen, um Nieren oder was auch immer auf dem offenbar existierenden illegalen Markt zu verkaufen. Nehmen wir weiter an, daß Gustaf Torstensson irgendwie davon erfahren und die Kühltasche als Beweis mitgenommen hat. Laß uns diesen bösen Gedanken mal zu Ende denken.«

Nyberg starrte Wallander ungläubig an. »Meinst du das ernst?«

»Natürlich nicht. Ich denke nur einen bösen Gedanken.«

Nyberg stand auf. »Ich versuche herauszufinden, woher der Behälter stammt.«

Als Wallander wieder allein war, stellte er sich ans Fenster und grübelte über Nybergs Bericht. Es konnte wirklich nur ein böser Gedanke sein. Alfred Harderberg spendete Gelder für

Forschungszwecke; er kümmerte sich um behinderte Kinder. Wallander erinnerte sich an Schenkungen zum Ausbau des Gesundheitswesens in verschiedenen afrikanischen und südamerikanischen Ländern.

Die Kühltasche in Gustaf Torstenssons Wagen mußte etwas anderes zu bedeuten haben. Oder auch gar nichts.

Dennoch ließ er sich von der Auskunft Lisbeth Norins Telefonnummer geben. Ein Anrufbeantworter schaltete sich ein.

Wallander hinterließ seinen Namen und seine Durchwahl.

Den Rest des Tages verbrachte er in quälendem Warten. Womit er sich auch beschäftigte, die Berichte Sven Nybergs und Ann-Britt Höglunds waren eigentlich wichtiger. Nachdem er seinen Vater angerufen und erfahren hatte, daß das Dach vom Orkan nicht beschädigt worden war, fuhr er mehr oder weniger konzentriert fort, alles zugängliche Material über Alfred Harderberg durchzuarbeiten. Ob er wollte oder nicht, die bemerkenswerte Karriere dieses Mannes aus Vimmerby faszinierte ihn. Wallander konstatierte, daß sich Harderbergs Geschäftsgenie schon sehr früh gezeigt hatte. Im Alter von neun Jahren hatte er Weihnachtszeitungen vertrieben und zugleich von seinen wenigen gesparten Kronen ältere Jahrgänge aufgekauft. Die hatte er billig bekommen, da nur die aktuellen Zeitungen verkäuflich zu sein schienen. Alfred Harderberg jedoch hatte die alten Zeitungen, preislich gestaffelt, mit den neuen angeboten. Wallander merkte schnell, daß Harderberg der geborene Händler war. Er kaufte und verkaufte, was andere herstellten. Er schuf keine neuen Produkte, seine Kunst bestand darin, billig zu kaufen und teuer zu verkaufen, also dort Werte zu entdecken, wo kein anderer sie sah. Bereits im Alter von vierzehn Jahren hatte er erkannt, daß es einen Markt für alte Autos gab. Er war in der Umgebung von Vimmerby herumgeradelt, hatte in Gärten und Höfe geschaut und die ausrangierten, halb überwucherten Fahrzeuge aufgekauft. Oftmals hatte man ihm die Wracks gratis überlassen — wer konnte schon einem unschuldigen Jungen etwas abschlagen, der sich wegen seiner Leidenschaft für Schrottwagen so fleißig auf den Landstraßen abstrampelte. Geduldig hatte er jede Krone gespart, die er nicht zum Betrieb seines Geschäftskarussells benötigte. Als er siebzehn war, setzte er sich in den Zug nach Stockholm. Er ließ sich von einem wenige Jahre älteren Kameraden begleiten, der ein erstaunlich geschickter Bauchredner war. Alfred Harderberg hatte die Fahrkarte dieses Freundes bezahlt und sich selbst zu dessen Manager ernannt. Er schien seine lächelnde Liebenswürdigkeit also bereits damals zu einer gewissen Perfektion entwickelt zu haben. Aufmerksam las Wallander eine Reportage im *Bildjournal*, einer Zeitung, an die er sich vage zu erinnern glaubte. Der Verfasser erwähnte mehrfach die elegante Kleidung, die guten Manieren und das freundliche Lächeln des jungen Managers. Doch schon damals war Harderberg offenbar kamerascheu gewesen, denn die Fotos zeigten stets nur den Bauchredner und niemals seinen Begleiter. Aus dem Artikel ging ebenfalls hervor, daß Harderberg in Stockholm so schnell wie möglich seinen småländischen Dialekt loswerden wollte, weshalb er sogar Geld in einen Sprachpädagogen investierte. Bald schickte er den Bauchredner wieder zurück in die Provinz und in die Anonymität und stürzte sich selbst auf neue Projekte. Bereits Ende der 60er Jahre galt er als Millionär, Mitte der 70er Jahre kam dann der Erfolg auf der ganzen Linie. Durch eine Serie erfolgreicher Immobilien- und Aktienspekulationen, sowohl in Schweden als auch im Ausland, war sein Vermögen dramatisch gewachsen. Wallander registrierte, daß auch der Beginn der ausgedehnten Geschäftsreisen in alle Welt in diese Zeit fiel. Lange hatte er in Simbabwe beziehungsweise Südrhodesien, wie es damals hieß, zugebracht, wo er zusammen mit einem gewissen Tiny Rowland erfolgreich in Kupfer- und Goldgruben spekuliert hatte. Wallander vermutete, daß dabei auch die Teeplantagen in Harderbergs Besitz gelangt waren.

Anfang der 80er Jahre heiratete Alfred Harderberg eine Brasilianerin namens Carmen Dulce da Silva. Die Ehe wurde kinderlos geschieden. Und immer hatte es Harderberg verstanden, nahezu unsichtbar zu bleiben, sich hinter reinen Geschäften zu verstecken. Nie war er selbst anwesend, wenn seine Schenkungen an Krankenhäuser und ähnliche Einrichtungen offiziell übergeben wurden. Statt dessen schrieb er Briefe, in denen er sich demütig für die ihm erwiesenen Freundlichkeiten bedankte. Auch seine Ehrendoktortitel nahm er nie selbst in Empfang, weder die Hüte noch die Diplome.

Sein ganzes Leben war eine einzige Abwesenheit, dachte Wallander. Bevor er eines Tages in Schonen auftauchte, war eigentlich niemandem bekannt gewesen, wo er sich gerade aufhielt. Er hatte ständig den Wohnsitz gewechselt, war in Autos mit getönten Scheiben durch die Gegend gefahren oder in seinem Privatflugzeug unterwegs gewesen.

Es gab jedoch einige Ausnahmen. Eine schien immer überraschender und wichtiger als die nächste. Frau Dunér hatte im Gespräch mit Ann-Britt Höglund erzählt, die erste Begegnung von Alfred Harderberg und Gustaf Torstensson habe im Hotel Continental in Ystad stattgefunden. Harderberg war anschließend von dem alten Anwalt als liebenswert beschrieben worden; er sei sehr geschmackvoll gekleidet und auffallend sonnengebräunt gewesen.

Warum wollte Harderberg den Anwalt in einem Hotel treffen, wenn andererseits bekannte Wirtschaftsjournalisten manchmal Jahre warten mußten, um in seine Nähe zu gelangen? Hatte das etwas zu bedeuten? Wechselte er manchmal die Spur, um die Verwirrung zu erhöhen?

Unsicherheit kann ein Versteck sein, dachte Wallander. Die Öffentlichkeit soll wissen, daß es ihn gibt, aber nicht, wo.

Um zwölf Uhr ging Wallander nach Hause und machte sich etwas zu essen. Punkt halb zwei war er zurück im Büro. Als er sich wieder in seine Unterlagen vertiefen wollte, klopfte Ann-Britt Höglund und betrat den Raum.

»Schon?« fragte Wallander. »Ich dachte, du wärst noch in Ängelholm.«

»Das Gespräch mit Lars Bormans Familie war kurz«, antwortete sie. »Leider.«

Wallander spürte, daß sie bedrückt war, und wurde sofort angesteckt. Wieder nichts, dachte er enttäuscht. Nichts, was uns hilft, die Mauern um Schloß Farnholm zu überwinden.

Sie setzte sich und blätterte in ihren Papieren.

»Wie geht es dem kranken Kind?« fragte Wallander.

»Kinder sind nie lange krank«, sagte sie. »Übrigens habe ich einiges über Harderbergs Flugzeug herausgefunden. Ich war froh, daß Svedberg angerufen hat und mir etwas zu tun gab. Frauen haben immer ein schlechtes Gewissen, wenn sie nicht arbeiten können.«

»Erst Familie Borman«, sagte Wallander.

Sie schüttelte den Kopf. »Das Gespräch hat wirklich nicht viel gebracht. Sie sind davon überzeugt, daß sein Tod ein Selbstmord war. Ich glaube, weder die Witwe noch die Tochter sind darüber hinweggekommen. Zum ersten Mal habe ich begriffen, was es bedeuten muß, wenn einer aus der Familie sich plötzlich, ohne erkennbaren Anlaß, das Leben nimmt.«

»Hat er denn gar nichts hinterlassen? Keinen Brief?«

»Nichts.«

»Das paßt nicht in das Bild von Lars Borman. Er wirft ein Fahrrad nicht einfach so hin, er nimmt sich nicht das Leben, ohne eine Erklärung oder Entschuldigung zu hinterlassen.«

»Ich bin die wichtigsten Punkte durchgegangen. Keine schmutzigen Affären, kein Glücksspiel, keine Betrügereien.«

»Hast du dich danach erkundigt?«

»Man kann auch auf indirekte Fragen direkte Antworten bekommen.«

Wallander nickte. »Menschen, die wissen, daß die Polizei kommt, bereiten sich vor«, sagte er nachdenklich. »Hast du das gemeint?«

»Alle drei sind entschlossen, seinen guten Namen und Ruf zu verteidigen«, bestätigte sie. »Unaufgefordert zählten sie alle seine Verdienste auf, so daß ich mir Fragen nach seinen Schwächen ersparen konnte.«

»Entscheidend ist, ob sie die Wahrheit gesagt haben.«

»Sie haben nicht gelogen. Ob er vielleicht Geheimnisse hatte, kann ich nicht beantworten. Aber ich hatte nicht den Eindruck, daß er ein Doppelleben führte.«

»Erzähl bitte mehr.«

»Das Ganze war wie ein unfaßbarer Schock für sie, und den haben sie noch immer nicht überwunden. Ich glaube, sie grübeln Tag und Nacht, warum er sich das Leben genommen haben könnte, aber sie finden keine Antwort.«

»Hast du angedeutet, daß es möglicherweise gar kein Selbstmord war?«

»Nein.«

»Gut. Weiter.«

»Das einzig Interessante für uns ist, daß Lars Borman Kontakt zu Gustaf Torstensson hatte. Das konnte die Familie bestätigen. Sie wußten auch, warum. Gustaf Torstensson und Lars Borman waren Mitglieder in einem Verein, der sich dem Studium der Ikonenmalerei widmet. Es gab vereinzelte Besuche Gustaf Torstenssons bei Lars Borman und umgekehrt.«

»Sie waren also befreundet?«

»So weit würde ich nicht gehen. Nein, so nahe haben sie sich nicht gestanden. Und das macht die Sache, meiner Meinung nach, interessant.«

»Inwiefern?«

»Nun, ich gehe davon aus, daß beide in gewisser Weise Eigenbrötler waren. Der eine war verheiratet, der andere Witwer, aber sie waren beide Sonderlinge. Sie trafen sich nicht oft, und wenn sie sich trafen, dann sprachen sie über Ikonen. Aber könnte es nicht sein, daß gerade diese beiden einsamen Menschen einander etwas anvertraut haben? In Ermangelung wirklicher Freunde?«

»Das ist denkbar. Aber es erklärt nicht, warum Borman Drohbriefe an alle Mitglieder der Anwaltskanzlei geschrieben hat.«

»Ausgenommen Sonja Lundin. Vielleicht ist gerade dieses Detail wichtig.«

Wallander lehnte sich zurück und schaute sie aufmerksam an. »Denkst du an etwas Bestimmtes?«

»Das sind nur Spekulationen«, sagte sie. »Vermutlich auch noch weit hergeholt.«

»Alles kann uns weiterhelfen. Schieß los, ich bin ganz Ohr!«

»Nehmen wir einmal an, Lars Borman hat Gustaf Torstensson anvertraut, was in der Bezirksbehörde geschehen ist, er hat ihm von dem Betrug erzählt. Sie können doch nicht die ganze

Zeit nur über Ikonen geredet haben. Wir wissen ja, daß Borman enttäuscht und verletzt war, weil es keine ordentliche polizeiliche Untersuchung des Falles gab. Nehmen wir weiter an, Gustaf Torstensson wußte, daß es eine Verbindung zwischen Alfred Harderberg und der betrügerischen Firma STRUFAB gab. Er könnte erwähnt haben, daß er für Harderberg arbeitet. Vielleicht ging Lars Borman davon aus, daß der Anwalt über ein genauso ausgeprägtes Rechtsgefühl verfügte wie er selbst, und sah in ihm einen rettenden Engel. Aber Gustaf Torstensson unternahm nichts. Drohbriefe kann man wohl auf verschiedene Art interpretieren.«

»Kann man das? Drohbriefe sind doch Drohbriefe, oder?«

»Nun, man kann sie ernst nehmen oder auch nicht. Vielleicht denken wir falsch, vielleicht hat Gustaf Torstensson sie überhaupt nicht ernst genommen. Sie wurden nicht registriert, er hat sich weder an die Polizei noch an die Anwaltskammer gewandt – er hat sie lediglich im Schreibtisch versteckt. Manchmal ist es am aufregendsten, das am wenigsten Dramatische einer Handlung zu entdecken. Daß Sonja Lundin nicht erwähnt wurde, lag vielleicht einfach daran, daß Lars Borman nichts von ihrer Existenz wußte.«

Wallander nickte. »Nicht schlecht. Deine Spekulationen sind nicht schlechter als andere, im Gegenteil. Nur eine Erklärung wird damit nicht geliefert – weder für den Mord an Lars Borman noch für den an Gustaf Torstensson. In beiden Fällen handelt es sich doch um getarnte Hinrichtungen.«

»Eigentlich hast du die Erklärung gerade formuliert, indem du feststellst, daß sich die Fälle gleichen.«

Wallander dachte nach. »Vielleicht. Wenn wir davon ausgehen, daß Gustaf Torstensson sich bereits aus irgendeinem Grund in Alfred Harderbergs Augen verdächtig gemacht hatte. Eventuell stand er schon unter Beobachtung. Dann wäre Frau Dunér das nächste Glied in der Kette.«

»Genau das denke ich auch.«

Wallander stand auf. »Nichts davon können wir beweisen.«

»Noch nicht«, sagte sie.

»Wir haben nicht viel Zeit«, sagte Wallander. »Ich fürchte,

daß Per Åkeson uns bald stoppen und ein breiteres Vorgehen fordern wird, wenn wir nichts Konkretes vorweisen können. Gehen wir davon aus, daß wir einen Monat haben, um uns auf unsere Hauptspur zu konzentrieren – Alfred Harderberg.«

»Das reicht vielleicht«, meinte Ann-Britt Höglund aufmunternd.

»Gerade heute habe ich einen schlechten Tag«, sagte Wallander. »Ich denke immer, daß die ganze Ermittlung zur Hölle geht. Deshalb ist für mich so wichtig, was du sagst. Kriminalisten, die im Glauben an den Erfolg schwankend werden, haben im Polizeikorps nichts verloren.«

Sie gingen hinaus, um Kaffee zu holen. Auf dem Flur blieben sie stehen.

»Das Flugzeug«, sagte Wallander. »Was wissen wir darüber?«

»Nicht viel. Harderberg besitzt einen Gulfstream Jet, Baujahr 1974. Der schwedische Heimatflughafen ist Sturup, die Wartungen werden in Deutschland vorgenommen, genauer gesagt in Bremen. Alfred Harderberg hat zwei Piloten angestellt. Der eine, Karl Heider, stammt aus Österreich, wohnt in Svedala und ist schon viele Jahre bei Harderberg beschäftigt. Der andere, Luiz Manshino, kommt ursprünglich von der Insel Mauritius. Er arbeitet noch nicht lange für Harderberg; er hat eine Wohnung in Malmö.«

»Wer hat dir denn all diese Informationen gegeben?«

»Ich habe gesagt, ich sei Journalistin und arbeite an einem Artikel über die Privatflugzeuge schwedischer Manager. Man verwies mich an den PR-Verantwortlichen des Flugplatzes. Ich glaube, Harderberg wird keinen Verdacht schöpfen, wenn er davon erfährt. Natürlich konnte ich nicht nach eventuell archivierten Logbüchern fragen, die darüber Aufschluß geben könnten, wann und wohin er unterwegs war.«

»Die Piloten interessieren mich. Menschen, die so viel Zeit miteinander verbringen, müssen ein spezielles Verhältnis zueinander entwickeln. Bestimmt wissen sie viel voneinander. Muß nicht auch immer eine Stewardeß an Bord sein? Aus Sicherheitsgründen?«

»Offenbar nicht.«

»Wir müssen versuchen, an die Piloten heranzukommen. Und eine Möglichkeit finden, die Flugdokumentationen auszuwerten.«

»Ich verfolge die Sache gern weiter, und ich werde dabei möglichst unauffällig vorgehen.«

»Tu das, aber beeil dich. Die Zeit rennt uns davon.«

Am selben Nachmittag versammelte Wallander seine Ermittlungsgruppe. Björk war nicht dabei, er leitete im Konferenzraum ein Treffen mehrerer Polizeichefs des Bezirks. Als Ann-Britt Höglund über ihre Begegnung mit Frau Borman und den Kindern berichtet hatte, erzählte Wallander von seiner Reise nach Schloß Farnholm und dem Gespräch mit Alfred Harderberg. Die Kollegen hörten gespannt zu. Jeder schien zu versuchen, in dem Gesagten eine Spur zu entdecken, die Wallander entgangen war.

»Mein Gefühl hat sich noch verstärkt, daß die Mordfälle und die anderen Geschehnisse auf Alfred Harderbergs Konto gehen«, schloß Wallander. »Doch auf mein Gefühl können wir uns nicht verlassen. Noch haben wir keine Ergebnisse; wir können uns ebensogut getäuscht haben.«

»Wovon könnten wir sonst ausgehen?« fragte Svedberg.

»Es bleibt immer die Möglichkeit, nach einem Verrückten zu suchen«, sagte Martinsson.

»Ein Verrückter ist nicht so kaltblütig«, sagte Ann-Britt Höglund. »Alles wirkt so geplant. Es deutet absolut nichts auf einen Verrückten hin.«

»Wir müssen jedenfalls weiterhin vorsichtig sein«, sagte Wallander. »Wir wissen, daß jemand ein Auge auf uns hat, vielleicht Alfred Harderberg, vielleicht auch ein anderer.«

»Wenn man sich nur auf Kurt Ström verlassen könnte«, sagte Svedberg. »Stellt euch vor, wir hätten jemanden im Schloß, der sich zwischen all den Sekretärinnen bewegt, ohne Aufmerksamkeit zu erregen.«

»Du hast recht«, sagte Wallander. »Noch besser wäre es, wenn wir jemanden fänden, der bis vor kurzem bei Harderberg gearbeitet hat. Der vielleicht entlassen wurde und jetzt wütend ist auf seinen ehemaligen Arbeitgeber.«

»Die Wirtschaftsspezialisten behaupten, daß es nur einen kleinen Kreis von Menschen gibt, die Alfred Harderberg nahestehen«, sagte Martinsson. »Zumeist Mitarbeiter, die seit Jahren für ihn arbeiten. Die Sekretärinnen sind weniger wichtig. Ich glaube nicht, daß sie besonders viel wissen.«

»Trotzdem wäre es gut, wenn wir jemanden im Schloß hätten«, wiederholte Svedberg. »Wir könnten etwas über das tägliche Geschehen erfahren.«

Die Versammlung löste sich langsam auf.

»Ich schlage vor, daß wir unsere morgige Besprechung an einen anderen Ort verlegen«, sagte Wallander abschließend. »Wir müssen das Material noch einmal in Ruhe durchgehen und unsere Position bestimmen. Die Zeit arbeitet gegen uns, das dürfen wir nicht vergessen.«

»Im Spätherbst steht das Hotel Continental fast leer«, sagte Martinsson. »Einen Konferenzraum könnten wir dort sicher billig mieten.«

»Das hätte etwas Symbolisches«, sagte Wallander. »Schließlich haben sich Alfred Harderberg und Gustaf Torstensson dort zum ersten Mal getroffen.«

Am Tag darauf saßen sie in der oberen Etage des Continental zusammen. Sie unterbrachen ihre Diskussion lediglich für einen kleinen Imbiß und später zum Kaffeetrinken. Am Abend beschlossen sie, auch noch den nächsten Tag hier zu nutzen. Björk gab telefonisch seine Zustimmung. Sie schlossen sich von der Außenwelt ab und arbeiteten sich noch einmal durch das gesamte Material. Die Zeit saß ihnen im Nacken. Es war bereits Freitag, der 19. November.

Erst am frühen Abend brachen sie auf.

Wallander meinte später, daß Ann-Britt Höglund die Lage, in der sie sich befanden, am besten beschrieben hatte.

»Alles liegt vor uns, aber wir sehen die Zusammenhänge nicht. Wenn Alfred Harderberg die Fäden zieht, dann tut er es sehr geschickt. Sobald wir uns umdrehen, wirbelt er die Dinge durcheinander, und wir können wieder von vorn beginnen.«

Alle waren müde, als sie das Hotel verließen. Aber sie schlichen nicht davon wie besiegte Krieger. Wallander wußte, daß etwas Wichtiges erreicht war. Jeder teilte nun das Wissen der anderen, kannte die Ideen und Zweifel der Kollegen.

»Jetzt gehen wir ins Wochenende«, sagte Wallander beim Abschied. »Am Montag machen wir mit frischen Kräften weiter.«

Den Samstag verbrachte er in Löderup bei seinem Vater. Es gelang ihm, das Dach zu reparieren. Anschließend saßen sie stundenlang in der Küche und spielten Karten. Beim gemeinsamen Abendessen spürte Wallander, daß Gertrud wirklich gern mit seinem Vater zusammenlebte.

Später am Abend fragte er Gertrud, ob sie Schloß Farnholm kenne.

»Früher sagte man, es sei ein Spukschloß«, antwortete sie. »Aber solche Geschichten erzählt man wohl über jedes Schloß.«

Gegen Mitternacht fuhr Wallander nach Hause. Es herrschte leichter Frost. Er fürchtete sich vor dem herannahenden Winter.

Am Sonntag schlief er lange. Dann ging er spazieren und betrachtete die Boote im Hafen. Am Nachmittag brachte er seine Wohnung auf Vordermann.

Als Wallander am Montag, dem 22. November, erwachte, hatte er Kopfschmerzen. Das wunderte ihn, denn er hatte am Abend keinen Alkohol getrunken. Vielleicht lag es daran, daß er so unruhig geschlafen hatte. Die Nacht war voller Alpträume gewesen. Plötzlich hatte sein Vater tot dagelegen. Aber als er an den Sarg treten und hineinschauen wollte, war er zurückgeschreckt, denn er wußte, daß eigentlich Linda unter dem Leichentuch lag. Gott sei Dank, er hatte nur geträumt!

Lustlos stand er auf und löste Schmerztabletten in einem Glas Wasser auf. Das Thermometer zeigte weiterhin Minustemperaturen. Während er seinen Kaffee filterte, dachte er, daß die nächtlichen Visionen auch so eine Art Prolog zu dem Treffen waren, das ihm am Vormittag mit Björk und Per Åkeson bevorstand. Es würde kompliziert werden. Auch wenn er nicht daran zweifelte, daß Per Åkeson die weitere Konzentration der Ermittlungen auf Alfred Harderberg befürwortete, war ihm doch bewußt, daß die bisherigen Ergebnisse nicht zufriedenstellend waren. Sie hatten das gesammelte Material nicht ordnen können. Es fehlte der rote Faden. Per Åkeson hätte guten Grund zu fragen, wie lange sie noch blind durch die Gegend tappen wollten.

Mit der Kaffeetasse in der Hand schaute er auf seinen Wandkalender. Ein Monat noch, dann stand Weihnachten vor der Tür. So viel Zeit mußte ihnen der Staatsanwalt noch geben. Wenn sie bis dahin den Durchbruch nicht geschafft hatten, mußten sie akzeptieren, daß nach den Feiertagen andere Spuren in den Vordergrund rückten.

Ein Monat, dachte er. Es muß bald etwas geschehen.

Das Läuten des Telefons unterbrach ihn in seinen Gedanken.

»Ich hoffe, ich habe dich nicht geweckt«, sagte Ann-Britt Höglund.

»Ich bin beim Kaffeetrinken.«

»Hast du *Ystads Allehanda* abonniert?«

»Was soll man sonst mit einer Lokalzeitung tun? Morgens liest man gemütlich die regionalen Neuigkeiten. Den Rest der Welt bekommt man dann am Nachmittag oder am Abend verpaßt.«

»Hast du sie heute schon gelesen?«

»Ich habe sie noch nicht einmal reingeholt.«

»Tu das sofort. Und schau in den Annoncenteil.«

Verwirrt ging er in die Diele und holte die Zeitung. Den Telefonhörer zwischen Schulter und Ohr geklemmt, schlug er sie auf.

»Wonach soll ich denn suchen?«

»Das wirst du schon sehen«, sagte sie und legte auf.

Im selben Moment entdeckte er sie – die Anzeige, in der ein Stallmädchen für Schloß Farnholm gesucht wurde. Die Stelle war ab sofort frei. Deshalb hatte sich Ann-Britt so kurz gefaßt – sie wollte Schloß Farnholm am Telefon nicht erwähnen.

Wallander überlegte einen Augenblick. Das konnte eine Möglichkeit sein. Gleich nach dem Treffen mit Per Åkeson würde er seinen Freund Sten Widén anrufen.

Als Wallander und Björk in Per Åkesons Büro Platz genommen hatten, gab dieser die Anweisung, sie unter keinen Umständen zu stören. Er war schwer erkältet und putzte sich lange und gründlich die Nase. »Eigentlich sollte ich zu Hause im Bett liegen«, sagte er. »Aber dieses Treffen ist mir sehr wichtig.«

Er wies auf die Schriftstücke mit Ermittlungsergebnissen und fuhr fort: »Es wird sicher niemanden überraschen, wenn ich die bisherigen Resultate als dürftig bezeichne. Äußerst vage Indizien, die auf Alfred Harderberg hinweisen, sind alles, was wir haben.«

»Wir brauchen mehr Zeit«, sagte Wallander. »Die Ermittlungen sind kompliziert; das wußten wir von Anfang an. Es ist außerdem die beste Spur, die wir verfolgen können.«

»Die Frage ist, ob man es Spur nennen kann«, entgegnete Per Åkeson. »Du hast einen Ansatzpunkt geliefert, der es angemessen erscheinen ließ, uns ganz auf Alfred Harderberg zu konzentrieren. Aber danach sind wir eigentlich nicht viel weitergekommen. Wir treten auf der Stelle. Auch die Spezialisten für Wirtschaftsfragen haben keine Unregelmäßigkeiten feststellen können. Alfred Harderberg scheint eine absolut integre Persönlichkeit zu sein. Nichts, weder direkt noch indirekt, weist auf eine Verbindung zwischen ihm beziehungsweise seinen Unternehmen und den Morden an den Anwälten Torstensson hin.«

»Zeit«, wiederholte Wallander. »Was wir brauchen, ist Zeit. Oder andersherum ausgedrückt: Wenn wir Alfred Harderberg erst einmal definitiv abschreiben können, sind wir um so besser gerüstet, aus einer anderen Richtung anzugreifen.«

Björk hüllte sich in Schweigen.

Per Åkeson schaute Wallander an. »Eigentlich müßte ich hier stoppen«, sagte er ernst. »Das mußt du einsehen. Überzeuge mich also, daß es richtig ist, die Ermittlungen weiter auf Harderberg zu konzentrieren.«

»Ich verweise auf das vorliegende Material. Ich glaube nach wie vor, daß wir auf der richtigen Spur sind. Übrigens sind wir uns darüber in der Ermittlungsgruppe einig.«

»Dennoch meine ich, daß wir überlegen sollten, bereits jetzt Kollegen abzuziehen, um den Fall aus einer anderen Richtung anzugehen.«

»Aus welcher Richtung?« rief Wallander hitzig. »Wir haben keinen anderen Ansatzpunkt. Wer arrangiert einen Autounfall, um einen Mord zu vertuschen, und mit welchem Motiv? Warum wird ein Anwalt in seinem Büro erschossen? Wer vergräbt eine Mine im Garten einer treuen Angestellten? Wer sprengt meinen Wagen in die Luft? Sollen wir davon ausgehen, daß es sich um einen Verrückten handelt, der ganz zufällig beschlossen hat, die Inhaber und Angestellten einer Anwaltskanzlei in Ystad und dazu den einen oder anderen Polizisten umzubringen?«

»Ihr seid die Klientenkartei noch gar nicht gründlich durchgegangen. Es gibt vieles, was wir noch nicht wissen.«

»Trotzdem brauche ich mehr Zeit«, forderte Wallander erneut. »Nicht unbegrenzt, aber mehr.«

»Zwei Wochen«, entschied Per Åkeson. »Wenn ihr dann nichts Überzeugendes zu bieten habt, ändern wir die Richtung.«

»Das reicht nicht.«

»Gut, drei Wochen«, lenkte Per Åkeson ein.

»Sagen wir, Weihnachten. Wenn wir vorher merken, daß wir in die Irre laufen, korrigieren wir uns sofort. Aber gib uns bitte Zeit bis Weihnachten.«

Per Åkeson wandte sich an Björk. »Was meinst du?«

»Ich mache mir Sorgen, weil ich denke, daß wir in die falsche Richtung ermitteln. Ich habe die ganze Zeit bezweifelt, daß Alfred Harderberg mit dem Fall zu tun hat, das ist kein Geheimnis.«

Wallander setzte zu einer Erwiderung an, beherrschte sich dann aber. Schlimmstenfalls mußte er die angebotenen drei Wochen akzeptieren. Per Åkeson begann, in den Papierstapeln auf dem Tisch zu wühlen. »Was ist das hier mit den Transplantationen? Ich habe irgendwo gelesen, daß ihr einen Behälter zum Transport menschlicher Organe in Gustaf Torstenssons Wagen gefunden habt. Stimmt das?«

Wallander berichtete von Sven Nybergs Entdeckung.

»Avanca«, wiederholte Per Åkeson nachdenklich, als Wallander fertig war. »Ist die Firma an der Börse notiert? Ich habe den Namen noch nie gehört.«

»Es handelt sich um ein kleines Unternehmen, das einer Familie Roman gehört. Es begann mit dem Import von Rollstühlen in den 30er Jahren.«

»Mit anderen Worten, es gehört nicht zum Imperium von Harderberg«, setzte Per Åkeson den Gedanken fort.

»Das wissen wir noch nicht.«

»Wie kann ein Unternehmen, das im Besitz einer Familie Roman ist, gleichzeitig Alfred Harderberg gehören? Das mußt du mir erklären.«

»Ich werde es dir erklären, wenn ich es kann«, sagte Wallander. »Aber ich habe in den letzten Monaten die Erfahrung gemacht, daß die Eigentümerverhältnisse in verschiedenen Unternehmen beträchtlich von dem abweichen, was auf dem Firmenschild steht.«

Per Åkeson schüttelte den Kopf. »Ich merke schon, du gibst nicht auf.«

Dann schaute er auf seinen Schreibtischkalender. »Am Montag, dem 20. Dezember, entscheiden wir uns. Falls uns nicht zuvor ein Durchbruch gelingt. Wenn ihr am 20. Dezember keine handfesten Ergebnisse auf den Tisch legen könnt, gebe ich euch nicht einen einzigen Tag mehr.«

»Wir werden die Zeit nutzen«, versprach Wallander. »Ich hoffe, dir ist klar, daß wir hart arbeiten.«

»Ich weiß«, sagte Per Åkeson. »Aber als Staatsanwalt habe ich meine Vorschriften.«

Damit war das Gespräch beendet. Schweigend gingen Björk und Wallander zu ihren Büros.

»Es war nett von ihm, dir so viel Zeit zu geben«, sagte Björk auf dem Flur vor seiner Zimmertür.

»Mir? Du meinst wohl, uns?«

»Du weißt ganz genau, was ich meine. Laß uns nicht sinnlos diskutieren.«

»Ganz mein Wunsch«, sagte Wallander.

Als er in seinem Büro war und die Tür hinter sich geschlossen hatte, fühlte er sich plötzlich müde. Lustlos schob er eine Fotografie von Harderbergs Flugzeug zur Seite, die ihm jemand auf den Schreibtisch gelegt hatte.

Ich schaffe es nicht, dachte er. Die ganze Ermittlung läuft schief. Ich sollte die Verantwortung abgeben.

Lange blieb er reglos sitzen. In Gedanken reiste er nach Riga, zu Baiba Liepa. Als er es nicht mehr aushielt, schrieb er ihr einen Brief, in dem er sie über Weihnachten und Neujahr nach Ystad einlud. Um nicht zu riskieren, den Brief zu vergessen oder später zu zerreißen, steckte er ihn sofort in einen Umschlag, adressierte ihn und gab ihn bei Ebba in der Anmeldung ab. »Der muß heute noch raus. Ist sehr wichtig.«

»Ich kümmere mich persönlich darum«, versprach sie. »Du siehst übrigens müde aus. Schläfst du schlecht?«

»So kann man es nennen.«

»Wer dankt es dir, wenn du dich kaputtschuftest? Ich jedenfalls nicht.«

Wallander antwortete nicht, er ging in sein Büro zurück.

Ein Monat, dachte er. Ein Monat, um das Lächeln zu besiegen.

Er wählte die Nummer von Sten Widén.

Zugleich beschloß er, wieder ein paar Opernkassetten zu kaufen. Er vermißte seine Musik.

13

Gegen Mittag an diesem Montag verließ Wallander in dem Polizeiauto, das bis auf weiteres seinen ausgebrannten Wagen ersetzen mußte, Ystad in Richtung Westen. Sein Ziel war das Gestüt in der Nähe der Burgruine Stjärnsund, das von Sten Widén betrieben wurde. Als er die Anhöhe vor der Stadt erreicht hatte, bog er auf einen Parkplatz ein, stellte den Motor ab und schaute übers Meer. Weit draußen am Horizont ahnte er die Konturen eines Schiffes auf der Fahrt zur Ostsee.

Plötzlich überfiel ihn ein Schwindelgefühl, das einige Sekunden anhielt. Zuerst befürchtete er, daß es das Herz wäre, dann merkte er, daß ihm sein ganzes Dasein zu entgleiten drohte. Er schloß die Augen, legte den Kopf zurück und versuchte, sämtliche Gedanken abzuschalten. Nach einer Minute schlug er die Augen wieder auf. Das Meer lag immer noch vor ihm; das Schiff hatte sich ein Stück weiter nach Osten bewegt. Ich bin müde, dachte er, obwohl ich mich am Wochenende ausgeruht habe. Das Gefühl der Erschöpfung hat tiefere Ursachen, die ich nur zum Teil ergründen kann. Offenbar kann ich nichts dagegen tun, jedenfalls jetzt nicht mehr, denn ich bin wieder im Dienst. Den Strand von Jütland habe ich freiwillig aufgegeben.

Wie lange er sitzen blieb, wußte er nicht. Als er zu frieren begann, startete er und fuhr weiter. Am liebsten wäre er nach Hause gefahren, um sich in seiner Wohnung zu verkriechen. Aber er zwang sich, in Richtung Stjärnsund abzubiegen. Nach etwa einem Kilometer wurde die Straße schlechter. Wie immer, wenn er zu Sten Widén unterwegs war, fragte er sich, wie die großen Pferdetransporter mit den Schlaglöchern klarkamen.

Endlich lag der Talkessel mit dem großen Hof und den ausgedehnten Stallungen vor ihm. Er fuhr hinunter und hielt an. In einem Baum schimpfte ein Schwarm Krähen.

Er stieg aus und ging zu dem roten Ziegelgebäude, in dem Widén sein kombiniertes Wohnbüro hatte. Die Tür war nur angelehnt, und Wallander hörte, daß Widén telefonierte. Er klopfte und trat ein. Wie immer herrschte eine heillose Unordnung, und es roch nach Pferd. In dem ungemachten Bett schliefen zwei Katzen.

Wallander fragte sich, wie es Widén aushielt, jahrelang so zu leben.

Der Mann, der ihm freundlich zunickte, ohne das Gespräch zu unterbrechen, war mager, hatte zotteliges Haar und ein blühendes Ekzem am Mund. Er sah noch so aus wie vor fünfzehn Jahren, als sie einige Zeit zusammen verbracht hatten. Damals war es Sten Widéns Traum gewesen, Opernsänger zu werden. Er hatte einen klaren Tenor, und sie stellten sich eine gemeinsame Zukunft vor, in der Wallander sein Impresario wäre. Aber die Träume waren geplatzt; Wallander war Polizist geblieben, und Sten Widén hatte den Job seines Vaters als Trainer für Galopp-Rennpferde übernommen. Sie hatten sich aus den Augen verloren, keiner wußte eigentlich, warum, und hatten sich erst Anfang der 90er Jahre im Zusammenhang mit einem komplizierten Mordfall wiedergetroffen.

Er war einmal mein bester Freund, dachte Wallander. Nach ihm hatte ich keinen mehr. Vielleicht wird er so für alle Zeiten mein bester Freund bleiben.

Widén beendete das Gespräch und warf das schnurlose Telefon auf den Tisch. »So ein verdammter Idiot!« fluchte er.

»Ein Pferdebesitzer?« fragte Wallander.

»Ein Schurke! Vor einem Monat habe ich ihm ein Pferd abgekauft. Er hat einen Hof oben bei Höör. Jetzt wollte ich es abholen, aber plötzlich hat er es sich anders überlegt. So ein verdammter Kerl!«

»Wenn du das Tier bereits bezahlt hast, kann er nicht viel tun«, sagte Wallander.

»Ich habe nur etwas angezahlt. Aber ich fahre trotzdem hin und hole das Pferd, und wenn er sich auf den Kopf stellt.«

Schnell verschwand er in der Küche. Als er wiederkam, stieg Wallander ein schwacher Alkoholgeruch in die Nase.

»Du tauchst immer völlig unerwartet auf«, sagte Sten Widén. »Willst du Kaffee?«

Wallander nickte. Sie gingen in die Küche hinüber. Sten Widén schob Stapel alter Rennprogramme zur Seite, die den Tisch bedeckten.

»Wie wäre es mit einem Schnaps?« fragte er, während er Wasser aufsetzte.

»Nein danke, ich muß noch fahren. Wie läuft es mit den Pferden?«

»War ein schlechtes Jahr. Und das nächste wird nicht besser. Es ist nicht genug Geld im Umlauf. Wir bekommen immer weniger Pferde. Ich muß ständig die Trainingsgebühren erhöhen, damit das Ganze rundläuft. Oft möchte ich alles hinschmeißen und den Hof verkaufen. Aber die Grundstückspreise sind derzeit zu schlecht. Ich sitze, mit anderen Worten, im schonischen Lehm fest.«

Er stellte den Kaffee auf den Tisch und setzte sich. Wallander sah, daß die Hand des Freundes zitterte. Er ist dabei, sich kaputtzusaufen, dachte er. Mitten am Tag habe ich seine Hände noch nie zittern sehen.

»Und du?« fragte Sten Widén. »Was machst du jetzt? Bist du immer noch krank geschrieben?«

»Ich bin wieder im Dienst, als Polizist.«

Sten Widén sah ihn erstaunt an. »Das hätte ich nicht gedacht.«

»Was?«

»Daß du wieder bei der Kripo anfängst.«

»Was hätte ich sonst tun sollen?«

»Du hast davon gesprochen, zu einem Wachunternehmen zu gehen. Oder Sicherheitschef eines Unternehmens zu werden.«

»Ich bin eben mit Leib und Seele Polizist.«

»Und ich werde diesen Hof niemals verlassen können. Außerdem ist das Pferd, das ich in Höör gekauft habe, sehr vielversprechend. Könnte etwas werden, hat schließlich Queen Blue zur Mutter. Erstklassige Abstammung also.«

Ein Mädchen ritt am Fenster vorbei.

»Wie viele Angestellte hast du?« fragte Wallander.

»Drei. Eigentlich kann ich mir nur zwei leisten, obwohl ich vier haben müßte.«

»Deshalb bin ich gekommen.«

»Willst du als Stalljunge bei mir anfangen? Entschuldige, aber dafür hast du nicht die richtige Qualifikation.«

»Bestimmt nicht. Ich werde dir jetzt erklären, was ich von dir will.«

Wallander nahm, was den Verdacht gegen Alfred Harderberg anging, kein Blatt vor den Mund. Er wußte, daß er sich auf Sten Widén verlassen konnte.

»Die Idee stammt nicht von mir«, sagte er abschließend. »Wir haben eine Kriminalistin zur Verstärkung nach Ystad bekommen. Sie ist sehr tüchtig. Sie hat die Annonce in der Zeitung entdeckt und dann mit mir gesprochen.«

»Du meinst also, ich sollte eine von meinen Angestellten nach Schloß Farnholm schicken, als eine Art Spionin? Du mußt verrückt sein.«

»Mord ist Mord. Das Schloß ist hermetisch abgeriegelt. Das wäre doch eine Möglichkeit. Hast du nicht gerade gesagt, du hättest ein Mädchen zuviel?«

»Ich habe gesagt, daß ich eines zuwenig habe.«

»Sie müßte intelligent sein und einen wachen Blick für Details haben.«

»Ich habe ein Mädchen, das geeignet wäre. Sie ist clever und furchtlos. Aber es gibt ein Problem.«

»Welches?«

»Sie mag keine Polizisten.«

»Warum nicht?«

»Du weißt doch, daß ich häufig Mädchen anstelle, die sich herumgetrieben haben. Ich habe gute Erfahrungen mit ihnen gemacht; ich arbeite eng mit der Jugendvermittlung in Malmö zusammen. Gerade jetzt ist eine Neunzehnjährige bei mir. Sie ist eben am Fenster vorbeigeritten, ihr Name ist Sofia.«

»Man muß die Polizei ja nicht erwähnen. Wir könnten uns ein Motiv ausdenken, warum du ein Auge auf das Schloß werfen willst. Dann sprechen wir beide mit ihr.«

»Lieber nicht. Ich will mit der Sache nichts zu tun haben. Wir verschweigen, daß du Polizist bist. Du bist einfach nur einer, der wissen will, was da im Schloß vor sich geht. Wenn ich sage, daß du in Ordnung bist, dann zählt das für sie.«

»Wir können es ja versuchen.«

»Noch hat sie den Job nicht. Ich nehme an, daß viele Pferdemädchen auf einen Job im Schloß scharf sind.«

»Hol sie her«, bat Wallander. »Aber erwähne meinen Namen nicht.«

»Zum Teufel, wie soll ich dich denn ansprechen?«

Wallander dachte nach. »Nenne mich Roger Lundin.«

»Wer ist das?«

»Ab jetzt bin ich das.«

Sten Widén schüttelte den Kopf. »Ich hoffe, du meinst es ernst«, sagte er. »Ich hole sie.«

Das Mädchen Sofia war mager und langbeinig, und ihr Haarschopf hatte lange keinen Kamm mehr gesehen. Sie kam in die Küche, nickte Wallander flüchtig zu, setzte sich und trank den Rest Kaffee aus Widéns Tasse. Wallander fragte sich, ob sie zu denen gehörte, die mit ihm ins Bett gingen. Er wußte von früheren Besuchen, daß Widén mit einigen Mädchen schlief, die bei ihm arbeiteten.

»Eigentlich müßte ich dich rausschmeißen«, sagte Sten Widén. »Du weißt, daß meine Kosten zu hoch sind. Aber wir haben von einem Job in einem Schloß gehört, für den du geeignet sein könntest. Wenn du ihn übernimmst beziehungsweise bekommst, verspreche ich dir, daß ich dich wieder herhole, wenn die Zeiten besser sind.«

»Was sind dort für Pferde?«

Sten Widén schaute zu Wallander, der lediglich mit den Schultern zuckte.

»Wohl kaum Ardenner«, sagte Widén. »Was, zum Teufel, spielt das für eine Rolle? Ist doch nur vorübergehend. Außerdem könntest du meinem Freund Roger hier einen Gefallen tun, indem du die Augen ein wenig offenhältst. Er würde gern wissen, was im Schloß so passiert.«

»Wie ist die Bezahlung?«

»Ich weiß nicht«, sagte Wallander.

»Es ist ein Schloß, verdammt! Stell keine blöden Fragen.« Sten Widén verschwand im Nebenzimmer und kam mit *Ystads Allehanda* zurück.

Wallander suchte die Anzeige heraus.

»Persönlicher Besuch«, las er vor. »Aber man soll zuvor anrufen.«

»Wir organisieren das«, sagte Sten Widén. »Ich fahre dich heute abend hin.«

Plötzlich schaute sie auf und starrte Wallander an. »Was sind dort für Pferde?« fragte sie wieder.

»Ich weiß es nicht.«

Sie legte den Kopf schief. »Ich glaube, du bist ein Bulle.«

»Wie kommst du darauf?«

»Ich habe so ein Gefühl.«

Schnell mischte sich Sten Widén in das Gespräch. »Er heißt Roger. Mehr mußt du nicht wissen. Stell nicht so dämliche Fragen. Mach dich ein bißchen zurecht, wenn wir heute abend fahren. Du könntest dir zum Beispiel die Haare waschen. Vergiß nicht, Winters Moon zu bandagieren.«

Wortlos verließ sie die Küche.

»Siehst du, der haust du nicht auf die Finger«, sagte Sten Widén.

»Danke für die Hilfe. Ich hoffe, daß es gutgeht.«

»Ich fahre sie hin. Mehr kann ich nicht tun.«

»Ruf mich zu Hause an«, sagte Wallander. »Ich muß so schnell wie möglich wissen, ob sie den Job bekommen hat.«

Sie gingen hinaus zu Wallanders Wagen.

»Manchmal habe ich alles so satt«, sagte Sten Widén plötzlich.

»Ja, manchmal möchte man alles hinschmeißen«, sagte Wallander.

»Ich denke oft: Soll es das schon gewesen sein, das Leben? Ein paar Opernarien, jede Menge schlechte Pferde, ständig Probleme mit dem Geld.«

»Ist es wirklich so schlimm?«

»Ich weiß nicht.«

»Jetzt haben wir ja einen Grund, uns häufiger zu treffen. Darüber können wir dann noch reden.«

»Noch hat sie den Job nicht bekommen.«

»Klar, wir werden sehen. Ruf mich heute abend an.«

Wallander setzte sich ins Auto, nickte Sten Widén zu und fuhr los. Der Tag würde noch lang werden. Er hatte einen weiteren Besuch geplant.

Eine halbe Stunde später parkte er völlig regelwidrig in der kleinen Straße hinter dem Hotel Continental und ging zu dem rosa Haus, in dem Frau Dunér wohnte. Erstaunt stellte er fest, daß kein Polizeiauto in der Nähe war. Wer kümmerte sich um den Personenschutz für Frau Dunér? Er wurde ärgerlich und besorgt zugleich. Bei der Mine im Garten hatte es sich keinesfalls um einen Scherz gehandelt. Wäre Frau Dunér auf den Zünder getreten, hätte sie wahrscheinlich mit dem Leben bezahlt. Er klingelte an der Haustür und sagte sich, daß er sofort Kontakt zu Björk aufnehmen mußte.

Vorsichtig öffnete sie die Tür. Bei Wallanders Anblick schien sie sich zu freuen.

»Es tut mir leid, daß ich mich nicht anmelden konnte«, entschuldigte er sich.

»Sie sind mir immer willkommen, Herr Kommissar«, antwortete sie.

Er nahm den angebotenen Kaffee an, obwohl ihm klar war, daß er an diesem Tag bereits allzu viele Tassen getrunken hatte. Während sie in der Küche war, trat er ans Fenster und schaute auf den Garten hinaus. Der aufgewühlte Rasen war geglättet worden. Er fragte sich, ob sie wohl erwartete, von der Polizei ein neues Telefonbuch zu erhalten.

In dieser Ermittlung scheint alles immer schon lange zurückzuliegen, dachte er. Dabei ist es doch erst ein paar Tage her, seit ich das Telefonbuch geworfen und die Detonation ausgelöst habe.

Sie servierte den Kaffee, und er nahm auf dem geblümten Sofa Platz.

»Ich habe vor Ihrer Tür kein Polizeiauto gesehen«, sagte er.

»Manchmal sind sie da, manchmal nicht.«

»Ich werde mich darum kümmern.«

»Ist das wirklich nötig? Glauben Sie, daß immer noch jemand hinter mir her ist?«

»Sie wissen, was mit den beiden Anwälten geschehen ist. Und jemand hat eine Mine in Ihrem Garten vergraben. Ich glaube nicht, daß noch etwas passiert. Aber wir wollen sichergehen.«

»Wenn ich doch nur wüßte, warum das alles geschehen ist.«

»Deshalb bin ich gekommen«, sagte Wallander. »Sie hatten Zeit nachzudenken. Oft dauert es eine Weile, bis man klar sieht, bis die Erinnerungen auftauchen.«

Sie nickte langsam. »Ich habe es versucht, Tag und Nacht.«

»Lassen Sie uns ein paar Jahre zurückgehen. In die Zeit, als Gustaf Torstensson das Angebot erhielt, für Alfred Harderberg zu arbeiten. Sind Sie ihm eigentlich einmal begegnet?«

»Nie.«

»Aber telefoniert haben Sie mit ihm?«

»Nicht einmal das. Es waren immer irgendwelche Sekretärinnen am Apparat.«

»Es muß von großer Bedeutung für die Kanzlei gewesen sein, einen so zahlungskräftigen Mandanten zu bekommen.«

»Natürlich. Herr Torstensson verdiente mehr als je zuvor. Das ganze Haus konnte renoviert werden.«

»Auch wenn Sie Alfred Harderberg nie getroffen oder gesprochen haben, müssen Sie doch einen gewissen Eindruck gewonnen haben. Mir scheint, daß Sie ein gutes Gedächtnis haben.«

Sie überlegte. Wallander beobachtete eine Elster, die durch den Garten hüpfte.

»Es war immer eilig«, sagte sie nach einer Weile. »Wenn er nach seinem Anwalt rief, mußte der alles stehen- und liegenlassen.«

»Ist Ihnen noch etwas aufgefallen?«

Sie schüttelte den Kopf. Wallander fuhr fort, Fragen zu stellen.

»Gustaf Torstensson muß doch von seinem Klienten, von seinen Besuchen auf dem Schloß, erzählt haben, oder?«

»Ich glaube, daß ihm das Ganze mächtig imponierte. Gleichzeitig hatte er Angst, Fehler zu machen. Ja, das war wichtig – Fehler sind verboten, hat er oft gesagt.«

»Was mag er damit gemeint haben?«

»Daß sich Alfred Harderberg sofort an eine andere Anwaltskanzlei wenden würde.«

»Er hat doch bestimmt einmal von Alfred Harderberg oder dem Schloß gesprochen. Waren Sie nicht neugierig?«

»Natürlich habe ich mir Gedanken gemacht. Aber er hat ja nie viel erzählt. Er war beeindruckt und verschwiegen. Einmal äußerte er, Schweden solle dankbar sein für alles, was Alfred Harderberg geleistet habe.«

»Hat er nie negativ über ihn gesprochen?«

Die Antwort überraschte Wallander.

»Doch. Ich erinnere mich daran, weil es das einzige Mal war. Ich höre noch jedes Wort; er schimpfte: ›Doktor Harderberg hat einen makabren Humor‹.«

»Was kann er damit gemeint haben?«

»Ich weiß nicht. Ich habe nicht gefragt, und er hat von sich aus keine Erklärung gegeben.«

»Doktor Harderberg hat einen makabren Humor?«

»Ja, das waren seine Worte.«

»Wann war das?«

»Vor ungefähr einem Jahr.«

»Und in welchem Zusammenhang?«

»Herr Torstensson war auf Schloß Farnholm gewesen, zu einem der regelmäßigen Treffen. Ich kann mich nicht erinnern, daß es um etwas Spezielles gegangen wäre.«

Wallander sah ein, daß er nicht weiterkommen würde. Gustaf Torstensson hatte offenbar nicht besonders viel über seine Besuche bei dem mächtigen Mann auf Schloß Farnholm berichtet. »Lassen Sie uns über etwas ganz anderes reden. Bei einem Anwalt fallen doch immer viele Schriftstücke an. Die Vertreter der Anwaltskammer, die für uns die Klientenkartei der Kanzlei durchsehen, haben mitgeteilt, daß es auffallend wenig Material über Alfred Harderberg gibt.«

»Diese Frage habe ich erwartet. Für alles, was Alfred Harderberg betraf, galten besondere Vorschriften. Nur die für die Arbeit eines Anwalts absolut unerläßlichen Dokumente durften archiviert werden. Wir hatten die ausdrückliche Anweisung, nichts unnötig zu kopieren oder aufzuheben. Das Material, an dem Gustaf Torstensson gerade arbeitete, nahm er stets vollständig mit nach Schloß Farnholm. Deshalb ist nichts dokumentiert.«

»Das muß Ihnen doch seltsam vorgekommen sein?«

»Die Erklärung war, daß es um besonders komplizierte Geschäfte ginge. Solange wir nicht gegen Gesetze verstießen, hatte ich keinen Grund, diese Handhabung nicht zu akzeptieren.«

»Ich weiß, daß Gustaf Torstensson als Berater in Wirtschaftsfragen tätig war. Können Sie sich an Details erinnern?«

»Nein. Es ging um komplizierte Verträge zwischen Banken und Unternehmen in aller Welt. Meistens tippte Harderbergs Sekretärin die Dokumente. Nur sehr selten bat Gustaf Torstensson mich, etwas zu schreiben, was für Harderberg bestimmt war. Vieles übernahm er selbst.«

»Was im Falle anderer Klienten nicht üblich war?«

»Nein, natürlich nicht.«

»Welche Erklärung haben Sie dafür?«

»Ich nehme an, daß die Verträge so geheim waren, daß nicht einmal ich sie sehen durfte.«

Wallander lehnte dankend ab, als sie ihm Kaffee nachschenken wollte. »Können Sie sich daran erinnern, daß in den Papieren, die durch Ihre Hände gingen, ein Unternehmen namens Avanca erwähnt wurde?«

Er sah, daß sie angestrengt überlegte. »Nein. Aber es ist durchaus möglich.«

»Dann habe ich nur noch eine letzte Frage«, sagte Wallander. »Wußten Sie von den Drohbriefen?«

»Ja. Gustaf Torstensson hat sie mir gezeigt. Aber er sagte, wir sollten uns nichts daraus machen. Deshalb wurden sie auch nicht archiviert. Ich dachte, er hätte sie weggeworfen.«

»Sie wußten aber nicht, daß der Absender der Briefe, Lars Borman, ein Bekannter Gustaf Torstenssons war?«

»Nein. Das überrascht mich.«

»Sie trafen sich in einem Verein zum Studium der Ikonenmalerei.«

»Ich kenne diesen Verein. Aber ich wußte nicht, daß der Verfasser der Drohbriefe dort Mitglied war.«

Wallander stand auf. »Dann will ich nicht länger stören«, sagte er.

Sie schaute ihn verwundert an. »Haben Sie mir sonst nichts zu sagen?«

»Wir wissen immer noch nicht, wer die beiden Anwälte ermordet hat. Auch ein Motiv haben wir bisher nicht. Aber der Anschlag in Ihrem Garten hängt mit allem zusammen.«

Sie packte seinen Arm. »Sie müssen sie kriegen.«

»Ja«, sagte Wallander. »Das werden wir.«

»Bevor ich sterbe, muß ich wissen, was wirklich geschehen ist.«

»Sobald ich ein Ergebnis habe, werde ich es Ihnen mitteilen«, versicherte er und war sich bewußt, wie hohl sein Versprechen in ihren Ohren klingen mußte.

Wallander fuhr zum Polizeigebäude und versuchte, Björk ausfindig zu machen. Als er hörte, daß sich dieser in Malmö aufhielt, ging er zu Svedberg und bat ihn zu ermitteln, warum Frau Dunérs Haus nicht bewacht wurde.

»Glaubst du denn wirklich, daß ihr etwas passieren könnte?« fragte Svedberg.

»Ich glaube gar nichts«, erwiderte Wallander. »Ich weiß nur, daß schon mehr als genug passiert ist.«

Als Wallander gehen wollte, reichte ihm Svedberg einen Zettel. »Eine Lisbeth Norin hat angerufen. Du kannst sie bis um fünf unter dieser Nummer erreichen.«

Wallander sah, daß es keine Göteborger, sondern eine Malmöer Telefonnummer war. Er ging in sein Büro und rief an.

Zuerst meldete sich ein Mann, er schien alt zu sein, dann war Lisbeth Norin am Apparat. Wallander stellte sich vor.

»Trifft sich gut, ich bin für ein paar Tage in Malmö«, sagte Lisbeth Norin. »Ich besuche meinen alten Vater, der sich den Oberschenkel gebrochen hat. Sie wollen mit mir sprechen?«

»Ja, aber lieber nicht am Telefon.«

»Worum geht es?«

»Um einige Fragen im Zusammenhang mit einer Ermittlung. Ein Arzt in Lund namens Strömberg hat mich an Sie verwiesen.«

»Morgen hätte ich Zeit. Aber wir müßten uns hier in Malmö treffen.«

»Gut, ich komme hin. Wie wäre es mit zehn Uhr?«

»Geht in Ordnung.«

Sie gab ihm eine Adresse im Zentrum von Malmö.

Er merkte, daß er sehr hungrig war. Es war bereits später Nachmittag, und er beschloß, zu Hause weiterzuarbeiten. Einen großen Teil des Materials über Alfred Harderbergs Imperium hatte er noch nicht ausgewertet. Aus einer Schublade zog er eine Plastiktüte und stopfte Schnellhefter und Aktenordner hinein. Zu Ebba an der Anmeldung sagte er, daß er in seiner Wohnung zu erreichen sei.

An einem Laden hielt er an. Er kaufte ein paar Lebensmittel und am Tabakstand fünf Rubbellose.

Zu Hause briet er sich Würstchen und trank ein Bier. Vergeblich suchte er nach dem Glas Preiselbeeren, das noch irgendwo stehen mußte. Nach dem Essen spülte er das Geschirr und rubbelte seine Lose. Es waren fünf Nieten. Er beschloß, an diesem Tag keinen Kaffee mehr zu trinken, und legte sich statt dessen aufs Bett, um vor der Durchsicht der Unterlagen noch ein wenig auszuruhen.

Er wurde vom Telefon geweckt. Er hatte viele Stunden geschlafen – es war zehn Minuten nach zehn.

Sten Widén war am Apparat. »Ich rufe aus einer Telefonzelle an. Es wird dich sicher interessieren, daß Sofia den Job bekommen hat. Morgen fängt sie an.«

Plötzlich war Wallander hellwach. »Gut«, sagte er. »Wer hat sie eingestellt?«

»Eine Frau Karlén.«

Wallander erinnerte sich an seinen ersten Besuch im Schloß. »Aha, Anita Karlén.«

»Zwei Reitpferde«, sagte Sten Widén weiter. »Sehr wertvoll. Um die soll sie sich kümmern. Auch über den Lohn kann man nicht meckern. Das Stallgebäude ist klein; darin befindet sich auch eine Einzimmerwohnung. Ich glaube, Sofia kann dich, seit sie ihre neue Arbeitsstelle gesehen hat, bedeutend besser leiden.«

»Das freut mich.«

»Sie wird mich in einigen Tagen anrufen«, fuhr Sten Widén fort. »Es gibt nur ein Problem – ich kann mich nicht mehr an deinen Namen erinnern.«

Auch Wallander mußte einen Moment nachdenken, bevor er ihm wieder einfiel. »Roger Lundin.«

»Ich schreib ihn mir auf.«

»Das werde ich am besten auch tun. Übrigens ist es wichtig, daß nicht sie mich vom Schloß aus anruft, sondern du, und zwar aus einer Telefonzelle.«

»Sie hat einen Apparat in ihrem Zimmer. Warum sollte sie ihn nicht benutzen?«

»Er könnte abgehört werden.«

Sten Widén atmete schwer. »Du mußt verrückt sein.«

»Eigentlich sollte auch ich mit meinem Telefon vorsichtig sein«, sagte Wallander. »Aber wir lassen unsere Leitungen ständig überprüfen.«

»Wer ist Alfred Harderberg? Ein Monster?« fragte Sten Widén.

»Ein freundlicher, sonnengebräunter, lächelnder Mann. Er ist außerdem elegant gekleidet. Monster können sehr unterschiedlich aussehen.«

Es begann in der Leitung zu tuten. »Ich ruf dich wieder an«, sagte Sten Widén.

Das Gespräch brach ab. Wallander überlegte, ob er Ann-Britt Höglund privat anrufen und ihr einen Lagebericht geben sollte. Aber er ließ es bleiben, schließlich war es schon spät.

Den Rest des Abends saß er über die Unterlagen gebeugt, die er in der Plastiktüte nach Hause gebracht hatte. Gegen Mitternacht holte er seinen alten Schulatlas heraus und suchte ein paar exotische Orte, nach denen Harderberg seine Fühler ausgestreckt hatte. Das Imperium operierte weltweit. Wallander überfiel eine schleichende Unruhe; wieder befürchtete er, daß er und seine Mitarbeiter in die falsche Richtung ermittelten. Vielleicht gab es eine ganz andere Erklärung für den Tod der beiden Anwälte.

Es war ein Uhr, als er sich schlafen legte. Bevor er die Augen schloß, fiel ihm ein, daß sich Linda lange nicht gemeldet hatte. Aber auch er war nicht dazu gekommen, sie anzurufen.

Dienstag, der 23. November, war ein schöner, klarer Herbsttag.

Wallander hatte es sich an diesem Morgen gestattet auszuschlafen. Kurz nach acht rief er im Polizeigebäude an und teilte mit, daß er nach Malmö fahren werde. Er duschte, trank in Ruhe Kaffee und verließ die Wohnung. Die Adresse, die Lisbeth Norin angegeben hatte, lag im Zentrum der Stadt, in der Nähe des Triangel. Er stellte seinen Wagen im Parkhaus hinter dem Hotel Sheraton ab und klingelte Punkt zehn Uhr an der Wohnungstür. Eine Frau in seinem Alter öffnete. Sie trug einen gemusterten Jogginganzug, und Wallander glaubte im ersten Augenblick, an der falschen Adresse zu sein. Ihr Aussehen stimmte weder mit dem Bild überein, das er sich nach dem Telefonat von ihr gemacht hatte, noch mit den Klischees, die ihm über Journalisten im Kopf herumspukten.

»Sind Sie der Polizist?« fragte sie. »Ich habe einen Mann in Uniform erwartet.«

»Damit kann ich leider nicht dienen.«

Sie bat ihn herein. Es war eine Altbauwohnung mit hoher Decke. Sie stellte ihn ihrem Vater vor, der mit eingegipstem Bein in einem Sessel mit Fußstütze ruhte.

»Ich erkenne Sie wieder«, sagte der Mann. »Vor etwa einem Jahr stand eine Menge über Sie in den Zeitungen. Oder verwechsle ich Sie mit jemand anderem?«

»Nein, nein, das ist richtig«, sagte Wallander.

»Es hatte etwas mit einem Wagen zu tun, der auf der Öland-Brücke ausbrannte«, fuhr der Alte fort. »Ich erinnere mich daran, weil ich zu der Zeit, als es die Brücke noch nicht gab, Seemann war.«

»Die Zeitungen übertreiben«, sagte Wallander ausweichend.

»Sie wurden damals als besonders erfolgreicher Polizist beschrieben, nicht wahr?«

»Stimmt«, sagte Lisbeth Norin. »Auch ich habe das Bild in der Presse gesehen. Waren Sie nicht auch in einigen Talkshows im Fernsehen?«

»Niemals. Sie müssen mich mit einem anderen verwechseln.«

Lisbeth Norin merkte, daß ihm das Gespräch unangenehm war. »Setzen wir uns in die Küche«, schlug sie vor.

Die Herbstsonne schien durch das hohe Fenster herein. Eine Katze lag zusammengerollt zwischen den Blumentöpfen und schlief. Wallander dankte für die angebotene Tasse Kaffee und nahm Platz.

»Meine Fragen werden nicht sehr präzise ausfallen«, sagte er. »Aber ich erhoffe mir von Ihren Antworten eine ganze Menge. Zuerst möchte ich Ihnen mitteilen, daß wir in Ystad an einem, möglicherweise an mehreren Morden arbeiten. Indizien weisen darauf hin, daß Transporte und illegale Verkäufe von menschlichen Organen dabei eine Rolle gespielt haben. Welche, ist noch ungewiß. Leider kann ich aus ermittlungstechnischen Gründen keine Details verraten.«

Er merkte, daß er wie eine Maschine klang. Warum drücke ich mich nicht einfacher aus, dachte er wütend. Ich rede wie die Parodie eines Polizisten.

»Dann verstehe ich, daß Lasse Strömberg Ihnen meinen Namen gegeben hat«, sagte sie, und Wallander registrierte das Interesse in ihrer Stimme.

»Ich vermute, daß Sie sich auf diesem Gebiet gut auskennen, und hoffe, daß Sie mich umfassender informieren können.«

»Das würde den ganzen Tag dauern. Und vielleicht noch den Abend dazu. Außerdem würden Sie merken, daß hinter jeder Aussage, die ich mache, ein unsichtbares Fragezeichen steht. An dieses lichtscheue Thema haben sich bisher lediglich ein paar amerikanische Journalisten gewagt. Ich bin sicher die einzige, die sich in Skandinavien damit beschäftigt.«

»Ich nehme an, daß es ziemlich riskant ist.«

»Vielleicht nicht hier und für mich. Aber ich kenne einen der amerikanischen Journalisten, Gary Becker aus Minneapolis. Er fuhr nach Brasilien, um Gerüchten über eine Organisation nachzugehen, die in São Paulo tätig sein sollte. Nicht nur sein Leben wurde bedroht, eines Abends wurde sein Taxi vor dem Hotel, in dem er wohnte, beschossen. Er nahm das erste Flugzeug und floh außer Landes.«

»Gab es jemals Hinweise auf schwedische Interessen in dieser Branche?«

»Nein. Gibt es denn welche?«

»Bitte, ich möchte die Fragen stellen.«

Sie sah ihn schweigend an. Dann lehnte sie sich vor. »Wenn wir beide uns unterhalten, müssen Sie aber aufrichtig sein. Vergessen Sie nicht, daß ich Journalistin bin. Sie brauchen für die Informationen nicht zu bezahlen. Aber ich kann zumindest verlangen, daß Sie die Wahrheit sagen.«

»Sie haben recht«, sagte Wallander. »Es gibt eventuell eine Verbindung. Mehr darf ich wirklich nicht verraten.«

»Gut, dann verstehen wir einander. Aber eines müssen Sie mir versprechen: Sollte es wirklich eine Verbindung geben, möchte ich die erste Journalistin sein, die davon erfährt.«

»Das kann ich nicht versprechen; es würde gegen unsere Bestimmungen verstoßen.«

»Sicher. Aber ist es nicht viel schlimmer, daß Menschen getötet werden, damit man ihnen Organe entnehmen kann?«

Wallander war sich bewußt, daß er ihr gegenüber Regeln und Verordnungen verteidigte, denen er seit langem kritisch gegenüberstand. Als Polizist hatte er in den letzten Jahren oft den Zweck die Mittel heiligen lassen und nicht nach den Vorschriften gefragt. Warum sollte er diese Einstellung nun plötzlich wieder ändern?

»Also gut, Sie werden die erste sein, die etwas erfährt. Aber Sie dürfen sich nicht auf mich berufen; ich muß anonym bleiben.«

»Ausgezeichnet. Wir verstehen uns immer besser.«

Wenn Wallander später an all die Stunden zurückdachte, die er mit Lisbeth Norin in der Küche verbracht hatte, mit der Katze, die zwischen den Blumentöpfen schlief, und den Sonnenstrahlen, die langsam über die Wachstuchdecke wanderten, um schließlich ganz zu verschwinden, wunderte er sich, wie schnell die Zeit vergangen, wie kurz der Tag gewesen war. Sie hatten ihr Gespräch Punkt zehn Uhr begonnen, und als er sich endlich auf den Heimweg machte, war es bereits Abend gewesen. Mit wenigen Unterbrechungen, die sie nutzte, um die Mahlzeiten zuzubereiten, während er von ihrem betagten Vater mit Geschichten aus seiner Zeit als Kapitän eines Küstenschiffes unterhalten wurde, hatte sie von ihrer Arbeit erzählt. Wallander beneidete sie. Beide stellten Ermittlungen an, verbrachten ihre Zeit im Umfeld von Verbrechen und menschlichem Elend. Der Unterschied bestand darin, daß sie etwas enthüllte, um vorzubeugen, während er dem bereits Geschehenen nachjagte.

Im nachhinein würde ihm der Tag in der Küche als eine Reise in ein unbekanntes Land in Erinnerung bleiben, in ein Land, in dem sich menschliche Körperteile in Waren auf einem Markt verwandelten, der scheinbar keine moralischen Schranken mehr kannte. Er erfuhr, daß der illegale Organhandel, wenn sie mit ihren Vermutungen recht behielt, unvorstellbare Ausmaße angenommen hatte. Was ihn jedoch am meisten erschütterte, war die Tatsache, daß sie ein gewisses Verständnis aufzubringen schien für die, die gesunde, meist junge Menschen töteten, um deren Organe zu verkaufen.

»Das ist ein Bild der Welt«, erklärte sie. »So sieht sie aus, ob wir wollen oder nicht. Ein Mensch, der in größter Armut lebt, ist zu allem bereit, um sein Leben zu verteidigen, so elend es auch sein mag. Wie können wir darüber urteilen, wenn uns doch die Bedingungen völlig fremd sind? In den Slums von Rio oder Lagos, Kalkutta oder Madras kann man sich an eine Straßenecke stellen, dreißig Dollar hochhalten und rufen, daß man jemanden sucht, der bereit ist, einen Menschen zu töten. In weniger als einer Minute stehen die freiwilligen Scharfrichter Schlange. Und sie fragen nicht, wen sie töten sollen und warum. Aber sie sind bereit, es für zwanzig Dollar zu tun, vielleicht auch für zehn. Eigentlich ahne ich einen Abgrund in dem, was ich tue. Ich verstehe meine Empörung, meine Verzweiflung. Aber ich weiß auch, daß alles, was ich unternehme, sinnlos bleibt, solange die Welt ist, wie sie ist.«

Wallander hatte schweigend zugehört. Nur ab und zu hatte er eine Frage gestellt, um besser zu begreifen. Sie hatte gesprochen, und ihm war klargeworden, daß sie ihm wirklich alles mitteilte, was sie wußte beziehungsweise ahnte, denn es gab nur sehr wenige Beweise.

Und dann, nach den vielen Stunden, war plötzlich alles gesagt.

»Mehr weiß ich nicht«, hatte sie versichert. »Aber wenn ich Ihnen damit helfen konnte, ist es ja gut.«

»Und ich weiß nicht einmal, ob mein Ausgangspunkt richtig ist. Wenn ja, dann habe ich den schwedischen Zweig dieser furchtbaren Organisation aufgespürt. Und wenn wir den zerschlagen könnten, wäre doch schon viel erreicht, oder?«

»Natürlich. Eine aufgeschlitzte Leiche weniger in Südamerika ist wichtiger als alles andere.«

Wallander verließ Malmö erst gegen neunzehn Uhr. Er machte sich Gedanken, weil er vergessen hatte, zwischendurch in Ystad anzurufen und über sein Vorhaben zu informieren. Das Gespräch mit Lisbeth Norin war ungemein fesselnd gewesen.

Sie hatte ihn bis zur Straße begleitet. Vor dem Parkhaus verabschiedeten sie sich.

»Einen ganzen Tag haben Sie mir geschenkt«, sagte Wallander. »Und ich kann ihn Ihnen nicht bezahlen.«

»Na und? Vielleicht revanchieren Sie sich einmal.«

»Ich lasse von mir hören.«

»Ich rechne fest damit. Meistens bin ich in Göteborg zu erreichen – wenn ich nicht gerade auf Reisen bin.«

Wallander fuhr zu einem Imbißstand in der Nähe von Jägersro und aß eine Kleinigkeit. Unablässig dachte er an Lisbeth Norins Bericht, und er versuchte, Alfred Harderberg ins Bild zu bringen, doch es gelang ihm nicht.

Plötzlich fragte er sich, ob es überhaupt eine Lösung gab für das Rätsel, warum die beiden Anwälte getötet worden waren. In all seinen Jahren als Polizist hatte er nicht erleben müssen, daß ein Mord unaufgeklärt blieb. Vielleicht stand er diesmal vor einer Tür, die sich nie öffnen würde.

Er fuhr durch den Herbstabend auf Ystad zu und fühlte, wie die Erschöpfung Besitz von ihm ergriff. Linda würde er noch anrufen an diesem Abend, dann aber schlafen gehen.

Als er seine Wohnung betrat, merkte er sofort, daß sich seit dem Morgen etwas verändert hatte. Aufmerksam lauschend blieb er im Korridor stehen. War es nur Einbildung? Aber das Gefühl wollte nicht weichen. Er machte Licht im Wohnzimmer, setzte sich und schaute sich um. Nichts war gestohlen, nichts verändert. Er stand auf und ging ins Schlafzimmer. Das ungemachte Bett war so, wie er es verlassen hatte. Vor dem Wecker auf dem Nachttisch stand die halb geleerte Kaffeetasse. Er betrat die Küche. Wieder dachte er, daß es vielleicht nur Einbildung war.

Erst als er den Kühlschrank aufmachte, um die Margarine und ein Stück Käse herauszunehmen, merkte er, daß ihn sein Gefühl nicht getrogen hatte.

Er betrachtete die geöffnete Wurstpackung. Für Details hatte er ein nahezu fotografisches Gedächtnis. Er wußte, daß er sie in das dritte der vier Fächer gelegt hatte.

Nun lag sie im zweiten Fach.

Jemand hatte den Kühlschrank geöffnet, dabei könnte die Wurst herausgefallen sein; das war ihm selbst schon passiert. Dann hatte dieser Jemand die Packung wieder hineingelegt – aus Versehen ins falsche Fach.

Er zweifelte nicht daran.

Jemand war tagsüber in seiner Wohnung gewesen und hatte den Kühlschrank aufgemacht, um nach etwas zu suchen oder um etwas zu verstecken.

Zuerst kam ihm das Ganze lächerlich vor.

Dann schloß er die Kühlschranktür und verließ die Wohnung.

Er hatte Angst.

Sie sind in der Nähe, sagte er sich. Sie sollen glauben, daß ich noch in der Wohnung bin.

Er ging nicht hinaus auf die Straße, sondern stieg die Kellertreppe hinunter. An der Rückseite des Gebäudes befand sich die Tür zum Müllhäuschen, die er vorsichtig aufschloß.

Er schaute über den leeren Parkplatz. Alles war ruhig. Er machte die Tür hinter sich zu und tauchte in den Schatten der Hauswand. Langsam näherte er sich der Mariagata. Er kniete sich hin und lugte vorsichtig um die Ecke.

Der Wagen stand zirka zehn Meter hinter seinem, ohne Licht, mit abgestelltem Motor. Er erkannte einen Mann hinterm Lenkrad. Ob sich weitere Personen im Auto befanden, konnte er nicht feststellen.

Er zog den Kopf zurück und richtete sich auf. Von irgendwoher war ein zu laut eingestellter Fernseher zu hören.

Fieberhaft überlegte er, was er tun sollte.

Dann entschied er sich.

Er rannte über den leeren Parkplatz.

An der nächsten Straßenecke bog er nach links ab und war verschwunden.

14

Wieder glaubte Kurt Wallander, daß er bald sterben würde.

Schon an der Blekegata merkte er, daß er außer Atem war, obwohl er nicht allzu schnell gerannt war. Die kalte Herbstluft stach ihm in die Lunge, und das Herz pumpte rasend. Er zwang sich, langsamer zu laufen, aus Furcht, sein Herz könnte versagen. Das Gefühl, der Situation körperlich nicht gewachsen zu sein, machte ihn wütender als die Tatsache, daß jemand in seine Wohnung eingedrungen war und ihm jetzt in einem Auto auflauerte. Er verdrängte den Gedanken; die eigentliche Ursache seiner Wut war die Angst – sie war wieder da, wie im Jahr zuvor, und er verabscheute Angst. Es hatte fast ein Jahr gedauert, um sie loszuwerden; er hatte geglaubt, sie am Strand von Skagen begraben zu haben, aber nun war sie wieder da.

Wieder rannte er los; nun war es nicht mehr weit bis zum Haus in der Lilla Norregata, in dem Svedberg wohnte. Zur Rechten tauchte das Krankenhaus auf. Er lief vorbei und bog dann in Richtung Zentrum ab, am Kiosk in der Stora Norregata nach rechts, dann wieder links, und schließlich sah er das erleuchtete Dachfenster von Svedbergs Wohnung.

Wallander wußte, daß dort meist während der Nacht Licht brannte. Svedberg fürchtete sich vor der Dunkelheit – vielleicht war er Polizist geworden, um seiner Angst Herr zu werden. Offenbar ohne Erfolg.

Alle haben Angst, ob Polizist oder nicht, dachte Wallander. Er betrat das Haus und stieg die Treppen hinauf. Als er die oberste Etage erreicht hatte, hielt er an, um wieder zu Atem zu kommen. Dann klingelte er. Svedberg öffnete sofort. Er hatte die Brille auf die Stirn geschoben und hielt eine Abendzeitung in der Hand. Wallander war sich bewußt, daß sein Auftauchen Verwunderung auslösen mußte. Während all der Jahre gemeinsamer Arbeit hatte er seinen Kollegen vielleicht zwei- oder dreimal besucht, aber stets nach Absprache.

»Ich brauche deine Hilfe«, sagte Wallander, als ihn der erstaunte Svedberg hereingelassen hatte.

»Du siehst völlig fertig aus. Was ist los?«

»Ich bin gerannt. Und jetzt möchte ich, daß du mitkommst. Es dauert nicht lange. Wo hast du dein Auto?«

»Es steht auf der Straße.«

»Wir fahren zu mir in die Mariagata. Kurz vorher läßt du mich raus. Du weißt doch, wie der Wagen aussieht, den ich derzeit benutze? Ein Polizei-Volvo.«

»Der dunkelblaue oder der rote?«

»Der dunkelblaue. Also, du fährst in die Mariagata. Hinter dem Volvo steht ein anderer Wagen, du kannst ihn nicht verwechseln. Ich möchte, daß du feststellst, ob außer dem Fahrer noch weitere Personen darin sitzen. Dann kommst du zurück und läßt mich wieder einsteigen. Das ist alles. Anschließend kannst du deine Zeitung weiterlesen.«

»Keine Festnahme?«

»Bloß nicht! Ich will nur wissen, wie viele in dem Wagen sitzen.«

Svedberg hatte die Brille abgenommen und die Zeitung beiseite gelegt.

»Was ist los?« fragte er noch einmal.

»Ich glaube, jemand überwacht meine Wohnung«, antwortete Wallander. »Ich will wirklich nur wissen, wie viele in dem Wagen sitzen, nichts weiter. Aber die im Auto sollen glauben, daß ich mich noch in meiner Wohnung aufhalte. Ich bin durch den Hintereingang raus.«

»Ich bin nicht sicher, ob ich dir folgen kann. Wäre es nicht besser, den oder die Typen festzunehmen? Wir könnten Verstärkung anfordern.«

»Du weißt doch, was wir beschlossen haben. Wenn es um Alfred Harderberg geht, dürfen wir keine besondere Wachsamkeit erkennen lassen.«

Svedberg schüttelte abwehrend den Kopf. »Das gefällt mir gar nicht.«

»Du sollst doch lediglich in die Mariagata fahren und eine Beobachtung vornehmen. Mehr nicht. Dann gehe ich hoch in meine Wohnung, und wenn etwas passiert, rufe ich dich an.«

»Du mußt selbst wissen, was am besten ist«, sagte Svedberg und kniete sich auf den Boden, um seine Schnürsenkel zu binden.

Sie gingen hinunter und setzten sich in Svedbergs Audi. Am Marktplatz vorbei fuhren sie die Hamngata hinunter und bogen nach links ab. Als sie die Borgmästaregata erreichten, ging es noch einmal nach links. In Höhe der Tobaksgata bat Wallander Svedberg anzuhalten.

»Ich warte hier. Wie gesagt, der Wagen steht ungefähr zehn Meter hinter dem dunkelblauen Volvo.«

Es dauerte keine fünf Minuten, bis Svedberg zurück war. Wallander setzte sich wieder in den Audi.

»Es ist nur eine Person im Wagen«, berichtete Svedberg.

»Bist du sicher?«

»Absolut. Nur der Platz hinterm Lenkrad ist besetzt.«

»Danke für die Hilfe. Du kannst jetzt wieder nach Hause fahren. Ich laufe von hier aus.«

Svedberg sah ihn besorgt an. »Warum ist es so wichtig zu wissen, wie viele in dem Wagen sitzen?«

Wallander merkte, daß er auf diese Frage nicht vorbereitet war. Er war so auf seinen Plan fixiert, daß er die natürliche Neugier seines Kollegen unterschätzt hatte.

»Dieser Wagen ist mir vorher schon aufgefallen«, log er. »Da saßen zwei Männer darin. Wenn nur noch der Fahrer übrig ist, treibt sich der andere sicher in der Nähe herum.«

Er hörte selbst, wie seltsam diese Erklärung klang. Aber Svedberg machte keine Einwände.

»FHC 803«, sagte er. »Du hast die Nummer ja sicher schon notiert.«

»Ja, klar. Ich werde im Register nachsehen lassen, du mußt dich nicht darum kümmern. Fahr jetzt nach Hause, wir sehen uns morgen.«

»Bist du sicher, daß du alles im Griff hast?«

»Danke für die Hilfe«, wiederholte Wallander und stieg aus dem Auto.

Er wartete, bis Svedbergs Audi um die Ecke gebogen war. Dann lief er zur Mariagata. Jetzt, da er wieder allein war, spürte er, wie die Wut zurückkehrte, die Wut darüber, daß ihn die Angst so schwächen konnte.

Er schlich sich durch den Hintereingang ins Haus und vermied es, die Beleuchtung im Treppenhaus einzuschalten. In seiner Wohnung angekommen, tastete er sich ins Badezimmer, kletterte auf den Toilettendeckel und spähte durch das schmale Fenster nach unten. Der Wagen stand immer noch da. Wallander ging in die Küche. Wenn sie mich in die Luft sprengen wollten, hätten sie es längst getan, sagte er sich. Jetzt warten sie darauf, daß ich schlafen gehe.

Er wartete, bis es fast Mitternacht war. Mehrmals schlich er ins Bad, um zu kontrollieren, ob der Wagen noch da war. Dann machte er die Lampe in der Küche aus und knipste dafür das Licht im Badezimmer an. Nach zehn Minuten wiederholte er das Spiel mit Bad und Schlafzimmer. Eine knappe Viertelstunde später lag die Wohnung im Dunkeln. Er hastete die Treppe hinunter, verließ das Haus durch den Hintereingang, stellte sich an die Ecke mit Blick auf die Vorderseite und wartete. Er ärgerte sich, weil er nicht daran gedacht hatte, einen wärmeren Pullover anzuziehen. Es war windig und kalt. Vorsichtig trat er von einem Fuß auf den anderen. Bis ein Uhr war nichts weiter passiert, als daß er an die Hauswand pinkeln mußte. Alles war ruhig, nur gelegentlich hörte man vorbeifahrende Autos.

Zwanzig Minuten vor zwei war plötzlich von der Straße her ein Geräusch zu vernehmen. Vorsichtig lugte er um die Ecke. Die Tür auf der Fahrerseite war geöffnet worden, wobei die Innenbeleuchtung ausgeschaltet blieb. Nach ein paar Sekunden stieg ein Mann aus und schloß die Tür leise. Seine Bewegungen drückten äußerste Wachsamkeit aus. Die ganze Zeit über behielt er Wallanders Wohnung im Auge.

Der Mann war dunkel gekleidet. Die Entfernung war so groß, daß Wallander sein Gesicht nicht erkennen konnte, dennoch wußte er, daß er diesen Mann schon einmal gesehen hatte. Er versuchte, sich zu erinnern. Der Mann lief schnell über die Straße und verschwand im Hauseingang.

Jetzt fiel es Wallander wieder ein. Dieser Mann hatte im Schatten neben der Treppe in der großen Empfangshalle von Schloß Farnholm gestanden. Und nun war er auf dem Weg in seine Wohnung, vielleicht, um ihn zu töten.

Ich werde ermordet und bin gleichzeitig Zeuge der Tat, dachte er.

Er drückte sich in die Ecke zwischen Hauswand und Regenrinne und wartete. Drei Minuten nach zwei Uhr wurde die Haustür lautlos geöffnet, und der Mann kam wieder heraus. Er schaute sich um, und Wallander zuckte zurück. Dann hörte er, wie der Wagen mit heulendem Motor davonfuhr.

Jetzt wird er Alfred Harderberg berichten, dachte Wallander. Aber er wird nicht die Wahrheit sagen – wie soll er erklären, daß ich mich in der Wohnung befinde, das Licht ausmache und mich schlafen lege und dann doch nicht mehr da bin.

Es war jedoch nicht ausgeschlossen, daß der Mann etwas in der Wohnung hinterlassen hatte. Deshalb stieg Wallander in seinen Volvo und fuhr zum Polizeigebäude. Die Polizisten der Nachtschicht grüßten ihn erstaunt, als er die Anmeldung betrat. Er besorgte sich eine Matratze, die, wie er wußte, in einem Raum im Keller aufbewahrt wurde, und machte es sich dann in seinem Büro auf dem Fußboden bequem. Es war nach drei Uhr, und er war sehr müde. Er wußte, daß er nun schlafen mußte, um wieder klar denken zu können. Der dunkel gekleidete Mann folgte ihm in seine Träume.

Kurz nach fünf erwachte Wallander schweißgebadet. Alpträume hatten ihn gequält. Er blieb liegen und dachte an Lisbeth Norins Bericht. Dann erhob er sich und holte Kaffee, der bitter und abgestanden schmeckte. Es schien ihm immer noch nicht geraten, in seine Wohnung zurückzukehren. Er duschte im Umkleideraum. Kurz nach sieben saß er wieder an seinem Schreibtisch. Es war Mittwoch, der 24. November. Er erinnerte sich an das, was Ann-Britt Höglund vor ein paar Tagen gesagt hatte: Wir haben alle Teile beieinander, können jedoch nicht erkennen, wie sie zusammenpassen.

Damit werden wir jetzt beginnen, dachte er. Wir werden die Teile zusammenfügen.

Er wählte Sven Nybergs Privatnummer. Sein Kollege war selbst am Apparat.

»Wir müssen uns treffen«, sagte Wallander.

»Ich habe dich gestern gesucht«, erwiderte Nyberg. »Niemand wußte, wo du warst. Wir haben Neuigkeiten.«

»Wer ist wir?«

»Ann-Britt Höglund und ich.«

»Über Avanca?«

»Ich habe sie um Hilfe gebeten. Ich bin Techniker, kein kriminalistischer Ermittler.«

»Wir sehen uns in meinem Büro, so schnell du kannst. Ich benachrichtige Ann-Britt.«

Eine halbe Stunde später saßen Nyberg und Ann-Britt Höglund in Wallanders Zimmer. Svedberg steckte den Kopf herein und schaute ihn fragend an. »Werde ich gebraucht?«

»FHC 803«, sagte Wallander. »Ich habe mich noch nicht darum kümmern können. Übernimmst du das für mich?«

Svedberg nickte und zog sich zurück.

»Avanca«, sagte Wallander auffordernd.

»Erwarte nicht zuviel«, sagte Ann-Britt Höglund. »Wir hatten nur einen Tag Zeit, um das Unternehmen und seine Eigentumsverhältnisse zu untersuchen. Aber es steht fest, daß es kein Familienunternehmen der Romans mehr ist. Die Familie hat ihren Namen und ihr Ansehen eingebracht und hält weiterhin gewisse Anteile, vermutlich ziemlich große. Aber Avanca gehört seit einigen Jahren zu einem Konsortium von verschiedenen Firmen, die alle irgendwie mit der Herstellung von Arzneimitteln, mit medizinischer Versorgung und der Ausrüstung von Krankenhäusern zu tun haben. Eine komplizierte Konstruktion von gegenseitigen Beteiligungen. Über dem Konsortium steht eine Holding mit Sitz in Liechtenstein. Sie heißt Medicom und ist ihrerseits in verschiedene Eigentümergruppen aufgeteilt. Darunter ist ein brasilianisches Unternehmen, das sich hauptsächlich mit der Produktion und dem Export von Kaffee beschäftigt. Was jedoch viel interessanter ist – Medicom hat direkte finanzielle Beziehungen zur Bayerischen Hypotheken- und Wechselbank.«

»Warum ist das so interessant?« fragte Wallander, der den Faden zu Avanca verloren hatte.

»Weil Alfred Harderberg eine Fabrik in Genua besitzt«, erläuterte Ann-Britt Höglund. »Dort werden schnelle Motorboote aus Kunststoff hergestellt.«

»Jetzt verstehe ich überhaupt nichts mehr.«

»Warte es ab. Die Fabrik in Genua heißt CFP, was immer das bedeuten mag, und kommt ihren Kunden entgegen, indem sie Leasingverträge anbietet.«

»Avanca«, sagte Wallander. »Was interessieren mich italienische Kunststoffboote?«

»Sie sollten dich aber interessieren. Die Leasingverträge für die Schnellboote von CFP werden über die Bayerische Hypotheken- und Wechselbank abgeschlossen. Also existiert eine Verbindung zu Alfred Harderbergs Imperium, die erste, die wir in diesen Ermittlungen überhaupt gefunden haben.«

»Für mich klingt das unglaublich«, sagte Wallander.

»Es könnte noch engere Beziehungen geben«, sagte sie. »Wir brauchen Hilfe von den Wirtschaftsspezialisten. Ich kapiere ja kaum, womit ich mich da eigentlich beschäftige.«

»Ich meine, es ist beeindruckend, was du erreicht hast«, warf Nyberg ein, der bis dahin still dabeigesessen hatte. »Außerdem sollten wir herausfinden, ob diese Fabrik in Genua noch etwas anderes als Schnellboote herstellt.«

»Zum Beispiel Kühlbehälter, die zum Organtransport für Transplantationen dienen?« fragte Wallander.

»Zum Beispiel.«

Die drei sahen sich schweigend an. Sie wußten, was es bedeuten konnte, sollte sich ihre Vermutung bestätigen.

Wallander überlegte lange, bevor er fortfuhr: »Wenn das stimmt, könnte Alfred Harderberg in irgendeiner Art und Weise sowohl mit der Produktion als auch mit dem Import dieser Plastikbehälter zu tun haben. Mit anderen Worten, er kontrolliert den Markt vielleicht, obwohl es nach außen hin so wirkt, als hätten die Unternehmen keine Verbindung zueinander. Ist es wirklich möglich, daß brasilianische Kaffeeproduzenten etwas mit einer kleinen Firma in Södertälje zu tun haben?«

»Das ist nicht erstaunlicher als die Tatsache, daß amerikanische Automobilproduzenten auch Rollstühle herstellen«, meinte Ann-Britt Höglund. »Wo es Autos gibt, kommt es zu Verkehrsunfällen, und dadurch steigt der Bedarf an Rollstühlen.«

Wallander schlug sich mit der Hand an die Stirn und stand auf. »Jetzt gehen wir in die Offensive. Ann-Britt, kannst du dich darum kümmern, daß die Wirtschaftsexperten uns ein Schema der Beteiligungen Alfred Harderbergs erstellen, und zwar im Großformat, so daß wir es an die Wand heften können? Ich möchte, daß darin alles enthalten ist, Kunststoffboote in Genua, Reitpferde auf Schloß Farnholm, kurzum: alles. Und du, Nyberg, beschäftigst dich mit diesem Plastikbehälter. Woher stammt er, wie kann er in Gustaf Torstenssons Wagen gelangt sein?«

»Damit weichen wir aber von unserem bisherigen Plan ab«, sagte Ann-Britt Höglund. »Alfred Harderberg wird merken, daß wir seine Unternehmen unter die Lupe nehmen.«

»Keinesfalls«, antwortete Wallander. »Wir stellen alles als Routine hin, nichts Besonderes. Außerdem werde ich mit Björk und Åkeson vereinbaren, daß gleichzeitig eine Pressekonferenz stattfindet. Das wäre das erste Mal, daß ich eine solche Veranstaltung befürworte. Aber wir sollten dem Herbst beim Verbreiten von Nebel ruhig ein wenig helfen.«

»Ich habe gehört, daß Per wegen seiner Erkältung immer noch zu Hause im Bett liegt«, sagte Ann-Britt.

»Ich rufe ihn an«, sagte Wallander. »Wir brauchen ihn jetzt, erkältet oder nicht. Gebt Svedberg und Martinsson Bescheid, wir treffen uns heute Punkt zwei Uhr.«

Wallander hatte beschlossen, von den Ereignissen der Nacht erst zu berichten, wenn sie alle versammelt wären.

Nyberg verließ das Zimmer. Wallander bat Ann-Britt Höglund, noch zu bleiben. Er erzählte ihr, daß es ihm mit Hilfe von

Sten Widén gelungen sei, ein Stallmädchen auf Schloß Farnholm unterzubringen. »Deine Idee war gut. Wir werden sehen,
ob es etwas bringt. Wir sollten vielleicht nicht zuviel erwarten.«

»Hauptsache, ihr geschieht nichts«, sagte sie. »Das Mädchen
soll sich um die Pferde kümmern und die Augen offenhalten,
das ist alles. Wir dürfen nicht in Hysterie verfallen. Alfred Harderberg kann ja nicht hinter jedem in seiner Umgebung einen
verkleideten Polizisten vermuten.«

»Ich hoffe, du hast recht.«

»Wie steht es mit den Flugplänen?«

»Ich bin noch nicht weitergekommen. Gestern habe ich
mich nur mit Avanca beschäftigt.«

»Das hast du gut gemacht.«

Er merkte, daß sie sich über sein Lob freute. Wir geizen zu
sehr damit, einander auch mal ein aufmunterndes Wort zu sagen, stellte er im stillen fest. Mit Kritik und Schelte sind wir
dagegen großzügig bei der Hand. »Also dann, an die Arbeit.«

Sie verließ das Büro. Wallander trat ans Fenster und fragte
sich, was Rydberg an seiner Stelle wohl getan hätte. Aber diesmal nahm er sich keine Zeit, auf die Antwort des toten Freundes zu hören. Ihm schien die Art, wie er die Ermittlungen
führte, die richtige zu sein.

Im Verlauf des Vormittags entwickelte Wallander eine rast-
lose Energie. Er überzeugte Björk, daß es enorm wichtig sei, am
nächsten Tag eine Pressekonferenz abzuhalten. Er bot sogar an,
sich den Journalisten zu stellen. Zuvor würde er mit Per Åkeson absprechen, welche Informationen gegeben werden sollten.

»Das sieht dir gar nicht ähnlich, nach den Medien zu rufen«,
sagte Björk.

»Vielleicht bessere ich mich allmählich. Dafür soll es ja nie
zu spät sein.«

Nach dem Gespräch mit Björk wählte er Per Åkesons Privatnummer. Frau Åkeson nahm ab und teilte mit, daß ihr
Mann im Bett liege.

»Hat er Fieber?«

»Wenn man krank ist, dann ist man krank«, antwortete sie abweisend.

»Es hilft nichts, ich muß mit ihm sprechen.«

Nach einigen Minuten war Per Åkesons müde Stimme zu vernehmen. »Mir geht es nicht gut. Eine Grippe hat mich erwischt, ich habe die ganze Nacht auf der Toilette gesessen.«

»Ich würde dich nicht stören, wenn es nicht wichtig wäre. Du mußt heute nachmittag kurz herkommen. Wir können dich mit einem Wagen abholen lassen.«

»Ich komme«, sagte Per Åkeson. »Aber ich nehme ein Taxi.«

»Soll ich dir erklären, warum es so wichtig ist?«

»Weißt du etwa, wer die Anwälte getötet hat?«

»Nein.«

»Willst du, daß ich einen Haftbefehl für Alfred Harderberg ausstelle?«

»Nein.«

»Dann reicht es mir, wenn ich den Grund heute nachmittag erfahre.«

Danach rief Wallander Schloß Farnholm an. Am Apparat war eine Frau, deren Stimme er noch nicht gehört hatte. Wallander stellte sich vor und bat darum, mit Kurt Ström verbunden zu werden.

»Er ist erst heute abend wieder im Dienst«, teilte sie mit. »Aber Sie können ihn in seiner Wohnung erreichen.«

»Ich nehme an, daß Sie mir seine Telefonnummer nicht geben werden?«

»Warum sollte ich sie Ihnen nicht geben?«

»Ich dachte, das würde vielleicht gegen Ihre Sicherheitsvorschriften verstoßen.«

»Keinesfalls«, versicherte die Frau und nannte ihm die Nummer.

»Grüßen Sie Herrn Harderberg, und vielen Dank für das Treffen neulich«, sagte Wallander.

»Er befindet sich in New York.«

»Dann richten Sie es ihm bitte aus, wenn er wieder da ist. Wird er lange fortbleiben?«

»Wir rechnen damit, daß er übermorgen zurückkommt.«

Irgend etwas hat sich verändert, dachte Wallander, als er aufgelegt hatte. Gab es vielleicht eine Anweisung Harderbergs, Nachfragen der Polizei von Ystad zuvorkommender zu behandeln und nicht, wie sonst üblich, kühl und glatt abzuwehren?

Wallander wählte Kurt Ströms Telefonnummer. Er ließ es lange klingeln, aber niemand nahm ab. Daraufhin rief er Ebba in der Anmeldung an und bat sie, Kurt Ströms Adresse herauszusuchen. Er holte sich eine Tasse Kaffee. Ihm fiel ein, daß er Linda immer noch nicht angerufen hatte; er nahm sich vor, das Telefonat am Abend nachzuholen.

Kurz vor halb zehn verließ Wallander das Polizeigebäude und fuhr in Richtung Österlen. Ebba hatte ihm mitgeteilt, daß Kurt Ström einen abgelegenen Hof in der Nähe von Glimmingehus bewohnte. Sie kannte die Gegend um Ystad und Österlen besser als er und hatte ihm eine Wegbeschreibung skizziert. Trotz mehrfacher Versuche hatte Wallander Kurt Ström telefonisch nicht erreicht. Er hatte das Gefühl, daß er ihn trotzdem zu Hause antreffen würde. Während er durch Sandskogen fuhr, erinnerte er sich an Svedbergs Bericht über die Gründe von Ströms Ausscheiden aus dem Polizeikorps. Wallander malte sich aus, wie er empfangen werden würde. Er hatte schon ein paarmal mit Polizisten zu tun gehabt, die straffällig geworden waren, und erinnerte sich nur ungern an diese Begegnungen. Doch er sah ein, daß er um ein Gespräch mit Ström nicht herumkam.

Ebbas provisorische Karte war so geschickt gezeichnet, daß er keine Mühe hatte, den richtigen Weg zu finden. Schließlich hielt er vor einem weißgekalkten kleinen Haus typisch schonischer Bauart. Zu dem Anwesen östlich von Glimmingehus gehörte ein Garten, der im Frühling und im Sommer sicher sehr schön war. Als Wallander ausstieg, begannen zwei Schäferhunde in einem Zwinger zu bellen. Da ein Auto in der offenen Garage stand, nahm Wallander an, daß er richtig vermutet hatte – Kurt Ström war zu Hause. Im selben Moment kam der ehemalige Polizist von der Rückseite des Hauses. Er trug einen

Overall und hielt eine Maurerkelle in der Hand. Als er Wallander erblickte, blieb er abrupt stehen.

»Ich hoffe, ich störe nicht«, sagte Wallander. »Ich habe versucht, vorher anzurufen, aber niemand hat abgenommen.«

»Ich bin dabei, die Grundmauer auszubessern«, sagte Kurt Ström. »Was führt dich hierher?«

Wallander merkte, daß Ström auf der Hut war.

»Ich möchte dir ein paar Fragen stellen. Kannst du die Hunde beruhigen?«

Kurt Ström rief den Schäferhunden etwas zu, die unmittelbar verstummten.

»Gehen wir doch rein.«

»Ist nicht nötig«, sagte Wallander. »Es dauert wirklich nicht lange.«

Er schaute sich in dem kleinen Garten um. »Wirklich schön. Das ist etwas anderes als eine Wohnung in Malmö.«

»Ich habe mich auch in Malmö wohl gefühlt. Aber von hier aus habe ich es näher zur Arbeit.«

»Lebst du allein hier? Warst du nicht verheiratet?«

Kurt Ström warf ihm einen bösen Blick zu. »Was geht dich mein Privatleben an?«

Wallander hob entschuldigend die Hände. »Nichts. Man wird sich wohl noch erkundigen dürfen unter alten Kollegen.«

»Ich bin nicht dein Kollege.«

»Aber du warst es einmal, oder?«

Wallanders Ton war schärfer geworden. Er wollte die Konfrontation, weil er wußte, daß er bei Kurt Ström nur mit Härte weiterkam.

»Ich nehme nicht an, daß du gekommen bist, um über meine Familie zu reden.«

Wallander schaute ihn an und lächelte. »Natürlich nicht. Ich wollte dich nur höflich daran erinnern, daß wir einst Kollegen waren.«

Kurt Ström war blaß geworden. Einen Augenblick glaubte Wallander, daß er zu weit gegangen war, daß Kurt Ström zuschlagen würde.

»Vergessen wir es«, sagte er. »Laß uns lieber über den

11. Oktober reden, einen Montag abend vor sechs Wochen. Du weißt, welchen Abend ich meine?«

Kurt Ström nickte langsam, sagte jedoch nichts.

»Eigentlich habe ich nur eine Frage«, fuhr Wallander fort. »Aber eines sollte klar sein, bevor du antwortest – ich werde nicht akzeptieren, daß du mir unter Berufung auf die Sicherheitsbestimmungen von Schloß Farnholm ausweichst. Wenn du das tust, werde ich dir die Hölle heiß machen.«

»Du kannst mir nichts anhaben«, sagte Kurt Ström.

»Bist du sicher? Ich kann dich nach Ystad holen lassen, ich kann zehnmal am Tag anrufen und nach dir fragen. Irgendwann merken die im Schloß, daß sich die Polizei in auffallender Weise für den Wachmann Ström interessiert. Wissen die eigentlich Bescheid über deine Vergangenheit? Die würden sich ganz schön wundern. Ich glaube, Alfred Harderberg hätte etwas dagegen, wenn Ruhe und Ordnung auf Schloß Farnholm gestört würden.«

»Scher dich zur Hölle«, sagte Ström. »Verschwinde, bevor ich dich rausschmeiße!«

»Ich möchte doch nur, daß du mir eine Frage über den 11. Oktober beantwortest«, wiederholte Wallander ungerührt. »Und ich kann dir versprechen, daß alles unter uns bleibt. Willst du wirklich deinen Job riskieren? Ich hatte den Eindruck, daß du dich wohl fühltest, als wir uns am Tor von Schloß Farnholm begegnet sind.«

Wallander merkte, daß Ström unsicher wurde. Seine Augen funkelten haßerfüllt, doch Wallander wußte nun, daß er seine Antwort erhalten würde.

»Nur eine Frage. Und eine – wahre – Antwort. Dann verschwinde ich sofort. Du kannst dein Haus weiter reparieren und vergessen, daß ich hier gewesen bin. Und das Tor von Schloß Farnholm bis ans Ende deiner Tage bewachen. Nur eine Frage – und eine Antwort!«

Hoch am Himmel war ein Flugzeug zu sehen. Vielleicht Alfred Harderbergs Gulfstream auf dem Rückflug von New York, dachte Wallander.

»Was willst du wissen?« fragte Kurt Ström.

»Was am Abend des 11. Oktober geschehen ist. Laut Computerausdruck der elektronischen Torüberwachung verließ Gustaf Torstensson Schloß Farnholm genau um zwanzig Uhr vierzehn. Diese Angabe kann natürlich gefälscht sein, aber gehen wir einmal davon aus, daß sie stimmt. Wir wissen also mit Sicherheit, daß er Schloß Farnholm verlassen hat. Meine Frage an dich, Kurt Ström, ist ganz einfach diese: Hat in der Zeit zwischen Gustaf Torstenssons Ankunft und Abfahrt ein Fahrzeug Schloß Farnholm verlassen?«

Kurt Ström preßte die Lippen aufeinander. Dann nickte er langsam.

»Gut, das war der erste Teil der Frage. Nun folgt der zweite und letzte. Wer hat in dieser Zeit das Schloß verlassen?«

»Das weiß ich nicht.«

»Aber du hast einen Wagen gesehen?«

»Ich habe schon mehr als eine Frage beantwortet.«

»Red keinen Mist, Ström. Das ist immer noch dieselbe Frage. Was war das für ein Auto? Und wer saß darin?«

»Es war ein BMW aus dem Schloß.«

»Wer saß darin?«

»Das weiß ich nicht.«

»Ich mache dir das Leben zur Hölle, wenn du nicht antwortest!«

Wallander merkte, daß er seine Wut nicht zu spielen brauchte. Sie kam von selbst.

»Es stimmt. Ich weiß nicht, wer in dem Wagen saß!«

Wallander spürte, daß Ström die Wahrheit sagte. Er hätte es gleich merken müssen.

»Du meinst, der BMW hatte getönte Scheiben, damit man die Insassen nicht erkennen kann?«

Kurt Ström nickte. »Nun hast du deine Antwort. Jetzt scher dich zum Teufel!«

»Es ist immer nett, alte Kollegen zu treffen«, sagte Wallander. »Aber du hast recht, es wird Zeit für mich. Danke für das anregende Gespräch.«

Als er Kurt Ström den Rücken zuwandte und zum Auto ging, begannen die Hunde wieder zu kläffen. Beim Davonfahren sah er, daß sein ehemaliger Kollege reglos im Garten stand und ihm hinterherschaute. Wallander merkte, daß er geschwitzt hatte. Er wußte, daß Ström zu Gewaltausbrüchen neigte.

Aber er ahnte auch, daß er der Lösung des Problems entscheidend näher gekommen war. Der Ausgangspunkt für das Geschehen lag in der Frage, was an jenem Oktoberabend vorgefallen war, an dem Gustaf Torstensson starb, allein in seinem Auto. Er konnte sich vorstellen, wie alles abgelaufen war. Während Gustaf Torstensson in einem der tiefen Lederfauteuils gesessen und mit Alfred Harderberg und den beiden italienischen Bankiers gesprochen hatte, war ein Wagen vorausgefahren, um den alten Anwalt auf dem Heimweg zu erwarten. Irgendwie, mit Gewalt, List oder durch überwältigende Freundlichkeit, hatten sie es geschafft, ihn auf der verlassenen Wegstrecke zum Halten zu bringen. Wallander wußte nicht, ob der Beschluß, Gustaf Torstensson nicht nach Hause zurückkehren zu lassen, an jenem Abend oder bereits vorher gefaßt worden war. Jetzt zeichneten sich jedenfalls die Konturen einer Erklärung ab.

Er erinnerte sich an die Männer, die in der großen Empfangshalle neben der Treppe im Schatten gestanden hatten.

Ein kalter Schauer kroch ihm über den Rücken. Er dachte an seine Erlebnisse der letzten Nacht.

Unwillkürlich trat er fester auf das Gaspedal. Als er sich Sandskogen näherte, fuhr er so schnell, daß er bei einer Verkehrskontrolle den Führerschein eingebüßt hätte. Er bremste ab. In Ystad hielt er an Fridolfs Konditorei und trank Kaffee. Er wußte, was Rydberg ihm geraten hätte.

Geduld, hätte er gesagt. Wenn Steine den Hang hinabrollen, rennt man nicht sofort hinterher; die Gefahr ist groß, mitgerissen zu werden. Nein, man bleibt stehen und beobachtet, wo sie liegenbleiben – das hätte er gesagt.

Genau, dachte Wallander.

Genau so werden wir uns verhalten.

Während der folgenden Tage konnte Wallander, wie so häufig in der Vergangenheit, feststellen, daß er von Mitarbeitern umgeben war, die sich nicht schonten, wenn es die Aufgabe verlangte. Waren sie bisher schon intensiv bei der Sache gewesen, so murrten sie auch jetzt nicht, als Wallander erhöhte Anstrengung forderte. Es hatte am Mittwoch nachmittag begonnen, als Wallander die Ermittlungsgruppe im Konferenzraum versammelte. Auch der an einer Magengrippe leidende Per Åkeson war dabei. Alle waren sich einig, daß Alfred Harderbergs weltumspannendes Imperium schnell und gründlich untersucht werden mußte. Per Åkeson rief noch während der Beratung in Malmö und Stockholm an und schilderte den dortigen Wirtschaftsspezialisten die Dringlichkeit des Falles. Atemlos lauschten die Kriminalisten und applaudierten spontan, als der Staatsanwalt seine Gespräche beendet hatte. Er ermunterte sie, die Avanca-Spur intensiv zu verfolgen und eine eventuelle Kollision mit den Kollegen in Malmö und Stockholm nicht zu scheuen. Wallander war auch in diesem Zusammenhang der Meinung, daß Ann-Britt Höglund dafür am geeignetsten sei. Niemand hatte etwas einzuwenden, und von diesem Augenblick an war die junge Frau nicht mehr die Neue, sondern ein anerkanntes Mitglied der Gruppe. Svedberg übernahm einen Teil ihrer früheren Aufgaben, nicht zuletzt die Überprüfung der Flugdokumentationen. Zuvor hatten Wallander und Per Åkeson darüber diskutiert, ob es sich um wirklich wertvolle Informationsquellen handelte, die den Aufwand lohnten. Wallander hatte darauf hingewiesen, daß sie früher oder später Bescheid wissen mußten, wann und wohin Alfred Harderberg geflogen war, vor allem an den Mordtagen. Per Åkeson wandte ein, daß ein Mann wie Harderberg, wenn er dahinterstecken sollte, mit Sicherheit über die modernsten Kommunikationsmittel verfügte. Das bedeutete, daß er jederzeit mit Schloß Farnholm in Kontakt treten konnte, ob nun aus dem Luftraum über dem Atlantik oder in der australischen Wüste, wo er laut Auskunft der Wirtschaftsexperten an der Ausbeutung von Bodenschätzen beteiligt war. Wallander wollte Per Åkeson gerade zustimmen, da änderte dieser seine Meinung und wies darauf

hin, daß es unklug sei, einen bereits laufenden Vorgang abzubrechen. Was das Einschleusen des Stallmädchens Sofia auf
Schloß Farnholm anging, schilderte Wallander die Hintergründe so diplomatisch, daß Ann-Britt Höglund ihm im stillen
höchstes Lob zollte. Wallander war klar, daß nicht nur Björk
und Per Åkeson, sondern auch Svedberg und Martinsson Einwände gegen die Beteiligung fremder Personen an den Ermittlungen haben könnten. Ohne zu lügen, aber eben nicht ganz
wahrheitsgemäß, erwähnte Wallander, daß sie zufällig auf eine
interne Informationsquelle auf Schloß Farnholm gestoßen
seien, eine Pferdepflegerin, die er schon lange kenne. Er erwähnte es beiläufig, als belegte Brote hereingebracht wurden
und alle nur mit einem Ohr zuhörten. Ein Blickwechsel mit
Ann-Britt Höglund verriet ihm, daß sie seine Taktik durchschaut hatte.

Als der Imbiß verzehrt und das Zimmer gelüftet war, berichtete Wallander von den Ereignissen der vergangenen
Nacht. Er verschwieg jedoch, daß der einsame Mann im Auto
sogar in seine Wohnung eingedrungen war. Er befürchtete, daß
Björk Sicherheitsmaßnahmen ergreifen könnte, die sie in ihrer
Arbeit behindern würden. In diesem Zusammenhang konnte
Svedberg mitteilen, daß der betreffende Wagen auf eine Person
zugelassen war, die in Östersund wohnte und in einem Feriendorf in Jämtland arbeitete. Sie würden den Mann überprüfen,
ebenso das Feriendorf. Wenn Alfred Harderberg in Australien
Bodenschätze heben ließ, konnten ihm genausogut Winter-
sportanlagen in Jämtland gehören. Die Besprechung endete
mit einem Bericht Wallanders über seinen Besuch bei Kurt
Ström. Danach war es lange still im Raum.

»Genau dieses Detail fehlte uns«, sagte Wallander später zu
Ann-Britt Höglund. »Polizisten sind praktisch veranlagt. Die
Tatsache, daß ein Auto Schloß Farnholm verlassen hat, kurz
bevor Gustaf Torstensson seine letzte Reise antrat, hat endlich
das Unklare, Schwebende an diesem Fall beseitigt. Wenn es so
abgelaufen ist, dann bedeutet es auch, daß Gustaf Torstensson
in einer kaltblütigen Aktion ermordet wurde. Also muß es ein
echtes Motiv gegeben haben – Zufälle oder Affekthandlungen

scheiden aus. Von diesem Moment an ist klar, welche Felder wir ausschließen können.«

Die Besprechung der Ermittlungsgruppe war in einer Stimmung zu Ende gegangen, die Wallander als konzentriert und zielbewußt empfand. Darauf hatte er auch gehofft. Bevor Per Åkeson wieder nach Hause ging, hatten sie sich mit Björk zurückgezogen, um die Pressekonferenz am folgenden Tag zu besprechen. Wallander vertrat die Auffassung, sie sollten, ohne direkt zu lügen, bekanntgeben, daß sie eine konkrete Spur verfolgten, jedoch aus ermittlungstechnischen Gründen nicht deutlicher werden könnten.

»Das ist ja schön und gut«, sagte Per Åkeson. »Aber wie willst du von einer Spur reden, ohne daß Alfred Harderberg Verdacht schöpft, diese Spur könnte nach Schloß Farnholm führen?«

»Wir erwähnen eine Tragödie im privaten Bereich.«

»Das klingt verdächtig dünn und viel zu unglaubwürdig, um eine Pressekonferenz zu rechtfertigen«, gab Per Åkeson zu bedenken. »Bereite dich gut vor, damit du auf alle noch so abwegigen Fragen überzeugende Antworten parat hast.«

Nach der Zusammenkunft fuhr Wallander in die Mariagata. Es war nicht auszuschließen, daß es zu einer Explosion kam, wenn er den Schlüssel im Schloß drehte. Aber dann verwarf er den Gedanken – die Zeit war zu knapp gewesen, um eine Bombe zu installieren, und außerdem hatte der Mann aus dem Auto nichts bei sich getragen.

Dennoch hatte er ein ungutes Gefühl. Er prüfte, ob sein Telefon abgehört wurde. Obwohl er nichts fand, beschloß er, Gespräche über Alfred Harderberg nicht mehr von zu Hause aus zu führen.

Er duschte und zog sich um.

Sein Abendessen nahm er in einer Pizzeria in der Hamngata ein. Die letzten Abendstunden widmete er der Vorbereitung der Pressekonferenz.

Ab und zu trat er ans Küchenfenster und schaute hinunter auf die Straße. Aber da stand nur der Dienstwagen, den man ihm überlassen hatte.

Die Pressekonferenz verlief besser, als Wallander hatte hoffen können. Der Mord an den beiden Anwälten schien auf kein besonderes öffentliches Interesse zu stoßen. Daher waren nur wenige Zeitungen und ein lokaler Radiosender vertreten; das Fernsehen hielt sich ganz heraus.

»Das dürfte Harderberg beruhigt haben«, sagte Wallander zu Björk, als die Journalisten das Polizeigebäude wieder verlassen hatten.

»Falls er unsere Absicht nicht durchschaut«, meinte Björk.

»Er kann natürlich Verdacht schöpfen«, sagte Wallander. »Aber er kann nicht ganz sicher sein.«

Als er in sein Büro kam, lag ein Zettel auf dem Tisch. Sten Widén bat um einen Rückruf. Nach langem Klingeln wurde der Hörer abgenommen.

»Was gibt es?« fragte Wallander.

»Hej, Roger«, sagte Sten Widén. »Vor einer Weile hat unsere Freundin Sofia aus Simrishamn angerufen. Sie hatte etwas mitzuteilen, was dich interessieren dürfte.«

»Was?«

»Daß sie ihren Job nicht mehr lange ausüben wird.«

»Was meint sie damit?«

»Es scheint, als plane Alfred Harderberg, Schloß Farnholm zu verlassen.«

Wallander stand wie vom Blitz getroffen, den Hörer ans Ohr gepreßt.

»Bist du noch dran?«

»Ja. Ja, ich bin noch dran.«

»Also, das wollte ich dir nur mitteilen«, sagte Sten Widén und legte auf.

Wallander ließ sich auf den Stuhl fallen. Das Gefühl, gegen die Zeit zu arbeiten, war wieder übermächtig geworden.

15

Am Nachmittag des 25. November kehrte der Kriminalpolizist
Ove Hansson an seinen Arbeitsplatz in Ystad zurück; er war
über einen Monat weggewesen. Er hatte die Zeit in Halmstad
verbracht, wo er an einer von der Reichspolizeiführung ange-
ordneten Weiterbildung in computergestützter Verbrechens-
bekämpfung teilgenommen hatte. Als der Mord an Sten Torstensson bekannt wurde, hatte er sich bei Björk erkundigt, ob
er den Kurs abbrechen und nach Ystad zurückkommen sollte.
Aber Björk war dafür, die Weiterbildung zu Ende zu führen. Da
hatte sich Hansson gesagt, daß Wallander in den Dienst zurückgekehrt war. Aus seinem Hotel in Halmstad hatte er eines
Abends Martinsson angerufen und sich vergewissert. Martinsson hatte die Vermutung bestätigt und mitgeteilt, daß Kurt
Wallander vitaler sei als je zuvor.

Auf das, was ihn an jenem Nachmittag im Polizeigebäude
von Ystad erwartete, war Hansson dennoch nicht vorbereitet.
Er klopfte an die Tür, hinter der sich während Wallanders Abwesenheit sein Büro befunden hatte, und trat ein, ohne auf ein
Herein zu warten. Zu Tode erschrocken zuckte er zurück: Vor
ihm stand Wallander, hatte einen Stuhl über den Kopf erhoben
und schien ihn aus Augen anzustarren, in denen der Wahnsinn
funkelte. Alles ging sehr schnell; Wallander stellte den Stuhl
ab, und sein Gesichtsausdruck wurde wieder normal. Aber das
Bild hatte sich tief in Ove Hanssons Bewußtsein eingebrannt;
er würde es nie vergessen. Noch lange wartete er insgeheim
darauf, daß Wallanders Wahnsinn sich wieder zeigte.

»Mir ist klar, daß ich ungelegen komme«, sagte Hansson, als
die Situation entschärft schien. »Ich wollte nur guten Tag wün-
schen und mich zurückmelden.«

»Habe ich dich etwa erschreckt? Das wollte ich wirklich

nicht. Aber ich habe gerade einen Anruf erhalten, der mich furchtbar wütend gemacht hat. Bloß gut, daß du gekommen bist, sonst hätte ich den Stuhl an die Wand geschmettert.«

Dann nahmen sie Platz, Wallander hinter dem Schreibtisch und Hansson auf dem Stuhl, der beinahe zu Bruch gegangen wäre. Hansson war der Kollege unter den Kriminalisten, den Wallander am wenigsten kannte, obwohl sie viele Jahre zusammengearbeitet hatten. Sie waren charakterlich sehr verschieden und führten oft lange Diskussionen, die meist im Streit endeten. Dennoch hatte Wallander Respekt vor Hanssons Leistungen als Polizist. Hansson galt als wortkarg und schwierig, aber er war gründlich und beharrlich und überraschte seine Kollegen gelegentlich durch treffende Analysen, die ihnen in hoffnungslos festgefahrenen Fällen neue Wege zeigten. Im vergangenen Monat hatte Wallander Hansson ein paarmal vermißt. Ihm war sogar der Gedanke gekommen, Hansson mit Björks Hilfe zurückzurufen, aber es war schließlich bei dem Gedanken geblieben.

Wallander wußte auch, daß Hansson vermutlich der Kollege war, der seine Rückkehr in den Dienst am wenigsten begrüßte. Hansson war ehrgeizig, was für einen Polizisten nicht nachteilig sein mußte, aber er hatte niemals akzeptiert, daß ausgerechnet Wallander als Rydbergs Nachfolger angesehen wurde. Diese Ehre, fand er, kam ihm selbst zu. Wallander war sich dessen bewußt und verstand, daß sein Kollege ihm gegenüber eine gewisse Abneigung nicht unterdrücken konnte.

Es gab aber noch einen weiteren Aspekt, der ihre Beziehung belastete: Wallander brachte wenig Verständnis dafür auf, daß Hansson so viel Zeit für Pferdewetten verwendete. Sein Schreibtisch war ständig voller Prospekte und Wettdiagramme. Oft schien es Wallander, als verbringe sein Kollege die Hälfte seiner Arbeitszeit mit Berechnungen von Gewinnchancen für den nächsten Renntag. Außerdem wußte er, daß Hansson Opernmusik verabscheute.

Aber nun saßen sie einander gegenüber. Gut, daß Hansson zurück ist, dachte Wallander. Wir können eine Verstärkung unserer Ermittlungskapazität brauchen. Das allein zählt.

»Du bist also wieder da«, sagte Hansson. »Als ich zuletzt von dir hörte, hieß es, du würdest den Dienst quittieren.«

»Der Mord an Sten Torstensson hat mich umgestimmt.«

»Und dann hast du entdeckt, daß auch der Vater umgebracht wurde. Wir waren von einem Autounfall ausgegangen.«

»Das Ganze war ja auch geschickt inszeniert. Reiner Zufall, daß ich das Stuhlbein im Lehm entdeckte.«

»Ein Stuhlbein?« fragte Hansson verwundert.

»Du mußt dich in Ruhe mit allem vertraut machen. Und du wirst dringend gebraucht. Nicht zuletzt wegen des Telefonats, das ich soeben geführt habe.«

»Worum ging es da?«

»Es scheint, als bereite der Mann, auf den wir unsere Ermittlungen konzentriert haben, seine Flucht vor. Das könnte uns vor große Probleme stellen.«

Hansson schaute ihn verständnislos an. »Ich glaube, ich muß mich wirklich erst mit dem Fall befassen.«

»Ich würde dir gern ausführliche Informationen geben, aber ich schaffe es jetzt nicht. Sprich bitte mit Ann-Britt. Sie ist sehr geschickt darin, das Wichtige zusammenzufassen und den Rest wegzulassen.«

»Wirklich?«

Wallander sah ihn fragend an. »Wirklich was?«

»Na, gut. Ich meine, ist Ann-Britt Höglund wirklich gut?«

Wallander erinnerte sich an eine Bemerkung Martinssons, daß Hansson seine Position durch die neue Kollegin bedroht sah.

»Ja«, sagte er. »Ja, sie ist bereits jetzt eine gute Kriminalistin. Und sie wird noch besser werden.«

»Das glaube ich kaum«, sagte Hansson und stand auf.

»Du wirst es sehen. Nur soviel: Ann-Britt Höglund ist gekommen, um zu bleiben.«

»Ich würde trotzdem lieber mit Martinsson sprechen.«

»Wie du willst.«

Hansson war schon fast aus der Tür, als Wallander noch eine Frage stellte. »Was hast du eigentlich in Halmstad gemacht?«

»Die Reichspolizeiführung hat mir einen Blick in die Zukunft ermöglicht. Dann werden Polizisten überall auf der Welt vor ihren Bildschirmen sitzen und Verbrecher jagen. Wir werden in ein weltumspannendes Kommunikationsnetz eingebunden sein, wo alle Informationen, die Polizisten verschiedener Länder gesammelt haben, von sinnvoll angelegten Datenbanken abrufbar sind«, erklärte Hansson.

»Klingt ja grauenvoll. Und langweilig.«

»Aber vieles wird leichter werden. Na, wir sind bis dahin längst in Pension.«

»Ann-Britt Höglund wird es vielleicht erleben«, sagte Wallander nachdenklich. »Übrigens, gibt es in Halmstad Pferderennen?«

»Einmal in der Woche.«

»Und wie ist es gelaufen?«

Hansson zuckte die Schultern. »Mal so, mal so, wie immer. Manche Gäule entsprechen den Erwartungen, andere nicht.«

Als Hansson gegangen war, dachte Wallander an die Wut, die ihn bei der Nachricht von Alfred Harderbergs eventuell bevorstehender Flucht überwältigt hatte. Er verlor selten die Fassung und konnte sich nicht erinnern, wann er zuletzt so außer Kontrolle geraten war, daß er mit Gegenständen um sich werfen wollte. Daß Alfred Harderberg beabsichtigte, Schloß Farnholm zu verlassen, konnte einfach bedeuten, daß er, wie so viele Male zuvor, entschieden hatte, den Aufenthaltsort zu wechseln. Es hieß nicht zwangsläufig, daß er eine Flucht plante. Wovor sollte er eigentlich fliehen? Und wohin? Schlimmstenfalls würden sich die Ermittlungen komplizierter gestalten; andere Polizeibezirke müßten eingeschaltet werden, je nachdem, wo er sich niederließ.

Es gab noch eine andere Möglichkeit, der Wallander sofort nachgehen mußte. Er rief Sten Widén an. Eine der Pferdepflegerinnen war am Apparat. Ihre Stimme klang sehr jung.

»Sten ist im Stall«, sagte sie. »Der Hufschmied ist da.«

»Dort gibt es doch auch ein Telefon. Kannst du mich nicht verbinden?«

»Geht leider nicht, der Apparat im Stall ist kaputt.«

»Dann hole ihn bitte. Sag, daß Roger Lundin dringend mit ihm sprechen muß.«

Es dauerte fast fünf Minuten, bis Sten Widén am Telefon war.

»Was ist denn los?« fragte er barsch.

»Sofia hat nicht zufällig erwähnt, wohin Harderberg umziehen will?«

»Woher, zum Teufel, soll sie das wissen?«

»Ich frage ja nur. Hat sie gesagt, daß er das Land verlassen will?«

»Was sie gesagt hat, habe ich dir mitgeteilt, Wort für Wort.«

»Ich muß sie treffen. Heute noch, so schnell wie möglich.«

»Sie hat einen Job zu erledigen.«

»Dann erfinde irgend etwas. Sie war doch vorher bei dir beschäftigt. Irgendwelche Papiere, die ausgefüllt werden müssen. Laß dir etwas einfallen!«

»Ich habe keine Zeit. Der Hufschmied ist hier, der Tierarzt ist schon unterwegs. Ich habe Termine mit mehreren Pferdebesitzern.«

»Es ist wichtig. Glaub mir!«

»Ich versuche es. Ich rufe dich dann an.« Wallander legte auf. Es war bereits halb vier. Er wartete. Viertel vor vier holte er sich eine Tasse Kaffee.

Fünf Minuten später klopfte es an der Tür, und Svedberg trat ein. »Den Mann in Östersund können wir abschreiben. Sein Wagen mit dem Kennzeichen FHC 803 wurde vor einer Woche in Stockholm gestohlen. Es gibt keinen Grund, an seiner Aussage zu zweifeln. Er ist übrigens Kommunalrat.«

»Warum sollte man zu einem Kommunalrat unbedingt Vertrauen haben? Wo wurde der Wagen gestohlen? Und wann genau? Sieh zu, daß wir eine Kopie der Diebstahlsanzeige bekommen.«

»Ist das wirklich wichtig?«

»Es kann wichtig sein. Außerdem macht es nicht allzuviel Arbeit. Hast du mit Hansson gesprochen?«

»Nur ganz flüchtig. Er geht mit Martinsson das Material durch.«

»Laß ihn die Sache übernehmen. Dann ist er für den Anfang beschäftigt.«

Svedberg verließ das Zimmer. Nun war es Viertel nach vier, und Sten Widén hatte noch nicht angerufen. Wallander ging zur Toilette, nachdem er in der Anmeldung gebeten hatte, alle eventuellen Anrufe zu notieren. Zerstreut blätterte er in einer Abendzeitung, die jemand liegengelassen hatte. Fünf Minuten nach halb fünf saß er wieder an seinem Schreibtisch. Als Sten Widén endlich anrief, hatte Wallander zwölf Büroklammern verbogen.

»Ich habe gelogen, daß sich die Balken bogen«, sagte Sten. »In einer Stunde kannst du Sofia in Simrishamn treffen. Ich habe ihr gesagt, sie soll ein Taxi nehmen, du würdest es bezahlen. Wo es zum Hafen hinuntergeht, gibt es eine Konditorei. Weißt du, welche ich meine?«

Wallander kannte die Konditorei.

»Sie hat nicht viel Zeit«, sagte Sten Widén. »Nimm irgendwelche Formulare zum Ausfüllen mit.«

»Glaubst du, daß sie das Mädchen im Verdacht haben?«

»Woher soll ich das wissen?«

»Vielen Dank jedenfalls für die Hilfe.«

»Auch das Taxi für die Rückfahrt zum Schloß mußt du ihr bezahlen, denk daran!«

»Ich fahr sofort los.«

»Was ist denn eigentlich passiert?« fragte Sten Widén.

»Das erzähle ich dir, wenn ich mehr weiß«, sagte Wallander. »Ich rufe dich an.«

Punkt fünf verließ er das Polizeigebäude. In Simrishamn parkte er den Wagen in der Nähe des Hafens und ging hinauf zur Konditorei. Wie er gehofft hatte, war Sofia noch nicht da. Er trat wieder auf die Straße hinaus, wechselte auf den gegenüberliegenden Bürgersteig und ging ein Stück weiter. Dann stellte er sich vor ein Schaufenster. Er behielt die Konditorei im Auge. Es war acht Minuten nach sechs, als er Sofia vom Hafen her kommen sah, wo sie wahrscheinlich aus einem Taxi gestiegen war. Sie betrat die Konditorei. Wallander wartete und beobachtete die Passanten. Als er sicher sein konnte, daß ihr niemand gefolgt war, überquerte er schnell die Straße. Er bereute, niemanden zur Unterstützung mitgenommen zu haben. Beim Betreten der Konditorei sah er sie sofort. Sie hatte an einem Ecktisch Platz genommen. Als er sich zu ihr setzte, sah sie ihn nur wortlos an.

»Tut mir leid, daß ich mich verspätet habe.«

»Macht nichts, ich bin ja auch zu spät. Was willst du? Ich muß zum Schloß zurück. Hast du Geld für das Taxi?«

Wallander zückte die Brieftasche und reichte ihr einen Fünfhundertkronenschein. »Reicht das?«

Sie schüttelte den Kopf. »Ich brauche einen Tausender.«

»Kostet es tausend Kronen, vom Schloß nach Simrishamn und zurück zu fahren?«

Er gab ihr einen weiteren Fünfhunderter und dachte, daß sie ihn wahrscheinlich ausnahm. Das machte ihn wütend, aber er beherrschte sich. Es war zu wichtig.

»Was nimmst du?« fragte er. »Hast du schon bestellt?«

»Ein Kaffee wäre gut. Und ein Stück Kuchen.«

Wallander ging zur Theke und bestellte. Als er bezahlte, bat er um eine Quittung. Dann trug er das Tablett zum Ecktisch. Wieder sah sie ihn an, und er spürte Verachtung in ihrem Blick.

»Roger Lundin«, sagte sie. »Ich weiß nicht, wie du wirklich heißt, und es interessiert mich auch nicht. Aber Roger Lundin ist nicht dein richtiger Name. Du bist ein Bulle.«

Wallander beschloß, die Wahrheit zu sagen; es kam nicht darauf an. »Du hast recht«, bestätigte er. »Ich heiße nicht Roger Lundin. Und ich bin Polizist. Meinen richtigen Namen mußt du nicht kennen.«

»Warum nicht?«

»Weil es besser ist.«

Sie merkte, daß sich Wallanders Haltung veränderte, und betrachtete ihn mit einem gewissen Interesse.

»Jetzt hör mir genau zu«, fuhr Wallander fort. »Eines Tages werde ich dir erklären, warum die ganze Geheimniskrämerei notwendig war. Heute muß dir genügen, daß ich Kriminalist bin und an der Aufklärung einiger besonders brutaler Morde arbeite. Damit du weißt, daß das hier kein Scherz ist. Klar?«

»Vielleicht.«

»Jetzt bitte ich dich, mir ein paar Fragen zu beantworten, anschließend kannst du zum Schloß zurückfahren.«

Er erinnerte sich an die Papiere, die er in der Tasche hatte. Er legte sie auf den Tisch und reichte ihr einen Kugelschreiber. »Möglicherweise ist dir jemand gefolgt«, sagte er. »Deshalb füllst du nebenbei diese Dokumente aus. Schreib deinen Namen.«

»Wer soll mich verfolgt haben?« fragte sie und schaute sich im Lokal um.

»Sieh mich an«, zischte Wallander. »Sieh nicht in andere Richtungen. Wenn dir jemand gefolgt ist, kannst du sicher sein, daß er dich beobachtet. Aber du wirst ihn nicht entdecken.«

»Woher willst du wissen, daß es ein Mann ist?«

»Richtig. Das weiß ich nicht.«

»Mir kommt das Ganze ziemlich verrückt vor.«

»Trink deinen Kaffee, iß den Kuchen, schreib deinen Namen und sieh mich an. Wenn du nicht tust, was ich dir sage, werde ich dafür sorgen, daß Sten Widén dich nicht wieder nimmt.«

Die Drohung schien zu wirken. Für den Augenblick befolgte sie seine Anweisungen.

»Woraus schließt du, daß Harderberg und seine Leute das Schloß verlassen wollen?«

»Man sagte mir, ich sei für einen Monat eingestellt. Dann würden sie aus dem Schloß ausziehen.«

»Wer hat dir das gesagt?«

»Ein Mann ist in den Stall gekommen.«

»Wie sah er aus?«

»Irgendwie schwarz.«

»Ein Neger?«

»Nein, aber er trug dunkle Kleidung und hatte schwarze Haare.«

»Ein Ausländer?«

»Er sprach Schwedisch.«

»Mit einem Dialekt?«

»Vielleicht.«

»Weißt du, wie er heißt?«

»Nein.«

»Weißt du, was er macht?«

»Nein.«

»Aber er arbeitet im Schloß?«

»Muß er ja wohl.«

»Was hat er noch gesagt?«

»Ich mochte ihn nicht. Er war unangenehm.«

»Warum?«

»Er lungerte im Stall herum und schaute mir zu, als ich ein Pferd striegelte. Er fragte mich, woher ich komme.«

»Was hast du geantwortet?«

»Daß ich mich für den Job beworben hätte, weil ich bei Sten Widén nicht mehr bleiben konnte.«

»Hat er noch etwas gefragt?«

»Nein.«

»Was geschah dann?«

»Er ist wieder gegangen.«

»Warum war er unangenehm?«

Sie überlegte, bevor sie antwortete. »Weil er versucht hat, mich auszufragen, und er dachte, ich merke es nicht.«

Wallander nickte. Er verstand, was sie meinte. »Hast du noch jemanden getroffen?«

»Nur die Frau, die mich eingestellt hat.«

»Anita Karlén.«

»Ja, ich glaube, so hieß sie.«

»Sonst niemanden?«

»Nein.«

»Kümmerst du dich denn ganz allein um die Pferde?«

»Ja. Zwei Pferde sind schließlich nicht viel.«

»Wer hat diesen Job vorher gemacht?«

»Das weiß ich nicht.«

»Haben sie gesagt, warum sie plötzlich einen neuen Pferdepfleger brauchten?«

»Frau Karlén meinte, es sei jemand krank geworden.«

»Aber du hast niemanden getroffen?«

»Nein.«

»Was hast du beobachtet?«

»Wie meinst du das?«

»Du hast doch bestimmt andere Menschen gesehen. Oder Autos, die ankamen oder abfuhren.«

»Der Stall liegt weitab. Von dort aus kann man nur einen Giebel des Schlosses sehen. Die Koppel ist noch weiter entfernt. Außerdem darf ich nicht zum Schloß gehen.«

»Wer sagt das?«

»Anita Karlén. Ich werde augenblicklich gefeuert, wenn ich etwas Verbotenes tue. Außerdem muß ich immer erst telefonisch um Erlaubnis bitten, wenn ich das Gelände verlassen will.«

»Wo hat dich das Taxi abgeholt?«

»Vor dem Tor.«

»Hast du noch etwas zu berichten, was wichtig für mich sein könnte?«

»Woher soll ich wissen, was dich interessiert?«

Plötzlich hatte Wallander das Gefühl, daß da noch etwas war, daß sie in einer bestimmten Angelegenheit zögerte, sich ihm anzuvertrauen. Er schwieg einen Moment, dann fragte er vorsichtig weiter, als tastete er sich im Dunkeln voran.

»Laß uns noch einmal von vorn anfangen. Dieser Mann, der dich im Stall besuchte, hat der noch etwas gesagt?«

»Nein.«

»Er hat also nicht erwähnt, daß sie Schloß Farnholm verlassen und ins Ausland gehen wollen?«

»Nein.«

Es ist wahr, dachte Wallander. Sie sagt, wie es war. Ich muß auch nicht befürchten, daß sie sich nicht richtig erinnern kann. Es ist etwas anderes.

»Erzähl von den Pferden«, sagte er.

»Es sind zwei prächtige Reitpferde. Aphrodite ist neun Jahre alt und hellbraun, Jupitess sieben und schwarz. Man merkte, daß sie lange nicht geritten wurden.«

»Woran merkt man das? Ich verstehe leider sehr wenig von Pferden.«

»Ist mir längst klar.«

Wallander lächelte über ihren ironischen Kommentar, sagte jedoch nichts. Er wartete auf die Fortsetzung ihres Berichts.

»Sie waren ganz aufgeregt, als ich mit dem Sattel kam«, sagte sie. »Man konnte sehen, daß sie sich nach einem richtigen Ausritt sehnten.«

»Und den hast du mit ihnen gemacht?«

»Ja.«

»Natürlich im Schloßpark?«

»Mir wurde gesagt, welche Wege ich nehmen sollte.«

Eine kaum hörbare Veränderung in ihrer Stimme, ein Zug von Unruhe, schärfte Wallanders Aufmerksamkeit. Jetzt näherte sie sich dem Punkt, an dem sie entscheiden mußte, ob sie weitererzählen wollte oder nicht.

»Du bist also losgeritten«, sagte er.

»Ich begann mit Aphrodite. In der Zwischenzeit tummelte sich Jupitess in der Koppel.«

»Wie lange warst du mit Aphrodite unterwegs?«

»Eine halbe Stunde. Der Schloßpark ist riesig.«

»Dann bist du zurückgekommen?«

»Ja. Ich ließ Aphrodite in der Koppel und sattelte Jupitess. Nach einer weiteren halben Stunde war ich wieder da.«

Wallander wußte es sofort. Es war während des zweiten Ausritts geschehen. Ihre Antwort kam zu schnell, und da war eine Lücke, als ob sie etwas verdrängen, überspringen, ungeschehen machen wollte. Er entschied sich, direkt zur Sache zu kommen.

»Alles, was du mir erzählt hast, ist sicher wahr«, sagte er so freundlich wie möglich.

»Mehr habe ich nicht zu berichten. Ich muß jetzt zurückfahren. Wenn ich zu spät ins Schloß komme, schmeißen die mich raus.«

»Gleich. Ich habe nur noch ein paar Fragen. Kehren wir doch zu dem Mann zurück, der dich im Stall aufgesucht hat. Ich glaube, du hast mir da etwas verschwiegen. Er hat dir doch bestimmt gesagt, daß du gewisse Teile des Parks meiden sollst?«

»Anita Karlén war das.«

»Sie vielleicht auch. Aber der Mann hat es dir so befohlen, daß du Angst bekommen hast, nicht wahr?«

Sie senkte den Blick und nickte langsam.

»Aber als du mit Jupitess ausgeritten bist, hast du zufällig den verbotenen Weg genommen. Oder warst du zu neugierig? Du machst doch meistens, was du willst. War es nicht so?«

»Ich bin zufällig in die falsche Richtung geritten.«

Sie sprach so leise, daß sich Wallander über den Tisch beugen mußte, um etwas zu verstehen. »Ich glaube dir«, versicherte er. »Und jetzt erzähl mir, was während dieses Ausritts geschah.«

»Jupitess scheute plötzlich und warf mich ab. Erst als ich auf dem Boden lag, entdeckte ich, was das Pferd so erschreckt hatte. Ich dachte, da wäre ein Mensch auf dem Reitweg zusammengebrochen, aber dann erkannte ich, daß es sich um eine lebensgroße Puppe handelte.«

Sie hatte den Schock noch nicht verarbeitet. Wallander dachte daran, daß Gustaf Torstensson zu Frau Dunér gesagt hatte, Alfred Harderberg verfüge über einen makabren Humor.

»Du hast also Angst bekommen«, sagte er. »Mir wäre es wohl genauso ergangen. Aber dir wird nichts geschehen. Es ist wichtig, daß du mit mir in Kontakt bleibst.«

»Ich mag die Pferde. Aber nicht das andere.«

»Kümmere dich um die Pferde«, sagte Wallander. »Und achte auf die Wege, die du nicht benutzen sollst.«

Er merkte, daß sie erleichtert war, ihm alles erzählt zu haben.

»Fahr zurück«, sagte er. »Ich bleibe noch eine Weile hier. Du hast recht, du solltest nicht zu spät kommen.«

Sie stand auf und ging. Nach ungefähr dreißig Sekunden folgte ihr Wallander. Er nahm an, daß sie sich in Richtung Hafen gewandt hatte, um von dort ein Taxi zu nehmen. Er beeilte sich und sah gerade noch, wie sie vor dem Kiosk in einen Wagen stieg. Erst als er sicher war, daß niemand dem Taxi folgte, ging er zu seinem Dienstwagen und fuhr nach Ystad zurück. Unterwegs dachte er über ihren Bericht nach. Er war nicht weitergekommen – die Pläne Alfred Harderbergs lagen nach wie

vor im dunkeln. Die Piloten fielen ihm ein. Und die Flugdokumentationen. Wir müssen ihm einen Schritt voraus sein, wenn
er beschließt, aus dem Land zu verschwinden, dachte er.
Gleichzeitig sagte er sich, daß es an der Zeit sei, Schloß Farnholm erneut einen Besuch abzustatten.

Viertel vor acht erreichte Wallander das Polizeigebäude. Im
Flur begegnete er Ann-Britt Höglund. Sie nickte ihm hastig zu
und verschwand in ihrem Zimmer. Wallander blieb verwundert stehen. Warum war sie so abweisend? Er machte kehrt,
ging zu ihrem Büro und klopfte an. Als sie antwortete, öffnete
er die Tür und steckte den Kopf hinein.

»Früher haben wir einander freundlich gegrüßt in diesem
Hause«, sagte er.

Sie reagierte nicht, sondern schaute weiter in den Aktenordner, der vor ihr auf dem Schreibtisch lag.

»Was ist los?«

Sie starrte ihn an. »Das fragst du mich?«

Wallander trat ein und schloß die Tür hinter sich. »Worauf
willst du hinaus? Was habe ich getan?«

»Ich habe gedacht, du wärst anders. Aber jetzt weiß ich, daß
es keinen Unterschied gibt.«

»Ich verstehe immer noch nicht. Was wirfst du mir eigentlich vor?«

»Ich habe dir nichts zu sagen und bitte dich, sofort zu gehen.«

»Ich rühre mich erst vom Fleck, wenn du mir eine Erklärung
gegeben hast.«

Wallander war nicht sicher, ob sie kurz vor einem Wutanfall
stand oder gleich in Tränen ausbrechen würde.

»Ich dachte, wir wären auf dem Weg, Freunde zu werden«,
sagte er. »Nicht nur Kollegen.«

»Das habe ich auch gedacht. Aber jetzt nicht mehr.«

»Das mußt du mir erklären!«

»Gut, und ich werde ganz ehrlich sein, was man ja von dir
nicht behaupten kann. Ich dachte, du wärst jemand, auf den
man sich verlassen kann. Ich sehe meinen Fehler ein. Vielleicht
brauche ich eine Weile, um darüber hinwegzukommen.«

Wallander hob hilflos die Arme. »Ich weiß wirklich nicht, worauf du hinauswillst.«

»Hansson ist heute zurückgekommen. Das müßte dir bekannt sein, denn er war bei mir und erzählte von eurem Gespräch.«

»Was hat er gesagt?«

»Daß du dich über seine Rückkehr freuen würdest.«

»Ich freue mich ja auch. Wir können jeden gebrauchen.«

»Sicher, vor allem, weil du mit mir so unzufrieden bist.«

Wallander schaute sie verständnislos an. »Hat er das gesagt? Ich sei mit dir unzufrieden?«

»Ich hätte es nur gern von dir erfahren, und zwar als erste.«

»Ich habe genau das Gegenteil gesagt, nämlich daß du dich bereits jetzt als eine gute Polizistin erwiesen hast.«

»Er klang aber sehr überzeugend.«

Wallander wurde wütend. »Dieser verdammte Hansson! Wenn du willst, rufe ich ihn an und bestelle ihn sofort hierher. Dir ist doch wohl klar, daß er gelogen hat.«

»Warum denn?«

»Weil er Angst vor dir hat.«

»Angst? Vor mir?«

»Was glaubst du denn, warum er sich die ganze Zeit auf Seminaren herumdrückt? Weil er befürchtet, daß du an ihm vorbeiziehst, was die Karriere betrifft. Er hat Angst, du könntest tüchtiger sein als er.«

Er merkte, daß sie unsicher wurde. »Es ist wirklich so«, fuhr er fort. »Morgen werden wir mit ihm reden, du und ich. Für ihn wird es kein angenehmes Gespräch sein, das kann ich garantieren.«

Sie schwieg. Dann schaute sie ihn an. »Ich muß mich wohl entschuldigen.«

»Das soll er tun«, sagte Wallander. »Nicht du.«

Am Tag darauf, am Freitag, dem 26. November, lag in den Morgenstunden Reif auf den Bäumen vor dem Polizeigebäude.

Ann-Britt Höglund bat Wallander, nicht auf den Vorfall mit Hansson zurückzukommen. Sie habe in der Nacht darüber nachgedacht und halte es für angemessener, selbst mit dem Kollegen zu sprechen, sobald sie einen gewissen Abstand gewonnen habe. Wallander spürte, daß sie seiner Darstellung Glauben schenkte, und akzeptierte ihre Entscheidung. An diesem Vormittag, an dem alle matt und erkältet zu sein schienen – außer Per Åkeson, der wieder gesund war –, berief Wallander eine Versammlung ein. Er berichtete von seinem Treffen mit Sofia am Abend zuvor in Simrishamn, aber es munterte seine Kollegen nicht sonderlich auf. Svedberg war immerhin so beflissen, eine detaillierte Karte der Gegend auszubreiten, in der Schloß Farnholm lag. Er wußte zu berichten, daß die umfangreichen Parkanlagen Ende des 19. Jahrhunderts entstanden waren, als das Schloß einer Familie mit dem bürgerlichen Namen Mårtensson gehörte. Der Eigentümer hatte sein Vermögen mit dem Bau von Häusern in Stockholm gemacht und anschließend seinen Schloßbesitzertraum verwirklicht, der auf eine gewisse Verrücktheit schließen ließ. Als Svedberg fertig war, gingen sie ihre Listen durch und strichen aus, was die Ermittlung unnötig belastete. Ann-Britt Höglund hatte endlich mit Kim Sung-Lee sprechen können, der Putzfrau der Anwaltskanzlei. Die Asiatin hatte, wie erwartet, nichts von Bedeutung zu berichten; eine Kontrolle ergab, daß ihre Papiere in Ordnung waren und daß sie sich legal im Land aufhielt. Aus eigenem Antrieb hatte sich Ann-Britt Höglund noch einmal ausführlich mit Sonja Lundin unterhalten, der Anwaltsgehilfin. Wallander registrierte, daß der am anderen Tischende sitzende Hansson ihre Initiative gar nicht zu schätzen schien. Leider hatte auch Sonja Lundin ihrer Aussage nichts Wichtiges hinzufügen können. Wieder ein Strich auf der Liste. Schließlich, als sich Mutlosigkeit wie grauer Nebel im Raum ausbreitete, versuchte Wallander seine Kollegen zu motivieren, indem er an die Flugdokumentationen von Harderbergs Gulfstream erinnerte. Er schlug auch vor, daß sich Hansson unauffällig mit den beiden Piloten beschäftigen solle. Es gelang ihm jedoch nicht, den Nebel zu vertreiben. Die Wirtschaftsexperten mit ihrer computergestützten Arbeit könnten der Ermittlung vielleicht neues Leben einhauchen. Sie hatten versprochen, das

Imperium Harderbergs noch einmal gründlich unter die Lupe zu nehmen und an diesem Tag Bericht zu erstatten, hatten dann jedoch um Aufschub bitten müssen. Eine Besprechung mit ihnen war für den folgenden Montag angesetzt.

Als Wallander die Versammlung auflösen wollte, meldete sich Per Åkeson zu Wort. »Wir müssen die Lage durchsprechen«, begann er. »Ich habe dem Antrag, die Ermittlungen auf Alfred Harderberg zu konzentrieren, für einen weiteren Monat stattgegeben. Aber ich kann nicht außer acht lassen, daß wir eigentlich nichts als äußerst zweifelhafte Indizien in der Hand haben. Es ist, als entfernten wir uns von der Lösung des Falles, anstatt ihr näher zu kommen. Ich glaube, es wäre gut für uns alle, wenn wir noch einmal eine klare, auf Fakten basierende Positionsbestimmung vornehmen.«

Alle schauten zu Wallander. Åkesons Worte kamen für ihn nicht überraschend, auch wenn er gehofft hatte, sie würden ihm erspart bleiben. »Du hast recht«, sagte er. »Wir müssen sehen, wo wir stehen. Auch wenn uns die Ergebnisse der Wirtschaftsexperten leider noch fehlen.«

»Bei der Analyse eines Finanzimperiums stößt man nicht zwangsläufig auf einen oder mehrere Mörder«, sagte Per Åkeson.

»Ich weiß«, sagte Wallander. »Aber das Bild ist ohne diese Informationen unvollständig.«

»Was für ein Bild?« sagte Martinsson. »Ich sehe überhaupt keins.«

Wallander spürte, daß er hart durchgreifen mußte, damit die Situation nicht außer Kontrolle geriet. Um seine Gedanken zu sammeln, schlug er eine Pause von einigen Minuten vor.

Als sie wieder am Tisch saßen, sagte er entschlossen: »Ich sehe ein denkbares Muster, genau wie ihr auch. Aber laßt uns einen anderen Weg einschlagen und erst einmal feststellen, was wir ausschließen können. Nichts deutet darauf hin, daß wir es mit einem Verrückten zu tun haben. Einem intelligenten Psychopathen ist sicher zuzutrauen, einen Mord als Autounfall zu tarnen. Aber es gibt kein erkennbares Motiv und ebensowenig eine Verbindung zur Ermordung des Vaters oder gar zu den Versuchen, Frau Dunér und mich in die Luft zu jagen. Wenn ich von mir spreche, dann meine ich mich allein; ich glaube nicht, daß der Anschlag auch Ann-Britt gegolten hat. Das führt mich zu einem Muster, das Schloß Farnholm und Alfred Harderberg einbezieht. Laßt uns in die Vergangenheit blicken. Beginnen wir mit dem Tag vor ungefähr fünf Jahren, als Harderberg erstmals Kontakt zu Gustaf Torstensson aufnahm.«

In diesem Augenblick kam Björk herein und setzte sich. Wallander ahnte, daß Per Åkeson ihn in der kurzen Pause gebeten hatte, in der entscheidenden Phase der Besprechung dabeizusein.

»Gustaf Torstensson fängt also an, für Alfred Harderberg zu arbeiten«, fuhr Wallander fort. »Es ist ein ungewöhnliches Klientenverhältnis, man wundert sich beispielsweise, wie ein Provinzanwalt einem international operierenden Wirtschaftsmagnaten von Nutzen sein kann. Denkbar ist, daß Alfred Harderberg gerade auf die Schwächen seines Anwalts setzte, daß er meinte, ihn problemlos manipulieren zu können – wir wissen es nicht, es ist eine reine Vermutung meinerseits. Aber irgendwann geschieht etwas Unerwartetes; Gustaf Torstensson wirkt plötzlich unruhig und bedrückt. Das fällt sowohl seinem Sohn als auch der Sekretärin auf. Sie spricht sogar davon, er habe einen verängstigten Eindruck gemacht. Ungefähr zur gleichen Zeit geschieht noch etwas anderes. Im Verein zum Studium der Ikonenmalerei haben sich Lars Borman und Gustaf Torstensson kennengelernt. Plötzlich entsteht eine Spannung zwischen ihnen. Wir können vermuten, daß Harderberg die Ursache ist, denn er taucht im Hintergrund des Betrugs an der Bezirksbehörde von Malmöhus auf. Die wichtigste Frage bleibt jedoch: Warum verhielt sich Gustaf Torstensson plötzlich so seltsam? Ich denke, er hat bei seiner Arbeit für Harderberg etwas entdeckt, das ihn aus dem inneren Gleichgewicht brachte. Vielleicht dieselbe Sache, auf die Lars Borman gestoßen ist. Wir wissen nicht, was es war. So tötete man Gustaf Torstensson, der Mord wurde als Autounfall getarnt. Sten Torstensson besucht mich in Skagen. Ein paar Tage später ist auch er tot. Er muß sich bedroht gefühlt haben, denn er legte eine falsche Fährte, die nach Finnland führte, während er sich in Dänemark aufhielt. Ich bin außerdem überzeugt, daß ihm jemand nach Skagen gefolgt ist – jemand muß unsere Begegnung am Strand beobachtet haben. Die Mörder Gustaf Torstenssons blieben ihm auf den Fersen. Sie konnten nicht wissen, ob der Vater dem Sohn etwas anvertraut hatte. Ebensowenig konnten sie in Erfahrung bringen, was Sten Torstensson mir erzählt hat oder was Frau Dunér wußte. Deshalb stirbt Sten Torstensson, deshalb versucht man, Frau Dunér durch eine Mine umzubringen, deshalb brennt mein Wagen aus. Deshalb werde ich beschattet und keiner von euch. Alles aber wirft uns auf die Frage zurück, was Gustaf Torstensson entdeckt hat. Wir versuchen herauszufinden, ob es etwas mit dem Plastikbehälter zu tun hat, der auf dem Rücksitz seines Wagens lag. Oder werden unsere Wirtschaftsexperten die Antwort finden? Jedenfalls ist ein Muster zu erkennen, das mit dem kaltblütig ausgeführten Mord an Gustaf Torstensson beginnt. Sten Torstensson besiegelte sein Schicksal, als er sich entschloß, mich in Skagen zu besuchen. Wir müssen versuchen, dieses Muster zu deuten. Im Hintergrund steht kein anderer als Alfred Harderberg mit seinem Imperium.«

Als Wallander fertig war, schwiegen zunächst alle. Er versuchte, das Schweigen zu deuten – hatten seine Worte die allgemeine Unlust verringert oder, im Gegenteil, noch verstärkt?

»Du zeichnest ein sehr überzeugendes Bild«, meinte Per Åkeson, als die Stille drückend zu werden begann. »Möglicherweise hast du in allen Punkten recht. Das Problem ist nur, daß uns jeglicher Beweis fehlt, nicht zuletzt auf technischem Gebiet.«

»Deshalb müssen wir die Spur, die der Plastikbehälter legt, verstärkt beachten«, sagte Wallander. »Wir müssen uns Avanca vorknöpfen und sehen, was sich dahinter verbirgt. Irgendwo muß der Draht zu finden sein, an dem wir ziehen können.«

»Wie wäre es denn, wenn wir uns Kurt Ström mal ordentlich vornehmen?« sagte Per Åkeson. »Und diese Männer, die immer in Harderbergs Nähe sind – wer sind sie?«

»Das sind wichtige Fragen«, sagte Wallander. »Durch Kurt Ström könnten wir vielleicht weitere Informationen erhalten. Wenn wir ihn über Schloß Farnholm ausquetschen, merkt Harderberg jedoch sofort, daß wir ihn verdächtigen, und dann werden wir den Fall wohl nie lösen. Er hat alle Möglichkeiten, sich rundherum reinzuwaschen. Daher glaube ich, daß es besser ist, wenn ich ihn noch einmal aufsuche und auf unsere falsche Fährte setze.«

»Du mußt geschickt sein«, sagte Per Åkeson. »Sonst wird er dich durchschauen.«

Er stellte seine Tasche auf den Tisch und begann, seine Ordner einzupacken. »Kurt hat unsere Position beschrieben«, sagte er. »Ein möglicher Ausgangspunkt, aber leider vage und nicht durch Beweise erhärtet. Warten wir ab, was uns die Wirtschaftsspezialisten am Montag zu sagen haben.«

Sie brachen auf. Wallander war unruhig. Seine eigenen Worte schwirrten ihm im Kopf herum. Vielleicht hatte Per Åkeson recht? Seine Zusammenfassung hatte zwar ein überzeugendes Bild des Falles ergeben, aber was war, wenn die Spur dennoch in die Irre führte?

Es muß etwas geschehen, dachte er.

Es muß sehr schnell etwas geschehen.

An die folgenden Wochen würde sich Wallander später nur mit einer gewissen Verzweiflung erinnern; sie zählten zu den schlimmsten seines Berufslebens. Denn entgegen seinem Wunsch passierte absolut nichts. Die Wirtschaftsexperten hielten lange Vorträge, die darauf hinausliefen, daß sie mehr Zeit benötigten. Wallander gelang es, seine Ungeduld zu zügeln – vielleicht war es auch Enttäuschung, die er unterdrücken mußte, denn er sah ein, daß die auf ökonomische Fragen spezialisierten Kriminalisten ihr Bestes gegeben hatten. Als Wallander mit Kurt Ström sprechen wollte, stellte sich heraus, daß der ehemalige Kollege zur Beerdigung seiner Mutter nach Västerås gefahren war. Wallander beschloß, ihm nicht nachzureisen, sondern seine Rückkehr abzuwarten. Hansson gelang es nicht, mit den beiden Gulfstream-Piloten in Kontakt zu kommen, da diese ständig mit Harderberg unterwegs waren. Das einzige, was ihnen in dieser trostlosen Zeit wirklich gelang, war, Zugang zu den Flugdokumentationen zu erhalten. Wallander konnte gemeinsam mit seinen Kollegen konstatieren, daß Alfred Harderberg ein erstaunliches Reiseprogramm absolvierte. Svedberg errechnete, daß sich allein die Treibstoffkosten auf viele Millionen Kronen pro Jahr belaufen mußten. Die Wirtschaftsexperten kopierten die Flugpläne und versuchten, einen Zusammenhang mit Harderbergs hektischen geschäftlichen Transaktionen zu entdecken.

Zweimal traf sich Wallander mit Sofia, beide Male in der Konditorei in Simrishamn. Sie hatte jedoch nichts Interessantes mitzuteilen.

Der Dezember begann, und Wallander erkannte immer deutlicher, daß die Ermittlungen steckenbleiben würden – falls dies nicht bereits geschehen war.

Nichts Entscheidendes ereignete sich. Überhaupt nichts.

Am Samstag, dem 4. Dezember, lud ihn Ann-Britt Höglund zum Abendessen ein. Ihr Mann war für ein paar Tage zu Hause, zwischen seinen Reisen, die er unternahm, um rund um den Globus Pumpensysteme zu reparieren. Wallander trank viel zuviel. Die Ermittlungen wurden an diesem Abend mit keinem Wort erwähnt. Als es Zeit war, beschloß Wallander, zu Fuß nach Hause zu gehen. In der Nähe des Postamtes in der Kyrkogårdsgata erbrach er sich, gegen eine Hauswand gelehnt. Als er endlich in seiner Wohnung in der Mariagata war, nahm er den Hörer in die Hand, um Baiba in Riga anzurufen. Aber er besann sich rechtzeitig und wählte statt dessen Lindas Stockholmer Nummer. Als sie ihn lallen hörte, wurde sie wütend und bat ihn, es lieber am nächsten Morgen zu versuchen. Nach dem kurzen Wortwechsel beschlich Wallander die Ahnung, daß sie nicht allein gewesen war. Das bereitete ihm ein gewisses Unbehagen, davon abgesehen, daß er sich ein wenig schämte. Als er am Tag darauf mit ihr telefonierte, stellte er jedoch keine Fragen zu diesem Thema. Linda erzählte von ihrer Arbeit als Lehrling in einer Werkstatt, in der Möbel restauriert wurden. Er merkte, daß ihr der Job gefiel. Weniger begeistert war er von ihrer Ankündigung, sie werde über Weihnachten nicht nach Schonen kommen. Mit ein paar Freunden habe sie eine Berghütte in Västerbotten gemietet. Zum Schluß fragte sie ihn, was er denn so mache.

»Ich jage einen Seidenritter«, antwortete er.

»Einen Seidenritter?«

»Was ein Seidenritter ist, werde ich dir später einmal erklären.«

»Klingt irgendwie nett.«

»Das ist aber kein netter Zeitgenosse. Schließlich bin ich bei der Mordkommission – wir jagen selten nette Leute.«

Nichts geschah. Am Donnerstag, dem 9. Dezember, war Wallander nahe daran, aufzugeben. Am nächsten Tag würde er Per Åkeson vorschlagen, die Richtung der Ermittlungen bereits vor Ablauf der Frist zu ändern.

Doch am Freitag, dem 10. Dezember, geschah endlich etwas. Wallander ahnte noch nicht, daß die trostlose Zeit nun vorbei war. Als er morgens in sein Büro kam, fand er auf dem Schreibtisch eine Mitteilung, er solle unverzüglich Kurt Ström anrufen. Er zog die Jacke aus, setzte sich und wählte die Nummer. Kurt Ström war sofort am Apparat.

»Ich will dich treffen«, sagte er.

»Hier oder zu Hause bei dir?«

»Weder noch«, sagte Ström. »Ich habe ein kleines Haus. In Sandskogen, Svartavägen 12. Du erkennst es an der roten Farbe. Kannst du in einer Stunde da sein?«

»Ich komme.«

Damit war das Gespräch beendet. Wallander legte auf und sah aus dem Fenster.

Dann stand er auf, nahm seine Jacke und eilte aus dem Polizeigebäude.

16

Regenwolken jagten über den Himmel.

Wallander war nervös. Er hatte die Stadt in östlicher Richtung verlassen. Am Jaktpaviljongsväg bog er rechts ab und hielt an der Jugendherberge. Obwohl es kalt und windig war, lief er zum verlassenen Strand hinunter. Er fühlte sich plötzlich einige Monate zurückversetzt. Es war der Strand von Skagen, und er selbst durchstreifte wieder einmal sein einsames, windgepeitschtes Revier.

Aber der Gedanke verschwand so schnell, wie er gekommen war. Tagträume konnte er jetzt am wenigsten gebrauchen. Er überlegte, was Kurt Ström bewogen haben könnte, mit ihm Kontakt aufzunehmen. Seine Unruhe kam von der Hoffnung, Ström würde ihm etwas mitteilen, was ihnen zum Durchbruch verhalf. Aber er sah ein, daß es sich um reines Wunschdenken handelte. Kurt Ström haßte nicht nur ihn persönlich, sondern das ganze Korps, das ihn an die rauhe Luft gesetzt hatte. Von ihm konnte er niemals Hilfe erwarten. Kurt Ström mußte in einer Notlage sein.

Es begann zu regnen. Der Wind trieb ihn ins Auto zurück. Er ließ den Motor an und drehte die Heizung auf. Eine Frau mit Hund tauchte auf und verschwand in Richtung Strand. Wallander erinnerte sich an die Frau mit ihrem vierbeinigen Begleiter, die er so oft in Skagen gesehen hatte. Es war immer noch eine halbe Stunde Zeit bis zum Termin bei Kurt Ström, Svartavägen 12. Langsam fuhr er zurück ins Zentrum. Dann wendete er und nahm sich die Sommerhäuser von Sandskogen vor. Bald hatte er die Nummer 12 gefunden. Er parkte und betrat den kleinen Vorgarten. Das rote Haus wirkte wie eine vergrößerte Puppenstube und sah vernachlässigt aus. Da kein Wagen vor dem Grundstück parkte, nahm Wallander an, er wäre zuerst gekommen. Aber plötzlich stand Kurt Ström in der geöffneten Tür.

»Ich habe kein Auto gesehen und dachte, du wärst noch nicht da«, sagte Wallander.

»Ich bin aber da. Und mein Wagen geht dich gar nichts an.«

Mit einer Kopfbewegung forderte er Wallander zum Eintreten auf. Ein schwacher Duft nach Äpfeln schlug ihnen entgegen. Die Gardinen waren zugezogen, die Möbel mit weißen Tüchern abgedeckt.

»Feines Häuschen hast du da«, sagte Wallander.

»Wer behauptet denn, daß es mir gehört?« sagte Ström und nahm die Laken von zwei Stühlen. »Kaffee kann ich dir nicht anbieten«, fuhr er fort. »Es muß ohne gehen.«

Wallander setzte sich. Die Luft in dem Raum war kalt und feucht. Kurt Ström nahm ihm gegenüber Platz. Er trug einen zerknitterten Anzug und einen langen, dicken Mantel.

»Du wolltest mich treffen – da bin ich«, sagte Wallander.

»Ich denke, wir sollten ein geschäftliches Abkommen schließen«, sagte Kurt Ström. »Nehmen wir einmal an, daß ich etwas habe, was dich interessiert.«

»Ich mache keine Geschäfte.«

»Du antwortest zu schnell. Ich an deiner Stelle würde erst einmal zuhören.«

Wallander sah ein, daß seine Abwehr voreilig war. Also nickte er Ström auffordernd zu.

»Ich war ein paar Wochen weg, um meine Mama zu beerdigen«, begann der ehemalige Polizist. »Da hatte ich viel Zeit zum Nachdenken. Nicht zuletzt darüber, warum sich die Kripo so für Schloß Farnholm interessiert. Dein Besuch hat mir natürlich klargemacht, daß ihr den Verdacht habt, die Morde an den beiden Anwälten könnten etwas mit dem Schloß zu tun haben. Warum, verstehe ich allerdings nicht. Der Sohn ist doch nie dort gewesen, oder? Der Alte, der hat für Harderberg gearbeitet. Und ist bei einem Unfall ums Leben gekommen, wie wir dachten.«

Er sah Wallander an, als erwartete er einen Kommentar.

»Sprich weiter«, sagte Wallander.

»Als ich zurückkam und meinen Dienst wieder antrat, hatte ich deinen Besuch fast vergessen. Aber dann änderte sich die Lage.«

Kurt Ström holte eine Schachtel Zigaretten und ein Feuerzeug hervor. Er hielt Wallander die Packung hin, aber der schüttelte den Kopf.

»Eines habe ich im Leben gelernt«, fuhr Kurt Ström fort. »Zu seinen Freunden soll man einen gewissen Abstand halten. Seinen Feinden dagegen kann man nicht nahe genug sein.«

»Ach, deshalb bin ich wohl hier«, sagte Wallander.

»Vielleicht. Ich mag dich nicht, da hast du recht, Wallander. Für mich bist du das abschreckende Beispiel eines braven Polizisten; das schwedische Korps ist ja voll von solchen, wie du einer bist. Aber Geschäfte kann man auch mit seinen Feinden machen, sogar richtig gute.«

Ström verschwand in der Küche und kam mit einer Untertasse zurück, die er als Aschenbecher benutzte. Wallander wartete.

»Eine veränderte Lage also«, wiederholte Ström. »Ich komme zurück und erfahre, daß man mir zu Weihnachten gekündigt hat. Das war keine schöne Überraschung. Aber Harderberg hat offenbar entschieden, Schloß Farnholm zu verlassen.«

Früher hat er immer von Doktor Harderberg gesprochen, dachte Wallander. Nun heißt er nur noch Harderberg, und der Ton ist auch nicht gerade freundlich.

»Ich habe mich natürlich geärgert. Als ich den Job als Wachmann übernahm, wurde mir eine Festanstellung versprochen. Nie war die Rede davon, daß Harderberg das Schloß so bald verlassen würde. Das Gehalt war üppig, und ich konnte das Haus kaufen. Jetzt sollte ich plötzlich wieder ohne Arbeit dastehen? Der Gedanke gefiel mir gar nicht.«

Wallander merkte, daß er sich getäuscht hatte. Es war sehr gut möglich, daß Kurt Ström etwas Wichtiges zu berichten hatte.

»Keiner verliert gern seinen Job«, sagte er.

»Was weißt du schon davon.«

»Natürlich nicht soviel wie du.«

Kurt Ström drückte die Zigarette aus. »Laß uns Klartext reden. Du brauchst Informationen aus dem Schloß, doch der Versuch, sie zu bekommen, würde Harderberg mißtrauisch machen. Gespräche mit Harderberg bringen dich nicht weiter. Wozu du die Informationen verwendest, geht mich nichts an. Wichtig ist nur, daß allein ich sie dir geben kann. Im Austausch gegen etwas anderes.«

Wallander durchzuckte der Gedanke, daß das Ganze eine Falle sein könnte. Hatte Alfred Harderberg den ehemaligen Polizisten zu ihm geschickt? Er verwarf den Gedanken. Zu groß wäre das Risiko, daß er die Sache durchschaute. »Du hast recht«, sagte er. »Es gibt einiges, was wir unauffällig in Erfahrung bringen wollen. Was willst du als Gegenleistung?«

»Lediglich ein Stück Papier.«

»Papier?«

»Ich muß an meine Zukunft denken. Wenn ich eine habe, dann als privater Wachmann. Als ich die Arbeit auf Schloß Farnholm angetreten habe, dachte ich, daß mir mein schlechtes Verhältnis zur schwedischen Polizei eher zum Vorteil gereichen würde. Aber in der jetzigen Situation ist es genau andersherum.«

»Was soll das für ein Papier sein?«

»Nun, ein schön formuliertes Zeugnis. Mit eurem Stempel und Björks Unterschrift.«

»Das geht nicht«, sagte Wallander. »Das würde man durchschauen. Du hast nie in Ystad gearbeitet. Eine Rückfrage bei der Reichspolizeiführung würde ergeben, daß du hinausgeworfen wurdest.«

»Natürlich kannst du mir ein solches Zeugnis beschaffen«, sagte Ström. »Um das, was in Stockholm im Archiv liegt, kann ich mich auf andere Weise kümmern.«

»Wie denn?«

»Das ist meine Sache. Von dir brauche ich nur das Zeugnis.«

»Wie soll ich denn Björk dazu bringen, ein falsches Zeugnis zu unterschreiben?«

»Das ist dein Problem. Übrigens würde es nie jemand merken. Die Welt ist voller falscher Dokumente.«

»Dann kannst du dir das Zeugnis auch ohne meine Hilfe verschaffen. Björks Handschrift kann man leicht nachmachen.«

»Natürlich. Aber das Zeugnis muß ins EDV-System eingegeben werden. Und dazu brauche ich dich.«

Wallander wußte, daß Ström recht hatte. Er war einmal dabei behilflich gewesen, einen Paß zu fälschen. »Sagen wir, ich denke darüber nach. Erst möchte ich dir ein paar Fragen stellen. Auf deine Antworten kommt es an. Dann entscheide ich, ob wir ins Geschäft kommen.«

»Ich entscheide aber, wann ich genug geantwortet habe. Und wir werden uns hier und heute einigen. Bevor du gehst.«

»Einverstanden.«

Kurt Ström zündete sich die nächste Zigarette an und sah zu Wallander.

»Warum will Alfred Harderberg umziehen?«

»Das weiß ich nicht.«

»Wohin will er umziehen?«

»Das weiß ich auch nicht. Vermutlich ins Ausland.«

»Woraus schließt du das?«

»Weil letzte Woche mehrfach ausländische Makler zu Besuch waren.«

»Woher kamen die?«

»Südamerika. Ukraine. Birma.«

»Soll das Schloß verkauft werden?«

»Alfred Harderberg hat die Angewohnheit, ehemalige Wohnsitze zu behalten. Schloß Farnholm steht nicht zum Verkauf. Wenn er nicht mehr darin wohnt, heißt das noch lange nicht, daß ein anderer dort einziehen darf. Nein, Schloß Farnholm wird sozusagen eingemottet.«

»Wann wird er umziehen?«

»Er selbst reist vielleicht schon morgen ab, das weiß keiner. Ich vermute, sehr bald, noch vor Weihnachten.«

Wallander überlegte, wie er weiter vorgehen sollte. Er hatte viele, allzu viele Fragen zu stellen. Er mußte entscheiden, welche die wichtigste war.

»Die Männer im Schatten«, sagte er schließlich. »Wer sind sie?«

Kurt Ström nickte verblüfft. »Eine äußerst treffende Beschreibung.«

»An dem Abend, als ich Alfred Harderberg besucht habe, sah ich in der großen Empfangshalle zwei Männer«, sagte Wallander. »Auch als ich das erste Mal im Schloß war und mit Anita Karlén sprach, waren sie schon da. Wer sind sie?«

Gedankenverloren starrte Kurt Ström auf den Rauch seiner Zigarette. »Ich werde antworten. Aber das ist die letzte Kostprobe.«

»Meinetwegen, wenn die Antwort zufriedenstellend ausfällt. Also, wer sind die beiden?«

»Der eine heißt Richard Tolpin, geboren in Südafrika. Soldat, Legionär. Es gab in den letzten zwanzig Jahren wohl keinen Krieg oder Konflikt, an dem er nicht auf der richtigen Seite teilgenommen hat.«

»Welche Seite ist die richtige?«

»Für ihn immer die, die besser bezahlt. Dabei lief es schon am Anfang schief. Als Angola 1975 die Portugiesen aus dem Land trieb, wurden zirka zwanzig Legionäre gefangengenommen und vor Gericht gestellt. Fünfzehn verurteilte man zum Tode, unter ihnen Richard Tolpin. Vierzehn wurden erschossen. Warum man Tolpin am Leben ließ, weiß ich nicht. Vermutlich hatte er den neuen Machthabern klargemacht, daß er ihnen von Nutzen sein könnte.«

»Wie alt ist er?«

»Etwa vierzig. Bestens trainiert, Karateexperte, guter Schütze.«

»Und der andere?«

»Stammt aus Belgien, Maurice Obadia. Auch Soldat, aber etwas jünger als Tolpin, vierunddreißig oder fünfunddreißig vielleicht. Mehr weiß ich nicht.«

»Welche Funktion haben sie auf Schloß Farnholm?«

»Man nennt sie die ›speziellen Berater‹. Aber im Grunde sind sie nichts anderes als Harderbergs Leibwächter. Geschicktere und gefährlichere Leute kann man kaum finden. Außer-

dem scheint sich Harderberg in ihrer Gesellschaft wohl zu fühlen.«

»Woraus schließt du das?«

»Nachts halten sie manchmal Schießübungen im Schloßpark ab. Dabei bevorzugen sie ganz bestimmte Ziele.«

»Und was für welche?«

»Menschenähnliche Puppen! Sie zielen immer auf den
Kopf. Und meistens treffen sie.«

»Und Alfred Harderberg beteiligt sich daran?«

»Ja. Manchmal geht es die ganze Nacht.«

»Weißt du, ob einer von den beiden, Tolpin oder Obadia,
eine Pistole der Marke Bernadelli hat?«

»Ich versuche, mich von ihren Schußwaffen möglichst fernzuhalten«, sagte Ström. »Es gibt eine Sorte Menschen, der man
lieber nicht zu nahe kommt.«

»Sie brauchen doch einen Waffenschein«, sagte Wallander.

Kurt Ström grinste. »Aber nur, wenn sie sich in Schweden
aufhalten.«

Wallander hob die Augenbrauen. »Was meinst du damit?
Schloß Farnholm liegt ja wohl in Schweden, oder?«

»Das ist ja gerade das Besondere an den ›speziellen Beratern‹. Sie sind nie nach Schweden eingereist. Also sind sie auch
nicht da.«

Sorgfältig drückte er seine Zigarette aus und fuhr fort: »Neben dem Schloß gibt es einen Landeplatz für Helikopter.
Manchmal, immer nachts, werden die versenkbaren Scheinwerfer eingeschaltet. Dann landet ein Hubschrauber, manchmal zwei. Vor Tagesanbruch sind sie wieder verschwunden.
Niedrig fliegende Helikopter tauchen auf keinem Radarschirm
auf. Wenn Harderberg in seiner Gulfstream auf Reisen geht,
verschwinden Tolpin und Obadia in der Nacht davor mit dem
Hubschrauber. Später treffen sie sich irgendwo. Vielleicht in
Berlin; dort sind die Helikopter registriert. Die Rückkehr geschieht auf dieselbe Art und Weise. Mit anderen Worten, sie
passieren jede Grenze völlig unbemerkt.«

Wallander nickte nachdenklich. »Eine letzte Frage«, sagte er.
»Woher weißt du das alles? Du sitzt doch eingesperrt in dei-

nem Bunker am Tor. Kannst du dich denn auf dem Gelände bewegen, wie du willst?«

»Diese Frage werde ich dir nicht beantworten«, sagte Ström mit ernster Miene. »Sagen wir, es ist ein Berufsgeheimnis, das ich nicht preisgeben möchte.«

»Ich werde mich darum kümmern, daß du ein Zeugnis erhältst«, sagte Wallander.

»Was willst du wissen?« fragte Ström und grinste. »Mir war klar, daß wir uns einigen würden.«

»Es war dir überhaupt nicht klar«, sagte Wallander. »Wann mußt du wieder im Schloß sein?«

»Ich arbeite drei Nächte hintereinander. Mein Dienst beginnt heute abend um sieben Uhr.«

»Punkt drei Uhr nachmittags werde ich wieder hier sein und dir etwas zeigen«, sagte Wallander. »Dann stelle ich auch meine Frage.«

Ström stand auf und sah durch die Gardine.

»Wirst du beobachtet?« fragte Wallander.

»Man kann nicht vorsichtig genug sein. Ich dachte, das wüßtest du.«

Wallander verließ das Haus und ging zu seinem Wagen. Er nahm den kürzesten Weg zum Polizeigebäude. An der Anmeldung rief er Ebba zu, sie möge die Ermittlungsgruppe zu einer sofortigen Besprechung versammeln.

»Du siehst ja ganz gehetzt aus«, sagte Ebba. »Ist etwas passiert?«

»Ja«, antwortete Wallander. »Endlich ist etwas passiert. Vergiß nicht, Nyberg anzurufen. Ich will ihn dabeihaben.«

Zwanzig Minuten später waren alle versammelt. Lediglich Hansson fehlte; er hatte das Haus am frühen Morgen mit unbekanntem Ziel verlassen. Per Åkeson und Björk betraten den Raum, als Wallander gerade beschlossen hatte, nicht länger zu warten. Ohne zu erwähnen, welche Zusage er Kurt Ström gegeben hatte, berichtete er von ihrem Treffen im Haus am Svartavägen. Die depressive Stimmung, die ihre letzten Zusammenkünfte geprägt hatte, war plötzlich weniger zu spüren, auch wenn Wallander in den Gesichtern seiner Kollegen nach wie vor Skepsis sah. Er fühlte sich wie der Trainer einer Fußballmannschaft, der seine Spieler überzeugen will, daß sie vor einem Sieg stehen, obwohl sie im letzten Halbjahr jedes Spiel verloren haben.

»Ich glaube ihm«, schloß er seinen Bericht. »Kurt Ström kann uns wertvolle Informationen geben.«

Per Åkeson schüttelte den Kopf. »Das gefällt mir gar nicht. Soll der weitere Verlauf der Ermittlungen etwa von einem Wachmann abhängen, der einst aus dem Polizeidienst geflogen ist und nun den rettenden Engel spielt?«

»Was haben wir für Alternativen?« sagte Wallander. »Außerdem tun wir nichts Ungesetzliches. Schließlich ist er zu uns gekommen, nicht umgekehrt.«

Björk distanzierte sich noch entschiedener. »Es kommt nicht in Frage, daß wir uns eines Informanten bedienen, der aus dem Polizeikorps geworfen wurde. Stellt euch den Skandal vor, wenn es schiefläuft und die Medien Wind davon bekommen. Der Reichspolizeichef würde mich in Stücke reißen.«

»In diesem Falle wäre ich ja wohl dran«, sagte Wallander. »Aber ich bin überzeugt, daß Ström es ernst meint. Er will uns helfen. Und solange wir nichts Ungesetzliches tun, kann es auch keinen Skandal geben.«

»Ich sehe die Schlagzeilen schon vor mir«, sagte Björk. »Sie werden nicht gerade schmeichelhaft für uns sein.«

»Und ich sehe eine viel schlimmere Überschrift: Polizei hat versagt – zwei Morde ungelöst!« entgegnete Wallander.

Martinsson merkte, daß das Gespräch unsachlich wurde, und griff ein: »Ich wundere mich nur, daß er so ganz uneigennützig helfen will. Sollte die Wut darüber, daß er seine Arbeit verliert, ein ausreichendes Motiv sein, die verhaßte Polizei zu unterstützen?«

»Stimmt. Er haßt die Polizei«, sagte Wallander. »Aber ich glaube trotzdem, daß er aufrichtig ist.«

Es wurde still im Raum. Per Åkeson biß sich auf die Oberlippe. »Du hast Martinssons erste Bemerkung ignoriert«, sagte er dann.

»Er verlangt keine Gegenleistung«, log Wallander.

»Was soll er deiner Meinung nach eigentlich tun?«

Wallander nickte Nyberg zu, der neben Ann-Britt Höglund saß. »Sten Torstensson wurde von Kugeln getötet, die wahrscheinlich aus einer Waffe der Marke Bernadelli stammen. Nyberg sagt, daß diese Pistole sehr selten ist. Ich möchte, daß Kurt Ström feststellt, ob einer der Leibwächter Harderbergs eine solche Waffe besitzt. Dann können wir mit einem Haftbefehl ins Schloß hinein.«

»Das können wir in jedem Fall«, sagte Per Åkeson. »Bewaffnete Personen, die sich illegal im Land aufhalten, das reicht für eine Festnahme, egal, was für Pistolen sie tragen.«

»Und dann?« fragte Wallander. »Wir schnappen sie, und dann werden sie ausgewiesen. Mit anderen Worten, wir sammeln die Eier ein, und dann lassen wir den Korb fallen. Bevor wir diese Männer als mögliche Mörder betrachten, müssen wir wenigstens wissen, ob einer von ihnen die richtige Waffe trägt.«

»Fingerabdrücke«, platzte Nyberg heraus. »Die wären von Nutzen, dann könnten wir sie durch Interpol und Europol überprüfen lassen.«

Wallander nickte. An Fingerabdrücke hatte er noch nicht gedacht.

Per Åkeson kaute immer noch an seiner Oberlippe. »Weitere Ideen?«

»Noch nicht«, antwortete Wallander.

Er wußte, daß er auf einem Hochseil balancierte und jederzeit abstürzen konnte. Ging er zu weit, würde Per Åkeson jeden weiteren Kontakt zu Kurt Ström unterbinden. Weitere Diskussionen dagegen bedeuteten, daß ihnen die Zeit davonlief. Daher beschloß Wallander, zunächst abzuwarten.

Während Per Åkeson weiter überlegte, fing Wallander Nybergs und Ann-Britt Höglunds Blicke auf. Sie lächelte; Nyberg nickte ihm unmerklich zu. Sie haben verstanden, dachte Wallander. Sie wissen, was ich eigentlich will, und sie unterstützen mich.

Schließlich hatte Per Åkeson eine Entscheidung getroffen.

»Aber nur dieses eine Mal. Und weitere Kontakte zu Kurt Ström nur, wenn ich informiert bin. Ich will wissen, was ihr mit ihm erreichen wollt, bevor ich weitere Einsätze dieses Mannes gestatte. Rechnet damit, daß ich ablehnen werde.«

»Natürlich«, sagte Wallander. »Wahrscheinlich wird es bei diesem einen Mal bleiben.«

Nach der Besprechung nahm Wallander Nyberg und Ann-Britt Höglund mit in sein Büro. »Ich konnte euch ansehen, daß ihr meine Absicht erraten habt«, sagte er, als er die Tür geschlossen hatte. »Und aus eurem Schweigen schließe ich, daß ihr bereit seid, entgegen Per Åkesons Anweisung einen Schritt weiter zu gehen.«

»Der Plastikbehälter«, sagte Nyberg. »Wenn Ström so einen im Schloß finden könnte ...«

»Genau«, sagte Wallander. »Der Plastikbehälter ist unsere wichtigste Spur. Wenn man so will, die einzige.«

»Wie sollte er den aber herausschmuggeln?« fragte Ann-Britt Höglund.

Wallander und Nyberg nickten.

»Wir vermuten, daß der Plastikbehälter, den wir in Gustaf Torstenssons Wagen gefunden haben, ausgetauscht wurde«, sagte Wallander. »Warum sollten wir nicht ebenso verfahren?«

»Oh, jetzt war ich aber schwer von Begriff«, sagte Ann-Britt Höglund. »Manchmal denke ich zu langsam.«

»Oft ist es Wallander, der zu schnell denkt«, sagte Nyberg.

»In ein paar Stunden brauche ich den Behälter«, sagte Wallander. »Punkt drei Uhr treffe ich mich wieder mit Kurt Ström.«

Nyberg ging, während Ann-Britt Höglund noch blieb.

»Was wollte er haben?« fragte sie.

»Ich weiß nicht recht«, sagte Wallander. »Angeblich nur ein Zeugnis, er sei eigentlich kein schlechter Polizist gewesen. Aber ich glaube, dahinter steckt mehr.«

»Was denn?«

»Ich weiß es noch nicht. Doch ich ahne etwas. Vielleicht irre ich mich auch.«

»Und über deine Ahnung willst du nicht reden?«

»Lieber noch nicht. Erst muß ich Gewißheit haben.«

Kurz nach zwei stellte Nyberg den Plastikbehälter in Wallanders Büro. Er hatte ihn in schwarze Müllsäcke verpackt.

»Vergiß die Fingerabdrücke nicht«, sagte er. »Was immer sie auch in der Hand hatten, Gläser, Tassen, Zeitungen.«

Um halb drei legte Wallander den verpackten Behälter auf den Rücksitz seines Autos und fuhr nach Sandskogen. Der Regen war stärker geworden und trieb in Böen vom Meer heran. Als er ausstieg, wurde er bereits von Ström in einer Uniform erwartet. Wallander trug den Plastikbehälter in das rote Haus.

»Was ist das für eine Uniform?« fragte er.

»Die von Schloß Farnholm«, antwortete Ström. »Wer die erfunden hat, weiß ich nicht.«

Wallander zog die Müllsäcke von dem Behälter. »Hast du den schon mal gesehen?« fragte er.

Ström schüttelte den Kopf.

»Irgendwo auf dem Schloß muß es noch einen geben, vermutlich mehrere. Ich möchte, daß du diesen hier gegen einen anderen austauschst. Kommst du ins eigentliche Schloß?«

»Ich drehe dort nachts meine Runden.«

»Und du bist sicher, daß du so einen Behälter noch nie gesehen hast?«

»Noch nie. Ich weiß nicht mal, wo ich danach suchen sollte.«

Wallander überlegte. »Könnte es irgendwo einen Kühlraum geben?«

»Ja, im Keller.«

»Dann fängst du am besten dort an zu suchen. Und vergiß die Bernadelli nicht.«

»Das wird schwieriger. Sie tragen ihre Waffen immer bei sich. Ich glaube, die nehmen sie sogar mit ins Bett.«

»Außerdem brauchen wir Tolpins und Obadias Fingerabdrücke. Dann bekommst du dein Zeugnis. Falls es wirklich das ist, was du willst.«

»Was sollte es denn sonst sein?«

»Ich glaube, du willst eigentlich beweisen, daß du kein so schlechter Polizist bist, wie viele meinen.«

»Du irrst dich«, sagte Ström. »Ich muß einfach an meine Zukunft denken.«

»War ja auch nur eine Idee.«

»Also dann morgen Punkt drei«, sagte Ström. »Hier.«

»Eine Sache noch«, sagte Wallander. »Wenn etwas schiefgeht, werde ich leugnen, davon gewußt zu haben.«

»Keine Angst, ich kenne die Spielregeln«, sagte Ström. »Wenn du weiter keine Sorgen hast, dann kannst du jetzt gehen.«

Wallander rannte durch den Regen zum Wagen. Bei Fridolfs Konditorei hielt er an, trank Kaffee und aß zwei belegte Brote. Der Gedanke, während der Besprechung der Ermittlungsgruppe nicht die ganze Wahrheit gesagt zu haben, belastete ihn. Aber er war bereit, für Kurt Ström ein Zeugnis zu fälschen, sollte es sich als notwendig erweisen. Er dachte an Sten Torstensson, der ihn um Hilfe gebeten hatte. Er hatte ihn abgewiesen. Das mindeste, was er tun konnte, war jetzt, um jeden Preis Klarheit zu erlangen, wer ihn ermordet hatte.

Als er gegessen hatte, setzte er sich ins Auto, ohne den Motor anzulassen. Er beobachtete die Menschen, die durch den Regen hasteten, und dachte daran, wie er vor einigen Jahren betrunken von Malmö nach Ystad gefahren war und die eigenen Kollegen ihn erwischt hatten. Sie hatten geschwiegen, es war nie etwas herausgekommen. Das Korps hatte ihn geschützt. Peters und Norén, die beiden Kollegen, die seinen Zickzackkurs damals beendeten, hatten nicht für seine Bestrafung oder vielleicht sogar Suspendierung gesorgt, sondern einen Anspruch auf seine Loyalität erworben. Was würde an dem Tag passieren, an dem einer von beiden seine Schuld einforderte?

Kurt Ström sehnt sich im Innersten ins Polizeikorps zurück, dachte Wallander. Sein Zorn und seine angebliche Verachtung sind nur Oberfläche. Dahinter steht der Wunsch, wieder in die Gemeinschaft aufgenommen zu werden.

Wallander fuhr zum Polizeigebäude. Er ging zu Martinsson, der in seinem Büro saß und telefonierte. Als er aufgelegt hatte, fragte er sofort, wie es gelaufen sei.

»Ström wird nach einer italienischen Pistole suchen und Fingerabdrücke sammeln.«

»Mir will immer noch nicht in den Schädel, daß er das alles ohne Gegenleistung zu tun bereit ist.«

»Ich kann es auch kaum glauben«, sagte Wallander ausweichend. »Aber vielleicht hat sogar einer wie Kurt Ström seine guten Seiten.«

»Sein erster Fehler war, daß er sich verrannt hat«, sagte Martinsson. »Der zweite, daß er alles zu groß und zu brutal anging. Wußtest du übrigens, daß er eine schwerkranke Tochter hat?«

Wallander schüttelte den Kopf.

»Er trennte sich von der Mutter des Kindes, als das Mädchen noch sehr klein war. Viele Jahre lang hatte er das Sorgerecht. Die Kleine hat irgendeine Muskelkrankheit. Schließlich, als es so schlimm wurde, daß er sie nicht mehr zu Hause pflegen konnte, kam sie in eine Klinik. Aber er besucht sie, sooft er kann.«

»Woher weißt du das alles?«

»Ich habe Roslund in Malmö angerufen und mich erkundigt. Ich sagte, ich sei zufällig auf Ström gestoßen. Ich glaube, Roslund weiß nicht mal, daß Ström auf Schloß Farnholm arbeitet. Ich habe es ihm natürlich auch nicht verraten.«

Wallander schaute aus dem Fenster.

»Wir müssen abwarten«, sagte Martinsson.

Wallander antwortete nicht; er war in Gedanken versunken. Schließlich zuckte er zusammen: »Entschuldige, ich habe dir nicht zugehört. Was hast du gesagt?«

»Daß wir nichts anderes tun können als warten.«

»Da hast du recht. Und es fällt mir verdammt schwer.«

Wallander verließ den Raum und ging in sein eigenes Büro. Dort setzte er sich und starrte auf die vergrößerte Darstellung von Alfred Harderbergs Imperium, die von den Wirtschaftsspezialisten in Stockholm erarbeitet worden war. Er hatte sie sorgfältig an die Wand gepinnt.

Eigentlich betrachte ich eine Weltkarte, dachte er. Die nationalen Grenzen sind durch die ständig wechselnden Einflußsphären verschiedener Unternehmen ersetzt, deren finanzielle Macht größer ist als die vieler Volkswirtschaften. Er suchte unter den Papieren auf seinem Schreibtisch, bis er eine Übersicht über die zehn größten Unternehmen der Welt gefunden hatte; auch diese Übersicht hatten die pedantischen Stockholmer Kollegen zur Verfügung gestellt. Unter den zehn reichsten Unternehmen waren sechs japanische und drei amerikanische, dazu kam die britisch-holländische Royal Dutch Shell. Nach Branchen teilten sie sich in vier Banken, zwei Telekommunikationsunternehmen, einen Automobilhersteller und einen Ölkonzern, weiterhin gab es General Electric und Exxon. Er versuchte sich vorzustellen, welche Macht diese Unternehmen repräsentierten. Aber es war unmöglich für ihn, sich auszumalen, was diese Konzentration eigentlich bedeutete. Wie denn auch, er kapitulierte ja bereits vor Alfred Harderbergs Imperium, das sich im Vergleich wie ein Mäuschen neben zehn Elefanten ausnahm.

Einst hatte Alfred Harderberg Alfred Hansson geheißen. Aus dem Jungen aus Vimmerby war einer der Seidenritter geworden, die die Welt beherrschten, ständig auf Kreuzzug gegen Konkurrenten, die ausmanövriert oder vernichtet werden mußten. Äußerlich befolgte er die Gesetze und Bestimmungen, er war ein geachteter Mann mit mehreren Ehrendoktortiteln, seine generösen Spenden flossen ununterbrochen aus den vielen scheinbar unerschöpflichen Quellen.

Björk hatte ihn als einen ehrenwerten Mann von großer Bedeutung für Schweden beschrieben. Damit hatte er die allgemein akzeptierte Meinung vertreten.

Aber irgendwo ist ein dunkler Fleck. Das ist es eigentlich, was ich behaupte, dachte Wallander. Ich arbeite nach der Theorie, daß sein Lächeln zerschlagen werden muß, um einen Mörder zu finden, der frei herumläuft. Ich versuche, etwas zu finden, was einfach undenkbar ist. Alfred Harderberg hat keinen Schmutzfleck auf der weißen Weste. Sein sonnengebräuntes Antlitz und sein Lächeln machen uns stolz – und sonst gar nichts.

Punkt achtzehn Uhr verließ er das Polizeigebäude. Es regnete nicht mehr, und der böige Wind war schwächer geworden. Als er nach Hause kam, lag unter den Reklamesendungen auf dem Fußboden im Korridor ein Brief, in Riga abgestempelt. Er legte ihn auf den Küchentisch und betrachtete ihn. Erst als er eine Flasche Bier getrunken hatte, riß er ihn auf und las. Um ganz sicher zu sein, daß er ihre Worte nicht mißverstanden hatte, las er sofort ein zweites Mal. Sie hatte also wirklich geantwortet. Er legte den Brief auf den Tisch und dachte, daß es nicht wahr sein konnte. Dann nahm er seinen Wandkalender und zählte die Tage. Wann war er zuletzt so glücklich gewesen? Er nahm ein Bad und ging anschließend in die Pizzeria in der Hamngata, in der er oft zu Gast war. Er trank eine Flasche Wein zum Essen. Erst als er leicht berauscht war und zahlen wollte, wurde ihm klar, daß er am ganzen Abend weder an Alfred Harderberg noch an Kurt Ström gedacht hatte. Beim Verlassen der Pizzeria summte er eine improvisierte Melodie. Dann spazierte er bis Mitternacht durch die Straßen der Innenstadt. Als er wieder in seiner Wohnung war, las er den Brief von Baiba noch einmal, als fürchte er, er könnte ihn trotz allem mißverstanden haben.

Erst kurz vor dem Einschlafen dachte er wieder an Kurt Ström. Plötzlich war er hellwach. Warten sei das einzige, was sie tun konnten, hatte Martinsson gesagt. Ungeduldig stieg er aus dem Bett und setzte sich im Wohnzimmer aufs Sofa. Was machen wir, wenn Ström keine italienische Pistole findet, dachte er. Wie laufen die Ermittlungen weiter, wenn der Plastikbehälter eine blinde Spur ist? Vielleicht können wir ein paar ausländische Leibwächter ausweisen, die sich illegal im Land aufhalten. Und weiter? Der stets lächelnde Alfred Harderberg verläßt Schloß Farnholm, und wir stehen da, mit leeren Händen und einem ungelösten Mordfall. Wir fangen noch einmal von vorn an. Und es dürfte sehr schwierig werden, alles wieder so zu betrachten, als würden wir es zum ersten Mal sehen.

Falls es so kommt, gebe ich die Verantwortung für die Ermittlungen ab, beschloß er. Martinsson kann den Fall übernehmen. Das wäre keine noble Geste, sondern eine Notwendigkeit. Schließlich hatte er, Wallander, es durchgesetzt, daß sie sich auf Alfred Harderberg als Hauptverdächtigen konzentrierten.

Er legte sich wieder ins Bett. Sein Schlaf war unruhig; Traumbruchstücke vermischten sich, so daß er den lächelnden Alfred Harderberg und die stets ernst blickende Baiba Liepa in ein und demselben Bild sah.

Um sieben Uhr erwachte er und konnte nicht wieder einschlafen. Er kochte Kaffee und dachte gleich wieder an den Brief von Baiba. Er setzte sich an den Küchentisch und studierte die Autoanzeigen in *Ystads Allehanda*. Die Versicherung hatte immer noch nichts von sich hören lassen. So verließ er sich auf Björks Versprechen, er könne den Dienstwagen der Polizei benutzen, solange er ihn benötige. Kurz nach neun verließ er die Wohnung. Der Himmel war wolkenlos, das Thermometer zeigte drei Grad plus. Einige Stunden verbrachte er damit, zu verschiedenen Autohändlern der Stadt zu fahren und die Angebote zu prüfen. Lange umkreiste er einen Nissan, den er sich jedoch nicht leisten konnte. Auf dem Heimweg parkte er am Stortorg und ging zu dem Musikladen in der Stora Östergata. Das Opernangebot war dürftig; er mußte sich mit einer Sammel-CD berühmter Arien begnügen. Dann kaufte er Lebensmittel und fuhr nach Hause. Es blieben immer noch viele Stunden, bis er Kurt Ström in Sandskogen treffen würde.

Fünf Minuten vor drei bremste Wallander vor dem roten Puppenhaus, Svartavägen 12, und stieg aus dem Wagen. Er klopfte an die Haustür, doch niemand öffnete. Um sich die Zeit zu vertreiben, spazierte er durch den Garten. Gegen halb vier begann er unruhig zu werden. Instinktiv ahnte er, daß etwas geschehen war. Er wartete bis Viertel nach vier. Dann schrieb er eine Nachricht auf einen alten Umschlag, den er im Auto gefunden hatte, und schob ihn unter der Tür hindurch. Auch seine Telefonnummern hinterließ er, sowohl die dienstliche als auch die private. Als er in die Stadt zurückfuhr, überlegte er fieberhaft, was er tun sollte. Kurt Ström war auf eigene Faust unterwegs; er wußte, daß er allein klarkommen mußte. Wallander zweifelte nicht an seinen Fähigkeiten, sich aus komplizierten Situationen herauszuwinden. Dennoch wuchs seine Besorgnis. Keiner aus der Fahndungsgruppe hielt sich im Polizeigebäude auf, also ging er in sein Büro und wählte Martinssons Privatnummer. Martinssons Frau teilte ihm mit, ihr Mann sei mit einer der Töchter in die Schwimmhalle gefahren. Wallander wollte als nächsten Svedberg anrufen, überlegte es sich aber anders und versuchte, Ann-Britt Höglund zu erreichen. Ihr Mann nahm ab. Als sie schließlich selbst am Apparat war, berichtete Wallander, daß Kurt Ström zur vereinbarten Zeit nicht aufgetaucht war.

»Was bedeutet das?« fragte sie besorgt.

»Ich weiß nicht«, antwortete Wallander. »Vermutlich nichts. Aber ich mache mir Sorgen.«

»Wo bist du?«

»In meinem Büro.«

»Willst du, daß ich komme?«

»Das ist nicht nötig. Ich rufe dich an, wenn etwas passiert.«

Er beendete das Gespräch und ging unruhig wartend auf und ab. Um halb sechs fuhr er noch einmal nach Sandskogen. Im Schein einer Taschenlampe untersuchte er die Tür des roten Hauses. Aus dem Spalt am Boden schaute noch ein Zipfel des Umschlags mit seiner Nachricht. Kurt Ström war also noch nicht da gewesen. An seinem Mobiltelefon wählte Wallander Kurt Ströms Nummer in Glimmingehus. Er ließ es lange klingeln, aber niemand nahm ab. Jetzt war er sicher, daß etwas geschehen war. Er beschloß, noch einmal nach Ystad zurückzufahren und Kontakt mit Per Åkeson aufzunehmen.

Als er an einer roten Ampel hielt, signalisierte sein Mobiltelefon ein Gespräch.

»Ein Mann namens Sten Widén sucht dich«, teilte ein Kollege aus dem Polizeigebäude mit. »Hast du seine Nummer?«

»Ja, habe ich. Ich rufe ihn gleich an.«

Die Ampel hatte auf Grün umgeschaltet, und hinter ihm hupte jemand. Wallander fuhr an den Straßenrand und tippte Sten Widéns Nummer ein.

Eines der Stallmädchen antwortete: »Bist du Roger Lundin?«

»Ja«, erwiderte Wallander überrascht. »Der bin ich.«

»Dann soll ich dir ausrichten, daß Sten unterwegs ist zu deiner Wohnung in Ystad.«

»Wann ist er losgefahren?«

»Vor einer Viertelstunde.«

Wallander startete bei Gelb, mit quietschenden Reifen. Jetzt stand für ihn fest, daß etwas geschehen war. Kurt Ström war nicht zurückgekommen, und Sofia mußte so Wichtiges berichtet haben, daß Sten Widén unmittelbar zu ihm gefahren war. Als er in die Mariagata einbog, hielt er nach Sten Widéns altem Volvo Duett Ausschau. Sten war noch nicht da. Er hielt an und wartete. Fieberhaft überlegte er, was mit Kurt Ström passiert sein konnte. Und was hatte Sten Widén dazu gebracht, sich ins Auto zu werfen und seinen Hof Hals über Kopf zu verlassen?

Als der Volvo Duett kurz darauf in die Straße einbog, lief Wallander hin und riß die Tür auf, bevor Sten Widén den Motor abstellen konnte.

»Was ist los?« rief Wallander, während sein Freund sich mit dem Sicherheitsgurt abquälte.

»Sofia hat angerufen. Sie schien völlig hysterisch.«

»Warum?«

»Wollen wir das wirklich hier auf der Straße besprechen?«

»Ich mache mir Sorgen«, sagte Wallander.

»Wegen Sofia?«

»Wegen Kurt Ström.«

»Wer, zum Teufel, ist das?«

»Du hast recht, gehen wir hinein«, sagte Wallander. »Wir können nicht hier auf der Straße bleiben.«

Als sie die Treppe hinaufstiegen, merkte Wallander, daß Sten Widén nach Alkohol roch. Ich muß mit ihm ernsthaft darüber reden, dachte er. Irgendwann, wenn wir wissen, wer die beiden Anwälte getötet hat.

Sie setzten sich an den Küchentisch, auf dem immer noch Baibas Brief lag.

»Wer ist Kurt Ström?« fragte Sten Widén erneut.

»Später«, sagte Wallander. »Erst du. Was ist mit Sofia?«

»Sie rief vor etwa einer Stunde an«, berichtete Sten Widén und zog eine Grimasse. »Erst habe ich nicht verstanden, was sie sagte. Sie war völlig aufgelöst.«

»Von wo rief sie an?«

»Von ihrer Wohnung im Stall.«

»Verdammt!«

»Fluchen hilft nicht«, brummte Sten Widén und kratzte sich die Bartstoppeln. »Wenn ich sie richtig verstanden habe, war sie ausgeritten. Plötzlich lag eine Puppe auf dem Weg. Hat sie dir von den menschengroßen Puppen erzählt?«

»Hat sie. Und weiter?«

»Das Pferd scheute und blieb stehen. Sofia sprang ab, um die Puppe wegzuräumen. Aber es war keine Puppe!«

»Gott«, sagte Wallander.

»Du scheinst nicht besonders überrascht.«

»Ich erkläre es dir später, erzähl weiter.«

»Ein Mann lag da, blutüberströmt.«

»War er tot?«

»Danach habe ich sie gar nicht gefragt. Ich nehme es aber an.«

»Was geschah dann?«

»Sie ritt davon und rief mich an.«

»Was hast du ihr geraten zu tun?«

»Ich weiß nicht, ob es richtig war, aber ich sagte, sie solle erst einmal gar nichts unternehmen.«

»Gut«, sagte Wallander. »Das war genau richtig.«

Sten Widén entschuldigte sich und ging zur Toilette. Wallander hörte das schwache Klirren einer Flasche. Als sie wieder beide am Küchentisch saßen, erzählte Wallander von Kurt Ström.

»Du glaubst also, daß er dort auf dem Weg gelegen hat?« fragte Sten Widén, als Wallander fertig war.

»Ich befürchte es.«

Sten Widén wurde plötzlich wütend. Er wischte mit den Armen über den Tisch, wobei der Brief aus Riga zu Boden fiel.

»Unglaublich, was in diesem Schloß geschieht. Ich will nicht, daß Sofia nur eine Minute länger dort bleibt. Die Polizei sollte Großalarm geben und endlich eingreifen!«

»Genau das werden wir auch tun«, sagte Wallander entschlossen und stand auf.

»Ich fahre nach Hause. Ruf mich bitte sofort an, wenn du Sofia da rausgeholt hast«, sagte Sten Widén.

»Nein«, sagte Wallander. »Du bleibst hier, du hast getrunken. So lasse ich dich nicht auf die Straße. Du kannst hier schlafen.«

Sten Widén starrte den Freund verständnislos an. »Behauptest du, daß ich besoffen bin?« knurrte er.

»Nicht besoffen, aber angetrunken. Ich möchte nicht, daß dir etwas passiert.«

Sten Widéns Autoschlüssel lag auf dem Tisch. Wallander nahm ihn und steckte ihn in die Tasche. »Aus Sicherheitsgründen. Damit du es dir nicht anders überlegst, wenn ich weg bin.«

»Du bist wohl verrückt«, sagte Sten Widén wütend. »Ich bin nicht blau!«

»Darüber diskutieren wir, wenn ich zurückkomme. Jetzt muß ich los.«

»Kurt Ström ist mir egal«, sagte Sten Widén. »Nur ihr darf nichts passieren.«

»Ich nehme an, daß du mit ihr schläfst …«

»Ja, aber was hat das damit zu tun?«

»Es geht mich ja auch nichts an.«

»Genau.«

Wallander kramte seine bisher unbenutzten Sportschuhe aus dem Schrank. Schon oft hatte er sich vorgenommen zu joggen, aber es war nie etwas daraus geworden. Er zog einen dicken Pullover an, setzte eine Mütze auf und ging zur Tür.

»Du mußt selbst wissen, was du tust«, sagte er, als er sah, daß Sten Widén die Whiskyflasche offen auf den Tisch gestellt hatte.

»Kümmere dich um Sofia und nicht um mich.«

Wallander knallte die Wohnungstür hinter sich zu. Dann stand er im dunklen Treppenhaus und überlegte, was er tun sollte. Wenn Kurt Ström tot war, gab es kaum noch eine Chance. Er mußte wieder an die Ereignisse des vergangenen Jahres denken, an den Tod, der draußen im Nebel lauerte. Die Männer auf Schloß Farnholm waren gefährlich, ob sie nun lächelten wie Alfred Harderberg oder sich im Schatten versteckten wie Tolpin und Obadia.

Ich muß Sofia da rausholen, beschloß er. Ich rufe Björk an und fordere einen Großeinsatz. Wenn nötig, wird jeder Polizist in Schonen daran teilnehmen.

Er machte die Treppenbeleuchtung an und lief hinunter auf die Straße. Als er im Wagen saß, wählte er Björks Nummer. Doch als sich Björk meldete, unterbrach er die Verbindung.

Ich muß die Sache selbst in Ordnung bringen, dachte er. Es wäre entsetzlich, wenn auch noch Kollegen dabei draufgingen.

Er fuhr zum Polizeigebäude und holte seine Dienstwaffe und eine Taschenlampe. In Svedbergs Büro knipste er das Licht an und suchte nach der Karte der Umgebung von Schloß Farnholm. Als er sie gefunden hatte, faltete er sie und steckte sie ein. Viertel vor acht verließ er das Gebäude, fuhr den Malmöväg hinauf und hielt vor Ann-Britt Höglunds Haus. Auf sein Klingeln öffnete ihr Mann. Wallander bat darum, seiner Kollegin lediglich eine Nachricht überbringen zu dürfen. In einen Morgenmantel gehüllt, kam sie zur Tür.

»Hör mir jetzt genau zu«, sagte er. »Ich muß versuchen, irgendwie in das Schloß Farnholm zu kommen.«

Sie sah, daß er es ernst meinte. »Kurt Ström?« fragte sie.

»Ich glaube, er ist tot.«

Sie erschrak, und das Blut wich aus ihrem Gesicht. Für einen Augenblick befürchtete Wallander, sie würde in Ohnmacht fallen.

»Du kannst nicht allein zum Schloß fahren«, sagte sie, als sie sich wieder gefaßt hatte.

»Ich muß.«

»Was mußt du?«

»Ich muß diese Sache selbst in Ordnung bringen. Frag nicht soviel. Hör mir lieber zu!«

»Ich komme mit«, sagte sie. »Du kannst da nicht allein hingehen.«

Er merkte, daß sie fest entschlossen war. Es hatte keinen Sinn, jetzt mit ihr zu diskutieren.

»Gut«, sagte er. »Aber du wartest draußen. Ich brauche jemanden, den ich über Funk erreichen kann.«

Sie sprang die Treppe hinauf. Ihr Mann bedeutete Wallander, einzutreten und die Tür zu schließen. »Genau davor hat sie mich immer gewarnt«, sagte er. »Wenn ich mal zu Hause bin, dann muß garantiert sie aus beruflichen Gründen verschwinden.«

»Heute wird es bestimmt nicht lange dauern«, sagte Wallander und merkte selbst, daß er nicht sehr überzeugend klang.

Wenige Minuten später war sie im Trainingsanzug wieder da. »Du brauchst nicht auf mich zu warten«, sagte sie zu ihrem Mann.

Und wer wartet auf mich? dachte Wallander. Niemand, nicht mal eine schläfrige Katze zwischen Blumentöpfen am Fenster.

Sie fuhren zum Polizeigebäude und holten zwei Sprechfunkgeräte.

»Vielleicht sollte ich meine Waffe mitnehmen«, sagte sie.

»Nein. Du wartest draußen. Und der Teufel soll dich holen, wenn du nicht tust, was ich dir sage.«

Sie ließen Ystad hinter sich. Der Abend war klar und kalt. Wallander fuhr schnell.

»Was hast du eigentlich vor?« fragte sie.

»Herausfinden, was dort geschehen ist.«

Sie durchschaut mich, dachte er. Sie weiß, daß ich keine Ahnung habe, was ich tun soll.

Kurz nach halb zehn erreichten sie die Abfahrt nach Schloß Farnholm. Wallander fuhr auf einen Parkplatz für Traktoren, stellte den Motor ab und schaltete die Scheinwerfer aus. Im Dunkeln blieben sie sitzen.

»Einmal in der Stunde nehme ich Kontakt zu dir auf. Wenn du mehr als zwei Stunden nichts von mir hörst, rufst du Björk an und löst Alarm aus«, sagte Wallander.

»Bist du sicher, daß du das Richtige tust?« fragte sie.

»Ich habe mein Leben lang immer gerade das getan, was ich nicht tun sollte. Und jetzt mache ich keine Ausnahme.«

Sie stimmten die Funkgeräte ab.

»Warum bist du Polizistin geworden und nicht Pastorin?« fragte er möglichst beiläufig.

»Ich wurde vergewaltigt«, sagte sie leise. »Das hat mein ganzes Leben verändert. Danach konnte ich nur noch Polizistin werden.«

Wallander blieb still sitzen. Schließlich stieg er vorsichtig aus und ließ die Tür leise zufallen.

Es war, als befände er sich in einer anderen Welt. Ann-Britt Höglund war nicht mehr in seiner Nähe.

Die Nacht war sehr ruhig. Ihm fiel ein, daß in zwei Tagen Lucia gefeiert wurde. Er glitt in den Schatten eines Baumes und entfaltete die Karte. Im Schein der Taschenlampe versuchte er, sich die wichtigsten Details einzuprägen. Dann knipste er die Lampe aus, steckte die Karte wieder ein und lief gebückt am Rand der Straße entlang, die zum Schloßtor führte. Den Doppelzaun zu überwinden war unmöglich. Es gab nur einen Weg hinein, und der führte durch das Tor.

Nach zehn Minuten blieb er stehen und schöpfte Atem. Dann schlich er weiter, bis er die Scheinwerfer sah, die Tor und Wachbunker beleuchteten.

Ich muß den Überraschungseffekt nutzen, dachte er. Sie werden wohl kaum damit rechnen, daß ein einzelner bewaffneter Mann versucht, in das Gelände einzudringen.

Er schloß die Augen und holte ein paarmal tief Luft. Dann tastete er nach der Waffe.

An der Rückseite des Wachbunkers gab es eine schmale Stelle, die im Schatten lag.

Er schaute auf seine Armbanduhr. Es war drei Minuten vor zehn.

Dann lief er los.

17

Der erste Funkruf kam bereits nach dreißig Minuten.

Sie konnte ihn so klar und störungsfrei empfangen, als hätte er sich gar nicht vom Auto entfernt, sondern stünde ganz in der Nähe im Schatten.

»Wo bist du?« fragte sie.

»Ich bin auf dem Gelände«, antwortete er. »Nächster Funkkontakt in einer Stunde.«

»Was ist los?« fragte sie, doch er antwortete nicht.

Zunächst glaubte sie, daß die Verbindung zufällig unterbrochen war, und wartete auf einen neuen Anruf. Dann wurde ihr klar, daß Wallander das Gespräch bewußt beendet hatte.

Das Gerät blieb stumm.

Wallander fühlte sich wie auf einem Ausflug in das Tal des Todes. Auf das Gelände vorzudringen war einfacher gewesen, als er zu hoffen gewagt hatte. Schnell war er in den schmalen Schatten hinter dem Bunker getaucht. Dort hatte er zu seiner Verwunderung ein kleines Fenster entdeckt. Auf den Zehenspitzen stehend, konnte er hineinschauen. Drinnen saß eine Frau vor einem Computerterminal und Telefonen. Eine Frau ganz allein, die außerdem noch an einem Kinderpullover strickte, wie Wallander überrascht feststellte, und er hätte beinahe den Kopf geschüttelt, denn der Kontrast zu der militärisch-technischen Umgebung war allzu groß. Gleichzeitig erkannte er seine Chance; einen bewaffneten Mann würde sie in ihrer Nähe nicht vermuten. Deshalb ging er ruhig zum Eingang des Bunkers und klopfte ein Signal an die Tür, das freundlich klingen sollte. Wie er gehofft hatte, öffnete sie arglos. Sie hielt das Strickzeug in der Hand und schaute Wallander verwundert an. Es bestand keine Veranlassung, die Pistole zu ziehen. Er stellte sich als Kommissar Wallander aus Ystad vor und bedauerte, stören zu müssen. Gleichzeitig drängte er sie wie zufällig in den Bunker und schloß die Tür hinter sich. Er versuchte zu erkennen, ob die Gebäude, die zu Schloß Farnholm gehörten, doppelt gesichert waren, ob auch eine Kamera installiert war, die das Innere des Bunkers überwachte. Als er sicher war, daß es keine gab, bat er sie, sich hinzusetzen. Jetzt erst begriff sie, was vorging, und begann zu schreien. Wallander hatte die Waffe auf sie gerichtet. Das Gefühl, das er dabei hatte, empfand er wie einen Schlag in die Magengrube. Er vermied es, auf die Frau zu zielen, er bedeutete ihr lediglich, still zu sein. Sie sah verängstigt aus, und er wünschte sich, sie beruhigen zu können, damit sie weiter an dem Pullover für ihr Enkelkind stricken konnte. Er erkundigte sich, ob sie dem Schloß regelmäßig Bericht erstatten müßte, doch sie verneinte.

Dann stellte Wallander die entscheidende Frage. »Warum ist Kurt Ström heute abend nicht zum Dienst gekommen?«

»Man hat mich aus dem Schloß angerufen und mir gesagt, daß er erkrankt sei.«

»Wer hat angerufen?«

»Eine der Sekretärinnen.«

»Berichten Sie Wort für Wort, was sie gesagt hat!«

»Kurt Ström ist erkrankt. Sonst nichts.«

Damit stand für Wallander fest, daß alles schiefgegangen war. Kurt Ström war ertappt worden, und er mußte damit rechnen, daß die Männer um Alfred Harderberg die Wahrheit aus ihm herausgepreßt hatten.

Er schaute auf die verschreckte Frau, die sich krampfhaft an ihrem Strickzeug festhielt.

»Da draußen steht ein Mann, der wie ich bewaffnet ist«, sagte er und zeigte auf das Fenster. »Wenn Sie Alarm schlagen, nachdem ich den Raum verlassen habe, wird der Pullover nie fertig werden.«

Er merkte, daß er sie eingeschüchtert hatte.

»Wenn das Tor aufgeht, wird es auf dem Schloß registriert, nicht wahr?«

Sie nickte.

»Was geschieht bei Stromausfall?«

»Es gibt einen starken Generator, der automatisch einspringt.«

»Läßt sich das Tor von Hand öffnen? Ohne daß der Computer eine Meldung weitergibt?«

Wieder nickte sie.

»Unterbrechen Sie die Stromversorgung des Tores«, sagte er. »Lassen Sie mich hinein und schließen Sie hinter mir wieder ab. Dann schalten Sie den Strom wieder ein.«

Sie nickte. Er war sicher, daß sie seine Anweisungen befolgen würde. Er ging zur Tür und rief dem imaginären Mann im Dunkeln zu, jetzt würde das Tor geöffnet und geschlossen, und alles sei in Ordnung. Die Frau machte einen Kasten neben dem Tor auf und drehte an einer Kurbel. Als der Spalt breit genug war, zwängte sich Wallander hindurch.

»Tun Sie, was ich gesagt habe, dann wird Ihnen nichts geschehen«, rief er der Frau mit gedämpfter Stimme zu.

Dann rannte er durch den Park in die Richtung, in der sich laut Karte das Stallgebäude befinden mußte. Es herrschte Totenstille, und als er Licht hinter den Bäumen schimmern sah, trat er zum ersten Mal in Funkkontakt mit Ann-Britt Höglund. Als sie jedoch fragte, was los sei, brach er das Gespräch ab. Vorsichtig schlich er sich an das Stallgebäude heran. Sofias Wohnung befand sich in einem Anbau. Lange stand er im Schutz eines Gebüschs und beobachtete den Stall und die Umgebung. Ab und zu war ein Scharren oder Stampfen aus den Boxen zu hören. Im Anbau brannte kein Licht. Wallander versuchte klar zu denken. Daß Kurt Ström erschossen worden war, mußte nicht bedeuten, daß man ihn mit dem neuen Stallmädchen in Verbindung brachte. Ebensowenig stand fest, daß man ihren Anruf bei Sten Widén abgehört hatte. Das einzige, wovon Wallander mit Sicherheit ausgehen konnte, war die allgemeine Beunruhigung. Er setzte darauf, daß niemand mit seinem unbefugten Eindringen rechnete.

Er blieb noch ein paar Minuten im Schutz der Büsche, dann rannte er, gebückt und so schnell er konnte, zum Anbau hinüber. Jeden Augenblick rechnete er damit, von einer Kugel getroffen zu werden. Er klopfte an die Tür und ertastete im

selben Moment die Klinke. Aus Angst hatte sie offenbar abgeschlossen. Als er ihre klägliche Stimme vernahm, gab er
sich als Sten Widéns Freund Roger zu erkennen. Den Nachnamen Lundin hatte er in der Aufregung völlig vergessen.
Sie öffnete, und in ihrem Gesicht sah er Verwunderung und
Erleichterung zugleich. Er legte den Zeigefinger auf den
Mund und trat ein. Die Wohnung bestand aus einer kleinen
Küche und einem Zimmer mit abgetrennter Schlafecke. Sie
setzten sich an den Küchentisch. Die Stallgeräusche waren
nun deutlich zu hören.

»Es ist wichtig, daß du meine Fragen exakt beantwortest«,
sagte Wallander. »Ich habe nicht viel Zeit und kann dir nicht
erklären, warum ich hier bin. Beantworte nur meine Fragen,
sonst nichts.«

Er faltete die Karte auseinander und legte sie auf den Tisch.

»Ein toter Mann lag plötzlich vor deinem Pferd auf dem
Weg«, sagte er. »Zeig mir genau, wo.«

Sie lehnte sich vor und tippte mit dem Finger auf eine Stelle
südlich vom Stall. »Dort ungefähr.«

»Ich weiß, daß es schrecklich gewesen sein muß. Aber trotzdem will ich wissen, ob du ihn vorher schon mal gesehen hast.«

»Nein.«

»Wie war er gekleidet?«

»Ich weiß nicht.«

»Trug er eine Uniform?«

Sie schüttelte den Kopf. »Ich weiß nicht. Ich kann mich an
nichts erinnern.«

Es war sinnlos, etwas aus ihr herauspressen zu wollen. Die
Angst hatte ihre Erinnerung blockiert.

»Ist heute noch etwas anderes vorgefallen? Etwas Ungewöhnliches?«

»Nein.«

»Niemand war hier und hat mit dir gesprochen?«

»Nein.«

Wallander versuchte zu verstehen, was das bedeutete. Aber
das Bild eines tot im Dunkeln liegenden Kurt Ström verdrängte alle anderen Gedanken.

»Ich verschwinde jetzt«, sagte er. »Keiner darf wissen, daß ich hier gewesen bin.«

»Kommst du wieder?« fragte sie.

»Ich weiß nicht. Aber mach dir keine Sorgen, es wird dir nichts passieren.«

Vorsichtig spähte er durch eine Lücke in der Gardine und hoffte, daß er mit seinem Versprechen ihr gegenüber recht behalten würde. Dann öffnete er die Tür und rannte hinter das Gebäude. Ein schwacher, kaum spürbarer Wind war aufgekommen. Zwischen den Bäumen entdeckte er in einiger Entfernung starke Scheinwerfer, die die dunkelrote Fassade des Schlosses beleuchteten. In mehreren Etagen brannte Licht.

Er merkte, daß er fror.

Nachdem er das Gelände in Gedanken noch einmal mit der Karte verglichen hatte, schlich er weiter, die Taschenlampe in der Hand. Er kam an einem künstlichen Teich vorbei, aus dem man das Wasser abgelassen hatte. Dann wandte er sich nach links und suchte den Weg. Er schaute auf die Uhr; noch vierzig Minuten bis zum nächsten Kontakt mit Ann-Britt Höglund.

Gerade als er glaubte, sich verirrt zu haben, sah er den Weg. Er war etwa einen Meter breit und zeigte Spuren von Pferdehufen. Wallander stand reglos und lauschte. Aber alles war still, nur der Wind schien stärker geworden zu sein. Langsam tappte er voran, stets darauf gefaßt, angegriffen zu werden.

Nach etwa fünf Minuten zögerte er. Wenn die Angaben auf der Karte stimmten, dann war er zu weit gegangen. War er auf dem falschen Weg?

Nach weiteren hundert Metern war er sicher, an dem von Sofia angegebenen Punkt vorbeigegangen zu sein.

Er blieb stehen und überlegte.

Kurt Ström war weg, jemand mußte den Körper beiseite geschafft haben. Wallander lief den Weg, den er gekommen war, zurück und versuchte, eine Entscheidung zu treffen. Wieder zögerte er, diesmal jedoch, weil er pinkeln mußte. Er trat zwischen die Sträucher am Wegesrand. Dann zog er die Karte aus der Tasche und knipste die Taschenlampe an. Im Lichtkegel sah er auf dem Boden einen nackten Fuß. Er zuckte zusammen und ließ die Lampe fallen, die beim Aufprall erlosch. Er glaubte, sich getäuscht zu haben, und begann, nach der Taschenlampe zu tasten.

Endlich hatte er sie gefunden. Als er sie wieder einschaltete, schaute er direkt in Kurt Ströms totes Gesicht. Die Haut war bleich, der Mund zusammengekniffen. Man hatte ihn mitten in die Stirn geschossen. Wallander dachte an Sten Torstensson. Dann wendete er sich ab und rannte davon. Nach wenigen Metern mußte er, gegen einen Baum gelehnt, erbrechen. Als er den ausgetrockneten Teich erreicht hatte, sackte er am Rand zusammen. Irgendwo oben flatterte ein Vogel. Er ließ sich hinunter und verkroch sich in einer Ecke. Es war, als hockte er in einem Grab. Er meinte, Schritte zu hören, und zog die Pistole. Aber niemand kam, um in den Teich zu schauen. Wallander atmete tief durch und zwang sich, ruhig zu denken. Er war nahe daran, in Panik zu geraten und die Beherrschung zu verlieren. In vierzehn Minuten würde er Ann-Britt Höglund anrufen. Aber er mußte nicht warten, er konnte auch jetzt schon Kontakt zu ihr aufnehmen und sie bitten, Björk zu alarmieren. Kurt Ström war tot, durch einen Kopfschuß ermordet, und nichts konnte ihn ins Leben zurückbringen. Die Kollegen würden anrücken, Wallander würde sie am Tor erwarten. Was dann geschehen würde, konnte er sich nicht vorstellen.

Aber er rief nicht an. Er wartete vierzehn Minuten. Erst dann schaltete er auf Sendung.

Sie meldete sich sofort. »Was ist los?« fragte sie.

»Noch nichts«, antwortete er. »Ich rufe dich in einer Stunde wieder an.«

»Hast du Ström gefunden?«

Bevor sie die Frage wiederholen konnte, hatte er das Funkgerät abgeschaltet. Wieder war er allein im Dunkeln. Er hatte eine Entscheidung getroffen, deren Folgen er noch nicht abschätzen konnte. Er hatte sich eine Stunde Zeit verschafft und wußte nicht, wozu er sie nutzen sollte. Langsam stand er auf und kletterte aus dem künstlichen Teich. Frierend lief er auf das Licht zu, das zwischen den Stämmen schimmerte. Am Rand der großen Rasenfläche, die sich bis zum Schloß erstreckte, blieb er stehen.

Vor ihm erhob sich eine uneinnehmbare Festung. Dennoch war Wallander überzeugt, daß er die Mauern überwinden mußte. Kurt Ström war tot, das konnte man ihm nicht anlasten. Ebensowenig war er dafür verantwortlich, daß Sten Torstensson ermordet worden war. Für Wallander stellte sich die Schuldfrage anders; er würde es sich nie verzeihen können, so kurz vor dem Ziel aufgegeben zu haben. Irgendwo muß es trotz allem eine Grenze geben, dachte er. Sie konnten ihn doch nicht einfach erschießen, einen Kriminalpolizisten aus Ystad, der nur seine Arbeit machte. Oder gab es für diese Menschen keine Grenzen? Er versuchte vergeblich, zu einer gültigen Antwort zu kommen. Mutlos schlich er zur Rückseite des Schlosses, zu dem Teil des Gebäudes, den er noch nicht gesehen hatte. Es dauerte zehn Minuten; er zitterte vor Angst und Kälte. Hinter dem Schloß erstreckte sich eine halbmondförmige Terrasse, die auf den Park hinausging. Die linke Seite der Terrasse lag im Schatten, offenbar waren einige der unsichtbaren Scheinwerfer ausgefallen. Von dort führte eine Steintreppe auf die Wiese. Er rannte, so schnell er konnte, in den schützenden Schatten. Vorsichtig stieg er die Treppe hinauf. In einer Hand hielt er das Funkgerät, in der anderen die Taschenlampe; die Pistole hatte er in die Tasche gesteckt.

Plötzlich blieb er stehen und lauschte. Was war das für ein Geräusch? Dann wurde ihm klar, daß ihn so etwas wie eine innere Stimme gewarnt hatte. Hier stimmte etwas nicht. Es hatte mit dem Licht zu tun. Vielleicht hat man mich absichtlich in den Schatten gelockt? Als er das dachte, war es bereits zu spät. Er hatte sich umgedreht, um die Treppe hinunter wieder zu verschwinden, da wurde er geblendet. Grellweißes Licht schlug ihm ins Gesicht. Er hielt die Hand mit dem Funkgerät vor die Augen, um sich zu schützen. Gleichzeitig spürte er, wie jemand von hinten nach ihm griff. Er versuchte vergeblich, sich loszureißen. Dann explodierte etwas in seinem Kopf. Es wurde dunkel.

Irgendwie war ihm die ganze Zeit bewußt, was mit ihm ge-schah. Er wurde weggetragen, er hörte eine Stimme und ein leises Lachen. Eine Tür wurde geöffnet, Schritte verklangen auf dem Steinboden der Terrasse. Jetzt war er im Haus, wurde eine Treppe hinaufgetragen und dann auf eine weiche Unter-lage gelegt. Ob es der Schmerz im Hinterkopf war oder das Ge-fühl, sich in einem abgedunkelten Zimmer zu befinden, konnte er nicht sagen. Als er die Augen aufschlug, lag er auf einem Sofa in einem sehr großen Raum. Der Boden war gefliest. In einiger Entfernung standen leuchtende Monitore auf einem Tisch. Er hörte das Rauschen einer Klimaanlage, und irgendwo außerhalb seines Gesichtsfeldes tickte ein Telex. Er versuchte, den Kopf nicht zu bewegen, denn der Schmerz über dem rech-ten Ohr war sehr stark. Plötzlich sprach ihn jemand an, der sich direkt hinter ihm befand. Er erkannte die Stimme.

»Der Augenblick der Torheit«, sagte Alfred Harderberg. »Wenn ein Mensch etwas tut, was ihm nur schaden oder ihn gar vernichten kann.«

Vorsichtig drehte Wallander den Kopf, um seinem Wider-sacher ins Gesicht zu sehen. Harderberg lächelte. Im Hinter-grund ließen sich die Konturen zweier regloser Männer er-ahnen.

Harderberg ging um das Sofa herum und reichte Wallander das Funkgerät. Er trug einen eleganten Anzug, die schwarzen Schuhe glänzten.

»Es ist drei Minuten nach Mitternacht«, sagte Alfred Har-derberg. »Vor einigen Minuten hat jemand versucht, Sie zu er-reichen. Wer, weiß ich natürlich nicht, und es interessiert mich auch nicht. Aber ich nehme an, jemand wartet auf Ihren Anruf. Also tun Sie ihm den Gefallen. Ich muß Sie wohl nicht erst dar-auf hinweisen, daß jeder Versuch, einen Notruf abzusetzen, die reine Torheit wäre.«

Wallander schaltete auf Sendung. Ann-Britt Höglund ant-wortete sofort.

»Alles in Ordnung«, sagte er. »In einer Stunde lasse ich wie-der von mir hören.«

»Hast du Ström gefunden?« fragte sie.

Er zögerte mit der Antwort. Da sah er, daß Harderberg ihm aufmunternd zunickte.

»Ich habe ihn gefunden«, sagte Wallander. »Nächster Anruf Punkt ein Uhr.«

Er legte das Funkgerät neben sich auf das Sofa.

»Aha, die hübsche Kollegin«, sagte Harderberg. »Ich nehme an, daß sie sich irgendwo in der Nähe aufhält. Wir könnten sie natürlich suchen, wenn wir wollten. Aber wir verzichten darauf.«

Wallander biß die Zähne zusammen und richtete sich auf. »Ich bin gekommen, um Ihnen mitzuteilen, daß Sie verdächtigt werden, an einer Anzahl schwerer Verbrechen mitschuldig zu sein.«

Harderberg sah ihn nachdenklich an. »Ich verzichte auf mein Recht, einen Anwalt hinzuzuziehen. Reden Sie doch weiter, Kommissar Wallander.«

»Sie werden verdächtigt, an dem Tod von Gustaf Torstensson und dem seines Sohnes Sten Torstensson mitschuldig zu sein. Außerdem stehen Sie unter dem Verdacht, an der Ermordung Ihres eigenen Sicherheitschefs, Kurt Ström, beteiligt gewesen zu sein. Dazu kommen Mordversuche an der Sekretärin der Anwaltskanzlei, Frau Dunér, sowie an mir und meiner Kollegin Ann-Britt Höglund. Weitere mögliche Anklagepunkte könnten sich aus dem Fall des Revisors Lars Borman ergeben, aber das wird der Staatsanwalt entscheiden.«

Harderberg setzte sich in einen Sessel. »Wollen Sie damit andeuten, daß ich verhaftet bin?«

Wallander spürte, daß er jeden Moment ohnmächtig werden konnte, und ließ sich auf das Sofa zurücksinken.

»Ich verfüge nicht über einen Haftbefehl«, sagte er. »Das ändert aber nichts an der Sache.«

Harderberg beugte sich vor und stützte das Kinn auf eine Hand. Dann lehnte er sich zurück und nickte. »Ich werde es Ihnen leichtmachen. Ich gestehe.«

Wallander starrte ihn verständnislos an.

»Sie haben richtig gehört: Ich bekenne mich in sämtlichen von Ihnen genannten Anklagepunkten für schuldig.«

»Auch im Fall Lars Borman?«

»Natürlich.«

Wallander spürte, wie die Angst wieder von ihm Besitz ergriff, kälter und drohender als zuvor. Die ganze Situation war unmöglich. Er mußte aus dem Schloß fliehen, bevor es zu spät war.

Alfred Harderberg schaute ihn aufmerksam an, als versuchte er, die Gedanken seines Gegners zu lesen. Um eine Möglichkeit zu finden, unbemerkt einen Notruf an Ann-Britt Höglund abzusetzen, begann Wallander, Fragen zu stellen, als befänden sie sich bei einer Vernehmung. Es war ihm immer noch unklar, worauf Harderberg hinauswollte. Wußte er, wie lange sich Wallander schon auf dem Gelände aufhielt? Und was hatte Kurt Ström verraten, bevor er gestorben war?

»Die Wahrheit«, sagte Alfred Harderberg unvermittelt. »Existiert die Wahrheit für einen schwedischen Polizisten?«

»Die Grenze zwischen der Lüge und den Tatsachen, der wahren Wirklichkeit zu bestimmen, ist der Grund aller Polizeiarbeit«, sagte Wallander.

»Eine gute Antwort«, lobte Harderberg. »Und doch ist sie falsch. Weil nämlich weder die absolute Wahrheit existiert – noch die absolute Lüge. Es gibt nur Kompromisse, die man eingeht, akzeptiert oder bricht.«

»Wenn jemand zur Waffe greift und einen anderen Menschen tötet, dann handelt es sich wohl in jedem Fall um ein tatsächliches Geschehen«, sagte Wallander.

Er bemerkte eine Spur von Verärgerung in Harderbergs Stimme: »Über Selbstverständlichkeiten müssen wir nicht diskutieren. Ich suche nach einer Wahrheit, die tiefer reicht.«

»Mir reicht der Tod«, sagte Wallander. »Gustaf Torstensson war Ihr Anwalt. Sie ließen ihn töten. Der Versuch, den Mord wie einen Autounfall aussehen zu lassen, mißlang.«

»Oh, in diesem Zusammenhang würde mich interessieren, wie Sie es herausgefunden haben.«

»Ein Stuhlbein steckte noch im Lehm. Der Rest des Stuhls lag im Kofferraum. Und der war abgeschlossen.«

»So einfach also. Eine Kleinigkeit.«

Harderberg verbarg nicht, daß er den beiden Männern im Schatten einen Blick zuwarf.

»Warum mußte er sterben?« fragte Wallander.

»Gustaf Torstenssons Loyalität ließ nach. Er sah, was er nicht hätte sehen sollen. Wir waren gezwungen, uns seiner Loyalität ein für allemal zu versichern. Ab und zu vertreiben wir uns die Zeit hier auf dem Schloß mit Schießübungen. Als Ziele verwenden wir Puppen. Eine solche lebensgroße Puppe setzten wir auf die Straße. Er hielt an – er starb.«

»Und damit stand seine Loyalität fest?«

Harderberg nickte und wirkte für einen Moment wie abwesend. Dann erhob er sich hastig und ging zu den Bildschirmen, um Zahlenreihen zu studieren. Wallander vermutete, daß es sich um Börsennotierungen von einem Ort handelte, an dem es bereits Tag war. Aber hatten die Börsen der Welt auch am Sonntag geöffnet? Vielleicht handelte es sich ja um ganz andere Daten.

Harderberg kehrte zu seinem Sessel zurück. »Wir konnten nicht wissen, wieviel der Sohn mitbekommen hatte«, fuhr er ungerührt fort. »Wir beobachteten ihn. Er besuchte Sie auf Jütland. Wir konnten nicht wissen, wieviel er Ihnen anvertraut hatte. Oder Frau Dunér, beispielsweise. Ich muß anerkennen, daß Sie sehr geschickt vorgegangen sind, Kommissar Wallander. Aber natürlich haben wir sofort durchschaut, daß Sie uns glauben machen wollten, Sie verfolgten eine andere Spur. Es kränkt mich, daß Sie uns so unterschätzt haben.«

Wallander merkte, daß ihm schlecht wurde. Die Gefühlskälte, die von dem Mann im Sessel ausging, war eine ganz neue Erfahrung für ihn. Dennoch trieb ihn die Neugier dazu, weitere Fragen zu stellen. »Wir haben einen Plastikbehälter in Gustaf Torstenssons Auto gefunden. Ich vermute, daß Sie ihn nach dem Mord austauschen ließen?«

»Warum sollte ich?«

»Unsere Techniker haben festgestellt, daß er noch nie benutzt wurde. Wir sind davon ausgegangen, daß ihm selbst keine Bedeutung zukam. Interessanter war dagegen die Frage, wozu er eigentlich dienen sollte.«

»Und was könnte das gewesen sein?«

»Stellen Sie jetzt die Fragen? Und ich soll antworten?«

»Es ist spät in der Nacht«, sagte Harderberg. »Warum können wir diesem an und für sich bedeutungslosen Gespräch keine spielerische Note geben?«

»Es geht um Mord«, sagte Wallander. »Ich habe den Verdacht, daß derlei Plastikbehälter dazu dienen, Organe aufzubewahren und zu transportieren. Organe, die ermordeten Menschen herausoperiert wurden.«

Für einen Augenblick war Harderberg wie erstarrt. Es war nur ein kurzer Moment, doch Wallander bemerkte die Reaktion. Für ihn war es die Bestätigung, mit seiner Vermutung recht zu haben.

»Ich mache Geschäfte, wo sie sich anbieten«, sagte Harderberg langsam. »Wenn es einen Markt für Nieren gibt, dann kaufe und verkaufe ich Nieren, um nur ein Beispiel zu nennen.«

»Woher stammen die Nieren?«

»Von verstorbenen Menschen.«

»Die Sie wegen ihrer Nieren getötet haben.«

»Ich habe mich niemals mit etwas anderem als mit dem Kauf und dem Verkauf beschäftigt«, sagte Alfred Harderberg geduldig. »Was geschieht, bevor die Ware in meine Hände gelangt, interessiert mich nicht. Ich frage nicht danach.«

Wallander war eine Weile sprachlos. »Ich hätte nie gedacht, daß es Menschen wie Sie gibt«, stammelte er schließlich.

Alfred Harderberg beugte sich ruckartig nach vorn. »Jetzt lügen Sie«, sagte er. »Sie wissen sehr gut, daß es Menschen wie mich gibt. Ich möchte sogar behaupten, daß Sie mich beneiden.«

»Sie sind verrückt«, sagte Wallander und konnte seinen Abscheu nicht verbergen.

»Verrückt vor Glück, verrückt vor Zorn, ja. Aber nicht einfach verrückt, Kommissar Wallander. Sie müssen begreifen, daß ich ein leidenschaftlicher Mensch bin. Ich liebe es, Geschäfte zu machen, einen Konkurrenten zu besiegen, meinen Reichtum zu vermehren und mir keine Grenzen setzen zu müssen. Wahrscheinlich bin ich so etwas wie ein rastlos suchender Fliegender Holländer. Aber vor allem bin ich im wahrsten Sinne des Wortes ein Heide. Machiavelli ist Ihnen vielleicht ein Begriff?«

Wallander schüttelte den Kopf.

»Der Christ, so meint dieser italienische Denker, sagt, das höchste Glück bestehe in Demut, Entsagung und Verachtung alles Menschlichen. Der Heide dagegen sieht das höchste Gut in seelischer Größe, körperlicher Stärke und all den Eigenschaften, die den braven Bürger schrecken. Kluge Worte, die ich stets beherzige.«

Wallander sagte nichts. Harderberg nickte in Richtung Sprechfunkgerät und zeigte auf seine Armbanduhr. Es war ein Uhr. Wallander ging auf Sendung. Irgendwie mußte er den Notruf absetzen. Wieder sagte er zu Ann-Britt Höglund, daß alles in Ordnung sei und daß er sich in einer Stunde wieder melden werde.

Die Nacht verging jedoch mit regelmäßigen Anrufen, ohne daß es Wallander gelang, Ann-Britt Höglund eine Nachricht zukommen zu lassen, die sie dazu gebracht hätte, Alarm zu schlagen. Er hatte gemerkt, daß sie mit den beiden Leibwächtern allein auf dem Schloß waren; im Morgengrauen wollte Alfred Harderberg nicht nur sein Schloß, sondern auch das Land verlassen, zusammen mit den reglosen Schatten im Hintergrund, die seine Werkzeuge waren und jeden töteten, auf den er mit dem Finger wies. Übrig blieben nur Sofia und die Frau, die das Tor bewachte. Alle Sekretärinnen waren fort – vielleicht warteten sie schon in einem anderen Schloß, irgendwo auf der Welt.

Der Schmerz in Wallanders Kopf hatte nachgelassen. Er war sehr müde. Nun war er zwar bis zur Wahrheit vorgedrungen, stand ihr aber ohnmächtig gegenüber. Man würde ihn auf dem Schloß zurücklassen, wahrscheinlich gefesselt, und wenn es ihm gelingen sollte, sich loszumachen, wären sie längst hoch in der Luft und auf und davon. Die Geständnisse der Nacht würden später von den Anwälten Alfred Harderbergs bestritten werden. Die bewaffneten Männer, die Schwedens Grenzen niemals überschritten hatten, würden weiter im Schatten stehen, für keinen Ankläger erreichbar. Ohne Beweise würden die Ermittlungen im Sande verlaufen. Und Alfred Harderberg wäre weiterhin der respektable Bürger, über jeden Verdacht erhaben.

Wallander hielt die Wahrheit in der Hand. Man hatte ihm sogar bestätigt, daß Lars Borman ermordet worden war, weil er die Verbindung zwischen Alfred Harderberg und dem Betrug an der Provinzbehörde aufgedeckt hatte. Damals hatten sie kein Risiko eingehen wollen, daß Gustaf Torstensson sehen könnte, was er nicht sehen sollte. Später war es trotz aller Vorsichtsmaßnahmen doch geschehen. Was halfen ihm nun seine Erkenntnisse? dachte Wallander. Die Wahrheit würde auf der Strecke bleiben, sie würde sich selbst verzehren, weil niemand wegen der schweren Verbrechen verhaftet werden konnte.

Woran sich Wallander später immer erinnern sollte, das waren ein paar Worte Harderbergs, die dieser gegen fünf Uhr morgens geäußert hatte, als sie noch einmal über den Plastikbehälter und die Menschen sprachen, die wegen des Handels mit Organen sterben mußten.

»Verstehen Sie doch, daß dies nur ein unbedeutender Teil meiner Geschäftstätigkeit ist, so unbedeutend, daß man ihn vernachlässigen kann. Aber ich kaufe und verkaufe, Kommissar Wallander. Meine Bühne ist der Markt. Ich lasse keine Möglichkeit aus, wie klein und unbedeutend sie auch sein mag.«

Menschenleben sind unbedeutend, hatte Wallander gedacht. Das ist die Wahrheit in Alfred Harderbergs Welt.

Danach war ihr Gespräch versiegt. Alfred Harderberg hatte die Computer ausgeschaltet, einen nach dem anderen, und eine Anzahl Dokumente durch den Reißwolf gejagt. Wallander hatte an Flucht gedacht, aber dann war sein Blick auf die reglosen Schatten im Hintergrund gefallen. Er war besiegt.

Alfred Harderberg strich mit den Fingerspitzen über die Lippen, als wollte er kontrollieren, ob das Lächeln noch da war. Dann schaute er Wallander ein letztes Mal an. »Wir müssen alle sterben«, sagte er, und es klang so, als gäbe es trotz allem eine Ausnahme, ihn selbst nämlich. »Auch die Lebenszeit eines Kriminalkommissars ist bemessen. In diesem Falle durch mich.«

Er schaute auf seine Armbanduhr, bevor er fortfuhr: »Bald ist es hell, und hier wird ein Helikopter landen. Meine beiden Assistenten werden abreisen, und Sie werden sie begleiten, jedoch nur eine kurze Strecke. Dann können Sie Ihr eigenes Flugvermögen testen.«

Während er sprach, ließ er sein Gegenüber nicht aus den Augen. Er will, daß ich um mein Leben bitte, dachte Wallander. Aber dieser Wunsch wird unerfüllt bleiben. Wenn die Angst einen gewissen Punkt erreicht hat, verwandelt sie sich in ihr Gegenteil. Das weiß ich aus Erfahrung.

»Das Flugvermögen von Menschen wurde vor allem im Vietnamkrieg getestet«, fuhr Harderberg fort. »Gefangene wurden freigelassen, allerdings in großer Höhe. So erhielten sie für einen Augenblick ihre Freiheit zurück, bevor sie auf den Boden aufschlugen und aller Sorgen ledig waren.«

Er erhob sich und zog das Sakko zurecht. »Meine Hubschrauberpiloten sind sehr geschickt. Ich glaube, es könnte ihnen gelingen, Sie mitten auf dem Stortorg in Ystad landen zu lassen. Das wäre ein Ereignis, das in die Annalen der Stadt eingehen würde.«

Er ist verrückt, dachte Wallander. Er versucht, mich fertigzumachen, damit ich um mein Leben winsele. Aber es wird ihm nicht gelingen.

»Nun trennen sich unsere Wege«, sagte Harderberg. »Zweimal sind wir uns begegnet. Ich glaube, ich werde Sie vermissen. Es gab Augenblicke, da zeigten Sie beinahe Anzeichen von Scharfsinn. Unter anderen Umständen hätte ich für Sie vielleicht einen Platz in meiner Nähe gehabt.«

»Die Ansichtskarte«, unterbrach ihn Wallander. »Die Karte, die Sten Torstensson aus Finnland geschickt hat, obwohl er sich bei mir in Dänemark aufhielt.«

»Es macht mir Spaß, Handschriften zu imitieren«, antwortete Harderberg zerstreut. »Ich darf behaupten, daß ich es darin zu einer gewissen Meisterschaft gebracht habe. An dem Tag, an dem Sten Torstensson auf Jütland war, habe ich einige Stunden in Helsinki verbracht. Ich hatte eine, übrigens ergebnislose, Besprechung mit einem Direktor von Nokia. Es war wie ein Spiel, als stocherte man mit dem Stock in einem Ameisenhaufen. Ein Verwirrspiel, sonst nichts.«

Harderberg streckte Wallander zum Abschied die Hand hin, die dieser überrascht ergriff.

Dann drehte sich Alfred Harderberg um und ging.

Wallander kam es so vor, als müßte ein Vakuum entstehen, als sich die Tür hinter Harderberg geschlossen hatte.

Tolpin lehnte an einem Pfeiler und betrachtete Wallander. Obadia hatte sich gesetzt und starrte vor sich hin.

Wallander mußte handeln. Er weigerte sich zu glauben, daß Harderberg befohlen hatte, ihn über dem Zentrum von Ystad aus dem Helikopter zu werfen.

Minuten vergingen. Die beiden Männer rührten sich nicht.

Man würde ihn also lebend hinausstoßen, und er würde auf ein Dach oder auf den Steinbelag des Stortorg aufschlagen. Diese Erkenntnis versetzte ihn in eine Panik, die ihn lähmte und sich wie Gift im ganzen Körper verteilte. Das Atmen fiel ihm schwer. Verzweifelt suchte er nach einem Ausweg.

Obadia hob langsam den Kopf. Wallander vernahm leise Motorengeräusche, die näher kamen. Der Hubschrauber war im Anflug. Tolpin nickte ihm zu; es war Zeit zu gehen.

Als sie in das frühe Morgengrauen hinaustraten, stand der Hubschrauber schon bereit. Die Rotorblätter schnitten durch die Luft. Der Pilot würde abheben, sobald sie an Bord waren. Verzweifelt suchte Wallander nach einem Ausweg. Tolpin ging vor ihm, Obadia hielt sich einige Schritte hinter ihm, die Pistole in der Hand. Jetzt hatten sie den Helikopter fast erreicht, das Dröhnen nahm zu. Wallander entdeckte einen Haufen aufgehackten Zement schräg vor sich auf der Landeplattform. Jemand hatte Risse verschmiert und das unverbrauchte Material nicht weggeräumt. Wallander ging langsamer, so daß Obadia ihn für einen Augenblick überholte. Dann beugte er sich schnell hinunter, verwendete seine Hände als Schaufeln und schleuderte so viel Zement, wie er greifen konnte, gegen die Rotorblätter. Es krachte und knallte, Zementsplitter pfiffen ihnen wie Gewehrsalven um die Ohren. Tolpin und Obadia glaubten im ersten Moment, sie würden beschossen, und achteten nicht auf ihren Gefangenen. Wallander warf sich mit der Kraft der Verzweiflung auf Obadia und entwand ihm die Pistole. Dann machte er ein paar Schritte rückwärts, strauchelte jedoch und fiel. Tolpin hatte wie unter Schock zugesehen. Jetzt griff er unter die Jacke nach seiner Waffe. Wallander schoß und traf ihn in den Oberschenkel. Im Fallen riß ihn der durchtrainierte Killer mit. Wallander schoß erneut. Er sah nicht, wo er getroffen hatte; er registrierte nur, daß Obadia schwer zusammensackte und vor Schmerzen schrie.

Wallander kämpfte sich frei. Wahrscheinlich waren auch die Piloten bewaffnet. Als er die Pistole auf den Einstieg des Helikopters richtete, entdeckte er lediglich einen jungen Mann, der verängstigt schien und die Hände über den Kopf erhoben hatte. Wallander schaute zu den beiden Männern, auf die er geschossen hatte. Sie lebten. Er nahm Tolpins Waffe und warf sie in hohem Bogen fort. Dann ging er zum Hubschrauber. Der Pilot hielt die Hände immer noch hoch. Wallander bedeutete ihm zu verschwinden. Dann trat er zurück und beobachtete, wie der Helikopter abhob und mit blendenden Scheinwerfern über das Schloßdach davonschwebte. Er nahm alles wie im Nebel wahr. Als er sich über die Wange strich, sah er Blut an der Hand. Zementsplitter hatten ihn verletzt, ohne daß er es gespürt hatte.

Dann eilte er zum Stall hinüber. Sofia war dabei, eine der Boxen auszumisten. Als sie ihn sah, schrie sie vor Schreck auf. Er versuchte zu lächeln, aber sein Gesicht war unter dem trocknenden Blut wie erstarrt.

»Alles in Ordnung«, keuchte er und rang nach Luft. »Aber du mußt mir helfen. Ruf einen Krankenwagen. Auf der Wiese vorm Schloß liegen zwei Männer mit Schußverletzungen. Danach habe ich weitere Aufgaben für dich.«

Dann dachte er an Alfred Harderberg.

Jeder Augenblick zählte.

»Ruf einen Krankenwagen«, wiederholte er. »Es ist vorüber.«

Als er den Stall verlassen wollte, rutschte er in dem von vielen Pferdehufen durchgewalkten Matsch aus und schlug der Länge nach hin. Er rappelte sich auf und taumelte in Richtung Tor. Er war nicht sicher, ob er es schaffen würde.

Ann-Britt Höglund war gerade aus dem Auto gestiegen, um sich die Beine zu vertreten, als sie ihn kommen sah. An dem Schrecken in ihrem Gesicht konnte er ablesen, wie sein Anblick auf sie wirkte. Er war blutbeschmiert und schmutzig, seine Kleider zerrissen. Aber es war keine Zeit für Erklärungen, er hatte nur ein Ziel – zu verhindern, daß Alfred Harderberg das Land verließ. Er rief ihr zu, in den Wagen zu steigen. Bevor sie die Tür schließen konnte, hatte er schon gewendet und gab Vollgas. Die rote Ampel an der Zufahrt zur Hauptstraße ignorierte er.

»Wie kommt man am schnellsten zum Flugplatz von Sturup?« fragte er.

Sie nahm eine Karte aus dem Handschuhfach und beschrieb ihm den Weg. Wir schaffen es nicht, dachte er. Es ist zu weit, und die Zeit ist zu knapp.

»Ruf Björk an«, sagte er.

»Ich habe seine Privatnummer nicht hier.«

»Verdammt, dann ruf im Polizeigebäude an!« schrie er. »Denk doch ein bißchen mit!«

Sie tat, wie ihr geheißen. Als der Kollege an der Telefonvermittlung fragte, ob der Anruf nicht bis zu Björks Eintreffen warten könne, begann auch sie zu schreien. »Was soll ich Björk sagen«, rief sie, als sie die Nummer endlich hatte.

»Alfred Harderberg ist dabei, mit seinem Flugzeug das Land zu verlassen. Björk muß das verhindern. Es bleibt ihm vielleicht nicht mal eine halbe Stunde Zeit.«

Björk kam ans Telefon. Sie wiederholte Wallanders Sätze, ohne etwas hinzuzufügen. Dann reichte sie ihm den Hörer. »Er will mit dir sprechen.«

Wallander nahm den Apparat und fuhr langsamer.

»Was meinst du damit, ich soll Harderbergs Flugzeug stoppen?« schnarrte Björks Stimme.

»Er hat Gustaf und Sten Torstensson auf dem Gewissen. Außerdem ist Kurt Ström ermordet worden.«

»Bist du sicher? Wo treibst du dich überhaupt herum? Warum ist die Verbindung so schlecht?«

»Ich bin auf dem Weg von Schloß Farnholm nach Sturup. Wir haben jetzt keine Zeit zum Streiten. Auch für Harderberg zählt jede Sekunde. Wir müssen ihn aufhalten! Wenn seine Maschine gestartet ist und den schwedischen Luftraum verlassen hat, werden wir ihn nie mehr kriegen!«

»Das hört sich sehr merkwürdig an«, sagte Björk. »Was hattest du denn so früh am Morgen auf Schloß Farnholm zu suchen?«

Wallander durchzuckte der Gedanke, daß die mißtrauischen Fragen seines Vorgesetzten berechtigt waren. Wie hätte er selbst in Björks Situation reagiert?

»Ich weiß, daß es verrückt klingt«, sagte er. »Aber du mußt mir vertrauen!«

»Zumindest muß ich mich mit Per Åkeson abstimmen«, sagte Björk.

Wallander stöhnte. »Dazu fehlt die Zeit. Du hörst ja, was ich sage. In Sturup gibt es doch Polizisten, oder? Die müssen Harderberg aufhalten.«

»Ruf mich in einer Viertelstunde wieder an. Ich werde sofort mit Per Åkeson reden.«

Wallander war so aufgebracht, daß er fast die Kontrolle über das Fahrzeug verloren hätte. »Laß die Scheibe herunter«, brüllte er.

Ann-Britt Höglund gehorchte. Mit Schwung warf er das Telefon aus dem Fenster.

»Du kannst wieder zumachen«, sagte er. »Wir müssen die Sache selbst in die Hand nehmen.«

»Bist du in bezug auf Harderberg, sicher? Was ist eigentlich passiert? Hast du etwas abbekommen?«

Wallander überging die beiden letzten Fragen.

»Ja, ich bin sicher. Ich weiß vor allem, daß wir ihn nie kriegen werden, wenn er erst einmal außer Landes ist.«

»Was willst du tun?«

Er schüttelte den Kopf. »Ich weiß nicht. Keine Ahnung. Aber es muß uns etwas einfallen.«

Doch als sie sich vierzig Minuten später Sturup näherten, hatte er immer noch keine Idee. Mit quietschenden Reifen bremste er vor dem Tor rechts vom Flughafengebäude. Um besser sehen zu können, sprang er aufs Autodach. Rundum versammelten sich neugierige Passagiere. Ein Cateringfahrzeug hinter dem Tor verdeckte die Sicht. Wallander fluchte, schrie und fuchtelte mit den Armen, damit der Fahrer die Bahn freimachte. Aber der Mann hinterm Lenkrad war in eine Zeitung vertieft und hatte keinen Blick für den zappelnden Mann auf dem Autodach. Da zog Wallander die Pistole und schoß in die Luft. Unter den Gaffern brach sofort Panik aus. Menschen rannten in verschiedene Richtungen, Taschen und Koffer wurden im Stich gelassen. Der Fahrer des Cateringfahrzeugs wurde aufmerksam und begriff, daß er wegfahren sollte.

Harderbergs Gulfstream war noch da. Das blaßgelbe Licht der Scheinwerfer spiegelte sich am Rumpf des Flugzeugs.

Die beiden Piloten, die zu ihrer Maschine liefen, hatten den Schuß gehört und waren stehengeblieben. Wallander sprang vom Autodach herunter, damit sie ihn nicht bemerkten. Mit der Schulter schlug er hart auf dem Boden auf. Der Schmerz machte ihn noch wütender. Er wußte, daß Alfred Harderberg sich noch in dem gelben Flughafengebäude aufhielt, und wollte ihn um keinen Preis entkommen lassen. Er rannte auf den Eingang zu, Karren und Gepäckstücke zur Seite stoßend. Ann-Britt Höglund folgte ihm in ein paar Metern Entfernung. Als er die Glastüren passiert hatte und auf das Büro der Polizei von Sturup zusteuerte, hielt er die Pistole noch immer in der Hand. An diesem frühen Sonntag morgen hatte sich lediglich am Schalter eines Charterflugs nach Spanien eine Schlange gebildet. Bei Wallanders Anblick brach ein mittleres Chaos aus. Ann-Britt Höglund versuchte, die Leute zu beruhigen, aber ihre Stimme ertrank im allgemeinen Lärm. Ein Polizist, der gerade eine Zeitung gekauft hatte, beobachtete Wallanders Sturmlauf. Der mit einer Waffe herumfuchtelnde Mann, blutig und schmutzig, ließ ihn aktiv werden. Er warf die

Zeitung weg und tippte fieberhaft den Code der Polizeistation. Doch bevor sich die Tür öffnen konnte, packte ihn Wallander am Arm.

»Wallander, Polizei Ystad«, rief er. »Ein Flugzeug muß gestoppt werden, Alfred Harderbergs Gulfstream! Es eilt, verdammt noch mal!«

»Nicht schießen«, kreischte der erschrockene Polizist.

»Du Idiot! Ich bin selbst ein Bulle! Hörst du nicht, was ich sage?« fluchte Wallander.

»Nicht schießen«, wimmerte der Kollege. Dann wurde er ohnmächtig.

Wallander starrte auf den Mann, der vor seinen Augen zusammengebrochen war. Dann trommelte er mit den Fäusten gegen die Tür.

Inzwischen war Ann-Britt Höglund neben ihm. »Laß mich versuchen«, sagte sie.

Wallander schaute sich um, als erwarte er, Alfred Harderberg irgendwo zu entdecken. Dann rannte er zu den großen Fenstern, durch die man auf die Startbahnen blicken konnte.

Alfred Harderberg war bereits auf dem Weg ins Flugzeug. Auf der obersten Stufe bückte er sich und war im selben Moment im Rumpf der Maschine verschwunden.

»Wir kommen zu spät!« rief Wallander seiner Kollegin zu.

Wieder rannte er los, diesmal aus dem Gebäude hinaus. Ann-Britt Höglund folgte ihm auf den Fersen. Er entdeckte ein Servicefahrzeug des Flugplatzes, das gerade die Absperrung zum Flugfeld passierte. Mit letzter Kraft schaffte er es, mit durch den Spalt zu schlüpfen. Er hämmerte auf den Kofferraum und schrie, der Fahrer solle anhalten. Doch der Mann am Steuer beschleunigte erschrocken. Wallander hob resigniert die Arme und drehte sich um. Die Gulfstream rollte bereits zur Startbahn. Nur noch hundert Meter, dann würde sie sich, sobald der Pilot die Genehmigung erhalten hatte, in die Lüfte erheben.

In der Nähe parkte eine Elektrozugmaschine zum Transport von Gepäck. Wallander hatte keine Wahl mehr. Er kletterte auf den Fahrersitz, schaltete den Motor ein und fuhr auf die Startbahn zu. Im Rückspiegel sah er, daß er eine ganze Wagenkette hinter sich herzog. Zum Anhalten war es zu spät.

Die Gulfstream hatte ihre Startposition bereits eingenommen. Hinter ihm stürzten die Gepäckwagen um, als er über den Grasstreifen zwischen Bereitstellungsfläche und Startbahn rumpelte.

Endlich erreichte er die lange Startbahn, auf der die schwarzen Bremsspuren der Flugzeuge wie Risse wirkten. Er fuhr genau auf die Gulfstream zu, deren Nase in seine Richtung wies. Als er noch etwa zweihundert Meter entfernt war, sah er, daß sich die Maschine in Bewegung setzte. Aber er wußte bereits, daß er es geschafft hatte. Bevor das Flugzeug die zum Abheben notwendige Geschwindigkeit erreicht hätte, würde es mit dem Gepäckkarren kollidieren.

Wallander wollte bremsen, doch der Tritt auf das Pedal blieb ohne Ergebnis. Die Zugmaschine fuhr nicht schnell, aber doch schnell genug, um die Gulfstream zu beschädigen. Wallander sprang ab und stürzte. Ein Gepäckwagen verletzte ihn am Hinterkopf.

Als er aufstand, hatte der Pilot die Motoren abgestellt, um keine Brandkatastrophe zu riskieren. Wallander war wie betäubt, Blut rann ihm in die Augen. Krampfhaft hielt er nach wie vor die Pistole in der Hand.

Als sich die Tür des Flugzeugs öffnete und die Treppe herabgelassen wurde, hörte er, daß sich hinter seinem Rücken eine Armada von Sirenen näherte.

Wallander wartete.

Dann stieg Alfred Harderberg aus dem Flugzeug.

Wallander fiel auf, daß sich etwas verändert hatte.

Dann begriff er, was es war.

Das Lächeln war verschwunden.

Ann-Britt Höglund sprang aus einem der ersten Polizeiwagen. Wallander wischte sich das Blut aus den Augen.

»Bist du verletzt?« fragte sie.

Wallander schüttelte den Kopf. Er hatte sich auf die Zunge gebissen, das Reden fiel ihm schwer.

»Am besten, du rufst Björk an«, sagte sie.

Wallander schaute sie lange an. »Nein«, sagte er. »Das übernimmst du. Und kümmere dich um Alfred Harderberg.«

Dann wandte er sich zum Gehen.

»Wohin willst du?« fragte sie.

»Nach Hause, schlafen. Ich bin todmüde. Und traurig. Obwohl wir es geschafft haben.«

Etwas in seiner Stimme bewirkte, daß sie nichts mehr sagte. Seltsamerweise versuchte niemand, ihn aufzuhalten.

18

Am 23. Dezember, einem Donnerstag, ging Wallander morgens unschlüssig zum Österportstorg in Ystad, um einen Christbaum zu kaufen. Es war ein diesiger Tag; es sah nicht so aus, als würde Schonen 1993 weiße Weihnachten erleben. Lange suchte er, unschlüssig, was er eigentlich haben wollte. Endlich entschied er sich für ein Bäumchen, das auf dem Tisch Platz hätte. Nachdem er es in die Mariagata getragen und vergeblich nach dem kleinen Christbaumständer gesucht hatte – wahrscheinlich hatte ihn Mona nach der Scheidung mitgenommen –, setzte er sich in die Küche und listete auf, was er noch für das Weihnachtsfest besorgen mußte. In den letzten Jahren war sein Lebensumfeld immer dürftiger geworden. In den Schränken und Schubladen fehlte es an fast allem. Schließlich hatte er eine ganze Seite vollgeschrieben. Als er das Blatt umdrehte, sah er, daß dort schon etwas vermerkt war. Ein Name.

Sten Torstensson.

Er erinnerte sich, daß dies die erste Aufzeichnung war, die er an jenem Morgen vor fast zwei Monaten gemacht hatte, als er in den Dienst zurückgekehrt war. Er erinnerte sich, wie er am Tisch gesessen hatte und wie ihm die Todesanzeige in *Ystads Allehanda* aufgefallen war. In knapp zwei Monaten hat sich alles verändert, dachte er. Jener Morgen schien zu einer anderen Zeit zu gehören.

Alfred Harderberg und seine beiden Schatten waren verhaftet worden. Nach Weihnachten würde Wallander weiter an dem Fall arbeiten; die Ermittlungen waren längst noch nicht abgeschlossen.

Er fragte sich, was mit Schloß Farnholm geschehen würde.

Und er nahm sich vor, Sten Widén anzurufen. Er wollte sich erkundigen, wie Sofia das Erlebte verkraftet hatte.

Plötzlich stand er auf, ging ins Badezimmer und sah in den Spiegel. Sein Gesicht war magerer geworden, aber auch älter. Kein Zweifel, er ging erkennbar auf die Fünfzig zu. Er sperrte den Mund auf und untersuchte seine Zähne. Mißmutig beschloß er, im neuen Jahr sofort zum Zahnarzt zu gehen. Dann schlurfte er in die Küche zurück und widmete sich wieder seiner Einkaufsliste. Den Namen Sten Torstensson strich er aus und notierte, daß er eine neue Zahnbürste kaufen müßte.

In strömendem Regen verbrachte er drei Stunden damit, alle notierten Dinge einzukaufen. Er staunte über die hohen Preise und mußte zweimal Geld aus dem Bankautomaten holen. Als er kurz vor eins endlich wieder zu Hause war und seine Einkäufe mit der Liste verglich, merkte er, daß er den Christbaumständer vergessen hatte.

Im selben Moment klingelte das Telefon. Da er über Weihnachten frei hatte, erwartete er keinen Anruf aus dem Polizeigebäude. Doch es war Ann-Britt Höglund.

»Ich weiß, daß du Urlaub hast«, sagte sie. »Ich hätte nicht angerufen, wenn es nicht wichtig wäre.«

»Als ich vor vielen Jahren Polizist wurde, hat man mir beigebracht, daß es in unserem Beruf keinen Urlaub gibt. Was lernt man denn heute zu diesem Thema an der Polizeihochschule?«

»Professor Persson hat es einmal erwähnt. Ich habe mir leider nicht gemerkt, was er gesagt hat.«

»Also schieß los – was willst du?«

»Ich sitze hier in Svedbergs Büro. Frau Dunér ist bei mir und möchte unbedingt mit dir reden.«

»Worüber denn?«

»Das hat sie nicht verraten. Sie will nur mit dir sprechen.«

Wallander entschied sich, ohne zu zögern: »Sag ihr, daß ich komme. Sie kann in meinem Zimmer warten.«

»Gut«, sagte Ann-Britt Höglund. »Sonst ist alles ruhig hier, nur Martinsson und ich halten die Stellung. Die Verkehrspolizisten bereiten sich auf die Feiertage vor. Wenn es nach ihnen geht, wird ganz Schonen ins Röhrchen pusten.«

»Ist doch völlig in Ordnung, wenn man bedenkt, wie viele

unter Alkoholeinfluß fahren. Dagegen muß etwas unternommen werden.«

»Manchmal klingst du wie Björk«, sagte sie und lachte.

»Schreckliche Vorstellung.«

»Gibt es eigentlich einen Bereich, in dem die Anzahl der Delikte abnimmt?« fragte sie.

Er überlegte. »Vielleicht Diebstahl von Schwarzweißfernsehern. Sonst fällt mir nichts ein.«

Kurz nach ein Uhr war Wallander bereits im Polizeigebäude. In der Anmeldung glitzerte ein Weihnachtsbaum und erinnerte ihn daran, daß er immer noch keine Blumen für Ebba gekauft hatte. Auf dem Weg in sein Büro schaute er in der Kantine vorbei und wünschte frohe Weihnachten. Auch bei Ann-Britt Höglund klopfte er an, aber sie antwortete nicht.

Frau Dunér saß auf dem Besucherstuhl und erwartete ihn. Er sah, daß sich die linke Armlehne gelockert hatte. Die ehemalige Sekretärin der Kanzlei Torstensson erhob sich bei seinem Eintreten, und sie gaben sich die Hand.

Wallander hängte seine Jacke auf und nahm ihr gegenüber Platz. »Sie wollten mit mir sprechen?« begann er höflich, und ihm fiel auf, wie müde sie aussah.

»Ich hatte keineswegs beabsichtigt, Sie zu stören«, sagte sie. »Man vergißt so leicht, daß die Polizei immer viel zu tun hat.«

»Gerade jetzt habe ich Zeit. Was führt Sie zu mir?« Sie griff in eine Plastiktüte, die neben dem Stuhl stand, und holte ein Paket hervor, das sie ihm über den Tisch reichte.

»Es ist ein Geschenk. Sie können es gleich öffnen oder bis morgen warten.«

»Warum wollen Sie mir etwas schenken?«

»Weil ich nun weiß, was mit den beiden Anwälten geschehen ist. Es ist Ihr Verdienst, daß die Täter gefaßt wurden.«

Wallander schüttelte den Kopf und streckte abwehrend die Arme aus. »Das ist nicht richtig. Es war Teamarbeit, viele waren beteiligt. Sie müssen mir nicht danken.«

Ihre Antwort überraschte ihn. »Keine falsche Bescheidenheit, Kommissar Wallander«, sagte sie streng. »Alle wissen, daß es Ihr Verdienst ist.«

Weil Wallander keine passende Antwort einfiel, begann er, das Paket zu öffnen. Es enthielt eine der Ikonen, die er in Gustaf Torstenssons Keller entdeckt hatte.

»Das kann ich nicht annehmen«, sagte er. »Wenn ich mich nicht irre, gehört sie zu Anwalt Torstenssons Sammlung.«

»Jetzt nicht mehr«, sagte Frau Dunér. »Er hat mir die Ikonen testamentarisch vermacht. Und ich möchte Ihnen gern eine davon schenken.«

»Sie muß sehr wertvoll sein«, sagte Wallander. »Als Polizist darf ich solche Präsente nicht annehmen. Ich müßte zumindest mit meinem Chef reden.«

Erneut versetzte sie ihn in Erstaunen. »Das habe ich bereits getan. Er ist einverstanden.«

»Sie haben mit Björk gesprochen?«

»Ich hielt es für angebracht.«

Wallander betrachtete die Ikone. Sie erinnerte ihn an Riga, an Lettland. Vor allem aber an Baiba Liepa.

»Sie ist nicht so wertvoll, wie Sie glauben«, sagte Frau Dunér. »Aber sie ist schön.«

»Sie ist wunderschön. Aber ich habe sie nicht verdient.«

»Ich bin nicht nur deshalb gekommen«, sagte Frau Dunér.

Wallander schaute sie erwartungsvoll an.

»Ich wollte Sie nämlich etwas fragen. Gibt es wirklich keine Grenze für das Böse im Menschen?«

»Ich glaube nicht, daß ausgerechnet ich darauf antworten kann.«

»Wer sonst, wenn nicht ein Polizist?«

Vorsichtig legte Wallander die Ikone auf den Tisch. Er hatte sich die Frage selbst schon oft genug gestellt. »Ich nehme an, Sie denken an die Tatsache, daß Menschen andere Menschen töten, um ein Organ herauszuschneiden und zu verkaufen«, sagte er. »Ich weiß nicht, was ich antworten soll. Für mich ist das genauso unfaßbar wie für Sie.«

»Was wird nur aus der Welt? Alfred Harderberg war doch ein Mensch, zu dem man aufschauen konnte. Wie bringt es einer fertig, mit der einen Hand Geld für Bedürftige zu spenden und mit der anderen Menschen umzubringen?«

»Wir müssen versuchen, dem zu widerstehen. Mehr können wir nicht tun.«

»Wie kann man dem Unbegreiflichen widerstehen?«

»Ich weiß nicht. Aber es muß uns gelingen.«

Lange herrschte Schweigen. Vom Gang her war Martinssons fröhliches Lachen zu hören.

Nach einer Weile stand Frau Dunér auf. »Ich will nicht länger stören«, sagte sie.

»Es tut mir leid, daß ich Ihnen keine bessere Antwort geben konnte«, sagte Wallander, als er sie zur Tür begleitete.

»Sie waren wenigstens ehrlich«, meinte sie.

In diesem Augenblick fiel Wallander ein, daß auch er ihr etwas zu geben hatte. Er ging zum Schreibtisch zurück, zog eine Schublade auf und entnahm ihr eine Ansichtskarte aus Finnland.

»Ich hatte versprochen, daß Sie die zurückbekommen. Wir brauchen sie nicht mehr.«

»Oh, ich hatte sie ganz vergessen«, sagte sie und verstaute die Karte in ihrer Handtasche.

Er begleitete sie bis vor das Haus.

»Ich wünsche frohe Weihnachten«, sagte sie zum Abschied.

»Danke, das wünsche ich Ihnen auch. Ich werde gut auf die Ikone aufpassen.«

Er ging in sein Zimmer zurück. Frau Dunérs Besuch hatte ihn beunruhigt. Er fühlte sich an die schwermütige Stimmung erinnert, die ihn so lange belastet hatte. Aber er verscheuchte die schlimmen Erinnerungen, zog seine Jacke an und machte sich auf den Heimweg. Jetzt hatte er Urlaub. Nicht nur von der Arbeit, sondern auch von allen deprimierenden Gedanken.

Die Ikone habe ich nicht verdient, aber mit Sicherheit ein paar freie Tage, dachte er.

Durch den Nebel fuhr er nach Hause und parkte den Wagen.

Dann putzte er seine Wohnung. Bevor er sich schlafen legte, bastelte er einen provisorischen Christbaumständer und schmückte die kleine Tanne.

Die Ikone hatte er im Schlafzimmer aufgehängt. Bevor er das Licht ausmachte, betrachtete er sie aufmerksam.

Er fragte sich, ob sie ihn schützen würde.

Am Tag darauf war Weihnachten.

Es war nach wie vor grau und diesig.

Kurt Wallander war jedoch überzeugt, daß ihn das Grau in der Welt nicht unterkriegen würde.

Obwohl das Flugzeug erst um halb vier landen würde, fuhr er bereits um zwei nach Sturup. Mit großem Unbehagen parkte er den Wagen und ging auf das gelbe Flughafengebäude zu. Alle Menschen schienen ihn zu beobachten.

Dennoch konnte er seine Neugier nicht bezähmen. Er trat an das Tor rechts neben dem Gebäude und schaute hindurch.

Die Gulfstream konnte er nirgendwo entdecken.

Es ist vorbei, dachte er. Ich setze meinen Punkt, hier und jetzt.

Sofort fühlte er sich erleichtert.

Das Bild des lächelnden Mannes verblaßte.

Rastlos schlich er in der Halle umher und war so nervös wie ein Teenager vor dem ersten Rendezvous. Er zählte die Bodenfliesen, übte sein schlechtes Englisch und dachte unablässig und voller Hingabe an das, was ihn erwartete.

Als die Maschine landete, ging er schnell in die Ankunftshalle und stellte sich an den Zeitungskiosk, um zu warten.

Sie war unter den letzten Fluggästen.

Aber sie war es. Baiba Liepa.

Und sie sah genau so aus, wie er sie in Erinnerung hatte.

Das *Böse* ist

in uns und um uns

Lars Tobiasson-Svartman
ist Marineoffizier und See-
vermessungsingenieur. Es ist
die Zeit des Ersten Weltkriegs
und er hat den militärischen
Auftrag, in den Stockholmer
Schären neue Fahrwasser auszuloten.
Auf einer Schäre begegnet er der ein-
sam lebenden Sara Fredrika. Es ist
Liebe auf den ersten Blick, doch bald
geht sein Auftrag zu Ende, und zu
Hause erwarten ihn seine Frau und
ein geordnetes Heim. Um zu Sara
Fredrika zurückkehren zu könen, er-
sinnt er einen dreisten Betrug …

Aus dem Schwedischen von Verena Reichel
368 Seiten. Gebunden. ISBN 3-552-05343-3

Zsolnay Z Verlag

www.zsolnay.at

Bücher von Henning Mankell

Kurt-Wallander-Romane

1. FALL *Mörder ohne Gesicht*
(Original 1991: *Mördare utan ansikte*)
Paul Zsolnay Verlag 2001
dtv 20232

2. FALL *Hunde von Riga*
(Original 1992: *Hundarna i Riga*)
Paul Zsolnay Verlag 2000
dtv 20294

3. FALL *Die weiße Löwin*
(Original 1993: *Den vita lejonninan*)
Paul Zsolnay Verlag 2002
dtv 20150

4. FALL *Der Mann, der lächelte*
(Original 1994: *Mannen som log*)
Paul Zsolnay Verlag 2001
dtv 20590

5. FALL *Die falsche Fährte*
(Original 1995: *Villospår*)
Paul Zsolnay Verlag 1999
dtv 20420

6. FALL *Die fünfte Frau*
(Original 1996: *Den femte kvinnan*)
Paul Zsolnay Verlag 1998
dtv 20366

7. FALL *Mittsommermord*
(Original 1997: *Steget efter*)
Paul Zsolnay Verlag 2000
dtv 20520

8. FALL *Die Brandmauer*
(Original 1998: *Brandvägg*)
Paul Zsolnay Verlag 2001
dtv 20661

(Kriminal-)Romane und Erzählungen

Wallanders erster Fall u. a. Erzählungen
(Original 1999: *Pyramiden*)
Paul Zsolnay Verlag 2002
dtv 20700

Die Pyramide
Aus: *Wallanders erster Fall*
dtv großdruck 25216

Die Rückkehr des Tanzlehrers
(Original 2000: *Danslärarens återkomst*), Paul Zsolnay Verlag 2002
dtv 20750

Vor dem Frost
(Original 2002: *Innan frosten*)
Paul Zsolnay Verlag 2003
dtv 20831

Tiefe
(Original 2004: *Djup*)
Paul Zsolnay Verlag 2005

Afrika-Bücher

Der Chronist der Winde
(Original 1995: *Comédia infantil*)
Paul Zsolnay Verlag 2000
dtv 12964

Die rote Antilope
(Original 2000: *Vindens son*)
Paul Zsolnay Verlag 2001
dtv 13075

Tea-Bag
(Original 2001: *Tea-Bag*)
Paul Zsolnay Verlag 2003
dtv 13326

Das Auge des Leoparden
(Original 1990: *Leopardens öga*)
Paul Zsolnay Verlag 2004

Butterfly Blues (Theaterstück)
Paul Zsolnay Verlag 2003
dtv 13290

Ich sterbe, aber die Erinnerung lebt
Paul Zsolnay Verlag 2004

Mankell-Websites:
www.mankell.de
www.henningmankell.com
www.wallander-web.de

Henning Mankell im dtv

»Groß ist die Zahl der Leser, die ganze Nächte mit Mankell
verloren – bzw. gewonnen – haben.«
Martin Ebel im ›Rheinischen Merkur‹

Mörder ohne Gesicht
Roman
Übers. v. Barbara Sirges und
Paul Berf
ISBN 3-423-**20232**-7
Wallanders erster Fall
Auf einem abgelegenen Hof
bei Ystad wird ein altes Paar
grausam ermordet.

Hunde von Riga
Roman
Übers. v. Barbara Sirges und
Paul Berf
ISBN 3-423-**20294**-7
Wallanders zweiter Fall
In Osteuropa gerät Wallander
in ein gefährliches Komplott.

Die weiße Löwin
Roman
Übers. v. Erik Gloßmann
ISBN 3-423-**20150**-9
Wallanders dritter Fall
»Ein fesselnder Politthriller.«
(NDR)

Der Mann, der lächelte
Roman
Übers. v. Erik Gloßmann
ISBN 3-423-**20590**-3
Wallanders vierter Fall
»Ein klassischer Mankell.«
(Die Welt)

Die falsche Fährte
Roman
Übers. v. Wolfgang Butt
ISBN 3-423-**20420**-6
Wallanders fünfter Fall
Der Selbstmord eines jungen
Mädchens ist der Auftakt zur
Jagd nach einem Serienkiller.

Die fünfte Frau
Roman
Übers. v. Wolfgang Butt
ISBN 3-423-**20366**-8
Wallanders sechster Fall
»Bücher wie diese machen
süchtig!« (Brigitte)

Mittsommermord
Roman
Übers. v. Wolfgang Butt
ISBN 3-423-**20520**-2
Wallanders siebter Fall
Drei junge Leute feiern zu-
sammen Mittsommer. Danach
sind sie spurlos verschwunden.

Die Brandmauer
Roman
Übers. v. Wolfgang Butt
ISBN 3-423-**20661**-6
Wallanders achter Fall
Hacker haben es auf die
Datennetze der Weltbank
abgesehen …

Bitte besuchen Sie uns im Internet: www.dtv.de

Henning Mankell im dtv